À PROPOS DE L'AUTRICE

N°1 sur les listes de best-sellers du *New York Times*, Stephanie Laurens a commencé à écrire pour fuir l'austérité du monde scientifique, mais bientôt ce passe-temps est devenu une véritable carrière. Ses romans situés à l'époque de la Régence ont captivé les lecteurs du monde entier, faisant d'elle l'un des auteurs de romance les plus populaires au monde. Stephanie a publié une soixantaine de romances historiques. Elle vit aujourd'hui avec son mari et ses deux chats près de Melbourne, en Australie, où elle partage son temps entre écriture, lecture et jardinage. Suivez son actualité et retrouvez toutes les informations sur ses romans sur son site officiel : www.stephanielaurens.com.

Un lord à marier

Collection : VICTORIA

Titre original :
AND THEN SHE FELL

Ce roman a déjà été publié en 2017.

HARPERCOLLINS FRANCE
83-85, boulevard Vincent-Auriol, 75646 PARIS CEDEX 13
Service Clients — www.harlequin.fr
ISBN 978-2-2805-0797-4 — ISSN 2493-013X

Édité par HarperCollins France.
Composition et mise en pages Nord Compo.
Imprimé en juillet 2024 par CPI Black Print (Barcelone)
en utilisant 100% d'électricité renouvelable.
Dépôt légal : août 2024.

FSC www.fsc.org MIXTE Papier issu de sources responsables FSC® C159065

Pour limiter l'empreinte environnementale de ses livres, HarperCollins France s'engage à n'utiliser que du papier fabriqué à partir de bois provenant de forêts gérées durablement et de manière responsable.

STEPHANIE LAURENS

Un lord à marier

Traduit de l'anglais (États-Unis) par
MARIE PASCAL

Victoria

HARLEQUIN

La famille Cynster

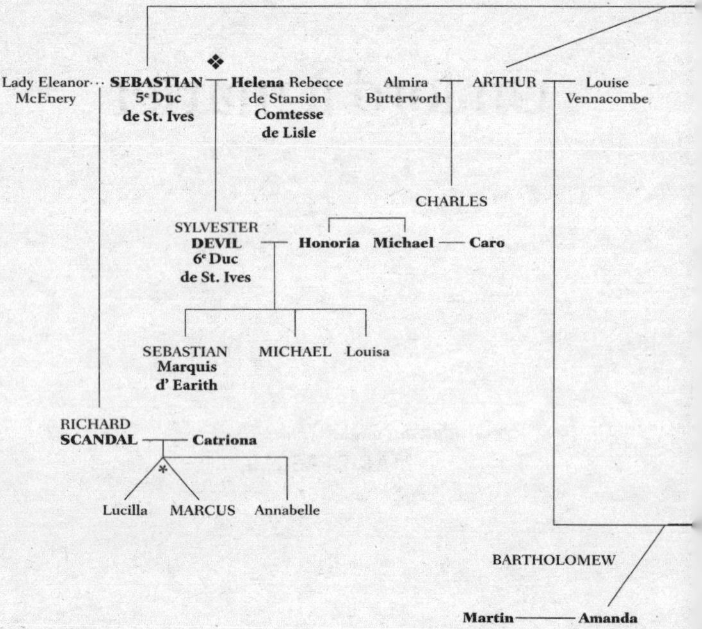

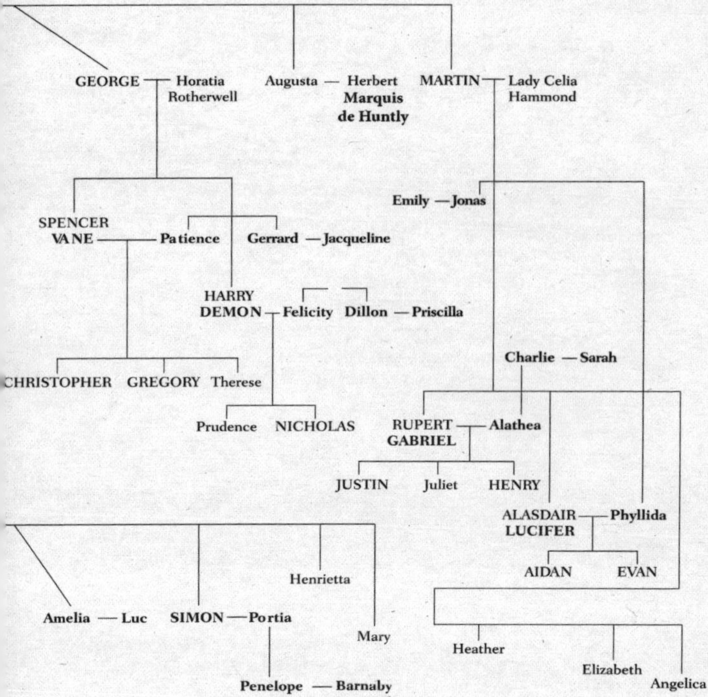
GEORGE — Horatia Rotherwell
Augusta — Herbert Marquis de Huntly
MARTIN — Lady Celia Hammond
Emily — Jonas
SPENCER VANE — Patience
Gerrard — Jacqueline
HARRY DEMON — Felicity
Dillon — Priscilla
Charlie — Sarah
CHRISTOPHER
GREGORY
Therese
Prudence
NICHOLAS
RUPERT GABRIEL — Alathea
JUSTIN
Juliet
HENRY
ALASDAIR LUCIFER — Phyllida
AIDAN
EVAN
Henrietta
Amelia — Luc
SIMON — Portia
Mary
Heather
Elizabeth
Angelica
Penelope — Barnaby

1

Londres, avril 1837

Il était l'heure d'aller se préparer pour ce qui s'annonçait comme une soirée éprouvante. Tout en gravissant l'escalier de la maison familiale dans Upper Brook Street, Henrietta Cynster passait en revue dans sa tête toutes les informations qu'elle allait devoir révéler à son amie Melinda Wentworth quand elles se retrouveraient comme convenu au bal donné chez Lady Montague.

Henrietta soupira, ouvrit la porte de sa chambre — et s'immobilisa sur le seuil, surprise de découvrir sa sœur cadette, Mary, en train d'explorer le contenu de la boîte à bijoux qui était posée sur sa commode.

Celle-ci daigna à peine lui adresser un regard, et se remit à fouiller de plus belle parmi les chaînes, les boucles d'oreilles, les broches et les perles.

Un mouvement attira l'attention de Henrietta du côté de l'armoire près du lit. Sa femme de chambre, Hannah, était en train d'en sortir sa toute nouvelle robe de bal bleu roi, décochant au passage des coups d'œil désapprobateurs à Mary, qui lui tournait le dos.

Henrietta pénétra dans la pièce et referma la porte derrière elle. Mary non plus ne s'était pas encore changée. Elle observa avec curiosité le visage concentré de sa sœur. La petite dernière de la famille faisait preuve de la même détermination qu'un chien de chasse quand elle voulait mettre la main sur quelque chose.

— Que cherches-tu donc ?

Mary lui adressa un regard impatient. Elle referma un tiroir de la boîte à bijoux et s'empressa d'en ouvrir un autre, celui du bas.

— Le… Ah !

Mary plongea la main dans le tiroir, pour la retirer aussitôt, le visage transformé, et brandir fièrement sa trouvaille.

— Voilà ce que je cherchais.

Henrietta regarda le collier constitué d'une chaîne où alternaient maillons en or fin et perles d'améthyste polie, avec un médaillon en quartz rose taillé à facettes. Puis elle remarqua l'expression de Mary, qui affichait l'air satisfait d'un général venant d'apprendre que ses troupes s'étaient emparées des dernières positions ennemies, et dessina un vague geste de la main.

— Il n'a jamais eu aucun effet sur moi. Tu peux le prendre si tu veux.

Les yeux vifs de Mary se posèrent un instant sur le visage de Henrietta.

— Je ne le cherchais pas pour moi, répondit-elle en tendant le collier. C'est à toi de le porter.

Le pendentif avait été offert aux filles de la famille Cynster par une vénérable lady écossaise un peu sorcière — *la* Lady, comme elles l'appelaient toutes avec déférence — et était censé aider celle qui le portait à « trouver son héros », le mari avec lequel partager sa vie serait la plus grande des bénédictions. Pragmatique de nature, Henrietta était dotée d'un solide bon sens et avait toujours eu du mal à croire en l'efficacité dudit collier.

Avec le même pragmatisme, elle avait toujours considéré que de toute façon l'on ne pouvait raisonnablement pas s'attendre à ce que les sept sœurs et cousines de sa génération trouvent l'amour et le bonheur dans les bras de leur héros, et qu'il était même probable qu'au moins l'une d'entre elles ne connaisse pas cette chance — et que, si tel était bien le cas, c'était certainement elle, Henrietta, qui était vouée à rester célibataire toute sa vie.

Comme Mary et elle étaient les deux seules Cynster de leur génération à ne pas être encore mariées, ses prédictions concernant sa propre destinée étaient bien parties pour se révéler vraies. Elle avait déjà vingt-neuf ans et n'avait jamais été tentée — même vaguement — d'envisager le mariage avec quelque gentleman que ce fût. Inversement, aucune personne saine d'esprit n'aurait imaginé que Mary, déterminée et déjà tout occupée qu'elle était, du haut de ses vingt-deux ans, à planifier sa vie future, ne réussirait pas à atteindre son but fixé depuis bien longtemps, à savoir trouver et épouser son chevalier servant.

Henrietta laissa glisser son châle le long de ses épaules et secoua la tête.

— Je te l'ai dit, il n'a jamais fonctionné pour moi. Tu peux le prendre avec ma bénédiction. Je suppose que c'est pour cela qu'il t'intéresse : tu veux t'en servir pour trouver ton héros ?

— Oui, tout à fait.

Mais, aussitôt, l'expression de Mary se fit plus dure.

— Malheureusement, je ne peux pas juste le prendre comme cela. Cela ne fonctionne pas de cette façon. Tu dois le porter la première et trouver ton héros d'abord, pour ensuite me céder le collier le soir du bal célébrant tes fiançailles — exactement comme Angelica te l'a cédé et comme Eliza l'avait cédé à Angelica, et comme Heather l'avait cédé à Eliza avant cela.

Henrietta fit mine de se tourner pour poser son châle sur une chaise, le temps de dissimuler un sourire — le sourire d'une sœur plus mature face à l'enthousiasme naïf de sa cadette.

— Je suis presque certaine que les instructions ne sont pas aussi précises. Et rien ne dit que le sortilège doit fonctionner pour nous toutes.

— Bien sûr que si, insista Mary d'une voix aussi sèche qu'assurée.

Alors que Henrietta se retournait, elle poursuivit :

— J'ai demandé à Catriona, qui elle-même a demandé à la Lady, car c'est son sortilège après tout. Et, d'après Catriona, la Lady s'est montrée très claire : le collier doit passer de l'une à l'autre d'entre nous selon cet ordre bien précis. Et, en particulier, le charme n'opérera pas pour moi s'il n'a pas déjà opéré pour toi et si le bal de tes fiançailles n'a pas encore eu lieu. Alors...

Mary reprit son souffle et, la mâchoire serrée, tendit le collier à Henrietta.

— Tu *dois* porter ceci. Jusqu'à ce que tu trouves ton héros. Et prie la Lady ainsi que tous les saints pour que cela se produise dans les plus brefs délais.

Avec une légère moue, Henrietta tendit la main et prit le pendentif à contrecœur. Elle n'avait pas vraiment le choix : elle allait devoir le porter. Elle avait beau être plus mûre, plus habituée à la vie en société, elle dépassait peut-être sa sœur d'une tête ou presque, et elle n'était en aucun cas quelqu'un de faible, mais tout le clan Cynster savait que s'opposer à la volonté de Mary était pure folie, et c'était encore plus vrai si cette dernière avait une argumentation logique à faire valoir.

Elle enroula ses doigts autour de la chaîne, et observa de nouveau le visage de sa sœur.

— Pourquoi es-tu si pressée de récupérer le collier *maintenant* ? Tu sais qu'il est en ma possession depuis les fiançailles d'Angelica, ce qui remonte presque à huit ans.

— Précisément, répondit Mary en plissant les yeux d'un air conquérant. Tu as eu huit années pour le porter et pour trouver ton héros, et au lieu de cela tu l'as rangé dans ta boîte à bijoux et tu l'y as laissé pendant tout ce temps. Cela n'avait pas d'importance tant que je n'avais pas fini mon éducation. Même quand j'ai fait mes débuts en société, j'ai préféré commencer par observer en toute liberté ce qui se passait autour de moi, donc cela ne me dérangeait pas que tu ne portes pas le collier. Mais j'ai vingt-deux ans désormais et je suis prête à passer à l'étape suivante. Je veux trouver mon héros, me marier et fonder mon propre foyer. Et je veux aussi tout ce qui va avec le mariage. Contrairement à toi, je n'ai pas envie de passer les sept années à venir — ou même plus — à vaquer à d'autres occupations, ce qui signifie...

Mary pointa du doigt le collier.

— Que tu dois désormais le porter, trouver ton héros, et puis me le céder. Ce n'est que lorsqu'il sera entre mes mains que je pourrai enfin vivre ma vie.

D'aucuns auraient pu se contenter de ces explications, mais Henrietta connaissait un peu trop bien sa sœur.

— Et... ? fit-elle.

Mary soutint son regard sans que ses yeux couleur bleuet ne flanchent.

Henrietta inclina la tête, fronça les sourcils et attendit.

— Oh ! Fort bien ! s'exclama Mary en laissant retomber ses

bras en signe de capitulation. *Et* il est possible que j'aie déjà trouvé mon héros. Mais j'ai besoin du collier pour m'en assurer. Le collier doit donc d'abord me revenir, fonctionner pour moi, et ensuite échoir à Lucilla. Je suis donc censée attendre le collier *avant* de trouver mon héros. Ce serait défier le destin et la Lady que de faire mon choix avant d'être en possession du collier, et je dois faire les choses comme il faut.

Puis l'expression de Mary se fit plus assurée, et elle regarda Henrietta droit dans les yeux avec détermination.

— Ce qui signifie que *tu* dois porter le collier et trouver ton héros en premier.

Henrietta regarda le pendentif qu'elle tenait toujours entre ses doigts, et qui semblait bien inoffensif. Puis elle soupira.

— Très bien, je le porterai ce soir.

Sa sœur laissa échapper un petit cri ravi.

Henrietta leva une main pour la calmer.

— Mais je ne m'attends pas à ce que le sortilège opère pour moi, donc modère tes espoirs.

Mary éclata de rire et lui déposa un rapide baiser sur la joue.

— Contente-toi de le porter, sœurette, c'est tout ce que je te demande. Quant à ses effets...

Les yeux étincelants, Mary se dirigea vers la porte.

— J'ai toute confiance en la Lady.

Henrietta secoua la tête en souriant.

Sa sœur s'arrêta soudain devant la porte.

— Viens-tu avec maman et moi au bal chez Lady Hammond ce soir ?

— Non, je suis attendue chez Lady Montague.

Etant donné l'âge de Henrietta, elle n'était pas obligée de toujours assister aux mêmes événements que sa mère et sa sœur qui, elle, était encore trop jeune pour sortir seule.

— Amuse-toi bien, Mary.

— Je n'y manquerai pas. A demain.

Avec un petit signe de la main, Mary quitta la pièce et referma la porte derrière elle.

Sans cesser de sourire, Henrietta se tourna, le collier à la main.

Elle se rendit aussitôt compte que Hannah avait rangé sa nouvelle robe dans son armoire, et sorti à la place une robe en soie violette.

Henrietta chercha le regard de sa femme de chambre qui venait de sortir un châle violet et doré de la commode, et leva un sourcil.

Comprenant sa mimique, Hannah lui expliqua ce changement :

— Le bleu roi n'ira pas du tout, mademoiselle, si vous portez ceci.

Les yeux brillants, Hannah désigna le collier d'un signe de tête.

— Et si vous partez en quête de votre héros, poursuivit-elle, il faut que vous soyez au sommet de votre beauté.

Henrietta réprima un gros soupir.

Deux heures plus tard, elle rejoignait Mr et Mrs Wentworth dans la salle de bal de Lady Montague. Ces derniers s'étaient installés un peu à l'écart. Après les salutations d'usage, le couple se leva et tous leurs regards se posèrent sur la fille des Wentworth, Melinda, qui était en train de danser un cotillon.

Le partenaire de Melinda était James Glossup, futur lord.

Si Henrietta était là ce soir, c'était précisément à cause des motivations qui avaient poussé James à faire la cour à Melinda. Elle ne put s'empêcher de l'observer, essayant de déchiffrer son attitude et sa façon de danser. Une fois de plus, elle s'interrogea — comme elle l'avait fait à maintes reprises au cours des jours précédents. Pourquoi, étant donné son pouvoir de séduction évident et ses nombreux atouts, James avait-il opté pour un mariage d'intérêt ?

Mrs Wentworth, une petite femme potelée vêtue de bombazine marron, soupira.

— Quel dommage. Ils forment pourtant un si beau couple.

— Allons, allons…

Mr Wentworth, un homme solide habillé de façon très classique, tapota la main que sa femme avait posée sur son bras.

— Un autre beau garçon ne tardera pas à la courtiser, poursuivit-il. Et comme Mellie s'est mise en tête de trouver un gentleman qui l'aime… eh bien, je ne puis qu'être reconnaissant envers Miss Cynster qui nous a renseignés sur les motivations de celui-ci.

Henrietta esquissa un faible sourire et tenta de dissimuler la légère gêne qu'elle ressentait. Elle ne connaissait pas bien James, mais il était le meilleur ami de son frère Simon. James avait été son témoin lors de son mariage deux ans plus tôt. Par conséquent, Henrietta et James s'étaient souvent croisés au cours de réunions familiales. Mais, au-delà des rapports qu'il entretenait avec son frère, Henrietta n'avait jusque-là eu aucune raison de s'intéresser à lui de plus près.

Jusqu'à ce qu'il se mette à poursuivre Melinda de ses assiduités, à tel point qu'il ne fût bientôt plus possible de douter de son intention de la demander en mariage... C'était alors que Melinda, avec l'approbation de ses parents, s'était adressée à Henrietta pour, comme elles l'avaient décidé ensemble, « obtenir les clarifications nécessaires sur les motivations de James ».

Depuis ses vingt ans, Henrietta s'était découvert une vocation pour aider ses semblables, les jeunes filles de la haute société, et répondre à la question cruciale que se posait toute jeune femme à propos du gentleman qui demandait sa main : « M'aime-t-il vraiment, ou bien désire-t-il m'épouser pour une autre raison ? »

Ce n'était pas toujours facile à dire, ni, parfois, aisé de découvrir la véritable réponse. Henrietta, toutefois, était née dans le puissant clan des Cynster, et savait tirer parti de son habileté sociale et de ses relations. Cela faisait bien longtemps que les motivations de ces messieurs n'avaient plus aucun secret pour elle ou presque.

Elle n'était pas une commère, non. Elle ne révélait jamais rien au-delà de ce qu'il lui avait été demandé de découvrir. Mais elle s'était toujours montrée observatrice, et cette faculté s'était aiguisée avec les années, à force d'entraînement et d'une implication sans faille.

Tandis que les mères et les chaperons guidaient leurs protégées dans les sphères de la haute société, faisant office de marieuses, Henrietta proposait les services inverses. D'ailleurs, certains gentlemen mécontents n'avaient pas tardé à la surnommer « la démarieuse ». Mais pour la gent féminine de l'aristocratie, elle était la personne de référence à qui s'adressait toute jeune fille quand elle voulait être rassurée sur les motivations matrimoniales de son fiancé potentiel.

Depuis quelques années, dans le beau monde, la tendance se

dessinait nettement en faveur des mariages d'amour, et la perspicacité et les compétences de Henrietta étaient très recherchées.

Il était tout à fait possible que cette suractivité soit la raison du léger doute qui la taraudait et de ses interrogations à propos de la conduite de James Glossup. Mais Melinda avait posé la question fatidique, et Henrietta connaissait désormais le fond des choses. Alors, malgré cette réserve persistante, mais néanmoins sans fondement avéré, elle ne faillirait pas à son devoir et dirait la vérité à son amie.

Elle regarda James qui évoluait en cercles au gré de la musique, elle détailla ses épaules larges, sa silhouette élancée, sa distinction, la grâce ineffable avec laquelle il se mouvait, son élégance subtile et stylée, ses cheveux bruns ondulés coiffés avec soin, et les sourires doux et pleins de galanterie qu'il adressait à Melinda, et Henrietta s'interrogea de nouveau. Mais pourquoi donc avait-il décidé de se marier avant tout par intérêt, au lieu de chercher une femme qu'il aimerait vraiment ?

Bien entendu, il pouvait n'être qu'un lâche, trop méfiant envers l'amour pour prendre ce risque, mais cette explication ne parvenait pas à convaincre Henrietta.

James était bien connu dans l'aristocratie, et il avait assidûment fréquenté les salons en compagnie de Simon. Mais depuis le mariage de ce dernier, deux ans plus tôt, James s'était retiré et n'avait plus beaucoup été vu à Londres — jusqu'au début de la Saison en cours. Malgré cela, un nombre non négligeable de jeunes filles bien nées se seraient volontiers empressées de tomber amoureuses d'un représentant de la famille des Glossup du Dorsetshire — un des petits-fils du vicomte Netherfield ! Mais à la place il avait très vite arrêté son choix sur Melinda.

Et Melinda était l'une des amies de Henrietta.

La musique s'acheva. James s'inclina. Melinda fit la révérence, puis se redressa. Elle jeta un coup d'œil à ses parents, et vit que Henrietta était arrivée. Avec politesse et force sourires, elle donna congé à James, qu'elle quitta pour fendre la foule.

Comme Melinda approchait, Henrietta s'efforça d'afficher un visage impassible. Mais, après un long regard à son amie, Melinda jeta un coup d'œil à sa mère, et comprit.

Elle blêmit.

— Oh.

Elle s'arrêta devant ses parents et prit la main de sa mère, avant de considérer Henrietta.

— Les nouvelles ne sont pas bonnes, n'est-ce pas ?

Henrietta fit la grimace.

— En tout cas, ce ne sont pas les nouvelles que tu voulais entendre.

Melinda regarda par-dessus son épaule, mais James s'était fondu dans la foule et n'était plus en vue. Elle prit une grande inspiration, serra la main de sa mère un peu plus fort et, relevant la tête, regarda Henrietta droit dans les yeux.

— Je t'écoute.

Mrs Wentworth désigna d'un signe de tête les autres invités.

— Ce n'est sans doute pas le meilleur endroit pour parler de tout cela, ma chérie.

Melinda fronça les sourcils.

— Mais il faut que je sache. Comment pourrais-je le regarder dans les yeux sinon ?

— Peut-être pourrions-nous rentrer à la maison pour discuter en privé ? proposa Mr Wentworth.

Il se tourna vers Henrietta avant de poursuivre :

— Si nous pouvons nous permettre de demander cette faveur à Miss Cynster.

Henrietta n'avait pas prévu de quitter le bal si tôt, mais face à trois visages suppliants elle inclina la tête.

— Oui, bien sûr. Mes parents m'ont laissé leur voiture. Je vais vous suivre jusqu'à Hill Street.

Elle accompagna les Wentworth, qui se dirigèrent vers Lady Montague. Pendant que Melinda et sa mère remerciaient leur hôtesse pour la délicieuse soirée, Henrietta resta en retrait et contempla la foule d'un air distrait. Parmi les invités, il y en avait peu qu'elle ne connût pas, peu qu'elle n'eût été capable de situer au sein de leur famille et de leur cercle de relations.

Elle passait de visage en visage, l'esprit absent, quand son regard croisa celui de James Glossup.

Depuis l'autre bout de la pièce, il la fixait avec intensité.

Les Wentworth prirent congé et se dirigèrent vers la porte. Détachant les yeux de ceux de James, Henrietta sourit à Lady Montague et la salua, avant de suivre les Wentworth.

Elle tenta de résister, mais ce fut peine perdue : elle ne put s'empêcher de se retourner.

James l'observait toujours, mais il plissait à présent les yeux. Les traits d'ordinaire impassibles de son beau visage semblaient durs, son expression était presque hostile.

Henrietta croisa son regard, le soutint un instant, puis elle se tourna et quitta la salle de bal.

A l'autre bout de la pièce, James Glossup jura à voix basse.

— Ce que j'ai appris, c'est que Mr Glossup a besoin de se marier pour dégager des fonds lui venant de sa grand-tante.

Installée dans un fauteuil près de la cheminée, dans le salon de la résidence londonienne des Wentworth, Henrietta s'interrompit pour boire une gorgée du thé que Mrs Wentworth leur avait fait servir à tous de force, sous prétexte « qu'ils en avaient bien besoin ».

Assis en face de Henrietta, alors que sa femme et sa fille occupaient le sofa, Mr Wentworth fronça les sourcils.

— Ce n'est donc pas après la dot de Mellie qu'il en a ?

En reposant la tasse sur sa soucoupe, Henrietta secoua la tête.

— Non... De l'argent, il en a. Mais, pour débloquer la totalité des sommes dont il a hérité de sa grand-tante, il doit se marier. Si j'ai bien compris, la vieille femme voulait être sûre qu'il le fasse, donc telle est la condition qu'elle a posée dans son testament.

Mr Wentworth eut un petit grognement désabusé.

— J'imagine que c'est une façon comme une autre pour une vieille dame de contraindre un célibataire endurci à prendre femme. Mais pas ma fille !

— Non, si possible ! renchérit Mrs Wentworth, avant de sembler se souvenir que, dans ce cas de figure particulier, c'était l'opinion de Melinda qui devait primer.

Elle se tourna vers sa fille :

— Tu es de notre avis, n'est-ce pas, Mellie ?

Sa tasse et sa soucoupe posées sur les genoux, Melinda fixait le feu depuis le début de la conversation. Elle se mit à cligner des paupières, jeta un regard à sa mère, avant de se tourner vers Henrietta.

— Il n'est pas amoureux de moi, n'est-ce pas ?

Henrietta était partisane de la franchise.

— Cela, je ne saurais l'affirmer. Tout ce que je puis te dire, c'est ce que je sais.

Elle soutint le regard de Melinda, avant d'ajouter, d'une voix douce :

— Tu devrais être capable d'en juger bien mieux que moi.

Melinda la fixa dans les yeux pendant un long moment, avant de pincer les lèvres. Elle secoua la tête.

— Il m'aime bien mais, non, il n'est pas amoureux de moi.

Elle s'interrompit pour boire une longue gorgée du thé auquel elle n'avait jusque-là pas touché. Quand elle eut reposé sa tasse, elle reprit :

— A dire vrai, c'est la raison pour laquelle je t'ai demandé de mener une petite enquête sur lui. Je soupçonnais déjà, à sa façon de se comporter, que ses manœuvres d'approche étaient motivées par autre chose que l'amour.

Avec une petite moue, Melinda fit un geste vague de la main et détourna le regard.

Henrietta termina son thé, et se pencha pour poser sa tasse et sa soucoupe sur la petite table devant le sofa.

— Je ferais mieux de rentrer. Je n'ai rien de plus à ajouter, et vous voulez sûrement réfléchir à tout cela à tête reposée, déclara-t-elle en se levant.

Melinda posa son thé et se leva à son tour, imitée par ses parents.

— Je te raccompagne.

Mr Wentworth tapota de façon bourrue la main de Henrietta.

— Merci encore d'avoir été une si bonne amie pour Mellie.

Henrietta prit congé de Mr et Mrs Wentworth et suivit Melinda vers l'entrée. Dès que le majordome eut refermé la porte du salon, Henrietta se rapprocha de Melinda et murmura de façon que seule son amie pût entendre :

— Je suis sincèrement désolée d'avoir apporté de si mauvaises nouvelles.

Aussitôt, Melinda s'immobilisa et se tourna. Elle regarda Henrietta dans les yeux et esquissa un faible sourire.

— Je le reconnais, j'espérais entendre que je m'étais trompée à son sujet. Mais, honnêtement, tu m'as sauvé la vie. Je ne veux pas épouser un homme qui ne m'aime pas, et tout ce que tu m'as appris n'a fait que confirmer ce que je soupçonnais déjà, et je t'en suis infiniment reconnaissante. Tu as rendu ma décision beaucoup plus facile à prendre.

Melinda posa les mains sur les épaules de Henrietta et lui donna une accolade, avant de poursuivre :

— Alors, oui, je serai un peu triste pendant un jour ou deux. Mais je referai surface très vite, tu verras.

— Je l'espère bien, répondit Henrietta en souriant. Je ne souhaite que ton bien.

— Je le sais.

A chaque minute qui passait, Melinda semblait plus sûre d'elle-même.

— Tu as déjà aidé beaucoup de jeunes filles dans ma situation, et aucune de nous ne sait ce qu'elle aurait fait sans toi, j'en suis sûre. Tu nous as sauvées de mariages ratés, et je te le dis sincèrement : pour moi, tu mérites une médaille.

Henrietta grommela :

— Ne dis pas de bêtises. J'ai juste la chance de pouvoir disposer de meilleures sources d'information que la moyenne des gens.

Et, même si dans les circonstances présentes elle n'allait pas s'en vanter, elle avait également confirmé à d'innombrables reprises que certaines unions étaient bien fondées sur l'amour. Cela comptait beaucoup pour elle.

Elle laissa le majordome lui poser son manteau sur les épaules, puis celui-ci ouvrit la porte d'entrée.

Melinda accompagna Henrietta jusque sur le perron, et elle se mit aussitôt à frissonner alors qu'une brise glacée balayait la rue.

Henrietta lui prit la main et la pressa.

— Rentre vite. Tu vas tomber malade, et ma voiture est juste là.

Elle désigna de la tête l'autre côté de la rue où attendait la deuxième calèche de ses parents.

— Très bien, répondit Melinda en serrant à son tour la main de Henrietta. Fais attention à toi. Et à très bientôt.

Henrietta sourit, attendit que Melinda rentre chez elle et referme la porte. Puis, le sourire toujours aux lèvres, elle descendit les marches, rassurée de voir son amie sur le point d'admettre qu'elle non plus n'avait jamais vraiment été amoureuse de James.

Alors qu'elle-même ne pensait pas un jour trouver l'amour, Henrietta se positionnait largement en faveur des mariages d'amour. Dans son esprit, l'amour était la seule protection qui garantissait à une femme une vie matrimoniale heureuse et épanouie.

Elle en était là dans ses réflexions quand un homme, qui avançait d'un pas étonnamment rapide, la heurta. La collision la fit chanceler.

— Oh !

Elle serait tombée si l'homme en question n'avait pas pivoté pour l'attraper par les épaules, la maintenant fermement devant lui.

Du coin de l'œil, elle aperçut une canne à pommeau d'argent tenue par une main gantée, et nota que le gant, d'une qualité remarquable, était fait d'un cuir particulièrement fin et souple. Elle cligna des yeux, et voulut découvrir le visage de l'inconnu. Mais il portait une cape dont le capuchon relevé lui dissimulait les traits.

Tout ce qu'elle réussit à voir fut la pointe de son menton qui, pendant qu'elle le fixait, se crispa.

— Toutes mes excuses. Je ne vous avais pas vue.

La voix de l'homme était profonde, sa diction heurtée mais distinguée.

Elle reprit son souffle et répondit :

— Je ne vous avais pas vu non plus.

L'inconnu marqua un temps d'arrêt durant lequel Henrietta sentit qu'il étudiait son visage, ses yeux.

— Mademoiselle ! Est-ce que tout va bien ?

Elle leva la tête. L'homme regarda à son tour derrière lui. Le valet de Henrietta se précipitait dans la rue, prêt à lui venir en aide.

— Tout va très bien, Gibbs, lui cria-t-elle.

A ces mots, l'homme la regarda de nouveau, avant de la lâcher. Il la gratifia d'un brusque hochement de tête, tourna les talons et s'en alla dans la rue, disparaissant bien vite dans le brouillard qui s'épaississait.

Henrietta se secoua, réajusta ses jupes et son manteau, puis rejoignit son valet qui l'attendait pour la conduire à sa voiture.

Au moment où la portière se referma, elle soupira et se laissa tomber sur la banquette de cuir. L'attelage se mit en route. Upper Brook Street ne se trouvait qu'à quelques minutes de là.

Elle se détendit mais, alors qu'elle s'attendait à être gagnée par ce sentiment de satisfaction qu'elle éprouvait à chaque fois qu'elle avait mené à bien une de ses « missions », elle se rendit compte au contraire que son esprit était occupé par tout autre chose.

Et, ce « tout autre chose », c'était l'image de James Glossup en train de l'observer avec intensité dans la salle de bal de Lady Montague. C'était son expression lorsqu'il avait compris qu'elle s'en allait avec celle dont il souhaitait demander la main.

Il était l'ami de Simon ; il devait connaître la réputation de Henrietta.

Mais à quoi avait-il bien pu être en train de penser ?

2

— Avez-vous la moindre idée de ce que vous avez fait ?

Henrietta sursauta, puis regarda par-dessus son épaule et vit des yeux bruns d'ordinaire très doux qui, en ce moment précis, ne l'étaient plus du tout. L'expression qu'affichait James Glossup suggérait plutôt qu'il se retenait pour ne pas commettre un meurtre.

Les lèvres pincées, le visage glacial, il poursuivit :

— Je suis sûr que vous ne serez pas surprise d'apprendre que Melinda Wentworth vient de me congédier, refusant ma demande en mariage avant même que je la lui présente. Après vous avoir vue quitter le bal de Lady Montague hier soir dans le sillage des Wentworth, je n'ai guère été étonné par le changement d'attitude de Melinda. Mais cela m'amène à réitérer ma question : avez-vous la *moindre* idée des conséquences de votre intervention ?

Le ton qu'il avait employé, autant condamnatoire qu'accusateur, déplut à Henrietta. Elle se retourna pour lui faire face. Sa mère avait insisté pour qu'elle assistât, en sa compagnie et en celle de Mary, à la soirée donnée par Lady Campbell. Elle avait obéi, mais l'événement ne présentait pas de grand intérêt pour elle. La plupart des invités étaient très jeunes : de jeunes ladies faisant leurs débuts dans le grand monde, de jeunes gentlemen tout juste arrivés en ville, et tous accompagnés de leurs mères. Mais Lady Campbell était l'une des meilleures amies de sa mère et, après avoir fait avec soin le tour du salon, Henrietta avait trouvé refuge dans une alcôve en partie dissimulée par un énorme palmier en pot. Et c'était là que James l'avait trouvée.

Et piégée : impossible pour elle de s'enfuir à moins qu'il ne recule.

Elle n'était pas du genre à se démonter pour si peu mais, sans qu'elle sache trop pourquoi, son pouls s'était accéléré.

— Je n'ai rien fait d'autre que dire la vérité à Melinda, c'est-à-dire que vous deviez vous marier pour toucher la totalité de votre héritage.

Elle plissa les yeux en signe d'avertissement : il était hors de question qu'elle fût tenue pour responsable des manquements de James.

— Vous n'aviez pas pensé à l'en avertir, poursuivit-elle. Melinda tient à faire un mariage d'amour mais, même si elle m'a interrogée sur vos sentiments à son égard, j'ai refusé tout net de me prononcer sur ce point. Je l'ai laissée seule juge. Et, si vous avez échoué à la convaincre de votre amour, je ne pense pas que vous puissiez me faire porter ce tort.

Il plissa les yeux à son tour. D'ordinaire d'un brun chocolat dans lequel on avait envie de plonger avec abandon et gourmandise, ils avaient à l'instant présent l'inflexibilité et la dureté d'éclats d'agate.

— C'est bien ce que je pensais : vous n'avez pas conscience du chaos que vous avez causé, pas seulement pour moi, mais aussi pour beaucoup d'autres personnes.

Elle cilla, interdite.

— Que voulez-vous dire ?

Il sembla ne pas l'entendre. Ses yeux continuaient à la transpercer. Sur son visage était plaqué un masque de colère contenue et d'agacement.

— Simon a plusieurs fois fait allusion à votre manie de vous mêler de tout, à cette façon que vous avez de fouiller dans la vie d'autrui pour vous divertir.

Le ton qu'il avait employé eut raison de la patience de Henrietta. Elle explosa.

— Vous n'êtes pas amoureux de Melinda !

— Non, en effet. Mais ai-je jamais prétendu le contraire ?

Il avait baissé la tête vers elle, de sorte qu'ils se parlaient face à face, très près l'un de l'autre. La diction de James était si heurtée que ses mots semblaient des flèches — ou même des javelots.

Elle chercha ses yeux, scruta les traits durs et austères de son visage. Ses émotions affleuraient juste en dessous de cette rigidité de surface. Elle percevait clairement sa colère et son énervement, mais aussi une inquiétude, une angoisse, une fébrilité sous-jacentes. Et sous tout cela se tapissait une fine couche de peur. Mais James n'avait pas peur pour lui-même, elle le sentait. Il avait peur pour quelqu'un ou quelque chose dont il se sentait responsable.

Elle voulut comprendre.

— Que..., eut-elle à peine le temps de commencer.

— N'avez-vous jamais songé que certains hommes pouvaient être soumis à d'autres pressions — n'ayant rien à voir avec l'amour — susceptibles de les obliger à devoir se marier ? Comment diable voulez-vous que ces hommes fassent — d'un point de vue matrimonial — s'ils se heurtent à des gens comme vous, à des gens qui se mêlent de ce qui ne les regarde pas ?

Il prit une grande inspiration, puis, avec plus de force encore et sans même élever la voix, il porta le coup de grâce :

— Vous semblez ne pas vouloir voir le mal que vous avez causé. Mais si au moins je peux vous convaincre de cesser de vous mêler de ce qui vous échappe et qui ne vous concerne pas, alors tout cela aura au moins servi à quelque chose.

Le regard qu'il lui adressa contenait une bonne dose de dégoût, ainsi qu'une pointe de déception. Il recula de quelques pas, s'apprêtant à partir.

Elle l'attrapa par le revers de sa veste, bien décidée à ne pas le laisser filer si vite.

Il s'immobilisa, considéra les doigts de Henrietta agrippés à son habit, puis leva lentement les yeux vers elle et haussa un sourcil dédaigneux.

Elle ne se laissa pas impressionner et riposta d'un regard hostile qui lui rendait colère et énervement à égale mesure.

— De quoi me parlez-vous ? demanda-t-elle d'une voix aussi heurtée que celle de James.

Elle n'allait en aucun cas le laisser proférer de telles paroles, sibyllines mais blessantes, et disparaître à si bon compte.

Il soutint son regard pendant un long moment, puis considéra de nouveau la main de Henrietta. Sa colère n'avait pas faibli.

Pourtant, avec un calme apparent, presque avec nonchalance, il déclara :

— Etant donné que vous avez choisi de vous intéresser à ma situation matrimoniale, vous êtes peut-être en droit de connaître toute l'histoire...

Il leva la tête pour la fixer dans les yeux avant de poursuivre :

— Et l'étendue des problèmes que votre intervention bien mal avisée a causés.

Un éclat de rire de l'autre côté du palmier les fit tous les deux tourner la tête dans cette direction. Un groupe de jeunes gens s'étaient rassemblés tout près, échangeant des secrets avec enthousiasme.

— Mais pas ici, ajouta James en la dévisageant de nouveau.

Elle le lâcha enfin, et n'eut pas peur de le regarder droit dans les yeux.

— Où cela ?

Il jeta un coup d'œil autour de lui, puis fit un signe de tête vers la droite.

— Par ici.

Il la conduisit hors du salon, et la fit traverser un vestibule puis un couloir. Elle le suivit, en marchant vite, sans se laisser distancer d'un pas.

A sa grande surprise, le collier — les perles en améthyste, mais surtout le pendentif de quartz rose qui s'arrêtait juste au-dessus de son décolleté — donnait l'impression curieuse d'être tout chaud. Mary, bien entendu, avait vérifié qu'elle le portait comme promis, et Henrietta soupçonnait sa petite sœur d'avoir murmuré deux ou trois choses à l'oreille de Hannah ; sa femme de chambre avait cherché parmi toutes ses nouvelles robes pour trouver celle qu'elle portait en ce moment : assez près du corps, en soie rose irisé avec un décolleté en cœur qui encadrait parfaitement ce satané collier. Ses jupes évasées s'enroulaient autour de ses jambes alors qu'elle suivait James de couloir en couloir.

Lorsqu'il finit par s'arrêter à l'entrée d'une pièce, il porta un doigt à ses lèvres, puis tourna la poignée et ouvrit la porte en silence.

De toute évidence, il s'agissait du bureau du maître de maison. On avait laissé une lampe posée sur la table en guise de veilleuse.

Aux aguets, ils jetèrent tous deux un rapide coup d'œil à l'intérieur, mais la pièce était vide.

James fit signe à Henrietta d'entrer, avant de la suivre et de refermer la porte.

Elle se dirigea directement vers la chaise qui était derrière le bureau pour s'asseoir, ce qui ne le surprit guère. Elle fit pivoter son siège pour lui faire face pendant qu'il marchait en long et en large devant la cheminée juste à côté du bureau. Son humeur actuelle s'accordait mal avec la position assise. Il avait envie de crier, mais ce bouillonnement de colère était alimenté par un sentiment d'impuissance sans fond. Comment diable allait-il faire ?

Et pourquoi était-il en train de perdre le peu de temps dont il disposait à expliquer quoi que ce soit à Henrietta Cynster ? A la sœur de Simon ?

Pour être honnête, il n'en savait rien, mais il avait été piqué au vif par le fait que celle-ci se permît de mettre son nez dans ses affaires privées. D'une certaine façon, il voyait son comportement comme un abus de confiance, ou plutôt comme une traîtrise. Il se serait attendu à mieux de la part de la sœur de son meilleur ami. Il ne la connaissait peut-être pas très bien, mais elle savait sans aucun doute quel type d'homme il était, c'est-à-dire quelqu'un qui partageait les mêmes valeurs que son frère. Il était agacé, perturbé même, qu'elle le vît sous un jour malhonnête, et qu'elle eût pensé ne fût-ce qu'une seule seconde qu'il aurait menti à Melinda, ou tout du moins qu'il lui aurait dissimulé la vérité sans lui expliquer clairement la situation dans laquelle il se trouvait. A présent, Melinda l'avait congédié avant qu'il ait eu l'occasion de présenter la situation en question.

— Alors ? demanda Henrietta en le fixant de son regard bleu pâle. Qu'est-ce que je ne comprends pas ? Quelle est donc « toute l'histoire » dont vous m'avez parlé ?

Il la regarda dans les yeux un moment, puis, arpentant toujours la pièce, répondit :

— Ma grand-tante, comme vous le savez, est morte il y a presque un an, le 1er juin de l'an passé pour être précis. J'étais son petit-neveu préféré et elle voulait être sûre que je me marie. Cela a toujours été l'un de ses objectifs, qu'elle a poursuivi sans relâche pendant ces dix dernières années, et même avant cela. Cependant, elle a fini par apprendre qu'elle allait bientôt mourir et, dans son testament, elle m'a cédé ses possessions immobilières : un manoir de campagne avec des terres et plusieurs fermes dans le Wiltshire, ainsi qu'une grande maison en ville, tous les deux en parfait état et tenus par un personnel aussi nombreux que compétent. Elle m'a aussi légué la somme nécessaire à leur bon entretien, mais pour une année seulement. Après cela, pour avoir accès à la rente nécessaire pour entretenir les maisons et les fermes et surtout pour faire vivre tous les gens qui y travaillent...

Il s'interrompit et fixa Henrietta.

— Ma chère tante a stipulé que je devais me marier dans l'année suivant sa mort. Ce qui veut dire avant le 1er juin de cette année.

Henrietta cligna des yeux, puis scruta son visage.

— Que se passera-t-il si ce n'est pas le cas ?

— Les terres, les maisons, les fermes, tout reste à moi c'est-à-dire que tout reste sous ma responsabilité, mais il est absolument impossible que je continue à les entretenir avec mes fonds propres sans avoir accès à la rente de ma grand-tante. Ce qu'elle savait parfaitement bien.

— Sans argent, que se passerait-il alors ?

— Eh bien, je devrais me séparer de tout le personnel, à l'exception des intendants peut-être, et condamner les maisons. Et, pour ce qui est des fermes, je n'ai aucune idée de ce que je pourrais continuer à faire fonctionner, mais ce ne serait pas grand-chose. Oh ! Et, au cas où vous me suggéreriez de vendre une partie des terres pour pouvoir conserver les maisons, ma grand-tante a fait en sorte que ce me soit impossible.

— Ah.

Elle marqua un temps d'arrêt, sans doute pour réfléchir à ce qu'elle venait d'apprendre, puis déclara :

— Donc, pour continuer à faire vivre tous les gens employés par votre grand-tante, ou par vous, maintenant, vous devez être marié au 1er juin de cette année ?

Il ne prit pas la peine de répondre, et se contenta d'esquisser un hochement de tête.

Sans le quitter des yeux, elle fronça légèrement les sourcils.

— Vous vous y êtes pris un peu tard, ne trouvez-vous pas ?

Le regard qu'il lui adressa était tout sauf patient.

— Quand elle m'a laissé un an pour trouver une épouse convenable et convoler, ce que ma grand-tante a négligé, d'abord, c'est le changement survenu dans les mœurs depuis le temps de sa jeunesse. A son époque, tous les mariages dans la haute société étaient arrangés selon des critères purement matériels, où l'amour n'entrait jamais en ligne de compte. Elle s'imaginait donc que trouver une épouse ne serait pour moi qu'une simple formalité. Elle n'a pas non plus pris en considération la période de deuil imposée à notre famille par mon père et mon grand-père, ni les mois qu'il m'a fallu pour me mettre au courant de ses affaires, avec tout le respect dû à l'héritage qu'elle m'a laissé. Bien que le domaine soit situé dans le Wiltshire, pas très loin de Glossup Hall, et que je m'y sois rendu quelquefois au fil des années, je n'imaginais pas qu'elle avait l'intention de me le léguer dans sa totalité, et donc je ne m'étais pas préparé à devoir le gérer...

Incapable de garder son calme plus longtemps, incapable, pour une raison qu'il ne comprenait pas bien, de continuer à cacher son agitation, il se passa la main dans les cheveux et reprit ses allées et venues devant la cheminée.

— Avez-vous idée de la pagaille que vous avez mise ? demanda-t-il en laissant retomber sa main. Pendant un mois, j'ai passé en revue toutes les candidates potentielles, et Melinda Wentworth me semblait être celle qui conviendrait le mieux. Elle me paraissait être la plus susceptible d'accepter une demande en mariage qui n'aurait pas été dictée par l'amour. Elle n'était, d'après ce que je pouvais en juger, amoureuse de personne d'autre. Elle est âgée de vingt-six ans et doit avoir peur de finir célibataire. Et c'est quelqu'un de réfléchi, également, quelqu'un que j'aurais sans peine imaginé à mes côtés pour me seconder dans la gestion du domaine. J'ai passé plus de *un mois* à lui faire la cour.

Il se retourna sans crier gare et croisa le regard de Henrietta.

— Mais désormais tout est fini. Tous ces efforts pour rien,

balayés, dit-il en accompagnant ses paroles d'un large geste de la main. Ce qui me laisse quatre misérables semaines pour trouver une jeune femme de bonne famille et en faire l'épouse dont j'ai absolument besoin.

Il s'arrêta devant Henrietta et la toisa.

— Et la responsabilité de cette effroyable situation, qui pourrait affecter de façon dramatique et irréversible l'existence de personnes innocentes, peut vous être imputée autant qu'à moi.

Un frisson d'effroi parcourut Henrietta. Prisonnière du regard de James, lequel était bouillant de colère, rongé par l'inquiétude, elle parvint juste à articuler un petit « oh ».

La maîtrise de soi qu'il avait réussi à conserver jusque-là se fissura. Incrédule, il la fixa.

— *Oh ?* Est-ce tout ce que vous trouvez à dire. « Oh ? »

Pivotant brusquement sur ses talons, il s'éloigna, puis s'arrêta, se retourna et revint à la charge.

— « Oh ! » Mais c'est encore pire que ce que je croyais !

Il paraissait vraiment ébranlé lorsqu'il s'arrêta devant elle et la dévisagea.

— Je viens juste d'y songer : désormais tous les membres de la haute société londonienne, et en particulier les jeunes filles à marier ainsi que leurs familles, vont savoir, après cette histoire avec Melinda Wentworth, que vous avez rendu votre jugement et que vous m'avez trouvé intéressé. Que vous ne m'avez pas trouvé convenable.

Il plongea ses deux mains dans ses boucles brunes dans un geste de désespoir et se détourna.

— Argh ! Mais que vais-je devenir ? Comment vais-je faire maintenant pour trouver l'épouse dont j'ai absolument besoin ?

Henrietta ne répondit d'abord rien. Puis, quand il s'éloigna davantage, elle lança :

— Je vais vous aider.

Elle ne savait même pas qu'elle allait prononcer ces mots. Ils s'étaient formés sur ses lèvres et lui étaient sortis de la bouche sans qu'elle en ait réellement conscience.

C'était une réponse quasi instinctive à ce qu'elle avait entendu, à ce qu'elle voyait, et à ce qu'elle *savait* en son for intérieur.

Lui tournant le dos, il s'immobilisa. Quelques secondes de silence s'écoulèrent, puis il tourna lentement la tête et, l'air perplexe, la regarda.

— Qu'avez-vous dit ?

Elle s'humecta les lèvres et, avec davantage de résolution, déclara :

— J'ai dit que j'allais vous aider.

Toujours avec la même lenteur calculée, il se retourna complètement pour lui faire face. Il semblait de plus en plus désorienté.

— Au cas où vous ne seriez pas au courant, on vous appelle « la démarieuse ». Vous brisez les unions que vous désapprouvez, comme celle entre Melinda et moi.

— C'est faux.

Elle prit une grande inspiration, avant d'expliquer avec calme :

— Je ne fais que dire ce que j'ai appris aux jeunes femmes qui me demandent de découvrir la vérité au sujet de leur fiancé potentiel. A titre d'information, je bénis autant d'unions que j'en défais et, contrairement à ce que tout le monde pense, les unions que je valide ne sont pas toutes fondées sur l'amour.

Elle soutint son regard sans trembler.

— Toutes les jeunes femmes ne souhaitent pas contracter un mariage d'amour. La plupart d'entre elles, si, de nos jours... Mais pas toutes.

Elle marqua un temps d'hésitation durant lequel elle scruta son regard, son visage. Ni l'un ni l'autre n'étaient très expressifs, mais elle crut déceler comme une lueur d'espoir, ce qui l'encouragea à poursuivre.

— Je ne connaissais pas votre situation, mais maintenant que je sais... je peux vous aider. Je peux vous dire quelle jeune femme est susceptible de convenir et, si ces dames de la haute société me voient vous seconder, elles sauront que la raison pour laquelle Melinda s'est dérobée n'était pas liée à vous personnellement, mais plutôt à ses attentes, ses désirs et ses souhaits. En d'autres termes, elles comprendront que vous n'étiez pas faits l'un pour l'autre, mais mon soutien affiché préviendra toute autre spéculation sur la question.

Elle s'interrompit, pencha la tête et l'étudia calmement pendant qu'elle réfléchissait.

— Je reconnais que cela tient du défi — vous trouver une bonne épouse en à peine quatre semaines — mais, si nous collaborons, il se peut que nous puissions le relever.

Ce fut au tour de James d'incliner la tête tout en la scrutant à travers ses yeux légèrement plissés.

— Vous feriez cela ?

Elle redressa la tête et acquiesça avec vigueur et conviction.

— Oui, sans aucun doute. Je ne cherche pas à m'excuser d'avoir écarté Melinda de votre chemin, car cette union n'était pas une bonne idée. Mais étant donné votre situation et, comme vous l'avez si bien souligné, les conséquences fâcheuses de mon intervention pour vos projets, et comme vous avez toujours été un ami très cher pour Simon... Bref, étant donné toutes ces circonstances, vous aider à trouver cette épouse si convoitée me semble la moindre des choses que je puisse faire.

Il la fixa comme s'il n'arrivait pas à croire ce qu'elle venait de dire et qu'il ne savait quoi répondre. Il finit par lâcher :

— Si j'ai bien compris, la « démarieuse » va se faire « marieuse » ?

Elle leva le menton.

— Je ne m'oppose qu'aux unions vouées à l'échec, mais là n'est pas la question. Je vous répète que, si nous travaillons main dans la main, il se peut que nous ayons une chance de vous marier avant cette fatale échéance.

Il l'observa pendant quelques instants supplémentaires, avant de hocher lentement la tête.

— Très bien. Donc... par quoi commençons-nous ?

Ils convinrent de se retrouver à Hyde Park le lendemain matin.

Joliment vêtue d'une robe de promenade en serge bleu ciel, Henrietta attendait à l'intérieur du parc, à quelques dizaines de mètres à peine de Grosvenor Gate, non loin de chez elle, quand

James arriva à grands pas en longeant Park Lane et tourna au niveau du portail.

A sa vue, le cœur de Henrietta se serra et sa poitrine se contracta de façon inexplicable, l'empêchant de respirer normalement. A un point tel qu'il aurait été difficile de prétendre que James n'en était pas la cause, d'autant qu'il n'y avait personne d'autre aux alentours. Mais c'était tout bonnement absurde.

Certes, comme à son habitude, il était vêtu de façon impeccable et incarnait l'élégance masculine de la haute société londonienne. Son manteau en drap de laine de Bath était coupé de façon exquise, sa veste bleue aux discrètes rayures argent était d'une distinction sans pareille, et sa cravate nouée avec superbe devait susciter la jalousie de tous. Et pourtant... Quelque peu agacée par ce trouble regrettable qu'il faisait naître en elle — elle avait vingt-neuf ans, pour l'amour du ciel ! Ce qui était trop vieux pour s'émouvoir à la vue d'un homme, quel qu'il fût — elle tenta de dissiper son émoi et, comme elle n'y parvenait pas, essaya au moins de l'ignorer.

Quand il aperçut Henrietta, il se dirigea droit vers elle, d'un pas empreint d'une grâce toute féline. Une fois qu'il l'eut rejointe, il sourit et inclina la tête en guise de réponse à son hochement de tête poli.

— Belle matinée, n'est-ce pas ?

— En effet. J'ai pensé que nous pourrions nous asseoir sur le banc qui est là-bas.

Contenant son émotivité d'une main de fer, elle désigna un banc inoccupé de son ombrelle.

— Nous serons assez éloignés des zones les plus en vue du parc pour être sûrs de ne pas être dérangés.

Tout en se dirigeant vers le banc, elle poursuivit :

— J'ai besoin de me faire une meilleure idée sur le type de jeune femme que vous recherchez. Et ensuite il faudra que nous mettions au point notre plan d'action pour la trouver.

Grand, mince et fort comme il l'était, il la rejoignit en quelques enjambées.

— Si établir un plan d'action me paraît indispensable, je me trouve en revanche assez mal placé pour faire le difficile.

— Ne dites pas de bêtises !

Arrivée devant le banc, elle s'assit en relevant légèrement ses jupes et le considéra en fronçant les sourcils.

— Vous êtes un Glossup. Vous ne pouvez pas épouser n'importe qui.

A son regard, elle comprit qu'il n'en était pas si sûr.

— Je suis désespéré, n'oubliez pas.

Il s'assit à ses côtés et parcourut des yeux le gazon entretenu avec le plus grand soin.

— Désespéré par le manque de temps, peut-être, répliqua-t-elle, mais pas désespéré par le manque de choix.

— Vous avez l'air d'en savoir plus que moi sur mon propre sort. Je m'incline donc devant votre science. Alors, demanda-t-il en la regardant, par quoi commençons-nous ?

Henrietta prit quelques instants pour réfléchir. Elle avait passé la moitié de la nuit à se demander pourquoi elle avait proposé de l'aider, pourquoi elle avait obéi à cette espèce d'appel qu'elle avait perçu en elle. Certes, elle s'y était sentie obligée, étant donné que les difficultés auxquelles il se trouvait confronté avaient été en partie causées par ses actes à elle, même si elle ne regrettait pas d'être intervenue dans cette histoire. Certes, James était le meilleur ami de Simon, et elle ressentait une autre forme d'obligation à cause de cela. Mais elle s'était rendu compte que, ce qui l'avait poussée à lui proposer son aide, c'était avant tout le sentiment de culpabilité. Elle avait mal jugé James. Elle n'avait pas su reconnaître en lui le moindre sens de l'honneur, alors qu'en tant que Cynster elle savait bien à quel point cette qualité était importante et recherchée par les hommes autant que par les femmes.

Et il était très facile de voir à quel point tous les actes de James étaient dictés par son dévouement sans faille au bien-être des personnes dont la survie dépendait à présent de lui. Rien ne l'avait obligé à porter ce fardeau, et pourtant il tenait à assumer ses responsabilités. Et, d'après ce qu'elle pouvait en juger, cela ne lui était même pas venu à l'esprit de tout abandonner, même si, en réalité, il aurait très bien pu le faire. Même sans l'héritage de sa grand-tante, il était assez riche pour vivre sa vie sans rien demander à personne, mais il ne l'avait pas fait. Il n'y avait même pas songé. Il était difficile d'adopter une conduite plus honorable que celle-ci.

Même si la totalité des facteurs qui l'avaient poussée à aider James lui échappait encore, le sentiment de culpabilité avait lourdement pesé dans la balance.

S'installant plus confortablement sur le banc, elle demanda :

— Dites-moi ce que vous ne voulez pas et, à l'opposé, ce que vous recherchez tout particulièrement chez votre future épouse.

Les yeux posés sur les arbres et les plates-bandes qui se trouvaient devant eux, il prit un moment pour réfléchir avant de répondre.

— Pas d'écervelée, ni d'empotée. Et si possible pas quelqu'un de trop jeune. Qu'elle ait une dot ou pas n'est pas important mais, comme vous l'avez fait remarquer, il faut qu'elle soit de bonne famille, si possible de la plus haute aristocratie. Si elle sait monter à cheval, c'est un plus, mais la sociabilité est, je pense, le plus essentiel des critères.

Il s'interrompit, avant de demander :

— Que dois-je vous dire d'autre ?

Henrietta esquissa un sourire.

— Vous avez oublié de préciser que, même sans être le plus précieux des diamants, elle devait être au moins assez jolie.

— Ah... Mais vous le saviez déjà.

Les yeux mi-clos, il lui décocha un regard malicieux.

— Vous me connaissez si bien.

Henrietta ne protesta pas.

— Je connais assez bien votre type, c'est vrai.

Puis elle passa mentalement en revue ses réponses, et demanda :

— Y a-t-il des caractéristiques physiques que vous préférez ? Les blondes plutôt que les brunes, les grandes plutôt que les petites, tout cela...

Des cheveux châtain foncé, plus grande que la moyenne, des yeux bleu tendre, un peu comme vous.

Mais James s'abstint de prononcer ces mots et, à la place, répondit :

— En toute honnêteté, je m'intéresse plus au contenu qu'à

l'emballage, si vous me permettez de m'exprimer de façon quelque peu triviale. Plus à ce qui se trouve à l'intérieur qu'à ce qui se voit de l'extérieur.

Il lui jeta un coup d'œil en coin avant de poursuivre :

— Dans les circonstances actuelles, il est plus important que j'épouse une femme au caractère bien trempé qui m'accepte tel que je suis et qui accepte le statut que je lui propose pour ce qu'il est, et qui est prête à se consacrer avec dévouement à son métier d'épouse.

Elle le fixa dans les yeux, sonda un instant son regard puis inclina la tête et déclara :

— C'est une attitude admirable, et une excellente réponse.

Au bout d'un moment, elle poussa un petit soupir.

— Nous savons donc à présent quel type de femme nous cherchons.

— Et donc, comment allons-nous la trouver ?

— Avez-vous apporté vos invitations comme je vous l'avais demandé ?

Il fouilla dans sa poche et en sortit tout un paquet de cartes qu'il avait reçues.

Elle les prit, les posa sur ses genoux et commença à les passer en revue. Mais elle s'arrêta bien vite, l'air ennuyé.

— Vous ne les avez pas classées.

— Non... J'aurais dû ?

Elle le regarda, perplexe.

— Comment vous y retrouvez-vous ?

Lorsqu'il cligna des yeux, sans sembler comprendre ce qu'elle voulait dire, elle soupira et fit un vague geste de la main.

— Non, cela ne fait rien... Tenez.

Elle reforma le paquet de cartes et le lui tendit.

— Classez-les par dates, en commençant par ce soir. Et bien sûr nous ne nous intéressons qu'aux soirées auxquelles assisteront des jeunes femmes à marier de la haute société.

— Hum...

Cela supprimait une bonne moitié des invitations qu'il avait reçues. Ecartant à contrecœur les autres — celles qui concernaient des invitations à dîner avec des amis dans divers clubs, ou d'autres événements semblables —, il tria ce qui restait selon les instructions qu'il avait reçues.

Pendant ce temps, elle ouvrit son réticule, fouilla à l'intérieur et en sortit un carnet de taille moyenne à couverture en cuir. Elle l'ouvrit, aplatit les pages et le posa sur ses genoux.

Il jeta un coup d'œil et se rendit compte qu'il s'agissait de son carnet de rendez-vous. Il était à peu près cinq fois plus gros que le sien, et était à peu près cinq fois plus rempli pour chaque jour.

Elle attendit — avec patience — qu'il terminât son classement.

— Très bien, déclara-t-elle alors. Commençons par ce soir.

Elle feuilleta parmi les pages de son carnet.

— Etes-vous invité à la réception chez Lady Marchmain ?

Il l'était. Ils passèrent en revue les deux semaines à venir, notant les événements qu'elle jugeait les plus utiles pour le but qu'ils partageaient désormais et pour lesquels il avait déjà reçu une invitation. Pour les autres, elle promit de parler aux hôtesses concernées.

— Il n'y a pas une seule lady qui refuserait de vous avoir pour invité, surtout si elle soupçonne que vous êtes à la recherche d'une épouse.

— Ah..., fit-il alors qu'une vision d'horreur s'imposait à lui. Nous n'allons pas déclarer publiquement qu'il me faut de toute urgence une épouse, n'est-ce pas ?

— Non, nous n'irons pas jusque-là.

Elle le regarda, comme si elle réfléchissait à ce qu'elle pouvait lui dire ou pas, ou encore à la façon de lui révéler une mauvaise nouvelle.

— Cela dit, puisque vous avez déjà courtisé Melinda, mais que vous avez cessé tout rapport avec elle, la plupart des gens vont savoir, ou tout du moins soupçonner, que vous recherchez activement une épouse dans votre entourage. Mais tant que vous êtes avec moi, sous mon aile pour ainsi dire, je doute fort qu'on vous prenne en chasse.

— Oh... Tant mieux.

Il ignorait s'il devait se sentir rassuré ou pas. Au bout d'un moment, il précisa :

— A dessein, je n'ai dit à personne que j'étais pressé par le temps. Je suppose que, si je fais état de ma situation désespérée, je ne pourrai apparaître en public sans attirer les foules.

Elle émit un petit rire.

— C'est très probable. Passer sous silence l'échéance à laquelle vous devez vous soumettre est sans nul doute plus sage.

Revenant à son carnet, elle feuilleta les pages concernant les semaines à venir.

— Mais à ce propos, étant donné que même moi je n'ai pas eu vent que vous deviez respecter une échéance pour trouver une épouse alors que je suis au courant de tout ce qui se passe dans la haute société, je n'imagine pas un seul instant que quelqu'un d'autre puisse le découvrir. Donc n'ayez aucune crainte à ce sujet.

Il hocha la tête en guise d'assentiment, avant de se rappeler qu'elle ne le regardait pas. Il ajouta donc simplement :

— Merci.

Elle leva la tête vers lui. Ses yeux bleu pâle brillaient, ses lèvres roses et délicatement ciselées esquissaient un sourire absent. Il sentit comme une flèche lui transpercer la poitrine et l'ébranler tout entier au moment même où il se rendait compte à quel point le petit mot qu'il venait de prononcer était sincère.

Il chercha son regard.

— Et merci pour tout le reste, également. Je ne sais vraiment pas ce que j'aurais fait — comment j'aurais rebondi — si vous n'aviez pas proposé votre concours.

Le sourire de Henrietta s'élargit, et ses jolis yeux se plissèrent.

— Eh bien, c'est un défi que nous allons tenter de relever.

Elle referma son carnet et le rangea dans son réticule, avant de hocher la tête.

— Maintenant que nous avons défini les lignes directrices de notre plan d'action, nous devrions commencer à dresser une première liste.

Elle se leva et il l'imita. Il lui aurait volontiers proposé son bras, mais elle tendit son ombrelle, la secoua et l'ouvrit, en l'inclinant de façon à protéger son visage du soleil. Puis elle le toisa et haussa un sourcil, le regard plein de défi.

— Prêt ?

D'un signe de tête, il signifia son accord et l'encouragea à se mettre en route. Puis il se plaça à côté d'elle, avec détermination, sans rien montrer de sa fébrilité intérieure, et ils longèrent les parterres en direction de Park Avenue, des attelages qui encombraient désormais ses bas-côtés, des hordes de jeunes femmes vêtues à la dernière mode et d'élégants gentlemen en train de discuter et de prendre l'air.

Il avançait sans se presser, ajustant son pas à celui de Henrietta. Alors qu'il gardait encore un fond de méfiance et qu'il avait toujours du mal à se faire à l'idée qu'elle — « la démarieuse » — avait réellement accepté de l'aider, elle était pourtant bel et bien là, et elle était bel et bien en train de l'aider. Et il lui en était reconnaissant plus qu'il n'aurait su le dire.

En tout cas, il ne s'était pas attendu à rêver d'elle la nuit précédente. Et pourtant c'était bien ce qui s'était produit. Il ne se souvenait pas de la dernière fois où il avait rêvé d'une femme en particulier plutôt que d'une vague silhouette féminine. Mais pas de doute, la nuit passée, c'était bien Henrietta qui avait peuplé ses rêves. C'était son visage, les expressions sur ses traits qui l'avaient non pas hanté, mais fasciné. Elle avait subjugué son inconscient.

Son rêve — ou plutôt ses rêves — n'avait rien eu de salace comme la plupart du temps quand il rêvait de femmes. Ce qui était tout aussi bien, car Henrietta était tout de même la sœur de son meilleur ami. Mais la teneur de son rêve l'avait pris de court et l'avait laissé perplexe. Dans son rêve, on aurait presque dit qu'il la vénérait — mais c'était peut-être juste sa gratitude qui s'était manifestée de cette façon.

Ce qui était très probablement le cas, essaya-t-il de se convaincre, et il se concentra sur les foules dont ils s'approchaient à vue d'œil. Penchant la tête vers Henrietta, il murmura :

— Que dois-je faire ?

Elle lui adressa un coup d'œil scrutateur.

— Rien en particulier, répondit-elle.

Il appréciait qu'elle soit plus grande que la moyenne, comme cela, il pouvait facilement voir son visage.

— Détendez-vous, reprit-elle, et laissez-moi me charger de tout.

Le ton qu'elle avait employé le fit sourire. Il releva la tête et regarda droit devant lui.

— A vos ordres. C'est parti !

Contre toute attente, les rencontres et les conversations se firent beaucoup plus facilement qu'il ne l'aurait craint. La bonne réputation de Henrietta était telle qu'elle aurait pu aller trouver toutes les dames et toutes les mères présentes, et elle put donc le présenter à qui elle voulait, élargissant par là même son cercle de connaissances, et augmentant ses chances de rencontrer des jeunes filles à marier.

L'heure qui suivit se passa en conversations paisibles. Alors qu'ils passaient d'un groupe à un autre, se retrouvant un temps seul à seule, Henrietta tira sur sa manche. Il tourna la tête vers elle, et elle désigna du regard quelques personnes en train de discuter un peu plus loin.

— C'est Miss Carmichael, expliqua-t-elle. Elle aurait fait une bonne candidate, ou au moins elle aurait pu figurer sur votre liste, mais, d'après les derniers on-dit, Sir Peter Affry se montrerait de plus en plus pressant envers elle. C'est lui que vous voyez à ses côtés. Comme le temps vous est compté, je ne vois pas l'intérêt pour vous de le gâcher à courtiser Miss Carmichael. Je pense que nous aurons d'autres candidatures à examiner, sans avoir besoin de nous intéresser à cette demoiselle que semble convoiter un gentleman tout à fait comme il faut.

Curieux, James regarda par-dessus l'ombrelle de Henrietta, vers le groupe en question. Une jeune femme blonde aux boucles abondantes était entourée d'une nuée de gentlemen. La jeune lady qui la tenait par le bras ne semblait pas susciter le même intérêt que sa compagne, en revanche. Le jeune homme qui se tenait aux côtés de la beauté blonde fixait l'avenue, avant de tourner la tête vers elle et de lui sourire. Il était un peu plus vieux que les gentlemen qui se promenaient aux alentours. Il avait un visage marquant, aux traits un peu sombres.

James regarda Henrietta.

— J'ai déjà entendu parler d'Affry. C'est une étoile montante du parti whig.

— En effet, mais il ne fait encore que débuter en politique.

Henrietta prit un air perplexe.

— Je ne sais pas bien pourquoi tout le monde ne parle que de lui en ce moment, dit-elle, mais en tout cas il me semble tout à fait charmant.

— Charmant ou charmeur ? Ce n'est pas la même chose... Passons notre chemin en tout cas.

Puis, sans insister, James désigna le groupe vers lequel ils se dirigeaient.

— Alors, mon commandant, à qui avons-nous affaire cette fois ?

Henrietta étouffa un petit rire avant de répondre. Elle continuait de le guider de groupe en groupe. Le comportement et le style de James avaient de quoi l'impressionner. Il était charmant sans donner l'air de se forcer, et son attitude à la fois polie et détendue faisait merveille. Elle aurait pu commettre l'erreur de le croire d'une sophistication toute superficielle — et, de fait, c'était à peu près ce qu'elle avait pensé de lui jusqu'alors —, mais pendant les moments où ils passaient de groupe en groupe il tombait le masque. Alors qu'ils comparaient leurs impressions sur les jeunes femmes qu'ils avaient rencontrées, ses commentaires témoignaient d'un esprit acéré et d'un œil observateur, deux qualités qui faisaient particulièrement écho en elle. Néanmoins, il ne se montrait jamais méchant, ni dans ses paroles ni dans son attitude, et il était toujours d'une courtoisie, d'une distinction et d'un calme qui faisaient honneur à son statut de gentleman.

Il se révélait être d'une profondeur qu'elle n'aurait jamais soupçonnée.

C'était assez perturbant. Mais pas aussi gênant pour elle que l'insistance de ses sens à enregistrer et à réagir à la présence physique de James au moindre mot ou geste. Elle ne pouvait qu'espérer que l'effet s'estomperait quand ils auraient fait plus ample connaissance...

Si elle avait pensé ne fût-ce qu'un instant qu'il faisait exprès de la troubler, elle aurait interrompu sur-le-champ tout contact avec lui et l'aurait laissé se trouver une épouse tout seul. Mais il ne faisait rien du tout — elle était seule responsable de cette hypersensibilité déplacée — et, malgré sa conduite irréprochable durant la matinée, il avait absolument besoin de son aide.

Et, l'un dans l'autre, malgré son trouble, elle s'amusait : oui, relever ce défi l'amusait, tout comme être en sa compagnie.

Après quelques incursions dans les groupes de jeunes femmes qui paradaient sur l'avenue, ils prirent la direction d'Upper Brook Street. Il était 11 h 30 et elle était attendue à déjeuner à midi, tandis que James avait apparemment rendez-vous avec Simon et leur ami commun, Charlie Hastings, quelque part en ville.

— Je trouve que c'était un excellent début, déclara-t-elle lorsqu'ils tournèrent au coin de la rue.

Puis elle jeta un coup d'œil à James, tout en poursuivant :

— Avez-vous vu une jeune femme susceptible de convenir, quelqu'un que nous pourrions faire figurer sur votre liste ?

Oui, vous, songea-t-il, mais bien entendu il se garda de le dire à voix haute.

Troublé par ses pensées, James se gratta le menton en se forçant à regarder bien droit devant lui. Mais que lui passait-il par la tête ? Au bout d'un moment, tentant de redevenir un peu plus raisonnable, il suggéra :

— Miss Chisolm me paraît bien. Et Miss Digby ne semble pas mal non plus.

— Hum. Ne trouvez-vous pas Miss Digby un peu trop... bruyante ? Elle passe son temps à pouffer, vous savez.

— Dieu du ciel... Je n'avais pas remarqué. Rayez Miss Digby. Mais que dites-vous de Miss Chisolm, alors ?

Henrietta hocha la tête.

— A priori, j'approuve ce choix. Je ne sais rien au sujet de Miss Chisolm qui puisse jouer en sa défaveur. Donc, poursuivit-elle en se tournant vers lui, vous la mettriez sur votre liste ?

Il hésita un moment, puis se força à acquiescer.

— Oui. Mettons seulement Miss Chisolm pour l'instant.

La demoiselle en question était une jeune femme bien en chair et d'un naturel agréable, même si, d'après lui, elle possédait quelques fausses idées sur la vie. Cela dit, elle était loin d'être aussi séduisante que la jeune lady qui marchait en ce moment même à ses côtés.

Ils arrivèrent à la demeure de Lord Arthur Cynster et, avec un sourire courtois, James s'inclina avec élégance devant Henrietta pour prendre congé, lui promettant de la retrouver le soir même à la réception donnée par Lady Marchmain.

Il resta sur le trottoir jusqu'à ce qu'elle soit rentrée chez elle. Quand la porte se referma derrière elle, il tourna les talons et, se fourrant les mains dans les poches, se mit en route pour Grosvenor Square.

Tout en marchant, il sonda ses propres sentiments. Ce n'était pas quelque chose qu'il faisait souvent, mais en ce moment précis il n'était pas difficile de comprendre cette espèce de démangeaison qu'il ressentait, juste là, sous la peau. Il aurait vraiment aimé trouver un moyen de suggérer à Henrietta d'inscrire son propre nom sur sa liste, mais... Mais il avait pleinement conscience de son état de dépendance vis-à-vis d'elle. S'il passait par la tête de Henrietta de prendre offense de sa suggestion et de cesser de l'aider, il ne trouverait jamais l'épouse dont il avait tant besoin, de cela il était certain. Leur petite sortie de la matinée lui avait prouvé au-delà de toute mesure à quel point il n'était pas dans son élément dans cette « chasse » à l'épouse. Sans Henrietta, il aurait peut-être réussi à se faire présenter à une ou deux jeunes femmes, tandis qu'avec elle il ne comptait même plus les demoiselles qu'il avait rencontrées.

Et il n'avait plus que quatre petites semaines pour trouver sa fiancée et l'épouser.

Non, vraiment, c'était regrettable, songea-t-il en grimaçant, mais il ne pouvait pas prendre le moindre risque dans cette histoire.

Il releva la tête, retira les mains de ses poches et ralentit l'allure. Etant donné qu'il avait passé la quasi-totalité de la matinée en compagnie de Henrietta, il allait devoir expliquer à Simon ce qui l'amenait à fréquenter assidûment sa petite sœur.

— Elle a fait *quoi* ? demanda Simon Cynster en regardant James qui était assis en face de lui, avant d'éclater de rire.

En plus de Simon, Charlie Hastings se tordait sur son siège, essayant à grand-peine de contenir son fou rire. Mais il surprit le regard misérable de James et dut s'avouer vaincu. Charlie se mit à rire pour de bon jusqu'à ce que les larmes lui coulent des yeux.

Ils étaient assis à leur table habituelle, cachée dans une alcôve dans le fond de la salle principale du Cheval & le Fouet. La taverne était située juste à l'extérieur du quartier du Strand. James attendait, dissimulant tant bien que mal son impatience de voir ses amis retrouver leur sérieux. Il s'attendait à cette réaction, et il pouvait difficilement prétendre être surpris par la façon dont avaient été accueillies les nouvelles qu'il leur avait apprises.

Quand Charlie réussit enfin à reprendre son souffle, il s'exclama :

— Oh là là ! Mon pauvre ami !

En riant toujours, Simon renchérit :

— Qui aurait cru que la démarieuse accepterait de se faire marieuse ? Ton pouvoir de persuasion, mon cher ami, continue de m'impressionner.

Simon leva sa chope pour porter un toast, avant de boire.

— Oui, eh bien...

James se mit à faire tourner sa chope de bière mousseuse entre ses mains et fit la grimace.

— Je suppose que ma situation actuelle est si désespérée, poursuivit-il, et mes moyens si limités, que j'ai dû m'attirer sa sympathie.

— Hum, fit Simon, l'air pensif. Je ne pensais pas Henrietta capable d'élans de sympathie, du moins envers les hommes.

C'était ce que James avait cru comprendre d'après les diverses remarques et les commentaires faits par Simon au fil des années à propos de sa sœur, âgée de deux ans de moins que lui et toujours célibataire, ce qui, maintenant que James y songeait, n'était pas si extraordinaire pour un membre de la famille Cynster. Simon lui-même ne s'était marié que deux ans plus tôt, à l'âge qu'avait à présent Henrietta.

La serveuse apporta leurs plats, et ils entamèrent leur repas. Un silence amical s'installa pendant plusieurs minutes.

Ce fut Charlie qui l'interrompit, dévisageant James par-dessus son assiette de tourte, pour demander :

— Donc c'est terminé avec Melinda ?

James acquiesça.

— C'est irrévocable. Je n'ai plus rien à en espérer. A priori, elle voulait faire un mariage d'amour donc, comme Henrietta l'a bien souligné, nous n'étions vraiment pas faits l'un pour l'autre.

Simon acquiesça.

— Finalement, c'est mieux pour vous deux, non ?

Il avala quelques bouchées avant de poursuivre :

— Que suggère Henrietta, alors ?

James soupira en son for intérieur avant de répondre.

Et ils s'esclaffèrent de nouveau.

James leva les yeux au ciel. Ses amis auraient ri davantage encore s'il leur avait avoué quelles pensées particulières il avait commencé à nourrir vis-à-vis de la démarieuse.

Mais, quand Simon et Charlie retrouvèrent enfin leur sérieux, aucun des deux ne songea à prétendre que suivre le plan de Henrietta était stupide.

Simon agita sa fourchette devant lui.

— Le temps joue contre toi, il ne faut pas l'oublier.

— En effet, acquiesça Charlie. Tu ne peux pas te permettre d'hésiter, et Henrietta, au moins, t'encouragera à rester concentré sur ton but.

Simon acquiesça à son tour, les yeux rivés sur son assiette.

— N'ayant elle-même pas d'intérêt dans cette affaire...

C'était précisément ce que James aurait aimé changer. Pendant qu'ils étaient occupés à vider leurs assiettes, il repensa à tout ce que Simon avait laissé échapper à propos de l'attitude de Henrietta envers les hommes.

Avant tout, elle avait une assez piètre opinion des gentlemen comme lui, même si c'était un point de vue général qui ne visait personne en particulier. Cependant, il lui avait déjà montré qu'il avait une approche dépassionnée du mariage et, même si elle avait accepté de l'aider, elle avait jugé son attitude vis-à-vis de Melinda tout sauf honnête. Il avait des excuses pour s'être comporté de la sorte — et il n'avait pas tout dit à Henrietta — mais le mal était fait. Celle-ci s'était forgé son opinion sur lui. Et en ce qui concernait ses propres attentes, étant donné qu'elle était une Cynster, et même si elle prétendait avoir donné son aval à des mariages d'intérêt, Henrietta voudrait sans doute pour elle-même ce dont toutes les demoiselles Cynster rêvaient : un mariage d'amour.

Car c'était un fait établi que les Cynster se mariaient par amour. Toujours. C'était apparemment une loi du destin, qui n'avait jamais été enfreinte et qui n'était pas près de l'être. Simon, par exemple, était profondément amoureux de celle qui avait été un temps son adversaire farouche et qui était désormais sa femme, Portia. Même James avait remarqué que Simon était depuis longtemps amoureux de Portia. Apparemment, seuls Simon et Portia ne l'avaient pas vu et il leur avait fallu des années — ainsi que deux morts et un assassin — pour ouvrir les yeux.

Simon repoussa son assiette qu'il venait de terminer. Charlie l'imita bientôt. James l'avait déjà fait. Sans un mot, ils vidèrent leurs chopes, puis se levèrent, allèrent payer leur dû au bar, laissèrent un généreux pourboire à leur serveuse tout sourire, et sortirent dans le soleil radieux de ce début d'après-midi.

Ils longèrent le Strand, en direction de Mayfair. Cela faisait si longtemps qu'ils étaient amis qu'ils n'avaient pas besoin de parler en permanence. Leurs silences ne les mettaient en aucun cas mal à l'aise.

Marchant tout à côté de Simon, James regardait dans le vague pendant que, intérieurement, il passait en revue les options qui s'offraient à lui. Il comprenait — ou tout du moins il pensait comprendre — ce que Henrietta devait penser de lui pour le moment. Trouverait-il le moyen de la faire changer de point de vue et de l'amener à le voir sous un meilleur jour ?

Sous un jour suffisamment flatteur pour qu'elle ne rejetât pas la proposition qu'il pourrait lui faire ?

Au moins, elle connaissait déjà tous les détails de son histoire et, comme elle était une Cynster, il pouvait raisonnablement penser qu'elle se laisserait convaincre, peut-être, mais... L'obstacle non négligeable de l'amour demeurait.

Pas plus qu'un autre, il ne savait comment s'y prendre — comment tomber amoureux — mais, malgré la foule de jeunes filles croisées le long de Park Avenue, c'était bien Henrietta qui était restée le seul objet de son attention, et il avait de plus en plus envie — terriblement même — de tenter sa chance avec l'amour.

Qui sait ? Cela lui plairait peut-être.

Et après tout ? Une nouvelle vie s'ouvrirait devant lui, cela lui apporterait peut-être ce qu'il désirait le plus au monde et qu'il n'espérait plus pouvoir atteindre.

Mais c'était sans doute là, précisément, que résidait une part de hasard.

Si seulement il avait su comment amener Henrietta à poser les yeux sur lui — à le regarder vraiment, et à le voir tel qu'il était — et à tomber amoureuse de lui...

Mais qui essayait-il donc d'abuser ? Elle n'allait pas se laisser séduire ainsi. Pas comme par magie. Pas à moins qu'il ne fît un effort évident pour attirer son attention. Mais, ce faisant, il risquerait de dire adieu à l'aide qu'elle avait bien voulu lui accorder et il perdrait toute chance de trouver l'épouse dont il avait absolument besoin.

Simon se tourna vers lui.

— Que penses-tu du tour que viennent de prendre tes affaires ? demanda-t-il.

— A vrai dire, je me sens perdu, répondit-il en évitant le regard de son ami.

Charlie le gratifia d'une tape amicale sur l'épaule.

— Ne t'inquiète pas. Tout va finir par s'arranger, tu vas voir.

James l'espérait. L'avenir de tant de gens reposait entre ses mains.

3

La réception chez Lady Marchmain était toujours l'un des grands moments de la Saison. Cela dit, ce n'était pas une soirée fréquentée par les très jeunes demoiselles faisant leurs débuts dans le grand monde, mais plutôt par celles qui, à l'issue de la première course au mariage, étaient restées sur le bas-côté. Dans l'océan de têtes bien coiffées qui étincelait sous les lustres en cristal, entre les épaules des gentlemen en habits de soirée noirs et les splendides robes aux tons plus intenses portées par les mères et les ladies d'âge plus mûr, l'on pouvait apercevoir les tenues aux couleurs pastel mais remarquables plébiscitées par les jeunes femmes qui, malgré plusieurs Saisons passées dans la haute société, n'avaient encore aucune bague de fiançailles à exhiber.

— C'est bien ce que je pensais, murmura Henrietta, qui avait pour l'occasion revêtu une robe de soie bleue d'un ton un peu plus foncé que ses yeux.

Elle tendit le cou vers la mêlée, puis se pencha vers James, qui se tenait à ses côtés, pour être mieux entendue au milieu du brouhaha causé par ces centaines de langues déliées.

— Nous sommes sûrs de trouver de bonnes candidates dans cette foule.

James contempla la multitude mouvante d'un œil cynique.

— Comment ne pas effaroucher le troupeau ?

— N'ayez pas peur.

Les yeux brillants, Henrietta, visiblement dans son élément, eut un petit rire.

— Faites-moi confiance. Ce ne sera pas si difficile.

Ils se trouvaient sur l'un des côtés de l'impressionnante salle de bal, devant une rangée de grandes portes-fenêtres. Les baies donnaient sur une vaste pelouse qui descendait jusqu'à un petit torrent. Les immenses jardins, peu à peu gagnés par les ombres, s'étendaient à perte de vue.

La propriété des Marchmain se trouvait en dehors de Londres, dans un méandre de la rivière près de Chiswick. James était arrivé relativement tôt, pour être là quand Henrietta ferait son entrée. Il avait pensé qu'elle serait accompagnée de sa mère et de sa sœur, mais elle était apparue seule en haut de l'escalier menant à la salle de bal. Sa silhouette mince avait instantanément captivé l'attention de James. Elle était parée de soie bleue, ce qui rappelait la douce teinte de ses yeux, et s'était drapée dans un châle rehaussé de fils d'or. Il l'avait regardée saluer Lady Marchmain, une dame élégante aux formes généreuses, avec une affection non dissimulée, puis embrasser Lord Marchmain sur la joue avant de descendre, en riant, vers la salle de bal.

James l'avait attendue près de la dernière marche.

Le sourire qu'elle lui avait adressé quand son beau regard bleu avait croisé le sien avait manqué lui faire perdre l'équilibre. Elle l'avait jaugé un instant, durant lequel il avait lu l'approbation dans ses yeux. Il en était resté sonné. Comment dans ces conditions était-il censé ordonner à ses sens indisciplinés de se concentrer sur une autre jeune femme, quelle qu'elle fût ? Il n'en avait aucune idée.

Pourtant...

— Il y a Miss Alcock.

Henrietta se rapprocha encore pour désigner d'un geste discret une jeune femme vêtue d'une robe vert pomme.

— Sa candidature est sérieusement à envisager. Et...

Elle se pencha d'avant en arrière, pour voir entre les paires d'épaules, mettant par là même à l'épreuve les sens déjà bien distraits de James. Le parfum de Henrietta, un mélange subtil d'agrumes et de rose, lui embrumait l'esprit et piégeait sa raison.

— Oui, c'est bien Miss Ellingham, là-bas. J'espérais bien qu'elle serait là.

Henrietta se tourna vers lui.

— Venez. Je vais vous présenter. Ensuite, à moins que je ne me trompe, ce qui m'arrive rarement, les musiciens vont se mettre à jouer et le bal va commencer. Et, pour évaluer une jeune femme, il n'y a pas mieux que de valser avec elle.

Cachant son abattement, il acquiesça. Tout en se demandant ce qu'elle pouvait entendre par « évaluer » (quels critères était-il censé passer au crible ?), il l'accompagna vaillamment dans la foule.

Au bout de quelques pas, il se souvint pourquoi, d'habitude, il évitait ce genre de soirées. Il avait du mal à avancer, devait contourner des obstacles, fendre la masse des invités et faire des efforts pour réussir à suivre Henrietta sans pour autant lui prendre le bras. A plusieurs reprises, lorsqu'ils s'arrêtèrent pour saluer des gens, et parfois discuter, il dut nouer ses mains dans son dos pour s'empêcher de l'attraper par le bras et l'attirer à lui dans un geste protecteur.

Beaucoup de jeunes femmes se seraient collées à lui et s'en seraient remises à ses soins pour se frayer un passage dans la masse des convives, mais Henrietta était totalement à son aise dans cette cohue et elle poursuivait son chemin sans sembler le moins du monde perturbée. Dans cette arène, elle n'avait besoin d'aucune protection. A la limite, c'était plutôt lui qui aurait eu besoin de sa protection à elle.

Cette façon d'évoluer dans la foule semblait quasi instinctive chez elle, et c'était quelque chose qui échappait totalement à James.

Et elle tint sa promesse : au bout d'un moment, il se retrouva à ses côtés dans un petit groupe de personnes parmi lesquelles figurait la jolie Miss Alcock, qui était en train de discuter avec animation. Quand les premières notes de violon se firent entendre, inviter celle-ci à danser ne fut qu'une formalité. Elle accepta avec un doux sourire, et il la conduisit à la piste de danse, en n'étant que trop conscient du sourire approbateur et encourageant que lui adressa Henrietta et qui persista dans son esprit durant toute la valse.

A partir de ce moment, la soirée fut lancée. Henrietta le mena de groupe en groupe, de fiancée potentielle en fiancée potentielle.

Il dansa avec Miss Chisolm, qu'il avait rencontrée dans le parc le matin même, et également avec Miss Downtree et Miss Ellingham.

Lorsqu'il posa la main dans le dos de Miss Swinson et commença à valser avec elle, sa conversation lui parut quelque peu s'essouffler. Par bonheur, sa cavalière eut l'air de trouver son sourire charmant et ses questions sur ses impressions au sujet de la soirée tout à fait à propos.

— Fichtre, il y a un de ces mondes, ne trouvez-vous pas ? dit-elle, avant d'arrondir les yeux, qui bientôt se firent rieurs. Veuillez m'excuser ! Je ne devrais pas m'exprimer ainsi, ni jurer. Mais c'est l'influence de mes frères, les mots m'ont échappé.

James rit de bon cœur.

— Je vous en prie, ne vous censurez surtout pas pour moi.

Elle pencha la tête, le considéra un moment, puis demanda, les yeux toujours rieurs :

— Dans ce cas… Est-ce que, vous, vous appréciez cette soirée ? On n'y voit pas beaucoup de gentlemen tels que vous.

— Vous êtes très perspicace, dirait-on. Je dois admettre que je trouve toute cette foule assez épuisante.

— C'est vrai, mais il s'agit de l'un des événements principaux de la Saison, surtout pour ceux et celles qui ne sont pas encore fiancés.

Pendant qu'ils valsaient, Miss Swinson fut distraite par le léger remous qui semblait se propager parmi les autres couples. Elle regarda autour d'elle, puis s'adressa de nouveau à James :

— A ce propos… Ce couple, là-bas, c'est Sir Peter Affry et la jolie Dulcimea Thorne. Il se murmure qu'il aurait entrepris de faire sa cour à Cassandra Carmichael, mais Dulcimea n'est pas du genre à se laisser éclipser par une autre.

Les déplacements de la valse amenèrent le couple en question dans le champ de vision de James. Il reconnut l'homme que Henrietta lui avait montré le matin même, et prit bonne note de la façon quasi prédatrice dont Miss Thorne semblait s'accrocher au cou de Sir Peter, au mépris de la bienséance et de l'étiquette.

— Miss Thorne semble en effet tout faire pour s'approprier l'attention de Sir Peter.

Pendant qu'ils continuaient de tournoyer, Miss Swinson tendit le cou pour voir.

— Tout le monde ne parlera que de cela demain matin, c'est certain.

James se trouva presque reconnaissant envers Sir Peter et ses tentatives de rapprochement avec la belle Miss Carmichael. En effet, alors que tous les yeux étaient tournés — discrètement, mais tournés tout de même — vers les derniers développements mettant en scène Sir Peter et Miss Thorne, personne ne songeait à prêter attention aux raisons étranges pour lesquelles l'un des célibataires endurcis de la haute société londonienne suivait la démarieuse pas à pas.

De l'autre côté de la salle, Henrietta ne perdait pas James de vue. Même si elle continuait à tenir son rôle en participant, avec mesure, au flot de conversations, elle avait bien conscience que c'était James qui aimantait tous ses sens, bien qu'il fût en train de danser avec une autre. Elle n'était pas certaine d'apprécier cette fixation qui ne la lâchait pas, mais se mentir à elle-même n'était pas dans ses habitudes. Ah, ce moment où elle l'avait aperçu tandis qu'elle descendait l'escalier... A dire vrai, si elle avait eu un éventail, elle s'en serait volontiers servie car l'air lui avait manqué.

James Glossup en habit de soirée, en train de la fixer de ses beaux yeux bruns, exempts cette fois de toute angoisse et de toute colère, était un spectacle propre à lui faire bondir le cœur hors de la poitrine, à le faire battre à une cadence ridiculement élevée, propre à lui couper le souffle et lui embrumer l'esprit. Heureusement qu'il ne pouvait savoir l'effet qu'il lui faisait ! Si par malheur il le découvrait, ce serait une source infinie de complications. De cela, elle était tout à fait certaine.

Et d'ailleurs, à ce propos, elle n'était elle-même pas du tout sûre de vouloir creuser plus loin pour tenter de comprendre ce qu'impliquait cette étrange réaction.

La valse se termina. James s'inclina devant Miss Swinson, l'aida à se relever après qu'elle eut fait la révérence devant lui, et l'escorta jusqu'au groupe où Henrietta, qui était toujours en train de discuter tranquillement, attendait. Alors qu'il lâchait le bras de Miss Swinson et reprenait sa place auprès de Henrietta, elle leva discrètement un sourcil dans sa direction. Il le vit mais, hormis le bref regard qu'ils échangèrent, il ne répondit rien.

Une fois que le groupe se fut reformé, ils s'excusèrent — à l'initiative de Henrietta — et s'enfoncèrent dans la foule qui semblait encore plus dense.

— Et maintenant..., déclara-t-elle en regardant autour d'elle avec un intérêt qui devait paraître légèrement forcé. Vers qui allons-nous mettre le cap ?

Elle sentit le regard de James posé sur elle, puis il se pencha vers elle pour qu'elle puisse l'entendre et lui murmura à l'oreille :

— Nous devrions peut-être prendre un moment pour comparer nos notes. Avant que j'oublie quelles observations concernent qui.

La caresse de son souffle la fit frissonner.

— Oui, bien sûr. Excellente idée, répondit-elle d'une voix faible et saccadée.

Elle s'éclaircit la gorge et prit une grande inspiration, avant de poursuivre :

— Cela me fera du bien de faire une pause au milieu de toutes ces conversations incessantes. Voyez-vous un endroit où nous pourrions parler sans être entendus ?

Aussitôt, il l'attrapa par le coude. Elle faillit sursauter, surprise de réagir si promptement à un contact pourtant bien innocent. Une chaleur et une espèce de fourmillement se diffusèrent dans son bras, avant de se propager en vagues lentes dans l'ensemble de son corps, puis de disparaître en la laissant dans un état qu'elle n'avait jamais éprouvé auparavant. Elle avait conscience de la chaleur du corps musclé de James tout près du sien. Elle avait conscience de la force de sa main, de ses doigts, même s'il touchait à peine son bras ganté.

Elle tourna la tête vers lui. Il s'était redressé et regardait par-dessus les têtes, cherchant un endroit au calme. Elle espérait que sa curieuse réaction lui avait échappé... Par bonheur, elle n'avait pas sursauté, elle en était presque sûre.

Décidément, elle avait laissé de côté son éventail depuis trop longtemps, et c'était bien dommage, songea-t-elle.

— Il y a une alcôve là-bas. Pas très grande, et sans palmier derrière lequel se dissimuler, mais au moins cela nous isolera de la foule.

Elle réussit à puiser la force nécessaire pour répondre de façon à peu près normale :

— Je vous suis.

Bien entendu, il n'en fut rien : ce fut elle qui le mena jusqu'à leur cachette. Mais il savait où aller cette fois, et il ne leur fallut pas longtemps pour traverser la salle, rejoindre l'alcôve et pouvoir respirer plus librement. Même si l'on avait ouvert les grandes fenêtres, l'air frais était une denrée rare dans cette salle de bal bondée.

James regarda Henrietta, le visage fermé.

— J'avais oublié à quel point les parfums sont exacerbés par la chaleur. Ils se mêlent tous jusqu'à former une espèce de nuage poisseux, déclara-t-il. Vous n'allez pas vous trouver mal, n'est-ce pas ?

— Grands dieux, non ! protesta-t-elle, presque outrée. Ce n'est qu'un bal.

Elle le vit esquisser un sourire et comprit qu'il la taquinait.

Mais il se contenta de dire :

— Vous n'êtes pas du genre à vous évanouir. Voilà qui est bon à savoir. Miss Alcock semble l'être, en revanche. Je pense donc que nous pouvons retirer son nom de la liste. Les femmes qui passent leur temps à se pâmer peuvent vite devenir fatigantes.

— C'est exact. Mais comment trouvez-vous Miss Chisolm, à présent que vous avez dansé avec elle ?

— Elle... Elle peut rester sur la liste. Au moins pour le moment.

Ils passèrent en revue les autres jeunes femmes avec lesquelles il avait passé un peu de temps. Mais, à part Miss Downtree, aucune ne sembla lui convenir. Henrietta fronça les sourcils d'un air soucieux.

— J'espérais que nous trouverions davantage de candidates ce soir. Mais nous en avons tout de même deux.

— Hum.

Elle l'observa avec attention. Il contemplait la foule sans sembler s'inquiéter plus que cela de leurs résultats que, de son côté, elle jugeait bien trop maigres. Elle se demanda ce qui pouvait bien le distraire… Il semblait avoir la tête ailleurs, ce soir.

Comme s'il avait lu dans ses pensées, il murmura :

— En fait, je suis assez surpris que ma présence constante à vos côtés n'ait pas eu l'air de susciter de grandes interrogations, étant donné, qui plus est, que je ne suis pas un habitué de ce genre de soirées. Tout le monde doit pourtant avoir remarqué l'aide dont vous avez l'obligeance de me faire bénéficier, désormais.

— Ah… C'est parce que j'ai pris soin de préparer le terrain lors du déjeuner et des trois thés auxquels j'ai assisté ce midi et cet après-midi.

Il la regarda avec surprise.

— Trois thés ?

Elle haussa les épaules.

— Je voulais passer le mot de façon efficace.

— Et, ce mot, quel était-il ?

— Je voulais faire savoir que j'avais accepté de vous aider à y voir plus clair dans vos projets matrimoniaux parce que votre mère n'est pas souvent à Londres, qu'elle en est d'ailleurs absente en ce moment, qu'il n'est pas prévu qu'on la voie de toute la Saison, et que votre parente la plus proche susceptible de vous aider est — corrigez-moi si je me trompe — Lady Osbaldestone.

Elle observa une pause et leva un sourcil, attendant sa réponse. Malgré son air agacé, il acquiesça. Elle poursuivit :

— Donc, dans ces conditions, il ne fut pas difficile de faire accepter l'idée que, après votre déconvenue avec Melinda Wentworth, vous vous soyez adressé à moi, qui suis la sœur de votre meilleur ami et réputée connaître personnellement toutes les jeunes filles à marier de la haute société. Rassurez-vous, j'ai pris soin de vous présenter sous un jour très sage, comme si vous aviez conscience d'avoir atteint l'âge où un gentleman doit raisonnablement prendre épouse.

— Vous avez donc caché que j'avais un délai à respecter ?

Elle hocha la tête avec vigueur.

— Vous aviez tout à fait raison de penser que cela ne servirait pas nos intérêts de le faire savoir. Si au contraire tout le monde croit que vous n'avez pas plus qu'un vague intérêt pour le mariage, ces ladies ne se précipiteront pas sur vous comme des furies. Elles auraient trop peur que vous ne poussiez un cri d'horreur et battiez en retraite pour vous enfuir à la campagne.

— Ah… Je crois comprendre ce qui va se passer. Elles seront heureuses de parader gentiment devant moi au parc et durant tous les événements auxquels j'assisterai, mais elles ne jugeront pas nécessaire de se jeter dans la gueule du grand méchant loup.

— C'est tout à fait cela.

Elle marqua une pause, puis se permit d'ajouter :

— En fait, c'est aussi bien que vous ayez cette image. Comme cela, l'on réfléchit à deux fois avant de vous donner en pâture de très jeunes et de très innocentes jeunes filles.

James éclata de rire. Ce fut plus fort que lui.

— Quelle jolie façon de me remettre à ma place. Vous préféreriez me voir apprivoisé, c'est cela ?

— Apprivoisé ? Vous, le loup déguisé en agneau ?

Avant qu'il puisse répondre à cet assaut d'impertinence, les premières mesures d'une valse se firent entendre. Et sa réponse se trouva là, toute prête, devant lui. Il se tourna vers elle, s'inclina et tendit la main.

— Je crois qu'il s'agit de notre valse.

— Comment ? demanda-t-elle, l'air stupéfait. Non… Il s'agit de…, se mit-elle à bredouiller. Vous devriez valser avec une autre jeune femme, pour étoffer quelque peu votre liste.

Il l'observa pendant qu'elle regardait autour d'elle, scrutant la foule d'un air presque désespéré.

— Henrietta… Ce n'est qu'une valse. Et j'en ai assez de devoir me forcer à faire la conversation et à « évaluer » mes cavalières. Sauvez-moi, et laissez-moi au moins profiter d'une valse au cours de la soirée.

Il prit soin de rendre ses derniers mots presque suppliants, comme s'il l'implorait. Evidemment, il s'agissait d'une feinte. L'idée de cette valse — avec elle — avait germé dans son esprit depuis que ses yeux s'étaient posés sur elle, à l'instant même où elle avait fait son apparition en haut de l'escalier.

Il s'était promis ce moment en récompense des efforts qu'il fournirait en lui obéissant. Il avait fait ce qu'elle avait demandé, mais c'était à son tour à elle de se plier à ses règles.

Elle lui jeta un coup d'œil mal assuré, puis s'avoua vaincue.

— Oh ! Si vous y tenez, c'est d'accord.

Elle réajusta son châle, puis tendit le bras et posa sa main gantée sur la sienne.

Il referma sa main autour de ses doigts fins et fut gagné par un sentiment de triomphe. Mais il ne s'agissait que d'une petite victoire. Juste une valse, rien de plus.

La tenant par la main, il la mena jusqu'à la piste de danse, puis se tourna et l'attira à lui avant de s'adonner aux plaisirs enivrants de la danse. Il capta son regard, se laissant lui-même captiver par ce bleu si doux, et sourit pour manifester sa reconnaissance et son encouragement. Tout en percevant chez elle une légère tension, il se laissa aller aux délices de la valse, auxquelles il entendait bien la faire succomber à son tour.

Il était passé maître dans l'art de s'approprier une piste de danse et d'utiliser la valse pour servir ses intentions. Mais ce soir, découvrit-il, la balle était dans l'autre camp, et c'était la valse qui le manipulait. C'était la valse qui produisait son effet sur lui, et sur sa partenaire aussi, très certainement. Il ne se souvenait pas avoir jamais été à ce point immergé dans l'instant présent, si pris par l'action — pourtant si facile —, par les glissades, les pirouettes, par le sentiment de puissance qu'il éprouvait à la tenir, elle — Henrietta — dans ses bras.

C'était la première fois qu'une telle chose se produisait. Avant ce jour, aucune valse ne s'était jamais emparée ainsi de lui. Ses sens semblaient avoir fusionné pour se fixer tout entiers sur sa partenaire et sur le moment présent, de telle sorte que plus rien de lui, ni de sa conscience, n'était disponible pour quoi que ce fût d'autre. Le reste du monde avait disparu, et il n'y avait plus que deux personnes en train d'évoluer sur la piste. Et il se sentait perdu, piégé par ces yeux si bleus.

Il était saisi, subjugué, par la facilité extrême avec laquelle Henrietta s'adaptait à lui, toujours légère et prompte à réagir à chacun de ses changements de direction, même subtils. Il ne s'attendait pas à ce qu'elle fût à ce point la cavalière idéale.

Henrietta, ainsi que la valse, lui coupait le souffle.

Il avait voulu se distraire après tout ce temps passé en compagnie d'autres jeunes femmes. Il estimait mériter une petite récompense pour l'obéissance diligente qu'il lui avait témoignée au cours des heures écoulées. Et elle avait accepté, elle lui avait offert tout ce qu'il souhaitait. Tout à elle, tout à la valse, tout à son plaisir croissant, il ferma son esprit à tout le reste et profita de l'instant.

Henrietta ne parvenait pas à reprendre son souffle, mais elle s'en moquait bien. Elle se sentait légère comme une plume tandis que tour à tour elle flottait et caressait le sol d'une façon délicieusement agréable, portée par les bras de James, soutenue par sa force, bercée et protégée, conduite avec autorité, mais libre comme jamais elle ne l'avait été. C'était comme si tous ses sens s'étaient déployés au point de briser leurs chaînes, comme s'ils n'étaient plus seulement tournés vers la basse réalité terre à terre.

A bien des égards, cette valse fut une révélation. Henrietta avait valsé bien des fois auparavant, avec d'innombrables gentlemen, mais aucun d'entre eux n'avait détenu la clé ouvrant sur cet horizon nouveau, insolite et résolument enchanteur. La main de James dans la sienne et qui lui tenait fermement les doigts, une autre dans son dos... ce simple contact, bien qu'irréprochable, la brûlait à travers la soie de sa robe, s'imprimait en elle, accaparant une partie de sa conscience. Et pourtant il ne s'agissait que de quelques vagues dans un océan de sensations. Le frôlement de sa cuisse entre les siennes lorsqu'ils virevoltaient, la puissance brute de leurs mouvements sur le sol, tout cela la transportait comme jamais elle ne l'avait été.

Et elle était captivée. Elle n'avait jamais valsé comme cela ni même imaginé qu'on pût le faire.

La part réfléchie et pondérée de son esprit avait envie d'observer et de répertorier chaque aspect de cette nouvelle expérience. Mais les yeux de James la fixaient et la belle âme qui resplendissait dans ces iris marron l'attirait et la fascinait. Elle cessa donc tout contact avec la réalité et se laissa guider par lui, laissa ses sens prendre le dessus sur sa raison.

Elle laissa la danse, et son partenaire, l'emporter.

Et la conduire jusqu'au plaisir désinhibé.

Quand la musique cessa, qu'ils virevoltèrent une dernière fois avant de s'arrêter et que, à bout de souffle, elle dut s'arracher à ses bras pour exécuter sa révérence, elle ressentit une déception sans nom, pareille à un déchirement.

C'était déjà fini.

Et ils étaient de retour dans le monde réel, avec son cortège de contraintes et d'obligations.

— Merci, déclara-t-elle.

Elle aurait pu valser avec lui pendant une heure encore, voire davantage. Elle sourit pour signifier son enchantement et sa reconnaissance.

— Ce fut un vrai plaisir.

Il la dévisageait comme s'il la voyait pour la première fois. Mais il inclina la tête et sourit gentiment à son tour.

— En effet.

Il regarda autour de lui, observant la foule, et poursuivit :

— Nous pourrions peut-être nous promener un peu tous les deux, juste pour le plaisir ?

Elle était toute prête à abandonner la « chasse à l'épouse » qui les avait occupés depuis le début de la soirée, tout du moins pour le moment.

— Si vous voulez, répondit-elle.

Il lui proposa son bras. Elle n'hésita qu'un bref instant avant de l'accepter et de poser la main sur sa manche. Elle avait réussi à survivre à une valse, après tout. Et si ses doigts tressaillaient au contact des muscles fermes du bras de James, et si ses sens encore étourdis se mettaient à ronronner doucement de le sentir si près, d'autant plus que la foule les poussait l'un contre l'autre, elle trouverait bien, décida-t-elle, une façon de faire avec.

Ils se promenèrent de façon agréable, naviguant de groupe en groupe, s'arrêtant pour discuter avec l'une ou l'autre de leurs connaissances, parfois celles de Henrietta, souvent celles de James, qui, pour la plupart, lui étaient également familières. Ils n'étaient plus si jeunes ni l'un ni l'autre et les gens qu'ils fréquentaient étaient à peu près les mêmes.

Henrietta se détendit et se prit même à apprécier ces rencontres — volontaires ou pas — avec plus de légèreté et de gaieté que d'habitude, comme si son esprit et ses sens étaient plus affûtés et aiguisés. C'était peut-être parce que, entre toutes ces conversations, elle ne cessait de plaisanter avec James, et flirtait même avec lui, échangeant points de vue et commentaires acérés. James accaparait toute son attention, et cela faisait presque une demi-heure qu'ils déambulaient et bavardaient quand elle perçut la chaleur que dégageait son collier, en particulier le pendentif en quartz rose qui s'immisçait dans son décolleté. Elle se souvint alors qu'elle portait le bijou magique…

Oh ! Mon Dieu ! s'exclama-t-elle en son for intérieur. Elle regarda James, qui en ce moment précis était en train de parler avec George Ferguson et qui, par bonheur, ne remarqua pas sa stupeur. Mais, même une fois qu'elle eut détourné le regard et qu'elle se fut forcée à afficher un sourire poli, son esprit continua à errer, affolé… Cela ne pouvait tout de même pas être ce qu'elle pensait ?

Enfer et damnation, et si c'était bien cela ?

Ce satané collier avait-il fini par fonctionner pour elle ?

Elle ne savait pas si elle devait se sentir horrifiée ou extatique — mais quand elle regarda de nouveau James… Eh bien, c'était comme si un voile venait de se dissiper et qu'elle le voyait sous un jour et selon une perspective entièrement nouveaux.

Ce changement de point de vue était quelque peu perturbant.

Mais avant qu'elle eût pu faire autre chose que cerner les questions évidentes qui se pressaient en elle — que devait-elle faire à présent ? Devait-elle réagir à ce qu'elle venait de comprendre et, si oui, de quelle façon ? — une voix de stentor s'éleva et un « Mesdames et messieurs ! » sonore emplit la salle.

Les conversations cessèrent d'un coup et la foule se tourna vers la source de cet appel : le majordome de Lady Marchmain, qui se tenait avec distinction et autorité en haut des marches menant à la salle de bal.

Aux côtés de son majordome, Lady Marchmain affichait

un sourire rayonnant. Elle leva les deux mains pour réclamer l'attention de ses convives.

— Chers amis, le grand moment de cette soirée est venu. Le feu d'artifice ! Si vous aviez la gentillesse de bien vouloir sortir dans le jardin. Et, oui, comme d'habitude, c'est depuis le pont qui enjambe le torrent que vous aurez la meilleure vue. Je vous remercie.

D'un geste large de la main, Lady Marchmain désigna les portes-fenêtres qui avaient été ouvertes et invita ses convives à gagner la terrasse, puis la pelouse.

Comme un seul homme, la foule se retourna et obéit docilement.

Tout comme James, George et les autres personnes de leur petit groupe, Henrietta se trouvait tout près des grandes fenêtres. Ils furent parmi les premiers à gagner la terrasse. Ils descendirent rapidement jusqu'à la pelouse et se dirigèrent vers la grosse arche en pierre qui enjambait le torrent situé en contrebas.

Au bras de James, heureuse de pouvoir s'appuyer sur lui dans cette bousculade, elle se pencha vers lui :

— Dirigez-vous vers le côté gauche du pont, suggéra-t-elle. Le feu d'artifice sera tiré de ce côté.

— Très juste, répondit George, qui marchait de l'autre côté de James.

Leur petit groupe, composé de personnes du même âge qu'eux, allongea le pas, accéléra l'allure et réussit à arriver en première position au pont, puis à se placer sur la gauche. Bien qu'ancien, le pont avait été construit assez large pour permettre aux charrettes de passer et il pouvait supporter une foule importante. Il y avait, cependant, plus de convives qu'il n'y avait de place. Désireux d'avoir la meilleure vue possible, de plus en plus de gens se pressaient. Il y eut des mouvements de foule, et Henrietta, James et les autres se retrouvèrent tous alignés en une seule rangée le long du muret bordant le pont.

Ce dernier était assez solide, mais ses parois latérales n'arrivaient pas au-dessus des genoux de Henrietta, en revanche. Elle fit en sorte d'adopter la position la plus stable possible. A ses côtés, le bras posé sur son épaule, James la surveillait du coin de l'œil dans une attitude protectrice. Bientôt, la pression de la foule l'obligea à baisser le bras. Bien installée et se sentant en confiance, Henrietta lui adressa un sourire rassurant. Leurs yeux se rencontrèrent, puis il esquissa à son tour un sourire, et, ensemble, ils regardèrent de l'autre côté du torrent, vers les jardins qui se prolongeaient et disparaissaient dans la nuit.

Comme si elle avait capté un signal imperceptible, la foule fit silence.

Une brève lueur transperça l'obscurité, puis la première fusée siffla, fila jusqu'au ciel, crachant des langues de flammes, et s'enfonça dans la nuit veloutée avant d'exploser dans une couronne de lumière jaune, projetant des traînées rouge feu et des étincelles dorées qui retombèrent lentement, en pluie, jusqu'à terre.

Un « Ah » choral parcourut la foule ravie.

Tout le monde regardait en l'air, pour voir les feux d'artifice éclairer le ciel les uns après les autres. Une fusée particulièrement brillante venait d'exploser quand quelqu'un dans la foule, derrière Henrietta, glissa et chancela. Les autres sursautèrent et se tournèrent, laissant pour certains échapper des cris de surprise.

Henrietta regarda autour d'elle, et voulut se tourner...

Un mouvement de foule soudain précipita en avant l'homme et la femme qui se tenaient derrière elle — et ils la percutèrent.

Henrietta bascula, lutta pour garder l'équilibre.

En vain.

Dans un cri étranglé, elle tomba. Elle chercha désespérément à se raccrocher à quelque chose. James !

Elle vit son visage horrifié, elle le vit tendre la main vers elle — mais il était trop tard.

Elle tomba à la renverse, son dos heurta l'eau dans un grand bruit et elle s'enfonça dans le torrent bouillonnant.

Juste avant que les flots ne lui recouvrent le visage, elle réussit à emmagasiner une grande bouffée d'air dans ses poumons. Elle la conserva et lutta pour se retourner et remonter à la surface.

Mais les eaux avaient monté — il avait plu durant la semaine — et plusieurs ruisseaux, gonflés, s'étaient rejoints pour courir tous ensemble vers la Tamise qui coulait non loin de là. Les eaux bouillonnantes la ballottaient comme un débris d'épave et s'insinuaient dans ses poumons. Ses jupes lui emprisonnaient les jambes et son châle détrempé lui entravait les bras.

Elle savait pourtant nager, que diable !

Son esprit le lui criait, le lui répétait, dans une tentative désespérée pour chasser la panique atroce qui l'avait saisie.

Mais — oh, mon Dieu ! — le courant était si fort, et elle sentait déjà le froid gagner sa chair, elle sentait la chaleur et la force l'abandonner.

Pourtant, elle luttait.

Sur le pont, horrifié au-delà de ce qu'il était possible d'imaginer, James ne prit la peine de retirer que ses chaussures et son manteau, avant de se jeter dans le torrent déchaîné. Henrietta avait déjà disparu, avalée par l'obscurité et les eaux tourbillonnantes. Le torrent n'était large que de quelques mètres mais, si près de la Tamise, il était profond.

James s'élança avec force dans le courant, nageant aussi vite qu'il le pouvait. *Oh, mon Dieu ! Faites qu'elle se débatte suffisamment pour que je puisse la trouver dans cette obscurité.*

Il s'interdit à tout prix de réfléchir. Il ne pouvait pas se permettre de se laisser distraire par la myriade de pensées qui se pressaient dans son esprit. Il ne s'autorisa qu'une seule d'entre elles : perdre Henrietta était inconcevable.

Il ne lutta pas contre le courant, mais l'utilisa au contraire et se laissa pousser par lui. La panique était en train de gagner un coin de son esprit, lorsque soudain il perçut un mouvement dans l'eau devant lui.

Puis il arriva à la portée de Henrietta.

Il tendit le bras, l'attrapa par la taille, l'attira fermement à lui, puis remonta à la surface, la poussant devant lui.

Son beau visage émergea des eaux, elle étouffa un cri et, affolée, chercha à avaler de l'air, pour le plus grand soulagement de James.

— Cessez de vous débattre !

Il dut crier pour couvrir le fracas du torrent et le brouhaha venant des convives sous le choc. Certains criaient depuis le pont.

Elle haleta encore, puis il la sentit lutter contre ses propres instincts et essayer de surmonter sa panique.

— C'est cela, l'encouragea-t-il, en la ramenant plus près de lui encore. Détendez-vous, cessez de vous raidir, et laissez-moi nous ramener sur la rive.

Elle fit du mieux qu'elle put mais, quand il réussit à se dégager du courant pour regagner le bord, elle était toute tendue et tremblait de façon incontrôlable.

Il sentit la terre ferme sous ses pieds, enfin, mais ils n'étaient pas pour autant tirés d'affaire. Il s'agenouilla dans l'eau, l'attira à lui pour essayer de lui communiquer un peu de la chaleur qui commençait à lui faire défaut, tout en la maintenant au-dessus de la surface. Mais il dut attendre que Lady Marchmain et ses domestiques chassent les curieux pour pouvoir arriver jusqu'à eux. Les serviteurs avaient apporté des torches, qui serviraient à James et à Henrietta pour s'extraire des flots et escalader la rive en toute sécurité. Malheureusement l'eau avait rendu la robe de celle-ci complètement transparente et, la dernière chose dont elle avait besoin, c'était alimenter toutes les conversations et se retrouver à la une des journaux à scandale le lendemain matin.

Or, si Lady Marchmain était une hôtesse d'exception, c'était précisément parce qu'elle était capable de renverser les situations qui paraissaient les plus désespérées. D'une voix stridente, elle ordonna à tous les autres convives de rentrer dans la maison et attendit, les mains sur ses larges hanches, qu'ils obéissent. Puis Lord Marchmain arriva, tout haletant, avec les couvertures qu'il avait visiblement reçu l'ordre d'aller chercher. Il les tendit à sa femme, avec un petit : « Autre chose, très chère ? »

— Oui, répliqua-t-elle, en désignant la demeure d'un geste impérieux. Faites rentrer tous ces traîne-la-patte et ensuite renvoyez-les chez eux. C'était un accident, mais grâce à James Henrietta est sauvée. Et ils sont tous les deux entre mes mains, donc il n'y a plus rien à voir. Tous les invités peuvent rentrer chez eux avec ma bénédiction.

Dans la faible lumière, James ne put dire si Lord Marchmain souriait, mais il semblait amusé lorsqu'il répondit :

— Oui, ma chère. Tout de suite.

Puis il tourna les talons et disparut dans le noir, en direction de la maison.

Lady Marchmain descendit le long de la rive aussi loin qu'elle osa. Elle posa les couvertures à terre et en secoua une pour la déplier.

— Voilà. Nous allons vous tirer de là, Henrietta. Nous allons vous ramener à l'intérieur et vous faire prendre un bon bain chaud sans tarder.

James observa Henrietta, toute détrempée, qu'il tenait toujours fermement dans ses bras. Il croisa son regard, vit ses lèvres esquisser un faible sourire, puis elle hocha la tête et, ensemble, ils luttèrent pour se relever et grimper le long de la rive.

Tout fut fait comme l'avait décidé Lady Marchmain. En un rien de temps, enveloppés dans des couvertures et tremblant de tous leurs membres, ils prirent la direction de la maison. Leur hôtesse les conduisit jusqu'à une entrée secondaire, car les voitures se succédaient en une file ininterrompue devant la porte principale, jusque dans l'allée et vers la route de Londres.

— Je ne sais pas ce que dira Louise si je vous laisse prendre froid. Et je parle pour tous les deux.

Lady Marchmain les guida à travers la bibliothèque, puis dans un couloir et enfin vers un escalier de service, sans paraître se soucier des flaques d'eau qu'ils laissaient derrière eux.

James avait toujours son bras passé autour de Henrietta, et elle s'appuyait contre lui. Elle ne pensait pas avoir retrouvé suffisamment de forces pour se tenir debout sans aide, et encore moins pour marcher. Quant à monter un escalier, il ne fallait même pas y songer.

Sans James, elle aurait été perdue. Elle frissonnait en repensant à toute la scène. Aurait-elle réussi à s'extraire du torrent seule ? Non, sans aucun doute.

Une fois qu'ils furent arrivés au premier étage, Lady Marchmain la conduisit à une chambre tout illuminée et pourvue d'une immense baignoire déjà à moitié remplie d'eau fumante.

— Voilà, ma chère. Appuyez-vous sur moi à présent.

En passant son bras autour de Henrietta, Lady Marchmain l'arracha à James.

— James, très cher, vous avez une autre baignoire et des vêtements appartenant à mon fils qui vous attendent dans la chambre voisine.

Il hocha la tête.

Henrietta croisa son regard. Elle n'avait pas encore la force de le remercier de vive voix, mais elle laissa ses yeux le faire pour elle.

Il esquissa un sourire et lui fit signe d'obéir à leur hôtesse.

Elle se tourna et laissa Lady Marchmain la guider dans la pièce. Deux femmes de chambre attendaient pour l'aider à se débarrasser de sa robe bonne à jeter. Alors qu'elle allait grimper dans la baignoire, elle eut un sursaut et, prise de panique, porta la main à sa gorge. Mais, Dieu merci, le collier était toujours là. Elle soupira de soulagement et prit place dans la baignoire.

Poussant un petit gémissement d'aise, elle s'enfonça plus profondément dans l'eau chaude et accueillante.

Lady Marchmain, très maternelle, fut aux petits soins pour elle. Une bonne heure plus tard, vêtue d'une robe appartenant à la fille de son hôtesse et chaussée de bottines, Henrietta se retrouva enveloppée dans une chaude pelisse, avec un châle en tricot drapé autour de son cou et sur ses cheveux humides, et fut enfin autorisée à descendre l'escalier principal jusqu'au hall où attendaient James et Lord Marchmain.

Henrietta remarqua que, bien qu'habillé de façon tout à fait correcte, James portait des vêtements en dessous de ses exigences habituelles d'excellence, ce dont il ne semblait pas se préoccuper le moins du monde.

Son attention était toute tournée vers elle. Il la couvait du regard comme s'il voulait s'assurer qu'elle était bien tirée d'affaire, surveillant de près sa façon de bouger, vérifiant qu'elle n'était pas blessée.

A côté de James, Lord Marchmain adressait à Henrietta des sourires encourageants.

James la regarda dans les yeux, puis s'inclina légèrement devant elle.

— Votre voiture vous attend, madame.

Il s'agissait clairement d'une tentative pour dédramatiser la situation.

— Merci, répondit-elle d'un ton un peu brusque, la voix rauque.

Elle se tourna vers Lady Marchmain et lui fit ses adieux, lui assurant pour la énième fois qu'elle allait tout à fait bien, et que dès le lendemain matin elle aurait retrouvé la forme et la santé dont elle était coutumière.

Après que James et elle eurent répété à de nombreuses reprises qu'ils se sentaient bien, on les autorisa finalement à rejoindre la voiture des parents de Henrietta. A peine la portière fermée, le cocher lança ses chevaux et, enfin — enfin — ils purent prendre le chemin de la maison.

Henrietta se cala contre le dossier et poussa un soupir.

— Quelle aventure.

James était assis juste à côté d'elle.

— Une aventure dont je me serais bien passé, répondit-il.

Après une courte pause, il ajouta :

— Que s'est-il produit exactement ?

Il lui avait pris la main pour l'aider à grimper en voiture, avant de monter à sa suite. Il ne l'avait pas lâchée. Ses doigts étaient enroulés autour de ceux de Henrietta, avec une poigne à la fois douce, chaude et ferme.

Une poigne rassurante. A bien des égards.

Sans la moindre velléité de retirer sa main, elle repensa aux moments passés sur le pont. Elle les ressassa plusieurs fois, avant de secouer la tête.

— Je ne sais pas quel a été l'élément déclencheur, mais il a dû survenir à bonne distance, au moins à deux personnes de moi, je dirais. J'ai eu l'impression que quelqu'un avait été bousculé ou avait glissé et m'était tombé dessus.

Elle y repensa encore, avant de conclure :

— C'était un accident. Imprévisible et inévitable.

— Hum. J'ai entendu Lord Marchmain donner des ordres à son intendant, d'ailleurs, afin qu'il charge un forgeron de réaliser de vraies rambardes et garde-fous. Je doute donc qu'un tel accident se reproduise, fort heureusement.

Elle sourit dans l'obscurité complice, avant de déclarer :

— Je vous remercie. Je... Je ne suis pas sûre que j'aurais réussi à m'extraire de l'eau toute seule. Et la Tamise n'était plus qu'à quelques dizaines de mètres.

Il la considéra. Son pouce lui caressait doucement — comme par réflexe, semblait-il — le dos de la main. Au bout d'un moment, il changea de position et regarda droit devant lui.

— Vous n'avez pas besoin de me remercier. Vous m'aidez, donc, évidemment, je vous ai aidée. C'est à cela que servent les amis.

Des amis ? Etait-ce donc tout ce qu'ils étaient l'un pour l'autre ? En attendant, il ne lui lâchait toujours pas la main, remarqua-t-elle.

Etait-ce là le comportement d'un ami ? Un ami l'aurait-il serrée si fort contre lui, comme il l'avait fait dans le torrent ?

Un ami aurait-il été à ce point terrifié à l'idée qu'elle pût se noyer ?

Elle était bien trop épuisée pour chercher des réponses qu'elle aurait préférées plus évidentes. Alors elle se laissa aller et s'assit confortablement, la main de James toujours dans la sienne, James dont la présence à ses côtés la réconfortait autant qu'elle l'apaisait, et elle regarda par la fenêtre les abords de Londres céder peu à peu la place à un paysage plus urbain.

Au bout d'un moment, la voiture finit par s'arrêter devant la maison des parents de Henrietta.

A contrecœur, James la lâcha et descendit de la calèche. Puis il proposa de nouveau sa main pour l'aider à avancer. Il l'escorta jusqu'aux marches du perron, profitant de ce moment pour scruter son visage sous la lumière plus vive des réverbères. Elle était toujours un peu trop pâle à son goût, mais au moins elle semblait s'être remise du traumatisme qu'elle avait subi.

Elle était sans doute encore très choquée, toutefois. Il en était certain.

Une fois en haut du perron, elle se tourna vers lui. Elle retira doucement sa main et le regarda dans les yeux.

— Je vous le dis encore : merci.

Il inclina la tête, incapable pour une fois de trouver une réponse désinvolte.

— Je suis heureux d'avoir été là.

Et très heureux d'avoir réussi à vous rattraper à temps, ajouta-t-il en son for intérieur.

Elle esquissa un sourire, puis désigna l'attelage.

— Je vous en prie, prenez la voiture pour rentrer chez vous.

Il secoua la tête et sourit à son tour.

— Je suis à deux pas de George Street. Marcher un peu m'éclaircira les idées.

Elle hésita, avant d'acquiescer.

— Comme vous voudrez. Qu'avons-nous de prévu pour demain ? Oh ! Je me souviens. Le déjeuner en plein air chez Lady Jersey. Si nous partons d'ici à 11 heures, nous devrions y arriver à temps.

Il fronça les sourcils.

— Etes-vous sûre que vous vous sentirez suffisamment bien ?

— Bien sûr, lui rétorqua-t-elle, l'air légèrement vexée. J'ai subi un choc ce soir en tombant dans l'eau, mais je serai tout à fait remise pour demain.

Il arqua les sourcils, avant de capituler.

— Si vous en êtes sûre...

— Je le suis. Et nous ne pouvons pas nous permettre de traîner : il faut boucler cette liste au plus vite. A la fin de cette semaine, il faut que nous ayons sélectionné toutes les candidates potentielles.

Elle inclina la tête en guise d'adieu.

— Bonne nuit. Et...

Le fixant droit dans les yeux, elle marqua un temps d'arrêt, avant de dire « merci » à voix basse. Puis elle tourna les talons et ouvrit la porte.

Il la regarda entrer, esquissa un petit salut de la main quand elle se retourna, juste avant que la porte ne se referme. Quand il entendit le loquet se remettre en place, il fit demi-tour. Il congédia le cocher et lui dit qu'il préférait marcher, puis secoua les épaules pour ajuster son manteau d'emprunt, dans lequel il ne se sentait pas vraiment à l'aise, et se dirigea vers George Street d'un pas décidé.

Il n'avait pas froid, et pourtant il se sentait glacé de l'intérieur. Le choc d'avoir failli perdre Henrietta — il s'en était vraiment fallu de peu — n'allait pas disparaître si facilement. Et pourtant il l'avait récupérée, il l'avait sauvée, ils étaient tous les deux sains et saufs, et il remerciait le destin de leur avoir souri.

Ce qui le menait tout droit à la question à laquelle il allait devoir très vite trouver une réponse : combien de temps encore pouvait-il cacher — à lui-même, à Henrietta et au reste du monde — qu'il était en train de tomber amoureux de la démarieuse ?

La tête baissée, les yeux dans le vague et rivés au trottoir, il se dépêcha de rentrer chez lui.

4

Le lendemain, juste avant midi, ils arrivèrent à Osterley Park, aux abords de la capitale.

Lady Jersey les accueillit à bras ouverts.

— Mes très chers amis ! Le héros et l'héroïne du jour. Il faut absolument que vous me racontiez votre mésaventure.

Henrietta échangea un regard ironique avec James. Ni l'un ni l'autre ne furent surpris par la requête de leur hôtesse. Surnommée « la Silencieuse », Lady Jersey était une commère invétérée. Et ne pas avoir été présente à la soirée de la veille — elle avait été sollicitée pour présider un bal à Almack — la rendait encore plus impatiente d'entendre cette effroyable histoire de la bouche même de ses protagonistes.

— Cela n'a été rien d'autre qu'un accident, lui expliqua Henrietta. Nous étions trop nombreux sur le pont — celui qui enjambe le torrent et depuis lequel on a la meilleure vue sur le feu d'artifice — et j'ai été poussée par accident.

— Et James ici présent a sauté dans l'eau pour vous sauver.

Lady Jersey lui adressa un regard appuyé, avant d'examiner un peu mieux Henrietta.

— Vous ne semblez pas blessée, ce qui est le principal.

Les yeux globuleux de leur hôte se posèrent de nouveau sur lui, et elle sourit.

— Et James a eu la chance de pouvoir jouer les chevaliers servants auprès d'une gente dame.

Lady Jersey sourit de plus belle et regarda de nouveau Henrietta.

— Merveilleux ! A présent, vous devez rejoindre les autres convives. Nous commencerons par nous rassembler dans le jardin d'hiver. Une fois que tout le monde sera arrivé, nous ferons notre petite promenade.

Sans protester, ils se laissèrent entraîner à sa suite, puis Lady Jersey les abandonna pour aller accueillir d'autres invités, les laissant à la merci de ceux qui étaient déjà là.

Ils furent aussitôt assiégés, non seulement par les femmes mûres en quête de grands frissons et avides de sensations fortes, mais aussi par les jeunes filles, qui rêvaient que quelqu'un les sauve de la sorte.

James se serait dérobé à leurs questions s'il avait pu. Il se serait même enfui. Il aurait fait n'importe quoi plutôt que de se retrouver face aux yeux brillants des jeunes femmes promptes à pousser de grandes exclamations devant ses exploits. Mais il ne pouvait se résoudre à laisser Henrietta seule, bien qu'elle eût l'air de se porter tout à fait bien. Après lui avoir adressé un regard en coin, elle se lança dans un récit quelque peu enjolivé de son sauvetage, destiné à l'édification de Misses Chisolm, Griffiths et Sweeney, mais pour sa part il demeura stoïque et resta à ses côtés, faisant mine de ne pas entendre.

Quand, enfin, tout le monde eut pris connaissance de l'histoire et qu'ils furent enfin libres de leurs mouvements, il prit la main de Henrietta, la posa sur sa manche et la mena dans l'une des allées bordées de palmiers et de plantes en pots de ce luxuriant jardin d'hiver.

Il scruta un instant son visage.

— Vous sentez-vous bien ?

Revivre ces moments d'horreur encore et encore n'avait pas dû être une expérience très agréable.

Mais elle hocha la tête.

— Oui, répondit-elle en lui faisant face. Je m'étais préparée à cet accueil. Et, avec un peu de chance, le plus pénible est derrière nous.

— Hum.

Il sonda ses yeux, puis regarda droit devant lui.

— La prochaine fois que nous serons soumis à un interrogatoire comme celui-ci, s'il vous plaît, prévenez-moi assez tôt.

Elle se mit à rire.

— Et, poursuivit-il, je ne suis pas sûr d'adorer paraître sous les traits du chevalier Galaad. Je ne suis même pas sûr que Galaad savait nager.

— C'était le but recherché, pourtant...

Elle marqua une petite hésitation, avant de le fixer et de dire :

— Et je vous assure qu'être dépeint sous un tel jour servira vos projets matrimoniaux.

— Hum.

Comment lui faire comprendre qu'il n'avait pas réellement envie d'impressionner qui que ce fût, même la plantureuse Miss Chisolm ? Plus maintenant.

— Je..., bredouilla-t-il. Je ne suis pas sûr que...

Henrietta lui pinça le bras, puis sourit aimablement à Mrs. Julian et à sa nièce, Miss Chester, qui passaient devant eux. Une fois qu'elles se furent éloignées, Henrietta murmura :

— Cela arrivera forcément aux oreilles de votre future femme, vous savez. Et, au passage, que pensez-vous de Miss Chester ?

James adressa un rapide regard à celle-ci.

— Elle est trop maigre.

Henrietta cligna des yeux, l'air incrédule.

— Je ne l'aurais pas décrite comme « maigre ». D'une élégance élancée, plutôt.

— *Maigre*, insista James.

Lorsqu'elle leva les yeux, il avait détourné les yeux, mais elle le vit contracter la mâchoire.

— Et elle est trop jeune. Rayons Miss Chester de la liste, voulez-vous ?

Henrietta arqua les sourcils et détourna le regard à son tour.

— Très bien. Admettons qu'elle soit un peu jeune.

Ils continuèrent à se promener sans se presser dans les allées du jardin d'hiver. En ce qui concernait James, elle ne savait plus très bien ce qu'elle voulait. Non, c'était faux : elle savait *très bien* ce qu'elle voulait, au contraire. Il lui avait tenu la main pendant tout le chemin du retour la veille au soir et elle avait besoin de savoir ce qu'elle devait comprendre par là. Comment était-elle censée interpréter son geste ? Toutefois, ce matin, il n'avait fait aucune allusion à ces moments, ni à un quelconque... lien entre eux, de quelque façon que ce fût. Dans la voiture qui les avait conduits à Osterley Park, elle avait évoqué avec enjouement la perspective d'ajouter un ou deux noms à sa liste, tandis qu'il s'était contenté de marmonner quelques mots et de la laisser parler.

Dans ces conditions, que devait-elle penser ?

Et qu'allait-elle faire au sujet de tout cela, du collier, et... de James ?

Au bout de quelques minutes de silence, elle s'offrit une grande inspiration, et reprit :

— Jusqu'ici nous n'avons que Miss Chisolm et Miss Downtree sur notre liste. Il faut vraiment que nous élargissions nos horizons. Nous n'aboutirons à rien de viable avec seulement deux noms.

Elle avait proposé de l'aider à trouver une épouse, et elle ne se déroberait pas à l'obligation qu'elle s'était elle-même imposée.

— Je ne peux pas m'empêcher de me demander si dresser la liste la plus courte possible n'est pas la meilleure stratégie, dit-il. De cette façon, je n'aurai pas à essayer de me souvenir des caractéristiques de trop de femmes à la fois. Il faut que vous sachiez que les cerveaux masculins ne sont pas aussi performants que ceux des femmes pour retenir les détails.

Henrietta était prête à répliquer, mais Lady Jersey apparut en frappant dans ses mains.

— Par ici, tout le monde ! Il est temps de se mettre en route. Nous nous installerons sur la colline aux jacinthes aujourd'hui. Je sais que certains d'entre vous connaissent le chemin, donc, je vous en prie...

Lady Jersey désigna les portes de la serre.

— Prenez la tête du cortège.

Les invités formèrent plusieurs petits groupes et quittèrent le jardin d'hiver tout en bavardant.

— Je suppose que vous savez comment arriver à cette colline ? demanda James alors que, tous deux, ils fermaient la marche.

— Oui. C'est un endroit fréquemment utilisé par Lady Jersey pour ses pique-niques. Mais il n'y a pas non plus de danger que qui que ce soit se perde. Il n'y a qu'à suivre l'allée — comme tout le monde — et, une fois arrivé à l'endroit où sont disposés les paniers, les tapis et les couvertures et où attendent des valets, alors il faut s'arrêter.

James s'esclaffa.

Mais son envie de rire lui passa aussitôt : une certaine Miss Quilley et sa mère, ayant remarqué que Henrietta et lui se trouvaient seuls en queue de cortège, firent quelques pas en arrière pour les rejoindre et faire meilleur étalage des charmes de la jeune fille.

N'étant pas grand amateur des conversations insipides et laborieuses, James ne fut pas le moins du monde impressionné. Le regard menaçant de Henrietta le rappela sans tarder à l'ordre. Il cacha donc sa désapprobation sous son masque poli et agréable.

Mais c'était de plus en plus difficile. Et il avait de plus en plus de mal à supporter que ses obligations sociales piétinent ses inclinations profondes et son instinct.

Ils arrivèrent à la fameuse colline aux jacinthes de Lady Jersey, une vaste prairie vallonnée, parsemée, il était vrai, de jacinthes, jolies quoique sur le point de faner. L'on avait étendu par terre entre les arbres de grandes nappes à pique-nique, et disposé çà et là des paniers dont le contenu très appétissant invitait les convives à venir eux-mêmes se servir. Mais l'engouement en vogue pour les attraits de la rusticité ne se manifestait pas au-delà de cela. Les allées qui menaient à la colline et qui en repartaient passaient par des jardins et des paysages très structurés et bien entretenus. L'illusion d'être à la campagne n'était que très superficielle, sans même parler des valets en livrée qui se tenaient près des arbres, et qui étaient prêts à déboucher les bouteilles de vin, à verser le précieux liquide dans les verres, ou à subvenir à n'importe quel autre besoin des invités de Lady Jersey.

James prit place sur une couverture à côté de Henrietta et dut supporter la présence d'une certaine Mrs Curtis, de sa fille et de sa nièce, pendant qu'il mangeait son poulet et son canard et buvait son champagne qui, ma foi, était d'une grande finesse. Il conserva son attitude polie et charmante, il sourit et discuta avec son aisance habituelle. Son esprit, pourtant, restait à l'écart des conversations, perdu dans des considérations bien plus pertinentes.

Il n'avait pas spécialement envie de mettre un nom sur ce qu'il ressentait pour Henrietta — il pensait qu'à trop y réfléchir il ne ferait qu'exacerber la chose — et pourtant il savait ce qu'il ressentait. Et, puisque ses sentiments ne laissaient plus la place au doute, comment pouvait-il continuer à chercher parmi les autres jeunes femmes sa future épouse comme, apparemment, Henrietta voulait qu'il le fît ?

Que signifiait le fait qu'elle l'encourageât à poursuivre dans cette direction ?

Avait-elle perçu l'attention particulière qu'il lui portait — elle l'avait peut-être remarquée la veille au soir au cours des moments aussi terribles qu'intenses qu'ils avaient vécus — et, par conséquent, avait décidé que l'encourager à regarder ailleurs était un moyen de l'éconduire en douceur ?

Il sentit ses yeux posés sur lui, tourna la tête vers elle, et vit qu'elle le fixait, presque avec sévérité.

Le vide de son regard ne lui échappa pas. Elle vint donc à son aide.

— Mrs Curtis, Miss Curtis et Miss Mayfair nous quittent.

Dieu soit loué ! s'exclama-t-il intérieurement.

— Oh... désolé. J'ai eu un petit moment d'absence.

Il se leva, adressa aux trois femmes son habituel sourire tout en les aidant à se mettre debout.

— Ce fut un plaisir de discuter avec vous trois.

Elles sourirent toutes les trois et le saluèrent mais, au regard qu'elle lui décocha, il comprit que Mrs Curtis ne s'était pas laissé abuser.

Henrietta ouvrit la bouche, sans doute pour le réprimander. Mais elle dut la refermer aussitôt et sourire alors qu'arrivaient Miss Cadogan et sa tante, Lady Fisher, à la place des dame et demoiselles Curtis parties à l'autre extrémité de la grande couverture.

Et cela continua ainsi. Les groupes tournaient et se succédaient. Il dut bavarder, échanger des nouvelles, « évaluer » d'éventuelles candidates au mariage, comme il était censé le faire. Parmi les invités, il y avait quelques autres gentlemen qui semblaient occupés à la même chose, ce qui le rassura un peu.

Néanmoins, en raison de la prise de conscience de la veille, il n'y avait pas grand intérêt à ce qu'il poursuive ses recherches.

A la place, il profita de toutes les opportunités qui lui étaient offertes pour essayer de décoder les expressions de Henrietta et d'entrapercevoir une bribe de ses pensées dans ses beaux yeux, mais sans résultat. Elle affichait une sociabilité et une affabilité de façade au-delà desquelles il était impossible de pénétrer.

Il en était presque arrivé à se dire que la révélation qui l'avait frappé n'était pas réciproque, quand ils furent rejoints par la trop maigre et trop jeune Miss Chester, accompagnée de sa tante. Mrs Julian entreprit de faire la conversation à Henrietta, en incluant également Mrs Entwhistle, qui passait par là. Les trois femmes furent bientôt plongées dans une discussion animée à propos des nouvelles alliances politiques et des conséquences de la santé défaillante du roi Guillaume IV.

Au début, James et Miss Chester firent semblant d'écouter. Mais, bientôt, celle-ci tourna ses yeux brillants vers lui et se rapprocha subrepticement.

— Je ne suis pas la politique de très près, et vous ? demanda-t-elle.

Il ne vit pas l'intérêt de mentir.

— Pas en ce moment.

Miss Chester regarda autour d'elle avant de suggérer :

— Peut-être pourrions-nous aller nous promener un peu tous les deux ? Juste nous deux, insista-t-elle en le fixant dans les yeux, puisque la conversation ne nous intéresse pas vraiment.

La lueur avide qui se lisait dans le regard de la demoiselle déclencha une sonnette d'alarme dans la tête de James. Quelques jeunes femmes s'étaient déjà éclipsées, mais aucune d'entre elles n'était aussi jeune que Miss Chester.

Et c'était peut-être vieux jeu de sa part, mais il ne croyait pas qu'il était courant pour les jeunes ladies de faire ce type de propositions aux gentlemen. Et surtout pas aux gentlemen comme lui.

Mais comment refuser sans paraître malotru ?

En quête d'inspiration, James chercha autour de lui. Mais il ne trouva rien.

— Peut-être dans un petit moment, si les autres ont aussi envie de se dégourdir un peu les jambes.

Miss Chester fit la moue. Une très belle moue. Si c'était une tactique pour le faire changer d'avis, il eut plutôt envie de s'enfuir.

Les jeunes beautés trop gâtées et trop empressées n'avaient pas leur place sur sa liste.

— Oh ! Je ne pense pas qu'il nous faille attendre, insista-t-elle en se rapprochant encore et en posant une main sur sa manche. Voyez-vous, minauda-t-elle, je suis sûre que nous trouverons un moyen intéressant de passer le temps, sans avoir besoin de tous les autres.

Elle plongea dans ses yeux, qu'il prit bien soin de garder le plus impassibles et inexpressifs possible, et elle se mit à battre des cils.

— Il paraît, poursuivit-elle, que les jardins sont immenses. Je suis sûre que nous trouverons une petite allée tranquille où nous promener.

En toute honnêteté, il ne se souvenait pas d'avoir jamais été entrepris de façon aussi éhontée.

C'en était trop.

— C'est possible. Cependant...

Mais il retint ses mots. Le refus qu'il brûlait de formuler aurait sans doute été trop virulent. Désemparé, il adressa instinctivement un regard désespéré à Henrietta.

Elle l'observait justement à ce moment-là et perçut son trouble. Puis ses yeux se posèrent sur la main de Miss Chester, agrippée à sa manche...

Henrietta enregistra dans cette partie de son cerveau qui était focalisée sur James et ses réactions qu'il s'était raidi et qu'il essayait de résister à l'assaut de Miss Chester. Mais ce ne fut pas seulement l'instinct de protection qui la fit se tourner vers Mrs Julian et Mrs Entwhistle, et déclarer :

— Toutes ces questions sont en effet passionnantes. Mais, malheureusement, Mr Glossup et moi devons vous quitter.

Un sourire poli aux lèvres, elle croisa le regard de Mrs Julian, dans lequel elle vit une lueur d'irritation. D'une voix très calme, elle poursuivit :

— Nous sommes attendus ailleurs en ville, et nous devons nous mettre en route. Si vous voulez bien nous excuser.

James se releva promptement, l'aida à en faire de même et la rejoignit pour qu'ils fassent ensemble leurs adieux. Tandis qu'elle quittait les trois femmes, en en laissant deux, au moins, aussi furieuses que déçues, il lui proposa son bras.

Elle le prit. Alors qu'ils s'éloignaient, il murmura à voix basse :

— Est-ce que nous partons vraiment ?

Il y avait tant d'espoir dans sa voix qu'il était impossible de ne pas le remarquer. Etouffant un petit rire, elle répondit :

— Bien entendu.

Et elle le conduisit vers leur hôtesse.

Lady Jersey ne fut pas du tout surprise d'apprendre qu'ils avaient d'autres engagements.

— Mais bien sûr, mes chers amis ! s'exclama-t-elle quand ils lui demandèrent la permission de se retirer. Vous devez être demandés partout.

Ils prirent congé sans plus attendre et, pour s'en aller, Henrietta fit emprunter à James une allée secondaire. Quand ils eurent quitté la clairière, elle leva les yeux vers lui.

— Vous n'avez pas du tout apprécié, n'est-ce pas ?

Il fit la grimace.

— Voyez-vous, quand on est un célibataire endurci, et ce depuis toujours, l'on évite ce genre d'événements, même quand on est plus jeune. Donc, je suis par essence inadapté à ce type de divertissements. Je suis sans cesse en train de me répéter que je serais bien mieux ailleurs.

Elle s'esclaffa.

— J'ai l'impression d'entendre Simon !

A l'évocation de son frère, elle baissa les yeux. Et si tout venait de là ? Elle était la sœur de Simon, après tout. Etait-ce pour cette raison que James s'était montré si protecteur envers elle chez les Marchmain ? Etait-ce pour cela qu'il lui avait tenu la main pendant tout le chemin du retour ? Pour la réconforter, et rien d'autre ? Cela avait été d'un grand réconfort, en effet, mais... Elle avait pensé que cela pouvait peut-être signifier un peu plus. En même temps, elle avait peut-être été influencée par ses désirs et par le collier.

Le bijou en question était attaché à son cou. Elle sentait parfaitement bien la chaleur que semblaient dégager les perles et le pendentif. Chose curieuse, ce n'était qu'en présence de James qu'elle remarquait ce phénomène.

Cependant, c'était elle qui portait le collier, et pas lui. Il n'y avait aucune raison d'imaginer qu'il pût avoir le moindre effet sur lui. Et aucune raison de supposer qu'il pût penser à elle autrement que comme la sœur de Simon, la démarieuse qui avait mis un terme à la relation qu'il avait tenté de nouer et qui, après avoir découvert les nobles raisons qui le poussaient à chercher une épouse, lui avait proposé son aide pour trouver l'heureuse élue.

James regarda autour de lui.

— Ah... Savez-vous où nous allons ? demanda-t-il.

Le chemin qu'ils suivaient les avait menés à une longue allée bordée d'épais buissons de laurier plus hauts que lui. Ils pouvaient voir le bout de l'allée ou, en se retournant, son point de départ, mais l'on ne pouvait rien distinguer au-delà, dans quelque direction que ce fût.

Henrietta regarda à son tour autour d'elle, comme si elle remarquait seulement maintenant l'endroit où ils se trouvaient.

— C'est un accès secondaire pour regagner la maison. Si nous continuons tout droit, nous y arriverons assez vite.

— Un accès secondaire, dites-vous ? demanda James. Donc les autres ne nous suivront pas ?

— Probablement pas. Ces dames opteront pour le chemin le plus court, emmenant les jeunes ladies. Ce qui signifie que la plupart des gentlemen choisiront ce chemin eux aussi.

Ils étaient donc, pour le moment, plus ou moins seuls. Et invisibles. James prit une grande inspiration.

— Henrietta ?

— Hum ?

Il s'arrêta. Et, quand elle s'arrêta à son tour et retira La main de son bras pour se tourner vers lui, son courage l'abandonna soudain, bien qu'il sût précisément ce qu'il voulait lui demander. Toute la journée, il avait cherché un signe qui aurait trahi ce qu'elle pensait vraiment de lui. Quand elle s'était portée si promptement à son secours pour le tirer des griffes de Miss Chester, il avait pensé — espéré, même — que peut-être...

Il s'humecta les lèvres avant de la fixer intensément, et il s'entendit dire :

— Je me posais la question des... des baisers.

Elle le regarda d'un air surpris.

— Des baisers ?

— Oui. J'ai une certaine image... Celle d'un homme pas forcément fréquentable — bref, d'un séducteur, vous souvenez-vous ? demanda-t-il en se montrant du doigt.

Et il se dit que, décidément, il n'aurait jamais imaginé que son passé pourrait un jour lui être aussi utile.

Elle fronça les sourcils, l'air de plus en plus perplexe.

— Je ne comprends pas.

— Eh bien, vous voyez, il y a baisers et...

Il baissa la voix.

— ... *baisers*. Je me demandais, avec des jeunes femmes, ce qui était acceptable. Jusqu'à quel degré peut-on aller, si l'on peut parler ainsi ?

L'expression qu'elle affichait montrait plus clairement que les mots qu'elle ne savait quoi répondre.

Ce qui était exactement ce qu'il avait espéré.

— Peut-être, suggéra-t-il en espérant qu'elle ne crierait pas au scandale, pourrais-je vous faire une démonstration ? Ainsi vous pourriez voir quelle est d'après moi la différence entre un baiser destiné à une jeune fille et un autre destiné à séduire une femme possédant déjà une certaine expérience.

Comme de bien entendu, elle prit un air suspicieux, mais il s'y était préparé. Il soupira.

— Oui, je sais, c'est un peu trop demander, mais vous avez proposé de m'aider et, sans vous, comment pourrais-je le découvrir ? Si je m'y prends mal, je pourrais surprendre et effrayer quelques jeunes filles. Je ne voudrais pas qu'elles se sentent mal ; leurs corsets sont déjà assez serrés comme cela, les pauvres.

Elle esquissa un léger sourire.

— La plupart des jeunes femmes ne portent pas de corset, comme vous le savez.

Il écarquilla les yeux et réussit à conserver son air grave.

— A vrai dire, je l'ignorais. Jusqu'ici, comme vous le savez, j'ai plutôt fréquenté des femmes plus mûres. Et, en général, je puis vous assurer qu'elles portent un corset.

Sans la quitter des yeux, il poursuivit :

— Mais nous ne sommes pas ici pour parler corsets.

Les yeux légèrement plissés, elle l'étudia, avant de hocher très légèrement la tête.

Oui, c'était gagné !

— Très bien. Un seul baiser. Un baiser pour jeune fille. Juste pour que je puisse vous dire si vous vous méprenez.

Il sourit, cachant tant bien que mal le sentiment de triomphe qui l'avait saisi. Mais, même s'il avait laissé paraître quelque chose, elle n'aurait pas eu l'occasion de s'en rendre compte. Sans attendre, il lui passa un bras autour de la taille, l'attira à lui, aussi près que, selon lui, elle le permettrait, et lui saisit le menton. Avant qu'elle ait eu le temps de reprendre son souffle et de protester, il posa ses lèvres sur les siennes.

Très doucement.

Résistant au besoin presque irrépressible de s'emparer d'elle de manière plus définitive, d'écarter ses lèvres et de ravir sa bouche — et d'aller loin, bien trop loin — il parvint à se dominer, car il était extrêmement important qu'il préservât la légèreté de ce baiser, et qu'il créât une impression d'exquise et douce irréalité.

Il savait exactement ce qu'il faisait et le but qu'il voulait atteindre. C'était une tentative de séduction d'un genre entièrement nouveau, en tout cas pour un homme tel que lui.

Il n'avait jamais essayé de conquérir une femme avec un contact aussi léger, une caresse à peine effleurée de ses lèvres, une pression si ténue qu'elle fascinait par sa fragilité cristalline.

Il l'observa à travers ses cils baissés. Elle fermait les yeux et semblait captivée par ce baiser, prisonnière de la sensation. Comme il avait voulu qu'elle le fût.

Henrietta n'arrivait pas à respirer, et encore moins à réfléchir. Mais pour une fois elle s'en moquait. Réfléchir n'avait aucune importance. Sentir, absorber les sensations engendrées par ce baiser était tout ce qui comptait. On l'avait déjà embrassée. Plusieurs fois, même. Pourtant ces expériences n'avaient rien eu de comparable avec ce qu'elle était en train de vivre. Elle n'avait jamais rien connu d'aussi envoûtant.

Pourtant, ce baiser — le baiser que James destinait aux jeunes filles — était aussi irréel et immatériel qu'un conte de fées.

Il n'y était question que de promesses, d'espoir, et de ce qui pourrait advenir si...

La caresse de ses lèvres sur les siennes avait quelque chose de piquant. Et, par anticipation, elle lui faisait pétiller délicatement les nerfs, comme de fines bulles dans le meilleur des champagnes. La conscience de Henrietta s'exacerbait au contact de James, de son corps et de sa force, si proches d'elle qu'ils semblaient l'envelopper. Et pourtant il la touchait à peine, mis à part avec ses lèvres — si habiles, douces et captivantes.

Il releva lentement la tête.

Les lèvres entrouvertes, respirant à peine, elle le regarda.

Ses yeux — ces océans de chocolat fondu — semblaient totalement innocents. Ils parcoururent lentement son visage, s'arrêtant un moment sur ses lèvres toujours brûlantes, puis sondèrent ses yeux.

— Eh bien ? demanda-t-il en levant un sourcil. Cela conviendra-t-il ou... ?

Elle prit une immense inspiration et recula hors de l'emprise de ses bras. Et réfléchit — avec une grande difficulté — à une réponse appropriée. Qu'elle ne trouva pas. Alors elle esquissa un hochement de tête brusque et déclara, à bout de souffle, que « cela devrait aller ».

Puis elle tourna les talons et reprit son chemin, soulagée que ses jambes réussissent encore à la porter. Elle ne parvenait pas à réfléchir calmement à ce baiser. James s'était-il montré sincère ou bien s'était-il servi de sa prétendue inexpérience avec les jeunes filles comme d'une excuse ? Mais sa présence la troublait, et elle ne parvenait pas à réfléchir correctement. Quand il la rejoignit, elle allongea le pas.

— Nous devons regagner la maison avant les autres.

— Ah… Bien sûr. Il ne faut pas que Lady Jersey — surtout pas elle — se mette à spéculer sur ce qui a pu nous retarder.

— Non, en effet, il ne le faut pas.

Se rendant compte après coup du ton amusé qu'il avait employé, elle lui adressa un regard inquiet alors que, totalement détendu, il marchait à ses côtés.

— Cette perspective a de quoi faire frissonner.

— Je sais, répondit-il en riant.

Puis, sans se départir de son sourire, il regarda droit devant lui.

Henrietta était assise devant sa coiffeuse ce soir-là et regardait Hannah dans le miroir. Celle-ci était occupée à lui boucler les cheveux puis à les lui attacher. Soudain, on frappa à sa porte et Mary passa la tête à l'intérieur de la pièce. Quand elle aperçut Henrietta, elle se décida à entrer et ferma bien derrière elle, avant de venir se poster à côté de Hannah.

Le regard de Mary balaya Henrietta et se posa sur le collier attaché autour de son cou. Une lueur de satisfaction lui éclaira les yeux.

— Parfait. Tu continues à le porter.

— Hum.

Après cette réponse inarticulée, Mary scruta le visage de sa sœur, qui chercha à éviter son regard. Aussitôt, cette dernière plissa les yeux.

— Et est-ce que cela fonctionne ? demanda-t-elle.

Henrietta aurait aimé pouvoir mentir, mais c'était Mary qu'elle avait en face d'elle. Mary qui était non seulement la plus directive et déterminée de ses sœurs, mais également la plus observatrice. Tenter de lui mentir ne donnait jamais rien de bon. A la place, Henrietta opta pour la prudence.

— Peut-être.

— Oui ! Merveilleux !

Agitant les poings, Mary exécuta une petite danse, puis leva la tête au plafond.

— Merci à toi, ô vénérable Lady ! s'exclama-t-elle.

Henrietta s'éclaircit la gorge.

Ce qui attira de nouveau l'attention de sa sœur sur elle.

— Alors, de qui s'agit-il ?

— Je ne te dirai rien.

Mary se raidit. Les bras croisés, elle contempla le reflet de Henrietta dans le miroir. Elle plissa de nouveau les yeux, puis se tapota les lèvres d'un doigt, avant de s'arrêter.

— James Glossup. C'est de lui qu'il s'agit. C'est lui, ton héros, n'est-ce pas ?

Croisant pour la première fois le regard de Mary, qui était animé par une expression de triomphe sans pareille, Henrietta plissa les yeux d'un air menaçant.

— Ne t'avise surtout pas d'en souffler le moindre mot à qui que ce soit !

En guise de réponse, Mary lui adressa un sourire rayonnant.

Henrietta soupira, et se souvint de la seule chose susceptible d'acheter le silence de sa sœur.

— Si tu veux que le collier te revienne le plus vite possible, et dans le respect du protocole, alors fais en sorte de ne faire part de tes spéculations — que rien ne confirme — à personne.

Mary sourit de plus belle, mais elle leva la main et s'empressa de déclarer :

— Je le promets. Parole de Cynster.

— Hum...

Henrietta aurait aimé se retourner pour mieux observer sa sœur, mais Hannah n'en avait toujours pas terminé avec ses cheveux.

Pendant ce temps, Mary s'était remise à danser de joie. Elle décrivit un cercle complet, puis se dirigea vers la porte.

— Tu n'imagines pas le plaisir que tu me fais, ma très chère Henrietta. Et tu peux dormir tranquille, je n'en soufflerai pas un mot à quiconque, et je ne ferai rien pour me mêler de tes affaires. C'est l'évidence même. Je veux ce collier — et je le veux dans les règles de l'art — aussi vite que possible.

La main sur la poignée de la porte, Mary se retourna et, les yeux pétillants, ajouta :

— Si tu savais comme j'ai hâte !

En dépit des efforts de Hannah, Henrietta tourna le buste,

mais Mary avait déjà filé. Quand la porte se referma, elle lâcha un soupir.

Elle regarda Hannah dans la glace.

— Avez-vous une idée de la personne qui se trouve au centre de tout cela ? Qui a-t-elle en ligne de mire pour être si pressée de disposer du collier ?

— Je n'en ai pas la moindre idée, mademoiselle.

Hannah s'interrompit quelques instants, avant de reprendre :

— Mais est-ce vrai ? Que Mr Glossup est celui que vous avez choisi ?

Henrietta se réinstalla face au miroir et surprit le regard curieux de Hannah.

— C'est possible. Mais, vous non plus, vous ne devez en souffler mot à quiconque.

— Je serai muette comme une tombe, mademoiselle.

Hannah agitait le fer à friser devant elle. Sa mine trahissait une excitation presque aussi grande que celle de Mary.

— Maintenant, restez tranquille, mademoiselle, et laissez-moi finir.

L'échange qu'elle avait eu avec Mary avait fait comprendre à Henrietta qu'elle avait bel et bien commencé à y croire, à espérer.

L'espoir, découvrait-elle, était un sentiment très étrange.

En descendant l'escalier qui menait à la salle de bal de Lady Hollingworth, elle vit James se frayer un passage pour aller l'attendre en bas des marches. Et elle dut dire à son cœur indiscipliné de bien se tenir. Oui, James, avec cet air nonchalant et sa mise impeccable, avait tout du célibataire endurci et du séducteur invétéré qu'il prétendait être. Et c'était peut-être vrai mais, cet après-midi, il s'était révélé être bien différent.

Il avait été le gentleman qui l'avait embrassée avec tant de déférence et de délicatesse que la tête lui tournait encore à chaque fois qu'elle repensait à ce moment.

Ils avaient passé le trajet du retour depuis Osterley Park à parler des diverses personnes qu'ils y avaient rencontrées, mais cela n'avait été qu'un écran de fumée, derrière lequel ils avaient tous les deux été heureux de pouvoir se cacher pour éviter de réfléchir tout de suite à ce que ce simple et délicieux baiser avait révélé.

A ce qu'il avait signifié.

A vrai dire, elle ne savait toujours pas ce qu'elle devait vraiment en conclure, mis à part le fait qu'il y avait bien quelque chose entre eux. Ce moment avait marqué un changement, un tournant dans leurs relations.

Un tournant vers quoi ? Elle l'ignorait. Mais pendant qu'elle observait le visage de James, tourné vers elle, et qu'ils se regardaient dans les yeux, elle savait très bien que son cœur était en train d'espérer.

— Bonsoir.

Avec un calme relatif, elle tendit la main.

Il la saisit et s'inclina. Puis il se releva et il la porta avec ferveur à ses lèvres. En plongeant dans ses yeux, il lui baisa la main.

Elle avait beau porter des gants, elle dut réprimer un frisson. La caresse de ses lèvres sur sa main rappelait la sensation magique de ces mêmes lèvres contre les siennes...

Il n'avait pas cessé une seule seconde de la fixer. Il se mit à sourire et l'attira plus près de lui. Il posa la main de Henrietta dans le creux de son coude et lui fit traverser la foule.

— Dieu merci, constata-t-il, il y a beaucoup moins de monde qu'hier soir.

— C'est vrai, répondit-elle en regardant autour d'elle.

Ne sachant trop quelle attitude ils allaient adopter l'un envers l'autre, elle était sur le point de désigner une autre jeune femme à laquelle il aurait peut-être envie d'être présenté — si les autres jeunes femmes l'intéressaient encore — lorsqu'il déclara :

— Je crois que les musiciens vont jouer une valse. Ah oui, c'est bien cela.

Il saisit la main de Henrietta, la dévisagea en souriant — avec une spontanéité dont elle commençait à penser qu'elle lui était réservée — puis il l'emmena vers la piste de danse.

— Venez, ma très chère démarieuse. Je veux valser avec vous.

Elle commença par sourire d'un air un peu stupide, incapable de s'en empêcher, puis entrouvrit les lèvres pour protester comme il se devait.

Il le vit, et la fit tourner, vers la piste et dans ses bras.

— Et, non, ne commencez pas. Je n'ai nullement l'intention de perdre mon temps à valser avec d'autres jeunes femmes ce soir.

Il lui adressa un regard appuyé, avant de baisser la voix :

— Vous pouvez donc économiser votre salive.

Puis il se mit à la faire tourner.

James s'employa à lui couper le souffle et à l'étourdir, une occupation qui confirma deux choses. La première, qu'il était tout à fait capable d'y arriver, s'il s'en donnait la peine. Et la seconde, qu'il adorait cela. Voir Henrietta Cynster étourdie, le souffle court, était un spectacle qui lui réchauffait le cœur. Au sens propre du terme.

Ce qui, sans doute, en disait plus qu'il n'en fallait.

Mais il n'était pas encore prêt à y réfléchir de plus près. Il n'était pas prêt à réfléchir à tous les sentiments qu'elle éveillait en lui. A ce qu'il avait ressenti lorsqu'il lui avait volé un baiser dans l'allée à Osterley Park.

Il faudrait qu'il se penche sérieusement sur la question. Et vite.

Mais elle semblait aussi heureuse que lui de prendre cette soirée comme elle venait. Il y avait assez de convives dans la salle de bal pour qu'ils restent rien que tous les deux sans que personne ne s'en rende vraiment compte. Les commères et les grandes dames accordaient plus d'attention aux toutes jeunes femmes ou à celles qui, pour une raison ou pour une autre, se trouvaient sur le devant de la scène. A vingt-neuf ans, Henrietta avait depuis longtemps passé l'âge d'être surveillée par les mères de famille craignant pour leur progéniture, et, quant à James, il n'avait jamais été une pièce maîtresse dans leurs jeux matrimoniaux.

Ils eurent donc toute la soirée pour rire, échanger des anecdotes, les yeux dans les yeux. Ils eurent des heures pour faire plus ample connaissance, apprendre tel ou tel détail les concernant, et comprendre pourquoi ils s'entendaient si bien.

Pourquoi ils se plaisaient tant.

Ils valsèrent de nouveau, et à chaque pas de danse le lien qui était en train de se tisser entre eux devenait plus fort.

Quel était ce lien, au juste ? Par certains aspects, James croyait pouvoir le saisir. Par d'autres, non.

C'était quelque chose de familier, sans l'être vraiment ; quelque chose de connu, mais d'inconnu à la fois. D'évident d'une certaine façon, mais de tellement plus complexe que cela… Voilà, en gros, ce qui résumait l'effet que Henrietta lui faisait.

Un effet qui portait de la curiosité au désir, puis à la convoitise.

Ils valsèrent une troisième fois. Mais cela ne suffit pas. Il voyait le même questionnement dans ses beaux yeux bleus.

Elle regarda autour d'elle, puis reporta son attention sur lui.

— L'air est incroyablement étouffant ici. Vous ne voulez pas que nous allions prendre l'air sur la terrasse ? suggéra-t-elle.

La terrasse, beaucoup plus calme, où ils avaient de très bonnes chances de se retrouver seuls…

Il vit, par-dessus les têtes, les portes-fenêtres, ouvertes, qui donnaient sur l'extérieur.

— Excellente idée, répondit-il en proposant son bras. Allons-y.

Il la mena parmi la foule des invités en train de discuter. Ils étaient arrivés à la porte-fenêtre et étaient sur le point de sortir lorsqu'une jeune femme vêtue d'une robe magenta se précipita vers eux.

— Miss Cynster, fit la jeune lady qui regarda d'abord Henrietta dans les yeux, avant d'incliner la tête vers James.

Elle se tourna de nouveau vers Henrietta.

— Je suis Miss Fotherby. Nous nous sommes vues chez Lady Hamilton, il y a quelques semaines.

— Oh ! Oui, répondit Henrietta en serrant la main que la jeune femme lui tendait. Je me souviens.

Elle présenta James, et précisa :

— Miss Fotherby est la nièce de Lady Martin.

James s'inclina et Miss Fotherby exécuta une révérence, puis, en se relevant, s'adressa aux deux à la fois.

— J'aurais aimé vous parler en privé. Dehors, si c'était possible, ajouta-t-elle en désignant la terrasse.

James et Henrietta échangèrent un bref regard. Cette dernière paraissait légèrement surprise.

Miss Fotherby se retourna vers la foule, puis fixa Henrietta, et ensuite James.

— Je vous en prie, insista-t-elle avant de franchir la porte-fenêtre.

Perplexe, James fit signe à Henrietta de passer la première, puis la suivit.

Ils rejoignirent Miss Fotherby qui, les mains croisées devant elle, nerveuse, les attendait peu après la porte-fenêtre. Elle continua son chemin lorsqu'ils approchèrent. Comme Miss Fotherby était la plus petite, Henrietta et James se placèrent chacun de part et d'autre d'elle. Ils se dirigèrent vers la partie de la terrasse qui n'était pas éclairée.

— J'espère que vous comprendrez les raisons qui m'ont amenée à vous aborder de la sorte, mais…

Elle s'arrêta un moment pour reprendre son souffle.

— Il faut que je me marie. Je vis avec ma mère et mon beau-père mais, pour divers motifs, je ne puis plus vivre sous le même toit que mon beau-père. Ma tante s'est montrée d'une gentillesse extrême et elle m'aide à m'introduire dans le grand monde, comme vous le savez. J'ai vingt-cinq ans, donc trouver un mari n'est pas si facile que cela. J'ai une dot acceptable, mais…

Elle s'interrompit pour prendre une grande inspiration, puis, en se tordant les doigts, continua :

— J'ai reçu une demande en mariage et, alors que tout le monde est ravi pour moi et me conseille de l'accepter, je ne fais pas confiance au gentleman en question.

Ils étaient arrivés au bout de la terrasse. Une main posée sur la balustrade, Miss Fotherby se tourna vers eux. Elle s'adressa à Henrietta :

— Et, non, je ne suis pas ici pour vous demander de vous renseigner sur lui. Je sais très bien que je ne peux pas faire confiance à un homme tel que lui. Cependant, ajouta-t-elle en se tournant cette fois vers James, j'ai entendu dire, Mr Glossup, que vous cherchiez une épouse. J'ai bien compris que vous étudiiez diverses « candidatures » et j'aimerais vous demander d'ajouter mon nom à la liste de vos éventuelles prétendantes.

Elle jeta un coup d'œil à Henrietta et esquissa un faible sourire.

— Miss Cynster, j'en suis sûre, saura répondre à toutes les questions que vous pourriez vous poser à mon sujet.

Miss Fotherby leva alors la tête et croisa le regard de Henrietta.

— J'ai entendu dire que tous les Cynster optaient pour des mariages d'amour. Mais, dans mon cas, je sais que je serais plus heureuse si je faisais un mariage de raison.

Elle considéra James avant de reprendre :

— Je me méfie des gentlemen qui déclarent leur amour trop tôt ou trop facilement, Mr Glossup. Et je préfère infiniment votre honnêteté et votre façon dépassionnée d'aborder la question.

Elle inclina la tête, et conclut par ces mots :

— Je vous en prie, réfléchissez sérieusement à ma proposition.

Regardant l'autre bout de la terrasse, vers la salle de bal, elle marqua un temps d'hésitation, avant d'ajouter :

— Et, si cela était possible, j'apprécierais d'être tenue informée de vos intentions me concernant dans les jours prochains.

Sur ce, elle adressa un signe de tête à Henrietta, puis s'éclipsa promptement, laissant James et Henrietta interdits.

« Tous les Cynster optent pour des mariages d'amour. »

« Je me méfie des gentlemen qui déclarent leur amour trop tôt ou trop facilement. »

James se sentait totalement sonné. Comme s'il avait reçu non pas un, mais *deux* coups en pleine figure, sans en avoir vu aucun venir. Lui-même, dans toutes ses réflexions, n'était pas allé jusque-là… Il regarda Henrietta. Mais le visage de celle-ci était dans l'ombre. Il ne pouvait décoder son expression, et encore moins lire dans ses yeux.

— Ah…, fit-il pour éluder la question. Qu'en pensez-vous ?

Elle garda le silence pendant un long moment, puis déclara, sur un ton qui, curieusement, semblait un peu las :

— De mon point de vue, elle ferait une excellente candidate.

Elle s'interrompit, puis ajouta :

— Il faudra que je me renseigne un peu plus mais, parmi toutes les jeunes femmes que vous avez rencontrées jusque-là, il me semble qu'elle aurait de quoi figurer en tête de votre liste, avant même que j'en sache davantage sur elle.

Donc… elle pensait qu'il était toujours à la recherche d'une épouse ? La tête de James se mit à tourner lorsqu'il essaya de se remémorer tout ce qu'ils s'étaient dit au cours de la soirée, tout ce qu'ils avaient laissé sous-entendre... Ou bien était-ce lui qui s'était fait des idées ? Qui avait tout imaginé ?

En toute honnêteté, il n'en savait rien.

S'il livrait le fond de sa pensée, s'il disait ce qu'il avait cru et ce qu'il espérait, lui rirait-elle au nez avant de tourner les talons ?

— Peut-être... pourriez-vous vous renseigner ?

Au moins, cela signifierait qu'il la reverrait, et vite. Et, à ce moment-là, il aurait peut-être réussi à y voir un peu plus clair. Il aurait peut-être réussi à comprendre ce qui se passait *réellement* entre eux.

Henrietta se força à acquiescer, très heureuse que son visage fût dans l'ombre. Elle contint avec sévérité sa douleur — et son cœur si stupide — et s'obligea à dire avec calme :

— Je comprends pourquoi elle veut connaître votre décision le plus tôt possible. Je vais aller trouver les dames les plus en vue — celles qui sont ici ce soir — tout de suite.

Avant de partir, elle ajouta :

— Nous pouvons peut-être nous retrouver au parc demain. J'y serai avec ma mère et Mary vers 11 heures. Vous verrez notre voiture dans la grande allée. Je pourrai vous dire ce que j'ai appris.

Oui, elle le lui dirait au parc, avec du monde autour d'eux.

Plus de promenade en tête à tête avec lui. Plus aucune possibilité d'échanger un baiser qui lui aurait fendu le cœur.

Elle attendit à peine qu'il signifiât son accord pour tourner les talons et quitter la terrasse.

James s'obligea à rester où il était et à la regarder partir. Il ne pouvait qu'observer les signes révélateurs : sa tête baissée, sa démarche tendue, son dos rigide.

Il avait tout fait rater.

Quand elle franchit le seuil et, sans un regard, disparut dans la salle de bal, il leva son visage vers le ciel nocturne et jura tout bas.

5

Comme il le lui avait été demandé, James se présenta au parc le lendemain matin et repéra la calèche de Lady Louise Cynster dans la rangée de voitures dernier cri garées le long de la grande allée du parc. Henrietta était assise avec sa sœur cadette Mary sur la banquette qui se trouvait dans le sens de la marche. La voiture était décapotée, mais les ombrelles de ces dames étaient déployées et, sous le doux soleil, les deux jeunes femmes semblaient scruter les pelouses et la foule qui les arpentait, tandis que, assises en face d'elles, leur mère et la vieille Lady Cowper discutaient avec animation.

James approchait dans le dos de Henrietta et sa sœur et, à quelques dizaines de mètres de la voiture, il s'arrêta sous un orme pour faire le point. Il devait regagner le terrain perdu la veille au soir, et c'était précisément pour cela qu'il était là. Mais il n'avait pas encore trouvé comment il allait s'y prendre pour faire la conquête de Henrietta. Il était toujours en quête d'une épouse, mais la stratégie qu'ils avaient mise au point n'était plus d'actualité. La balle était dans son camp à lui, mais il ignorait toujours la façon dont il allait faire passer le message à Henrietta, une Cynster qui, il en était absolument certain, ne consentirait à contracter un mariage que par amour. Il avait passé une grande partie de la nuit à essayer de trouver quelque chose, mais dans ce cas précis — et la situation n'était pas loin d'être critique — ni son imagination débordante ni ses instincts de séducteur ne s'étaient montrés particulièrement inspirés. Ni même coopérants, d'ailleurs. En fait, quand il s'agissait de Henrietta, il réagissait de façon totalement inédite.

C'était de là que venaient une grande partie de ses problèmes. Son instinct ne la voyait pas comme les autres femmes. Il lui faisait bien comprendre que Henrietta était toute à lui et, même s'il ne savait comment s'y prendre pour que ce fût vrai, il le tenait en son for intérieur comme un fait accompli. Et son instinct avait l'air de considérer que faire en sorte qu'elle lui appartînt pour de bon valait tous les sacrifices.

Mais il y avait des sacrifices qu'un homme avisé ne pouvait exiger ni n'était prêt à consentir.

Il n'était pas en droit d'exiger quoi que ce fût d'une lady du calibre de Henrietta, une femme si déterminée, intelligente et vive d'esprit.

La veille au soir, Miss Fotherby lui avait rappelé deux vérités immuables — en plus de mettre un terme à ce qui, jusqu'à son arrivée, s'était révélé être une soirée plus qu'encourageante.

Tout d'abord, les Cynster ne faisaient que des mariages d'amour.

Et, ensuite, l'on se méfiait toujours des gentlemen trop prompts à clamer leurs sentiments.

Il devrait donc naviguer entre ces deux écueils et trouver un moyen pour que Henrietta se laisse convaincre...

Ce fut avec ce but en tête qu'il aborda la voiture des Cynster.

Henrietta sut que James approchait quelques instants avant qu'il n'apparût d'un côté de la calèche. Elle avait senti son regard dans son dos et avait dû lutter contre l'envie de se retourner trop prestement.

Après la déception de la veille au soir et l'effondrement de ses espoirs, apparemment infondés, elle était déterminée à paraître aussi impassible et imperturbable que possible. Elle avait bien l'intention de faire en sorte que leurs échanges se limitent à la simple évocation du but qui les animait tous les deux, c'est-à-dire la nécessité de trouver au plus vite une épouse à James.

Par conséquent, elle croisa le regard de ce dernier en lui adressant un léger sourire et inclina la tête avec politesse.

— Mr Glossup.

Ses yeux marron rencontrèrent les siens, les scrutèrent. Il y eut un moment de flottement et d'hésitation, puis James hocha la tête en guise de réponse et, en esquissant un sourire, la salua à voix basse, avant de se tourner pour saluer sa mère et Lady Cowper.

Les mains crispées autour du manche de son ombrelle, Henrietta se raidit sur son siège et observa d'un œil critique James qui déployait son charme habituel pour distraire sa mère et son amie, et les manœuvrer subtilement afin qu'elles évitent de trop s'attarder sur l'incident survenu chez les Marchmain. Mais sa mère insista et le remercia chaleureusement pour sa courageuse intervention sans laquelle sa fille — c'est-à-dire elle, Henrietta — n'aurait peut-être pas pu être sauvée. James accepta l'accolade, mais changea rapidement de sujet. Henrietta lui en fut reconnaissante. Elle en avait assez de devoir répéter à tout le monde que l'accident ne l'avait pas traumatisée à vie.

Lorsqu'il eut accordé suffisamment de temps à ces dames, James se tourna vers Henrietta, le sourcil levé.

— Voudriez-vous vous promener un peu en ma compagnie, Miss Cynster ?

— Avec plaisir, je vous remercie.

Alors que James s'apprêtait à ouvrir la portière, Sir Edward Compton, qui se trouvait non loin de là et qui, semblait-il, n'attendait que ce moment, s'avança et s'inclina devant la mère de Henrietta et Lady Cowper, avant de demander si Mary voulait bien se promener elle aussi.

Ce qui sous-entendait qu'ils allaient se retrouver tous les quatre. Car, si Henrietta pouvait se promener seule avec un gentleman, Mary était encore trop jeune pour se le permettre, au moins au parc, sous l'œil scrutateur de toutes ces dames du grand monde.

Henrietta ne s'attendait pas à ce que Mary dît oui. Sa sœur n'était pas du genre à accepter quelque chose qui ne l'intéressait pas réellement, et Henrietta était certaine ou presque que le fade Sir Edward ne l'intéressait pas. Mais, après une courte pause, Mary sourit et hocha la tête.

— Je vous remercie, Sir Edward. Je serais enchantée de pouvoir me promener à votre bras.

James ouvrit la portière de la calèche et tendit la main à Henrietta pour l'aider à descendre. Puis Sir Edward s'approcha et fit la même chose avec Mary.

Celle-ci lui sourit gentiment, posa la main sur son bras et le suivit sur la pelouse.

Perplexe, Henrietta posa à son tour la main sur le bras de James et, côte à côte, ils suivirent Mary et Sir Edward sur la pelouse fraîchement tondue. Tout en fixant sa sœur, Henrietta murmura :

— Je me demande ce qu'elle manigance.

James lui jeta un coup d'œil.

— Pourquoi voudriez-vous qu'elle manigance quelque chose ?

Parce que, sinon, Mary n'aurait jamais rien fait pour gâcher ce moment en tête à tête entre James et elle, songea-t-elle, mais elle se garda bien de formuler tout haut sa réponse.

A la place, Henrietta désigna sa sœur du menton, et annonça :

— Attendez un peu, et vous verrez.

Et, justement, ils n'avaient pas encore beaucoup marché quand Mary montra du doigt quelque chose devant elle, parla à Sir Edward et se retourna pour prévenir Henrietta et James.

— Avec Sir Edward, nous allons rejoindre ce groupe là-bas. Miss Faversham et Miss Hawkins s'y trouvent aussi et nous resterons dans le champ de vision de maman.

Le message n'aurait pas pu être plus clair : Henrietta et James n'avaient pas besoin de jouer les chaperons.

Henrietta scruta le groupe en question. En plus des demoiselles déjà citées, il comportait plusieurs jeunes gentlemen célibataires, parmi lesquels — et non des moindres — Julius Gatling, issu de la noblesse, et Lord Randolph Cavanaugh, le second fils du dernier marquis de Raventhorne. Malgré tout, cette compagnie était tout à fait convenable et bien inoffensive.

Henrietta hocha donc la tête.

— Très bien. Je suis certaine que l'on peut faire confiance à Sir Edward pour qu'il ne te ramène pas trop tard à la voiture.

Mary sourit d'un air béat à Sir Edward qui, de toute évidence, était sous le charme.

— Vous ne me raccompagnerez pas trop tard, n'est-ce pas, Sir Edward ?

Henrietta ne put s'empêcher de rire sous cape, mais ne prit pas la peine d'écouter la réponse que bafouilla le jeune homme. Elle avait à faire. Elle regarda James et haussa un sourcil.

— Puis-je suggérer que nous cherchions un endroit tranquille où je pourrais vous dire ce que j'ai appris sur Miss Fotherby ?

James pinça légèrement les lèvres, ce qui la surprit, mais il acquiesça et la laissa passer devant.

Une fois passés les petits groupes de jeunes gens qui occupaient les zones les plus proches des voitures, les pelouses étaient bien plus désertes, et il était possible de se promener et de converser librement sans avoir à craindre d'être entendu. Ils s'engagèrent dans un chemin secondaire, parallèle à l'allée centrale, et s'enfoncèrent un peu dans le parc, avant que James finît par demander :

— Qu'avez-vous appris, alors ?

— La situation de Miss Fotherby est exactement celle qu'elle nous a décrite. Apparemment, sa mère craint que son deuxième époux ne s'éprenne de Miss Fotherby et ne délaisse la mère pour la fille. De toute évidence, cette crainte est aussi déraisonnable qu'infondée. Aucun des proches de la famille n'y croit réellement. Mais, comme vous pouvez l'imaginer, cela rend la position de Miss Fotherby très délicate. Par conséquent, elle cherche un mari pour pouvoir quitter la maison de son beau-père. Sa mère quant à elle a bien entendu insisté pour rester à la campagne avec son époux et a expédié sa fille à Londres pour qu'elle fasse son entrée dans le grand monde sous le patronage de sa tante.

En jetant un coup d'œil à James, Henrietta le vit esquisser une légère moue. Regardant droit devant lui, il murmura :

— Donc, en quelque sorte, Miss Fotherby est une demoiselle en détresse qui attend son sauveur ?

Henrietta hocha la tête.

— On peut voir les choses de cette façon.

Si on examinait la situation sous cet angle, James pouvait sans peine considérer que le sauvetage de Miss Fotherby en échange du sauvetage de son domaine et de ses employés était un marché très acceptable.

Henrietta devait quant à elle se montrer impartiale, et l'impartialité requérait qu'elle émette un avis favorable sur Miss

Fotherby. D'après les informations qu'elle avait collectées dans un court laps de temps la veille au soir, la jeune femme jouissait d'une réputation sans tache, et elle n'était en rien responsable des difficultés auxquelles elle était en ce moment confrontée. Henrietta n'avait pas entendu le moindre commentaire négatif ou désobligeant sur Miss Fotherby, ce qui, malheureusement, la forçait, aussi bien par devoir que par honneur, à aider James et la jeune femme en ne rapportant que la stricte vérité et, si James le souhaitait, en facilitant un rapprochement entre eux deux.

Tous deux n'en méritaient pas moins.

Même si faciliter un rapprochement entre eux deux était la dernière chose dont elle avait envie...

Après un long moment de silence, James demanda :

— Avez-vous appris autre chose ?

Au fur et à mesure que Henrietta rapportait, en des termes prudents et neutres, ce qu'elle avait appris à propos des manières, du caractère et de la personnalité de Miss Fotherby, James se mordait la langue de plus en plus fort.

Il avait envie de demander à Henrietta si elle souhaitait vraiment qu'il épousât Miss Fotherby.

Il avait envie, terriblement même, de demander à cette femme troublante qui marchait à ses côtés de façon si fluide — si confiante et tranquille — ce qu'elle avait pensé du baiser qu'ils avaient échangé. Il avait envie de lui demander si elle avait ressenti quelque chose — quelque chose s'approchant du changement de perspective cataclysmique qui s'était imposé à lui sans retour en arrière possible quand ils s'étaient embrassés — et si, éventuellement, elle pouvait envisager de l'épouser.

Il avait envie de lui demander tout cela, il avait envie de la regarder dans les yeux et de prononcer ces phrases, mot à mot, mais il ne le pouvait pas.

Pas pendant qu'elle était en train de se promener à ses côtés en chantant les louanges de Miss Fotherby et en l'encourageant à considérer cette dernière comme une future épouse potentielle.

Il se trouvait dans un état de confusion extrême. Son irritation couvait, mêlée à une espèce de peur panique dont il n'était pas du tout coutumier. Il avait peur de ne pas agir et, ce faisant, de la perdre. Mais il était paralysé par le poids qui lui pesait sur les épaules et la perspective horrible qu'elle pût dire non.

S'il lui demandait sa main, et que Henrietta l'éconduisait... Qu'adviendrait-il de lui ?

— Je me renseignerai davantage cet après-midi en allant prendre le thé à différents endroits, mais j'ai le sentiment que Miss Fotherby est votre candidate la plus sérieuse.

James sentit le sol s'effondrer sous ses pieds en même temps que son calme le quittait. Piqué au vif, il déclara sur un ton sec et haché :

— Très bien. Assez parlé de Miss Fotherby.

Puis il regarda Henrietta, et ajouta :

— A qui d'autre dois-je m'intéresser ?

« A moi », la supplia-t-il intérieurement de répondre.

Elle avait gardé les yeux baissés pendant qu'elle parlait. A présent, elle prenait une grande inspiration comme si elle se préparait à une grande déclaration — et le cœur de James s'emplit d'espoir.

— Eh bien, Miss Chisolm et Miss Downtree figurent toujours sur notre liste. Je me renseignerai à leur sujet également.

L'espoir de James sombra et mourut. La déflagration qu'il ressentit sembla le vider de toute sa substance.

— Et vous devriez vraiment élargir encore vos horizons, ajouta-t-elle. Nous sommes conviés au bal chez Lady Hamilton ce soir, et il y aura beaucoup de monde. Nous y trouverons sans doute de nouvelles candidates.

Levant la tête, Henrietta était sur le point de regarder James, sans trop savoir ce qui pouvait se lire dans ses propres yeux. Elle avait préféré les garder baissés pendant qu'elle parlait de Miss Fotherby. Quand soudain elle aperçut la jeune femme en question un peu plus loin dans le parc, en compagnie d'un jeune homme très reconnaissable : Rafe Cunningham, connu pour son goût pour le libertinage, sa passion pour le jeu et son hédonisme.

Ils n'étaient pas en train de discuter. Ils se tenaient face à face, à quelques pas l'un de l'autre, et cela se voyait que Rafe, mécontent, parlait avec animation. Miss Fotherby tournait le dos à Henrietta et James mais, à ses mouvements de tête et à ses gestes, il était clair qu'elle répliquait sur le même ton.

Un rapide coup d'œil échangé avec James suffit à confirmer qu'il avait, lui aussi, repéré le couple.

Puis Rafe écarta les bras dans un geste théâtral, les mains ouvertes, comme s'il implorait son interlocutrice.

Miss Fotherby leva les mains au ciel, tourna les talons, et partit précipitamment vers la grande allée du parc. Dans sa colère, ses jupes battaient contre ses jambes avec violence. Son visage était pâle, mais des plaques rouges lui coloraient les joues. Les lèvres pincées, le regard fixe, elle se dirigea vers les voitures où, sans aucun doute, sa tante l'attendait. Elle ne se retourna pas une seule fois, et ne remarqua pas Henrietta et James qui s'étaient pourtant arrêtés non loin d'elle.

— Ah, fit Henrietta en jetant un coup d'œil à Rafe, puis à Miss Fotherby qui s'en allait, je pense avoir deviné quel gentleman a fait à Miss Fotherby une proposition dont elle se méfie.

Rafe Cunningham était bien né et riche, deux caractéristiques qui, combinées, rendaient un gentleman très attractif, quel que fût son caractère.

Le fait que ce fût Rafe qui eût tenté sa chance avec Miss Fotherby allait-il changer le point de vue de James par rapport à celle-ci ? Henrietta reporta toute son attention sur lui, et remarqua la tension qui s'était emparée de James. Elle scruta son visage, et vit qu'il observait Rafe.

James se montrait-il déjà possessif envers Miss Fotherby ?

Au grand désarroi de Henrietta, son stupide cœur manqua quelques battements, ce qui ne faisait que prouver qu'il n'était toujours pas capable, face à James, de se comporter de façon raisonnable. Soupirant intérieurement, elle regarda en direction des calèches.

James observait toujours Rafe Cunningham, qui se tenait immobile au milieu du parc, les mains sur les hanches, visiblement irrité et déçu. Il fixait Miss Fotherby. Sur ses traits sombres se peignait une expression de profonde incompréhension, et James éprouva pour lui un indéniable élan de solidarité et de compassion.

La mâchoire serrée, il détourna l'attention de Henrietta afin qu'elle ne vît pas le regard misérable de Rafe.

— Venez. Nous ferions mieux de rejoindre votre mère qui va bientôt commencer à s'impatienter.

Il la raccompagna jusqu'à la voiture de Lady Cynster, l'aida à y grimper et présenta ses adieux.

Après un salut rapide, et un dernier regard à Henrietta, il se força à tourner les talons et à s'en aller.

Il avait espéré qu'il parviendrait à reconquérir le terrain perdu la veille au soir, mais au lieu de cela... Il n'avait jamais été aussi loin de convaincre Henrietta de le voir comme un époux potentiel. Elle semblait considérer Miss Fotherby comme la solution à tous ses problèmes et comme un moyen de s'acquitter de sa propre tâche.

Mais il ne voulait pas de Miss Fotherby. Bien au contraire, il souhaitait beaucoup de chance et de bonheur à Rafe pour ses projets la concernant.

C'était Henrietta qu'il voulait.

Tout en traversant le parc, il se livra à un examen de conscience. Et sa réponse fut sans équivoque. Il n'allait pas abandonner, il n'allait pas battre en retraite et laisser Henrietta partir, pas après avoir compris qu'il avait trouvé celle qui était faite pour lui.

Il allait donc devoir trouver un moyen de l'amener à le considérer sous un point de vue différent.

Et, pour ce faire, il faudrait quelque chose d'assez puissant pour frapper l'esprit d'une Cynster.

Depuis la calèche, Henrietta regarda James s'éloigner sans se retourner. Quand la voiture se mit en route, évitant avec soin les yeux interrogateurs de Mary, Henrietta regarda dans le lointain en regrettant amèrement que leur chemin eût par malheur croisé celui de Miss Millicent Fotherby.

Le destin semblait sourire à la jeune femme et à son projet de devenir l'épouse de James. En effet, cet après-midi-là, Henrietta était conviée avec sa mère et sa sœur à une réception chez Lady Osbaldestone, et le salon de leur hôtesse était plein de grandes dames toutes à même de la renseigner.

Se rappelant qu'elle perdrait son honneur si elle n'accomplissait pas son devoir envers James, elle se prépara à aller interroger ces ladies les unes après les autres à propos de Millicent Fotherby.

Bien entendu, selon la règle en vigueur dans le grand monde, l'on n'obtenait rien sans rien donner en échange. Face à cette auguste et distinguée compagnie, pour glaner des informations sur Miss Fotherby, il lui fallut expliquer pourquoi elle s'engageait sur une voie dont elle était si peu coutumière. D'habitude, elle, la démarieuse, se renseignait plutôt sur la bonne foi des gentlemen que sur celle des jeunes femmes. Alors qu'elle faisait le tour de la pièce et passait de groupe en groupe, elle réussit à justifier son intérêt au sujet de la jeune femme en expliquant qu'elle avait accepté d'aider James, un ami de Simon, à trouver une épouse convenable. Et, quand cela fut nécessaire, elle réussit à détourner l'attention de ses interlocutrices en posant des questions sur Rafe Cunningham, qui, comme elle s'en doutait, ne valait guère mieux que ce qu'elle pensait. La plupart des ladies présentes dans l'assemblée confirmèrent ce qu'elle savait déjà à moitié et furent heureuses de dire tout ce qu'elles savaient à propos de Miss Fotherby, de sa famille, de son passé, de ses attentes et de sa situation actuelle.

Par malchance, ce qu'apprit Henrietta ne fut ni suffisamment précis ni suffisamment clair pour qu'elle considérât son travail comme accompli et qu'elle conseillât à James de faire sa demande auprès de Miss Fotherby sans attendre. Plus fâcheux encore, on lui suggéra à maintes reprises d'aller quérir les clarifications nécessaires auprès des deux ladies qu'elle avait espéré pouvoir éviter.

Elle ne pouvait plus y échapper, hélas. Si elle voulait savoir de façon définitive si Millicent Fotherby était celle que James recherchait, elle allait devoir s'adresser à Lady Osbaldestone qui, en plus d'être une cousine éloignée du grand-père de James, le vicomte Netherfield, était apparemment aussi apparentée à la famille Fotherby.

Henrietta n'en avait pas été plus surprise que cela. Il semblait que Lady Osbaldestone fût apparentée à une bonne moitié de l'aristocratie londonienne.

Devoir s'adresser à cette dernière était déjà assez pénible en soi, mais à côté de l'hôtesse du jour était assise Helena, la propre tante de Henrietta, ce qui signifiait que sur ce canapé se trouvaient les deux paires d'yeux les plus acérées de toute la haute société, et cela mettait Henrietta terriblement mal à l'aise.

Sa tante Helena, la duchesse douairière de St. Ives, possédait de magnifiques yeux vert clair capables de voir au-delà de tous les masques. Elle était réputée pour sa perspicacité légendaire. Son fils, Devil, le duc de St. Ives, était le chef de la famille Cynster, et il possédait les mêmes yeux vert clair, mais il lui restait encore à développer sa perspicacité — au grand soulagement du reste de la famille.

Prenant sur elle, Henrietta s'approcha de Lady Osbaldestone et de sa tante. Elles sourirent toutes les deux avec un franc plaisir et l'invitèrent à s'asseoir auprès d'elles et à leur demander ce qu'elle voulait savoir.

Henrietta obéit et, malgré sa fébrilité, réussit à orienter ses questions pour que les deux femmes lui apprennent ce qu'elle avait besoin de savoir.

Etant liée aux Glossup, Lady Osbaldestone savait déjà pourquoi James avait besoin de se marier rapidement. Ce qui signifiait que Helena le savait aussi, car elles n'avaient pratiquement aucun secret l'une pour l'autre. Dans ce cas précis, cela rendit service à Henrietta. Une fois qu'elle leur eut révélé pourquoi elle avait accepté d'aider James, les deux vieilles dames s'accordèrent à reconnaître que Melinda Wentworth ne lui aurait absolument pas convenu, et confirmèrent que Millicent Fotherby faisait une excellente candidate, mais...

Ce fut à ce moment-là que Henrietta sentit que la conversation partait dans une direction nouvelle et inconnue.

— Bien entendu, déclara Lady Osbaldestone, il faut prêter

attention aux véritables raisons qui ont amené James à se retrouver en quête d'une épouse.

— En effet, acquiesça Helena d'un ton docte, tandis que son regard se perdait dans le lointain. C'est à cause de… Peste, comment s'appelait-elle ? Sa belle-sœur, celle qui a été assassinée ?

— Katherine, ou « Kitty » comme elle se faisait appeler, intervint Lady Osbaldestone. Précisément, continua-t-elle en regardant Henrietta dans les yeux, c'est à cause de Kitty que James s'est… Comment puis-je m'exprimer ? S'est volontairement détourné des mondanités. Et qu'il a abandonné l'idée du mariage et a cessé toute fréquentation des jeunes femmes avec qui il aurait pu tisser des liens et s'engager. Kitty, voyez-vous, était une femme réputée pour sa grande beauté, et elle a épousé Henry, le frère aîné de James, pour son argent et pour son rang. Mais, dès qu'elle se fut fait passer la bague au doigt, Kitty s'est mise à regarder les autres hommes, et pour finir elle a jeté son dévolu sur James.

Lady Osbaldestone marqua une pause avant de poursuivre :

— Le pauvre garçon l'a ignorée, bien entendu : les Glossup sont d'une loyauté sans faille. Malheureusement, Kitty, à qui un tel respect des convenances échappait totalement, s'est mis en tête de séduire James coûte que coûte. Mais elle a été assassinée par un de ses anciens amants. Je résidais à Glossup Hall à cette époque et je puis vous dire que cette histoire a causé un scandale retentissant. Nous ne saurons jamais si Kitty poursuivait James de ses assiduités pour le faire passer pour le père de l'enfant qu'elle portait et qui était en fait celui de son ancien amant, mais je suis certaine qu'après coup James y a pensé lui aussi. Si elle était parvenue à ses fins, la situation aurait été catastrophique, et la famille se serait déchirée. Mais Kitty était comme cela, incapable de penser à autre chose qu'à elle-même.

— C'était au moment des fiançailles de Simon et Portia, compléta Helena. Donc tous ces faits sont survenus il y a à peu près deux ans, juste avant leur mariage, et depuis James… s'est tenu à l'écart de la société, et a observé une attitude méfiante vis-à-vis du mariage et des jeunes femmes à marier.

— C'est précisément pour cela, reprit Lady Osbaldestone, que sa grand-tante Emily a rédigé le testament que vous savez.

Elle était déçue de ne pas avoir pu danser au mariage de James, mais elle a fait tout son possible pour que le mariage en question eût bien lieu.

— Quelle tristesse de l'avoir perdue, cette chère Emily, sourit tristement Helena, avant de fixer Henrietta en prenant un air plus léger. Mais vous voici, ma chère enfant, pour aider James à trouver sa fiancée, et c'est tout ce qui compte.

Les deux femmes regardèrent le cou de Henrietta, où était accroché le collier. Elle s'attendait à un commentaire de leur part, mais rien ne vint. A la place, elles échangèrent un rapide coup d'œil, avant de se caler avec une synchronisation parfaite contre leur dossier.

— Si je puis me permettre, reprit Lady Osbaldestone, il me paraît important que, afin d'aider James et Millicent au mieux, vous insistiez sur le fait que les jeunes femmes, surtout de nos jours, doivent savoir clairement ce qu'elles veulent.

— Oui, en effet, renchérit Helena d'un air très sérieux. Il arrive souvent que les jeunes femmes ne sachent pas vraiment ce qu'elles souhaitent, ce qu'elles désirent, et qu'elles connaissent mal leur propre cœur. De ce fait, elles ne sont pas toujours capables de saisir leur chance quand le destin leur offre la possibilité d'obtenir ce qu'elles recherchent dans la vie.

Lady Osbaldestone approuva.

— C'est une erreur fréquente : ne pas prendre le temps de réfléchir à ce que l'on veut réellement. Comment une jeune lady peut-elle espérer mener la vie dont elle rêve si elle est incapable de la définir précisément ?

— Oh ! Ces gentlemen ne valent pas mieux, continua Helena avec un geste désabusé. Mais, dans leur cas, il s'agit souvent d'un aveuglement conscient et volontaire, ce qui est rarement le cas chez les jeunes femmes. Non, leur problème à elles, c'est le manque de clairvoyance, c'est le fait de ne pas avoir conscience de l'importance de la réflexion. Il faut ajouter à cela l'idée erronée que la vie évoluera par miracle comme elles le souhaitent, sans qu'elles sachent ce qu'elles souhaitent vraiment, et le fait d'avoir été préparées à se précipiter tête baissée dans le monde.

— Bien dit ! s'exclama Lady Osbaldestone en frappant sa canne contre le sol.

Elle chercha le regard de Henrietta.

— Et si vous vous sentez l'âme charitable, n'hésitez pas à répéter cela à votre sœur cadette. Elle se cache là-bas parmi d'autres jeunes femmes en pensant que nous n'avons pas remarqué ce qu'elle trame. Mais, s'il y a une jeune personne qui a besoin de réfléchir à ce qu'elle veut avant de se précipiter tête baissée, c'est bien elle.

— D'autant plus que dans ce domaine elle n'a pas sa pareille, ajouta Helena.

Henrietta ne put retenir un sourire et promit de transmettre le message à Mary, qui avait passé tout l'après-midi dans un coin à discuter avec d'autres jeunes ladies. Puis elle fut heureuse de pouvoir prendre congé et d'échapper à ces deux grandes dames.

Ce ne fut que plus tard, alors qu'elle se dirigeait vers la porte dans le sillage de sa mère et qu'elle récapitulait tout ce qu'elle avait appris, qu'elle se rendit compte qu'elle ne savait pas avec certitude qui les mises en garde de Lady Osbaldestone visaient : Millicent Fotherby, Mary ou... elle-même ?

Cette pensée la perturba mais, une fois qu'elles furent installées en voiture et en route pour leur prochain rendez-vous, elle se ressaisit et essaya de se reconcentrer sur ce qui était avéré et incontestable.

En faisant abstraction de Rafe Cunningham, Millicent Fotherby semblait la promise parfaite pour James.

Mais, ce qui était également indéniable, c'était sa propre envie de plus en plus forte d'évincer Millicent et de prendre sa place.

Etait-ce se précipiter tête baissée ?

Henrietta soupira en son for intérieur en regardant le paysage défiler par la fenêtre.

C'était un bal masqué qui avait lieu chez Lady Hamilton ce soir-là. Ravi de cette aubaine, James arriva assez tôt pour se fondre dans la foule, incognito parmi les innombrables gentlemen capés et masqués. Il espérait surprendre Henrietta au moment où elle arriverait.

Quand elle apparut, cachée par sa cape et son masque bleu clair, il la reconnut néanmoins aussitôt et se précipita vers elle dès qu'elle eut salué leurs hôtes.

Tandis qu'il fendait la foule, il observa les lieux ; la salle de bal était déjà un océan de capes, de masques et de manteaux noirs. Jusqu'ici, il avait toujours trouvé les bals masqués ennuyeux et leur regain de popularité incompréhensible. Mais, ce soir, il espérait que cet événement deviendrait l'instrument de son salut.

Il s'arrêta à côté de Henrietta, attrapa son coude dissimulé sous sa cape, et pencha la tête pour murmurer :

— Bonsoir.

Elle scruta son visage masqué, le regarda dans les yeux et sourit. Elle semblait soulagée, même si elle n'en était peut-être pas consciente.

— J'avais oublié qu'il s'agissait d'un bal masqué jusqu'à ce qu'il soit l'heure de se préparer. Je me demandais comment j'allais vous retrouver au beau milieu de tout cela, dit-elle en désignant d'un geste large la foule anonyme.

— Justement… A ce propos, j'ai eu une révélation.

Il l'attira sur le côté, hors de la cohue des invités en train d'arriver. Tout en la conduisant vers le fond de la salle, il se lança :

— Un bal masqué n'est pas fait pour aller à la rencontre des gens. Même si l'on croit savoir qui est une personne, l'on ne peut pas en être sûr avant minuit, quand tout le monde retire son masque. La probabilité que nous perdions notre temps est élevée. Donc, pour ce soir, je propose que nous suspendions toute tentative pour élargir mes horizons et pour étoffer ma courte liste, que nous omettions même de reparler de Miss Fotherby et que, à la place, nous profitions sans arrière-pensée de la fête et goûtions au plaisir d'être ensemble.

Il s'arrêta près du mur, où la foule se pressait moins, se tourna lentement vers elle et haussa un sourcil.

— Qu'en dites-vous ?

Elle leva les yeux vers lui, cligna lentement des paupières, avant de parcourir son visage. Elle hésita, puis regarda autour d'elle, observant la foule anonyme qui déambulait. Finalement, elle se tourna de nouveau vers lui et répondit :

— Je pense… qu'il s'agit là d'une excellente suggestion.

Henrietta aurait été bien incapable de dire ce qui avait dicté une telle réponse. Etait-ce ses propres inclinations ou l'écho des paroles de Lady Osbaldestone et de Helena qui résonnait toujours dans sa tête ? Mais au moment où elle prononça ces mots elle se sentit sûre d'elle et de sa décision. Elle avait cruellement manqué d'assurance et de certitude ces derniers jours, et elle était heureuse de ce renversement de situation.

— Très bien, poursuivit-elle en souriant à James. Donc, ce soir, il n'y a que nous et nous ne sommes ici que pour nous amuser. Par où commençons-nous ?

En guise de réponse, il l'entraîna à travers les différentes pièces pour faire le tour des divertissements proposés. Ils ne furent attirés ni l'un ni l'autre par le tapis de jeu installé dans un petit salon, mais remplirent leurs verres à une fontaine de champagne et goûtèrent les fraises que les valets faisaient circuler sur des plateaux d'argent. La piste de danse s'étendait au pied d'une estrade où avait pris place un petit orchestre et elle occupait la moitié de la salle de bal. Elle les accrocha aussitôt. Et ne les lâcha pas.

— J'avais oublié qu'à un bal masqué l'on peut danser toutes les valses que l'on veut avec le même partenaire, déclara en riant Henrietta à James, qui répondit en la faisant virevolter de plus en plus vite.

— Et, ajouta-t-il, en la regardant dans les yeux pendant qu'ils ralentissaient et retrouvaient le flot des autres danseurs qui évoluaient plus tranquillement, à un bal masqué, l'on peut rire et exprimer son contentement sans réserve.

Il se perdit un moment dans la contemplation de ses yeux, avant de murmurer :

— J'adore vous entendre rire.

Il se remit à tourner de plus belle. Henrietta accueillit cette diversion avec soulagement ; tout à coup elle avait le souffle coupé et perdu la voix... Toute pensée rationnelle semblait lui échapper. Il adorait l'entendre rire. Qu'est-ce que cela signifiait ?

Elle le regarda de nouveau et s'abîma à son tour dans ses yeux. Et elle se rendit compte que leurs échanges de regards s'étaient faits plus intenses et avaient acquis une nouvelle profondeur.

Et ce lien mutuel était devenu assez puissant pour les tenir tous les deux, pour les aspirer. Il avait accru la conscience qu'ils avaient l'un de l'autre et les immergeait totalement dans ces moments extraordinaires d'échange. Ils étaient pris dans les filets du bonheur et du plaisir partagés.

Ils dansèrent jusqu'à n'en plus pouvoir. Puis ils déambulèrent de nouveau, reprenant leur souffle dans le grand jardin d'hiver où de nombreux couples s'étaient réfugiés pour profiter du clair de lune qui filtrait à travers la grande verrière. Les conversations y étaient chuchotées. Il s'agissait d'échanges privés qui n'étaient pas destinés à être entendus par des tierces personnes. Les fenêtres étaient ouvertes ; l'air y était donc plus frais et apportait les odeurs de la végétation extérieure auxquelles se mêlaient les fragrances exotiques des fleurs nocturnes.

Pour Henrietta, cette nuit avait acquis un caractère magique. Elle avait perdu la notion du temps. Depuis qu'elle avait accepté la proposition de James sur la façon dont ils pourraient passer cette soirée, pas une seule fois elle n'avait pensé plus loin que le prochain moment, la prochaine expérience, la prochaine preuve de leur complicité.

Elle avait accepté de se laisser porter, et c'était sans doute la première fois que cela lui arrivait. Elle qui était de nature pragmatique et raisonnable ! Cela ne lui ressemblait pas du tout, d'embrasser la philosophie de « l'advienne que pourra » et de s'écarter volontairement des chemins tout tracés. Ce soir, elle n'avait rien de prévu. Elle n'avait aucun but, aucune idée en tête. Elle ne se précipitait pas tête baissée mais, comprit-elle, elle apprenait.

Elle découvrait ce qu'elle pourrait désirer dans un domaine qu'elle ne s'était pas jusqu'à récemment permis d'explorer.

Elle sentait le poids et la chaleur du collier sur sa gorge, le contact du pendentif en cristal sur son décolleté. Elle se promenait aux côtés de James sous le clair de lune, la main posée sur son bras, et sa main à lui — si chaude — posée sur la sienne, elle réfléchissait à tout cela et à tout ce qu'il lui restait encore à découvrir.

James s'arrêta. Elle scruta son visage. Il penchait la tête et regardait derrière une collection de palmiers. Puis il se redressa et sourit.

— C'est vrai… J'avais oublié.

— Quoi donc ?

Il regarda autour de lui. Elle l'imita, mais il n'y avait pas d'autre couple à proximité. Puis il lui prit la main et l'entraîna de l'autre côté des palmiers, vers une porte qui était dissimulée par les grandes feuilles.

Derrière cette porte se trouvait l'orangerie de Lady Hamilton. Cette pièce étroite aux murs de pierre donnait sur l'une des extrémités de la terrasse qui bordait la salle de bal. Les grandes baies vitrées pouvaient s'ouvrir sur cette même terrasse, mais pour l'heure elles étaient fermées. Deux rangées d'orangers en pots occupaient toute la pièce et embaumaient l'air. La seule source de lumière était le clair de lune qui filtrait à travers les portes vitrées. Les rayons diffus éclairaient la pierre blanche, la baignant d'une douce lueur, qui suffisait pour y voir clair, mais pas pour être vu par les quelques couples qui déambulaient sur la terrasse.

James lâcha la main de Henrietta et ferma la porte.

Elle avança entre les rangs d'arbres taillés. Contre le mur opposé à la terrasse, elle aperçut un petit sofa installé sous une fenêtre rectangulaire. Curieuse, elle s'approcha et jeta un coup d'œil par la fenêtre.

— Oh ! Comme c'est beau, soupira-t-elle.

La fenêtre donnait sur un petit lac d'ornement. Elle se laissa tomber sur le canapé, et regarda en face d'elle — elle avait une vue sur toute la terrasse — puis observa James qui la rejoignait.

— Ce sofa est pile à la bonne place, déclara-t-elle en désignant la fenêtre rectangulaire. La vue est absolument magnifique.

James considéra Henrietta en souriant.

— En effet.

Après avoir contemplé un moment son beau visage tourné vers le ciel, il s'assit à côté d'elle.

En fixant la terrasse, elle soupira.

— Cette soirée a été une surprise inattendue et délicieuse... Merci.

— Tout le plaisir a été pour moi, et c'est moi qui vous remercie.

Il la vit esquisser un sourire, puis elle murmura :

— Malheureusement, la soirée touche à sa fin.

C'était la vérité. Ce qui signifiait que le temps pressait. La soirée s'était déroulée parfaitement bien jusque-là, mais James ne pouvait pas se permettre de ne pas profiter de l'opportunité que Lady Hamilton et le destin avaient, semblait-il, conspiré pour lui offrir. S'il ne prenait pas ce risque, ne relevait pas ce défi, et ne faisait aucun pas en avant, tout ce qu'il avait accompli ce soir risquait d'être vain.

Il devait se lancer, ou l'avance qu'il avait prise pourrait être perdue le matin venu.

C'était le moment, comprit-il. C'était son moment de vérité avec Henrietta. S'il franchissait un nouveau pas, il le regretterait peut-être mais, s'il ne le faisait pas, il le regretterait de toute façon.

Mais, s'il se lançait, il ne pourrait plus revenir en arrière. Et, si Henrietta le laissait s'engager dans cette voie, elle non plus ne pourrait plus reculer, même si elle ne s'en rendrait pas tout de suite compte.

Pourtant il n'avait pas le temps de réfléchir à tout cela.

C'était maintenant ou jamais.

Il prit ses aises sur le sofa et scruta le visage de Henrietta.

— Il nous reste encore une chose à faire, encore une belle expérience à tenter.

— Oh ? fit-elle en se tournant pour lui faire face, les yeux grands ouverts. Laquelle ?

— Celle-ci.

Il posa la main sur la nuque de Henrietta et attira lentement son visage vers le sien. Ils portaient tous les deux des loups qu'ils n'avaient pas besoin d'ôter. Il lui laissa tout le temps de résister si elle le souhaitait.

Ce qu'elle ne fit pas. A la place, il entendit sa respiration s'accélérer, il vit son regard posé sur ses lèvres.

Il regarda sa bouche à son tour et, abolissant les derniers centimètres qui les séparaient, posa ses lèvres sur les siennes.

Et il l'embrassa.

Il l'embrassa pour de bon cette fois, malgré une légère retenue. Il utilisa ses lèvres pour chérir, pour tenter, pour titiller, et attendit... Jusqu'à ce qu'il sentît sa réponse timide, d'abord, puis de plus en plus franche.

Jusqu'à ce que la pression des lèvres de Henrietta sur les siennes devînt à la fois une invitation et une incitation.

Ce ne fut qu'alors qu'il franchit un nouveau pas, un tout petit pas au-delà de la frontière de l'innocence. Il ne voulait surtout pas l'effrayer en lui donnant un aperçu trop précipité de la passion qu'il refrénait, mais cette fois il avait un point à marquer et des prétentions à afficher et il n'allait pas battre en retraite avant d'y être parvenu. Se redressant lentement, il fit glisser son pouce le long de la mâchoire de Henrietta et lui inclina la tête de façon à passer sa langue sur ses lèvres voluptueuses.

Et elle entrouvrit la bouche, s'ouvrit à lui, prête à l'accueillir.

Il avait envie de plonger à l'intérieur, de s'enfoncer dans les délices enivrantes qu'elle proposait, mais il se refréna, et fit appel à toute ses compétances pour séduire, choyer, caresser et adorer en douceur.

Lentement, étape par étape, il la fit entrer de plus en plus dans la danse, participer à cette joute subtile de leurs deux langues, au bonheur de réclamer sa bouche et au plaisir inattendu de sa réponse passionnée.

Il lui fit partager la joie qu'il avait à la goûter et à être goûté par elle.

Il était impossible de penser qu'elle n'appréciait pas, qu'elle n'était pas aussi transportée que lui, surtout après qu'elle eut à son tour commencé à prendre d'heureuses initiatives. Elle bougea et, l'instant d'après il sentit ses doigts fins lui caresser doucement la joue. Il perdit alors tout contact avec la réalité.

Henrietta le sentit. Elle n'en savait pas assez pour mettre un nom sur ce qu'elle avait perçu chez lui — une perte brusque de contrôle, une altération de sa maîtrise prudente — mais quelque chose s'imposait à elle avec un plaisir qu'elle n'avait jamais expérimenté jusque-là, accompagné d'un sentiment de victoire. Un sentiment de triomphe tout féminin.

Oui, on ne pouvait rêver mieux, songea-t-elle.

L'embrasser et être embrassé par lui lui semblait normal, naturel, et tout son corps le ressentait. Elle avait envie de se précipiter, de découvrir tout — absolument tout — ce qu'il pouvait encore lui apprendre, mais en même temps elle avait aussi envie de s'attarder, de savourer ce moment, d'en jouir et d'en tirer tout le plaisir qu'il pouvait lui offrir, et elle avait envie d'apprendre comment y parvenir.

Il le lui montra. Il ne se précipita pas, mais s'attarda et savoura l'instant avec elle.

Ils partagèrent même cela, de façon pleine et consciente.

Il n'y avait plus de place dans son esprit pour la réflexion, pas plus qu'il ne restait dans sa conscience de place pour la raison, et encore moins pour l'observation détachée. Elle allait où il la conduisait, et quand il s'arrêtait, une fois qu'elle était certaine d'avoir assimilé tout ce qu'il lui avait fait expérimenter, elle en réclamait davantage. Il répondait à sa demande, et ils poursuivaient.

Ils étaient tellement absorbés par ce baiser qu'ils ne réagirent pas au sifflement sourd qui déchira le silence.

Mais l'explosion de la première fusée les rappela tous les deux à la réalité. Au canapé, et à l'orangerie... Ils clignèrent des yeux dans la pièce sombre. En regardant par les portes vitrées, Henrietta vit la foule qui, désormais, avait envahi la terrasse.

— Ah...

Avec l'aide de James, elle se redressa. Ce fut alors qu'elle se rendit compte que, jusque-là, elle était complètement appuyée sur lui. Les lèvres de James paraissaient plus douces que d'habitude, ses cheveux étaient tout décoiffés. Etait-ce vraiment elle qui avait fait cela ?

Il jeta un coup d'œil aux gens qui s'étaient rassemblés sur la terrasse, puis grimaça et chercha son regard.

— Cela vient de me revenir… Lady Hamilton avait décidé de rendre le compte à rebours plus spectaculaire en l'accompagnant d'un feu d'artifice. La douzième fusée sera tirée à minuit pile, et ensuite tout le monde tombera le masque.

Elle soupira, mais pas de déception. C'était au contraire sa satisfaction et son plaisir qui se manifestaient dans un souffle.

— Nous ferions mieux d'y aller, James.

— Malheureusement, oui.

Il remit son masque bien en place, puis se leva et lui tendit la main.

Elle réajusta son masque à son tour, avant de lui confier sa main et de le laisser la relever.

Il la regarda dans les yeux, puis porta sa main à ses lèvres et la baisa, avant de proposer :

— Nous pourrions parler de tout cela demain matin. Je vous retrouverai au parc.

— Non, avant cela. J'ai pour habitude de faire une promenade à cheval deux fois par semaine. Vers 8 heures.

Le sourire de James s'élargit.

— Dans ce cas, je vous retrouverai à 8 heures à Rotten Row.

Elle acquiesça, puis regarda devant elle et franchit à ses côtés la porte-fenêtre pour rejoindre la foule qui se pressait sur la terrasse. Elle avait besoin de réfléchir à ce qu'ils venaient de faire, à ce que cela signifiait, à ce qu'elle avait appris, et à leurs intentions à tous les deux. Et ils avaient besoin de parler, aussi. Mais, comme elle n'avait pas suffisamment retrouvé ses esprits pour réfléchir, reporter cela au lendemain était une excellente idée.

Puisque tout le monde regardait en l'air tout en poussant des « oh » et des « ah » devant ces prouesses pyrotechniques, personne ne remarqua leur arrivée. En souriant toujours avec un enchantement infini, Henrietta alla se placer un peu en marge du groupe et, avec James à ses côtés, leva à son tour les yeux au ciel.

La deuxième fusée s'envola dans le firmament et explosa dans une féerie d'étincelles rouges et or.

Entre chaque fusée étaient tirés d'autres feux qui s'enchaînaient sans le moindre répit. Le compte à rebours progressait inexorablement. Les invités se mirent à compter les fusées à haute voix une par une.

Puis, enfin, accompagnée par un tonnerre d'acclamations et d'applaudissements, la douzième fusée fila droit vers le ciel et éclata, déversant une pluie d'or et d'argent sur le jardin.

En souriant et en riant, tout le monde abaissa son capuchon et détacha son masque. Se tournant gaiement les uns vers les autres et se dévisageant, les gens commencèrent à chercher des connaissances dans la foule.

— Pas besoin pour nous de trouver qui que ce soit d'autre, déclara James en souriant à Henrietta, qui s'était tournée vers lui pour lui révéler ses traits si délicats.

Elle lui rendit son sourire, mais soupira.

— Il ne faut pas que je tarde. Mes parents m'attendent assez tôt à la maison.

— Je ferais mieux d'y aller, moi aussi.

Il remit sa cape sur ses épaules et, avec galanterie, proposa son bras.

— Si vous voulez, nous pouvons chercher ensemble Lady Hamilton pour lui présenter nos adieux.

Henrietta sourit d'un air malicieux, plaça sa main sur son bras et, ensemble, ils tournèrent les talons.

Ce fut alors que la jeune femme qui se trouvait à côté de Henrietta la heurta.

— Oh ! Mon Dieu !

La jeune lady pivota. Il s'agissait de la jolie Cassandra Carmichael.

— Je suis terriblement désolée. Est-ce que je vous ai fait mal ?

En souriant, Henrietta secoua la tête.

— Pas le moins du monde.

Cassandra la salua et Henrietta fit de même, puis elle présenta James à Miss Carmichael, qui sourit avec un ravissement non dissimulé. Il n'était pas difficile de comprendre pourquoi elle était l'une des jeunes femmes les plus convoitées de cette Saison.

— Et…, commença celle-ci en faisant un petit geste vers l'arrière, voici…

Se retournant, elle s'interrompit.

— Oh ! fit-elle.

Le gentleman qui l'accompagnait était parti, et il était déjà à quelques pas de là, en train de progresser parmi la foule.

Miss Carmichael sourit avec indulgence.

— Quelqu'un a dû l'interpeller.

Elle haussa les épaules et secoua la tête en riant.

— Cela arrive tout le temps. Il est tellement demandé. Il faut que vous l'excusiez.

Ils se serrèrent les mains et se séparèrent. En s'en allant, Miss Carmichael se mit à chercher son compagnon qui errait parmi la foule. Tandis que James ramenait Henrietta vers la maison, il ricana tout bas.

— Elle fera une excellente épouse d'homme politique.

Henrietta se mit à rire.

— Il faut espérer que Sir Peter l'apprécie à sa juste valeur.

— Etait-ce lui ?

— Je suppose. Mais à vrai dire je ne le connais pas bien. Ah... Voici Lady Hamilton.

Ensemble ils se faufilèrent parmi les invités et attendirent leur tour pour présenter leurs adieux à leur hôtesse. Puis James escorta Henrietta jusqu'à la voiture de ses parents, sourit et la salua, avant de refermer la portière.

Comme la calèche démarrait, Henrietta se laissa retomber sur son siège dans un soupir.

Elle sourit du même air béat durant tout le trajet, et resta tout bonnement incapable de réfléchir à quoi que ce fût.

6

Henrietta avait beau faire tous les efforts du monde, au moment où elle arriva à Rotten Row le lendemain matin, elle n'avait toujours pas réussi à disséquer et analyser suffisamment ce qui s'était passé entre James et elle la veille au soir pour parvenir à une conclusion probante.

Cela dit, quand il était question d'eux deux, quelque chose semblait s'emparer d'elle pour la pousser à prendre des décisions — exclusivement fondées sur ses émotions —, et à sa grande stupéfaction, jusqu'ici, ces décisions s'étaient révélées sensées. Elles avaient même porté leurs fruits, semblait-il, car James l'attendait au début du chemin jaune, resplendissant dans sa redingote parfaitement coupée, monté sur un cheval gris massif. La lumière qu'elle vit dans ses yeux quand il sourit à son approche lui remplit le cœur d'allégresse.

Il lui faisait de l'effet comme aucun autre avant lui.

— Bonjour ! lança-t-elle.

Elle plaça sa jument, qui piaffait d'impatience, à côté du cheval de James.

— Et quel beau temps nous avons pour notre promenade.

James pencha la tête en souriant d'un air appréciateur.

— Le soleil n'est pas le seul astre à me réchauffer.

Elle sourit, toute rougissante, gagnée par un immense bonheur.

Laissant le valet de Henrietta au bord du chemin, ils prirent leur place dans la queue. Quand vint leur tour, ils se lancèrent au galop. La jument noire aux pieds ailés ne se laissa pas distancer par l'étalon de James, plus puissant mais plus lourd. Après trois cavalcades, chacune ponctuée d'une attente assez conséquente, ils firent demi-tour, et laissèrent leurs chevaux marcher d'un pas tranquille alors qu'ils rentraient vers Upper Brook Street.

Pendant un moment, Henrietta s'appliqua à calmer sa respiration et à recouvrer ses esprits et toutes ses facultés après cet exercice intense. James semblait heureux de pouvoir en faire de même. Les chevaux continuaient leur chemin, et Grosvenor Gate n'était plus très loin. Ils franchirent le portail, traversèrent Park Lane et obliquèrent vers le nord.

Ils étaient convenus qu'ils parleraient, mais en toute honnêteté Henrietta n'était pas sûre du tout de ce qu'ils allaient bien pouvoir se dire. Il était trop tôt pour une déclaration, quelle qu'elle fût, et le moment était parfait tel qu'il était. Elle ne voulait surtout pas se poser la question de savoir si, après ce qui s'était passé entre eux, elle devait tout de même faire part à James de ce qu'elle avait appris sur la si parfaite Miss Fotherby. Elle n'avait aucune envie du tout d'aborder le sujet. Mais c'était sans doute mal d'agir ainsi...

Etait-ce juste vis-à-vis de Miss Fotherby ? Et vis-à-vis de James ?

Ils tournèrent dans Upper Brook Street. Les sabots des chevaux heurtaient les pavés et, dans la rue déserte, le son était amplifié par les hautes façades. Au milieu de tout ce bruit, Henrietta prit une profonde inspiration. Elle ne pouvait pas ne pas en parler, se dit-elle. Si James ne s'intéressait plus à Miss Fotherby, ni à aucune autre jeune femme, parce que c'était désormais sur elle qu'il avait des vues, alors il allait devoir le lui dire franchement. Ils ne pouvaient continuer à ignorer la question...

Mais elle se rendit tout à coup compte qu'elle n'était pas la seule à avoir évité d'aborder le sujet de Miss Fotherby.

Elle cligna des yeux, puis jeta un coup d'œil à James, qui chevauchait tranquillement à ses côtés.

Il observait sa jument.

— S'agit-il d'un cheval provenant des écuries de votre cousin Demon ?

— Oui.

Elle s'interrompit puis, très heureuse de cette diversion bienvenue, poursuivit :

— Demon pourvoit toute la famille en chevaux. Je pense qu'il prendrait cela comme une insulte si nous allions nous fournir ailleurs.

James se mit à rire.

— D'après le souvenir que j'ai de lui, je veux bien vous croire. Il est très à cheval sur… ses chevaux.

Henrietta scruta le visage de James. Mais, tout ce qu'elle put y voir, ce fut la joie pure et simple de profiter du moment présent. Tout comme elle…

Mais soudain sa jument hennit et se cabra.

D'instinct, Henrietta resserra son genou autour du pommeau. Comme elle montait en amazone et qu'elle était une bonne cavalière, elle réussit à se maintenir en selle.

Mais, au lieu de reprendre sa position normale et de se calmer, la jument bondit en avant et partit dans un galop effréné.

Haletante, ballottée et secouée dans tous les sens, Henrietta s'accrocha et lutta pour reprendre le contrôle de sa monture. Elle tirait sur les rênes, mais la jument d'ordinaire si placide était devenue frénétique, et était bien plus forte qu'elle.

Upper Brook Street se trouvait dans le quartier de Mayfair. La rue était pavée, comme partout aux alentours. Si Henrietta tombait, elle se romprait le cou.

C'était cette perspective qui terrifiait James pendant que le cheval de celle-ci filait entre les charrettes et les brouettes des vendeurs ambulants venus livrer leur marchandise dans les beaux quartiers. Il avait talonné les flancs de son cheval avant même d'avoir pris la décision consciente de prendre en chasse Henrietta et sa jument. Il ne lui fallut que quelques secondes pour les rattraper.

Quand il arriva à hauteur de la jument, Henrietta s'accrochait toujours, l'air désespéré et atrocement pâle.

Avec détermination, il se servit du poids de sa propre monture pour se pencher vers la jument et la forcer à ralentir. Mais le cheval paniqué refusait de s'arrêter, et les rues plus larges qui entouraient Grosvenor Square étaient tout près de là.

— Faites ce que je vous dis, Henrietta !

James lâcha ses rênes et tendit le bras vers elle.

— Otez votre pied de l'étrier, libérez votre jambe et lâchez les rênes... *Maintenant !*

Elle n'hésita pas. Si elle l'avait fait, il n'aurait peut-être pas eu assez d'équilibre pour la saisir, la soulever et l'attirer à lui. Pour la plaquer contre lui et la serrer dans ses bras pendant que, à l'aide de ses genoux, il forçait son cheval à ralentir.

Libérée de sa cavalière, les rênes battant contre ses flancs, la jument noire traversa la route et fila vers la partie nord de Grosvenor Square.

Un peu tard, le valet de Henrietta arriva. Il était resté à l'arrière, où il avait traîné.

— Je m'occupe de rattraper la jument ! hurla-t-il en lançant son propre cheval au galop.

James réussit à l'entendre malgré le bourdonnement qui lui parasitait les oreilles. Ses bras serraient Henrietta de façon convulsive. Il était à bout de souffle et son cœur battait à tout rompre. La peur ne l'avait toujours pas quitté, même si la présence de Henrietta dans ses bras, contre sa poitrine, toute chaude, lui assurait qu'elle était sauvée et bien vivante.

Qu'il ne l'avait pas perdue.

Essoufflée, Henrietta s'accrochait au solide pilier masculin qu'était James. Mais, quand le cheval de ce dernier s'arrêta, elle dégagea sa tête de sa poitrine et regarda vers la place, où sa jument et son valet avaient disparu.

Elle avait posé une main sur le torse de James. Sous sa paume, elle sentait son cœur cogner exactement à la même vitesse que le sien. Il y avait d'autres personnes autour d'eux, des marchands choqués et des livreurs qui avaient été témoins du drame, mais les sens de Henrietta semblaient comme engourdis ; rien autour d'eux ne paraissait réel.

Elle leva les yeux à l'instant précis où James baissait les siens.

Ils se dévisagèrent, se cherchant désespérément du regard

comme pour s'assurer qu'elle était bien là, saine et sauve dans ses bras.

Puis il jura tout bas, pencha la tête et l'embrassa.

Avec intensité. Et voracité.

Miss Fotherby n'existait plus, c'était désormais certain.

Henrietta posa la main sur la nuque de James et l'embrassa à son tour.

Elle tremblait toujours quand James l'aida à rentrer chez ses parents.

Le majordome qui leur avait ouvert la porte prit un air surpris.

— Le cheval de Miss Cynster s'est emballé et elle a failli être éjectée de sa selle.

Alors que le majordome s'empressait de refermer la porte, James scruta le visage de Henrietta.

— Son valet s'est lancé à la poursuite de l'animal. Prévenez s'il vous plaît Lady Cynster et la femme de chambre de Miss Henrietta.

— Tout de suite, Sir..., répondit le majordome. Monsieur...

Henrietta se ressaisit. S'effondrer dans une situation de crise n'était pas la plus brillante des idées. Elle prit une grande inspiration et essaya de remettre son cerveau en état de marche.

— Il s'agit de Mr Glossup, Hudson. C'est un ami de Simon, et c'est sans doute pour cela que son visage vous paraît familier.

— Ah, oui.

Hudson se raidit, avant de s'incliner avec élégance devant James.

— Maman doit se trouver à l'étage, Hudson. Si vous voulez bien la prévenir qu'il s'est produit un... un incident, et lui dire que je me repose dans le petit salon. Pas besoin de faire venir Hannah. Je ne vais pas m'évanouir.

Elle fit cette déclaration avec cran et détermination. Pourtant, au moment où les mots lui sortaient de la bouche, elle se sentit prise d'un nouvel accès de faiblesse.

D'une main, James la tenait fermement par le coude. Il ne l'avait pas quittée des yeux. Il murmura alors quelque chose et se pencha pour la rattraper au moment précis où elle allait défaillir pour de bon.

S'accrochant instinctivement au revers de son habit, elle cligna des yeux de surprise, mais elle se sentait trop faible pour protester. Hudson afficha un air stupéfait, ce qui, comprit-elle, en disait long.

— Où se trouve le petit salon ? demanda James.

Elle désigna mollement le couloir.

— Par ici.

Il la porta pour traverser le couloir, avec son imposante jupe et tout son attirail d'équitation — un exploit qu'elle trouva très impressionnant. Hudson surgit dans leur dos pour ouvrir la porte et la tenir pendant que James pénétrait dans la pièce, puis se dirigeait vers le canapé situé devant les fenêtres. Avec mille précautions, il la déposa sur les coussins confortables.

— Du thé, demanda-t-elle à grand-peine.

C'était la première chose qui lui était venue à l'esprit, mais une bonne tasse de thé faisait toujours du bien et c'était le remède idéal contre l'épuisement nerveux. Inutile de le nier, elle était à bout de nerfs. Bien plus que quand elle était tombée à l'eau.

Cette fois la mort — une mort horriblement violente — lui avait semblé bien plus proche.

— Tout de suite, mademoiselle.

Hudson regarda James qui s'était accroupi devant le canapé et — Henrietta ne s'en rendit compte qu'à ce moment — lui frictionnait les mains.

— Je vais prévenir Lady Cynster.

Sans regarder Hudson, sans détacher les yeux du visage de Henrietta, James esquissa un hochement de tête.

Le majordome quitta la pièce.

Henrietta essaya de sourire, mais elle savait très bien que son sourire était faible et triste. Comment aurait-il pu en être autrement ? Extirpant une de ses mains, elle effleura les cheveux de James en faisant de son mieux pour remettre quelques boucles en place.

— Merci, dit-elle en le regardant dans les yeux. C'était une expérience… terrifiante.

Des bruits de pas précipités résonnèrent dans le couloir.

Henrietta laissa retomber sa main et regarda en direction de la porte.

James se leva. Il serra la main de Henrietta une dernière fois, avant de la lâcher à contrecœur et de venir se placer à l'autre extrémité du canapé.

La porte s'ouvrit avec fracas et Mary fit irruption dans la pièce, suivie d'une femme de chambre, qui était sans doute Hannah.

Les grands yeux couleur bleuet de Mary balayèrent la pièce d'un seul regard, avant de se poser sur Henrietta.

— Est-ce que tu vas bien ?

Henrietta eut un petit sourire tremblotant, et répondit avec un faible geste de la main :

— Oui, c'était juste un peu... un peu impressionnant.

A l'expression qu'affichaient Mary et Hannah, James en déduisit que, dans la bouche de Henrietta, ces mots revenaient à avouer qu'elle avait bien cru perdre la vie. Les deux femmes se précipitèrent vers elle, enveloppant Henrietta d'un soutien et d'une sollicitude tout féminins, mais presque étouffants. Mary lui tapotait la main en la noyant sous une pluie de questions. Hannah déplia un châle en tricot et le lui posa sur les jambes. Puis le thé arriva et, sans reprendre son souffle, Mary le servit.

James se tenait toujours debout à côté du canapé et répondait aux questions de Mary, soulageant Henrietta comme il le pouvait. Il observa tout le remue-ménage, écouta le concert des exclamations et vit Henrietta se détendre peu à peu.

Puis la porte s'ouvrit et la mère de Henrietta fit son entrée. Après avoir rapidement observé ses filles, Lady Louise posa les yeux sur le visage de James, qui inclina la tête. Elle répondit à son salut par un bref sourire.

— Mr Glossup. Si j'ai bien compris, nous devons de nouveau vous remercier d'avoir sauvé Henrietta.

Elle afficha un petit air entendu.

— Cela semble devenir une habitude chez vous.

James lança un cou d'œil à Henrietta et croisa son regard.

— Je suis heureux d'avoir été là pour l'aider.

Il frissonna intérieurement en se rendant compte, cette fois encore, que ce n'était que par chance qu'il s'était trouvé assez près de Henrietta pour pouvoir se porter à son secours.

— Voulez-vous bien me raconter ce qui s'est passé exactement ?

Lady Louise s'assit dans un fauteuil et en désigna un second à James, accepta la tasse de thé que lui proposait Mary, puis fixa Henrietta.

— Cela ne te ressemble pas de perdre le contrôle de ta monture.

Henrietta fronça les sourcils.

— Je ne sais pas ce qui s'est passé. Ma jument s'est tout à coup cabrée. Je n'ai rien vu ni entendu qui eût pu causer cela. Et vous ? ajouta-t-elle en jetant un coup d'œil à James.

Il secoua la tête.

— Non, rien. Et mon cheval n'a pas réagi.

Henrietta acquiesça.

— C'est vrai. Mais ma jument a henni comme si elle avait mal, et elle s'est cabrée, avant de s'emballer.

Henrietta reposa sa tasse dans sa soucoupe et sembla réprimer un frisson.

— A la campagne, j'aurais déjà eu suffisamment peur comme cela, mais je pense que j'aurais fini par réussir à calmer mon cheval. Tandis qu'ici, avec les rues pavées…

James baissa les yeux. Personne n'avait besoin de savoir que Henrietta s'était vraiment trouvée à deux doigts de faire une chute qui lui aurait été fatale. Avec les brouettes, les charrettes, les carrioles qui encombraient la rue, si une calèche était arrivée en sens inverse… Chassant cette image, il leva sa tasse et but une gorgée de thé. Puis il jeta un nouveau coup d'œil à Henrietta, pour s'assurer qu'elle était bien là, saine et sauve, bien que bouleversée.

Ses joues étaient en train de retrouver un peu de couleur, et elle avait le regard vif tandis qu'elle écoutait sa mère et sa sœur débattre de son état.

James écouta Lady Louise et Mary échanger leurs points de vue au sujet de Henrietta, que cette conversation semblait profondément ennuyer. Sa mère insista avec vigueur pour que celle-ci se reposât le reste de la matinée et durant une partie de l'après-midi. James, qui était totalement d'accord, ne dit rien. S'il avait pu, obéissant à un puissant instinct de protection, il aurait emmené Henrietta le plus loin possible, au moins jusqu'à ce qu'il fût définitivement rassuré sur son sort et qu'il réussît à apaiser l'angoisse et l'inquiétude qui le dévoraient. Mais, semblait-il, il pouvait faire confiance à Lady Louise et à Mary pour s'occuper de Henrietta à sa place.

Hannah, qui était restée, suggéra un bon bain chaud, puisque Henrietta n'était plus censée ressortir de la matinée. Cette dernière accepta et James approuva. Apparemment, elle avait compris qu'elle devait se reposer et prendre le temps nécessaire pour récupérer.

— Et pendant ce temps nous pourrons aussi préparer mes affaires pour ce soir, lança Henrietta à Hannah qui se dirigeait vers la porte.

— Oui, mademoiselle, fit celle-ci en s'inclinant, avant d'ouvrir la porte. J'enverrai un des valets chercher votre sac de voyage et votre boîte à chapeau dans la remise.

James regarda la porte se refermer, puis se tourna vers Lady Louise et Mary, qui buvaient leur thé sans broncher, et enfin vers Henrietta.

— Vous n'allez plus à Ellsmere Grange, n'est-ce pas ?

Elle le regarda en écarquillant les yeux.

— Si, bien sûr que si. Pourquoi est-ce que je n'y irais plus ? demanda-t-elle, l'air légèrement surpris.

« Mais, parce que vous venez de frôler la mort, pardi ! » eut envie de s'exclamer James, qui se retint pourtant et préféra dire :

— Etant donné ce qui vient de se passer, je pense que vous feriez mieux de vous reposer, au moins jusqu'à ce que vous soyez sûre d'avoir surmonté le choc.

Le regard qu'elle lui adressa était quelque peu exaspéré, comme si elle s'attendait à mieux venant de lui.

— Je ne suis pas si faible que cela. J'irai parfaitement bien cet après-midi et je ne verrai personne de la journée. Ellsmere Grange n'est que dans l'Essex, après tout.

— Oui, mais…

Il fronça les sourcils. Au départ, il avait accepté cette invitation à Ellsmere Grange d'abord pour faire plaisir à leurs hôtes et ensuite pour étoffer la liste de ses fiancées potentielles. Même si ce n'était plus d'actualité, il s'était dit qu'ils profiteraient de leur court séjour hors de la capitale et de sa vie trépidante pour y voir un peu plus clair dans le virage qu'avait pris leur relation. Cependant, il avait tout à fait conscience que pour le bien de Henrietta — auquel il tenait plus qu'à toute autre chose — il valait mieux remettre ces réflexions à un autre moment, malgré l'urgence de la situation. Il reposa sa tasse et sa soucoupe et la regarda dans les yeux.

— Rien ne vous force à y aller, n'est-ce pas ? Et quelques jours de repos vous permettraient de vous remettre plus facilement.

Henrietta prit un air buté.

— Je vais déjà beaucoup mieux. Le choc a été violent mais, après tout, ce n'était qu'un accident. Je serais une bien faible femme si au bout de deux heures je n'étais pas encore tout à fait remise. Par ailleurs, ajouta-t-elle en jetant un coup d'œil à sa mère, Lady Ellsmere compte sur nous. Il est trop tard pour nous décommander, désormais.

James se tourna vers Lady Louise, s'attendant à ce qu'elle le soutienne, ou du moins il l'espérait.

Mais il se rendit compte que Mary et elle buvaient tranquillement leur thé depuis le début de la conversation tout en observant son échange avec Henrietta. Lady Louise finit par poser sa tasse sur sa soucoupe et déclara :

— Je ne puis qu'être d'accord avec Henrietta.

Elle adressa à James un regard plein de douceur et de bonté.

— Je serais très surprise si l'une de mes filles avait besoin de plusieurs jours pour se remettre d'un incident tel que celui-ci. Et Henrietta a raison : se décommander à cette heure tardive, sans jambe cassée pour servir d'excuse, serait très mal pris par les Ellsmere, et à juste titre. Je suis sûre que ce n'est pas ce que vous voulez, et je ne pourrais jamais cautionner cela, en tout cas pas venant de Henrietta. Elle se rendra donc comme convenu à Ellsmere Grange.

Malgré sa douceur, Lady Louise avait un tempérament de fer. Elle fixa James dans les yeux pendant un moment, avant de froncer les sourcils.

— Donc, étant donné que Henrietta ira à Ellsmere Grange, puis-je compter sur votre présence également ?

Il ne vérifia pas dans leur direction, mais il sentit le poids du regard de Henrietta et de celui de Mary aussi. Il ne quitta pas les yeux bleus de Lady Louise — qui ressemblaient beaucoup à ceux de Henrietta — et, en pinçant les lèvres, capitula.

— Oui. Bien entendu.

Il jeta un coup d'œil à Henrietta qui accueillit son regard avec un sourire lumineux. Au moins, il lui avait fait plaisir.

Apparemment, sa capitulation avait tout autant fait plaisir à Mary. Son sourire était tout simplement éblouissant.

A tel point qu'il se sentit mal à l'aise. Il lui parut plus sage de se retirer. Il se leva, s'inclina poliment devant Lady Louise, puis considéra Henrietta. Après leur baiser dans la rue, il aurait aimé lui parler en privé — et échanger juste un mot, un geste, un autre baiser, peut-être — mais, en même temps, il ne voulait pas qu'elle se fatigue et qu'elle s'agite en vain. Il inclina donc la tête.

— Nous nous verrons à Ellsmere Grange cet après-midi.

Elle tendit la main. Sur son visage levé vers le sien se lisaient de la gratitude et du soulagement.

— Tout à fait. Et encore merci. Je refuse de penser à ce qui se serait passé si vous ne vous étiez pas joint à moi ce matin.

Il aurait aimé pouvoir en faire de même, mais la pensée d'avoir failli la perdre était fermement ancrée dans son esprit. Il se pencha au-dessus de sa main, puis, la relâchant, adressa un signe de tête à Mary, avant de quitter la pièce.

Henrietta le regarda partir. C'était une drôle d'idée de se sentir si transportée par l'issue d'un accident qui aurait pu se révéler fatal, mais leur réaction à tous les deux — ce baiser passionné qu'ils avaient échangé au beau milieu d'Upper Brook Street, et que, par bonheur, aucune de leurs connaissances n'avait surpris — avait fait éclater la vérité. A ce moment précis, ce qui couvait entre eux s'était embrasé comme une flamme et la vérité, indiscutable, s'était imposée. Avoir pu la découvrir valait le prix qu'elle avait dû payer.

Et, après tout, elle n'avait même pas été blessée.

Répondant au regard curieux de sa mère, elle sourit de façon rassurante.

— Je me sens vraiment bien.

Lady Louise lui adressa ce sourire entendu qui était l'apanage des mères.

— Oui, c'est ce qu'il semblerait. Maintenant, va prendre ton bain. Ensuite il serait sage de faire une petite sieste. Mary et moi sommes invitées à déjeuner, mais nous serons rentrées avant ton départ cet après-midi.

Après avoir quitté le petit salon, James s'arrêta dans le hall d'entrée, et chercha du regard Hudson, le majordome.

— Avez-vous entendu dire si le valet a pu rattraper la jument de Miss Cynster ?

— Oui, monsieur, il y est parvenu. Gibbs a arrêté la bête à l'autre bout de Grosvenor Square. Des calèches lui avaient barré le passage.

— L'animal se trouve donc à l'écurie ?

— Tout à fait, monsieur.

— Et où se trouve l'écurie ?

Grâce aux explications de Hudson, James repéra facilement le bâtiment en question. Le palefrenier, un homme assez âgé et expérimenté, faisait marcher la jument noire sur les pavés devant l'écurie. Sans doute à la recherche d'une quelconque blessure, il observait avec attention les pattes fines de l'animal, redevenu parfaitement placide.

Les mains dans les poches, James s'approcha et s'arrêta à côté du palefrenier.

— Bonjour. C'est Hudson qui m'a dit où vous trouver. Je me promenais avec Miss Cynster ce matin. Je suis un ami de M. Simon Cynster.

— Oh ! Oui, répondit le palefrenier en le considérant avec respect. Vous êtes celui qui a sauvé notre demoiselle. Nous vous adressons tous nos remerciements, et plus encore. Miss Henrietta est une cavalière émérite, mais d'après ce qu'a dit Gibbs — son valet — il n'y a pas eu moyen pour elle de contrôler sa jument.

— En effet. Miss Cynster m'a dit que son cheval provenait des écuries de son cousin Demon. Et j'avoue que j'ai trouvé cela curieux, dit James en désignant la jument de la tête. Pendant tout le début de la promenade, sa monture s'est montrée parfaitement placide, jusqu'à ce qu'elle se mette à hennir et à se cabrer. Et je n'imagine pas Demon Cynster accepter que l'une de ses cousines possède un cheval au caractère incertain et mette ainsi sa vie en danger comme cela a été le cas ce matin.

— Non, bien sûr.

Puis le visage du palefrenier s'assombrit.

— Vous avez raison, poursuivit-il, mais ce n'est pas étonnant que cette bête se soit mise à hennir comme elle l'a fait.

Le palefrenier se plaça à la croupe de l'animal et souleva un coin de la couverture posée sur son dos.

— Regardez ce qu'un malappris lui a fait.

James se pencha pour observer ce que le palefrenier lui montrait. Il y avait là une petite blessure qui n'était toujours pas cicatrisée. Il lui fallut un petit moment pour comprendre.

— Une pointe ?

James se redressa et adressa un regard incrédule au palefrenier, qui acquiesça d'un air sombre.

— Oui, c'est ce que je crois. Un vilain plaisantin, j'imagine. Il a dû s'amuser à lancer une fléchette et à regarder la jolie dame manquer tomber de cheval. Si moi ou un de mes hommes l'avait surpris, je peux vous assurer qu'il n'aurait pas ri longtemps.

— J'imagine...

Mais encore eût-il fallu qu'ils fussent présents. James lutta contre la soudaine bouffée de violence qui montait en lui et hocha la tête en direction du palefrenier.

— Je vous remercie de m'avoir montré cela. Je pensais bien qu'il avait dû se produire quelque chose de ce genre.

Ils se saluèrent cordialement et James s'en alla.

Il marchait à pas lents, en pinçant la bouche, pendant qu'il réfléchissait... Mais il n'y avait aucune raison de penser que c'était spécifiquement le cheval de *Henrietta* qui était visé, plutôt que n'importe quel autre cheval appartenant à une jolie dame.

7

James quitta Londres tôt dans l'après-midi. Aux commandes de son carrick, il ne mit pas longtemps à arriver à Ellsmere Grange. Après avoir salué ses hôtes, Lord et Lady Ellsmere, des amis de ses parents, et avoir été conduit à sa chambre, il descendit au salon pour se détendre et discuter avec les autres invités qui s'y étaient déjà rassemblés.

Miss Violet Ellsmere, la fille de la maison, était depuis peu fiancée au vicomte Channing. James et Channing se connaissaient depuis des années. James ne se priva pas de le railler au sujet de sa chère liberté qu'il allait bientôt perdre. Mais son ami prit la plaisanterie avec détachement et même avec une bonhomie affichée.

Cette absence de réaction ne fit que rendre James, qui surveillait constamment la cour, plus nerveux encore.

Une calèche noire finit par s'engager dans l'allée. Celle qu'il attendait : il reconnut le cocher des Cynster. Dès que la voiture s'arrêta sur le fin gravier de la cour, James se précipita dehors en faisant signe au cocher de ne pas ouvrir la portière.

Ce fut lui qui s'en chargea. Henrietta le regarda avec surprise, puis sourit. Gaiement. De toute évidence, elle était remise de ses mésaventures de la matinée.

Elle tendit la main et le laissa l'aider à descendre de voiture.

— Merci, dit-elle.

Quand il lui proposa son bras, avec un sourire rieur, elle y accrocha le sien.

— Avez-vous l'intention de me monopoliser ? demanda-t-elle.

Il lui rendit son sourire.

— Pour quoi d'autre imaginez-vous que je sois venu ?

Le petit rire de Henrietta le fit sourire davantage et, tout heureux, il la conduisit vers la maison.

Elle salua ses hôtes comme il était d'usage de le faire, puis Violet l'accompagna à l'étage, jusqu'à la chambre qui lui avait été réservée. Mais elles revinrent vite, et rejoignirent James et Channing au salon.

Ils s'assirent tous les quatre et discutèrent tranquillement pendant que le reste de l'assemblée allait et venait autour d'eux. L'heure du thé arriva, et le breuvage ainsi que les petits gâteaux qui l'accompagnaient furent appréciés à l'unanimité. Puis la conversation reprit et toutes les nouvelles de la bonne société furent abondamment commentées.

Les invités continuaient d'arriver. Au moment où résonna le gong annonçant que le dîner serait bientôt prêt, James avait dénombré vingt convives, sans compter leurs hôtes, ni Violet et Channing. Tous les occupants du salon se levèrent et, par deux ou en groupe, se dirigèrent vers l'escalier.

James escortait Henrietta, et il découvrit que la chambre qui avait été attribuée à celle-ci se trouvait au bout du couloir situé à gauche du grand escalier, et qu'il s'agissait de la troisième porte sur la droite. Après l'avoir accompagnée jusque-là, il traversa la galerie à grands pas, jusqu'à sa propre chambre, située pour sa part tout au fond de l'aile opposée.

Tout en faisant sa toilette et en se changeant, il réfléchit à la façon dont allait se présenter la soirée pour Henrietta et lui, et décida… qu'il ne fallait rien décider à l'avance. D'un côté, il était pressé de franchir une nouvelle étape et de faire de Henrietta sa fiancée officielle, et cette compulsion était devenue encore plus irrépressible après l'incident du matin. Mais, de l'autre, il avait terriblement envie de lui offrir tout ce qu'une jeune lady pouvait désirer, en particulier qu'on lui fît la cour en bonne et due forme.

— Nous avons deux jours entiers, se murmura-t-il, le menton levé, pendant qu'il nouait sa cravate.

Même s'il était essentiel qu'ils se marient avant le 1er du mois à venir, il avait encore vingt-cinq jours devant lui.

Elle voudrait sûrement avoir un peu de temps pour savourer leurs fiançailles avant qu'ils se dissent oui pour de bon, et puis… Ils pourraient tout de même s'autoriser quelques jours de douce séduction. Pas besoin de se précipiter.

Hors de question de la bousculer juste parce qu'il était pressé et qu'il était soumis à de strictes contraintes de temps.

Avec cette résolution bien en tête, il descendit l'escalier et se dirigea vers le salon, qui pour l'heure n'était occupé que par des hommes. Aucune femme ne s'y était encore montrée. James rejoignit Channing, Percy Smythe et Giles Kendall et fut bientôt entraîné dans une discussion portant sur le sujet dont les hommes ne se lasseraient jamais : les chevaux.

Cinq minutes plus tard, Rafe Cunningham fit son apparition dans la pièce. Il regarda autour de lui, marqua un temps d'hésitation, avant de rejoindre James et les autres.

— Mais c'est ce bon vieux Cunningham ! lança Channing sur un ton familier en serrant la main de Rafe. Je ne m'attendais pas à vous voir ici.

Rafe haussa légèrement les épaules.

— Lady Ellsmere est ma marraine.

Il regarda James et hocha la tête.

— Glossup.

James lui rendit son signe de tête. Etait-ce bien de l'animosité contenue qu'il avait décelée dans la voix profonde de Rafe ? Il se demanda si Miss Fotherby comptait parmi les invitées de Lady Ellsmere… James ne l'avait pas vue tout à l'heure, mais il n'avait pas remarqué Rafe non plus.

Ces dames finirent par se montrer. James quitta aussitôt son petit groupe masculin, heureux que Henrietta vînt de son propre chef à sa rencontre. Ils échangèrent un discret sourire, puis, ensemble, se tournèrent pour engager la conversation avec d'autres invités. Côte à côte, ils discutèrent avec Miss Findlayson et Miss Moffat, et furent rapidement rejoints par Channing et Violet.

Miss Fotherby, remarqua James, ne rejoignit l'assemblée qu'une petite minute avant l'heure du dîner. Fait encore plus révélateur, après être entrée dans le salon, elle jeta un coup d'œil furtif autour d'elle, vit Rafe Cunningham en train de la regarder depuis l'autre bout de la pièce, et se figea sur place. Pendant un instant, elle ressembla à une biche traquée et prise au piège par un chasseur, mais elle s'empressa de détourner le regard et, les traits tendus et le visage pâle, alla trouver Lady Ellsmere.

Henrietta avait elle aussi remarqué Miss Fotherby. Elle jeta un coup d'œil à James, le sourcil levé.

Avant qu'il pût répondre, le majordome vint annoncer que le dîner était servi. Lady Ellsmere réclama la parole pour annoncer que le placement serait libre durant la totalité de ce petit séjour, et demanda que ses invités lui rendent service en trouvant rapidement leur futur voisin de table. Tout le monde rit, ravi de s'exécuter — à l'exception de Miss Fotherby. Mais Robert Sinclair qui se trouvait auprès d'elle lui offrit son bras et elle s'empressa d'accepter son escorte.

Avec Henrietta à son bras, James pencha la tête pour murmurer :

— Ah, elle est là... Je crois qu'il serait plus sage pour moi de communiquer le plus tôt possible à Miss Fotherby ma décision concernant sa... candidature.

Observant la scène qui se jouait à l'arrière-plan entre Miss Fotherby et Rafe Cunningham, Henrietta acquiesça.

— Certes, mais je ne pense pas que vous puissiez le faire avant demain matin. Si tout se passe comme à l'accoutumée, nous aurons après dîner une soirée consacrée à la musique ou aux jeux.

James inclina la tête pour signifier son accord.

Une fois qu'elle fut assise à côté de lui à la grande table, Henrietta se rendit compte qu'elle appréciait ce petit séjour davantage qu'elle ne l'avait imaginé, et en tout cas davantage qu'à toutes les occasions où, précédemment, elle avait assisté à ce genre d'événements. Pour la première fois, elle avait un centre d'intérêt précis. Un foyer où concentrer son attention, un pivot autour duquel elle pouvait tourner. Telle était la différence, songea-t-elle, tout en jetant un coup d'œil à la dérobée à James, qui était en train de discuter avec Violet, son autre voisine de table. La présence de James ouvrait son point de vue sur tout ce qui l'entourait. Les conversations, les saillies, les reparties et autres mots d'esprit paraissaient tous plus piquants, plus drôles, lorsqu'ils étaient vus à travers le prisme de leurs deux réactions combinées.

James lui ouvrait les yeux et élargissait ses perspectives. C'était la première fois qu'elle observait le monde autour d'elle en réfléchissant à la façon dont il pouvait apparaître à quelqu'un d'autre et influer sur lui.

C'était sans doute cela, former un couple et nouer une relation, songea-t-elle avec un sourire tout en se décalant pour mieux entendre ce que Miss Hendricks voulait lui dire. Apprendre à connaître les sentiments de quelqu'un d'autre pour sentir et vibrer avec lui. Pour devenir sa « moitié », comme on disait familièrement.

Elle était heureuse qu'ils se soient mis d'accord pour intégrer ce séjour chez les Ellsmere à leur programme. Même si leur quête n'avait peut-être plus lieu d'être, c'était l'endroit parfait et la configuration idéale pour que James et elle passent du temps ensemble et apprennent à mieux se connaître en dehors des salles de bal de la haute société. Ici, ils auraient le loisir de se promener et de parler sans contrainte ni réserve, sans risquer d'être interrompus d'un moment à l'autre. Lorsque la table fut desservie et que tous les convives se furent levés, elle se rendit compte qu'elle attendait les prochains jours avec une folle impatience.

Comme Henrietta l'avait prédit, Lady Ellsmere proposa à toute l'assemblée de gagner le salon de musique qui se trouvait à l'autre bout de la vieille demeure. Là, ils passèrent quelques heures délicieuses à chanter et jouer les uns pour les autres. Miss Fotherby fut l'une des premières à prendre place au piano. Elle chanta une ballade d'une voix douce et émouvante. Peu après, Rafe Cunningham chanta à son tour, accompagné par Miss Findlayson. Sa voix de baryton riche et puissante conquit tout le monde. Puis Giles Kendall rejoignit Rafe, et mêla sa voix de ténor à celle plus grave de Rafe pour ce qui fut sans doute la prestation la plus poignante de la soirée. Un peu plus tard, Henrietta prit place au piano pour chanter une jolie chanson populaire, suivie d'un duo avec James. Puis Violet et Channing se joignirent à eux pour interpréter avec beaucoup d'allant une vieille chanson de berger, où alternaient de façon subtile et joyeuse les refrains et les couplets d'une extraordinaire longueur.

Henrietta était à bout de souffle — tout comme ses trois amis — lorsqu'elle plaqua l'accord final. L'audience leur réserva une véritable ovation, puis Lady Ellsmere annonça que le thé était servi.

La soirée finit par se terminer et, en groupes éclatés, les invités se dirigèrent vers les couloirs et l'escalier. En grimpant les marches à côté de James, Henrietta lui sourit et murmura :

— Je n'ai pas pensé un seul instant à ce qui s'est passé ce matin.

Il la regarda dans les yeux.

— Aucune sensation désagréable ?

Elle secoua la tête.

— Aucune. Je suis tout à fait remise. Et cette soirée a été la distraction idéale.

— Très bien.

Ils pénétrèrent dans la galerie située en haut de l'escalier. James marqua un temps d'hésitation. Les femmes remontaient par groupes de deux ou de trois le couloir de gauche, tandis que tous les hommes étaient logés dans l'aile opposée. James attrapa la main de Henrietta, la regarda dans les yeux, porta ses doigts à ses lèvres et les effleura d'un baiser.

— Dans ce cas, je vous souhaite une bonne nuit de repos. Dormez bien.

Elle sourit d'un air radieux, pressa légèrement ses doigts, puis retira sa main.

— Vous aussi.

Elle soutint son regard pendant un instant, puis inclina la tête et tourna les talons.

— Bonne nuit.

Il la regarda s'éloigner, puis suivit les autres gentlemen vers l'aile opposée. Juste avant d'arriver à sa porte, il s'arrêta net. Quelqu'un était en train de l'observer. Il le sentait. La main sur la poignée, il se retourna.

Rafe Cunningham. Et ce dernier était bien en train de l'épier.

La lumière était trop faible pour que James vît l'expression de Rafe. Mais, s'il avait dû deviner, il aurait dit que c'était la confusion qui dominait chez lui. Il avait dû le voir prendre congé de Henrietta.

James entra dans sa chambre et referma la porte derrière lui. Il s'immobilisa, perplexe. Devait-il parler à Rafe maintenant et abréger la torture de ce pauvre garçon en lui faisant part de ses intentions au sujet de Miss Fotherby, puisque, aux réactions de Rafe, il était clair que ce dernier était au courant — au moins en partie — des tentatives d'approche de celle-ci ?

James réfléchit mais, sûr de ce que Henrietta aurait répondu s'il lui avait demandé son avis, il décida de rester dans sa chambre. En effet, elle lui aurait certainement dit qu'il devait parler à Miss Fotherby en premier, et ensuite la laisser décider de ce qui devait être dit à Rafe, et par qui.

Tout en se débarrassant de sa veste, James réfléchit à différents scénarios et décida que, une fois qu'il aurait parlé à Millicent, si Rafe lui posait directement la question, il lui dirait tout à lui aussi. Ce dernier possédait un crochet du droit du tonnerre. James n'avait aucune envie de devoir justifier un œil au beurre noir auprès de Lady Ellsmere, et encore moins auprès de Henrietta.

Tandis qu'il se glissait sous les draps, il se mit à réfléchir à sa propre situation. D'un côté, il voulait faire à Henrietta la plus belle cour possible, elle ne méritait pas moins. Elle avait vingt-neuf ans et elle attendait son tour depuis longtemps, ce dont il lui était infiniment reconnaissant. Ce n'était donc que justice qu'il lui rendît hommage en la courtisant du mieux qu'il le pouvait.

Mais, en même temps, il avait envie de parler. Pour lui, la frayeur de la matinée ne s'était pas dissipée, mais elle s'était métamorphosée, ajoutant à son besoin compulsif de s'exprimer à haute voix. Même s'il savait qu'il était trop tôt pour une déclaration d'amour en bonne et due forme, pour une raison inexplicable, son instinct le poussait à confier au moins ses intentions à Henrietta.

Il ignorait pourquoi il était si important à ses yeux de lui clamer haut et fort qu'il la voulait pour épouse. Il ferma les paupières et, tandis que le sommeil commençait à le prendre, une question se mit à flotter dans son esprit. Combien de temps réussirait-il encore à résister à ce besoin ?

Le petit déjeuner du lendemain matin fut un moment très agréable. A partir de 8 heures, les convives affluèrent dans la salle à manger. Sur une desserte occupant tout un côté de la pièce étaient disposés des plats et saladiers en argent proposant des mets variés, allant des œufs durs au bacon, en passant par les saucisses, le *kedgeree*, et un ragoût de mouton, de jambon et de céleri présenté comme une spécialité locale.

James arriva relativement tôt, se servit en viandes variées, puis s'installa vers le milieu de la grande table. Assis à côté de Channing, il se joignit à la conversation que tenaient Percy Smythe et Dickie Arbiter et qui portait sur le meilleur fabricant de pistolets. Dickie était un adepte des derniers modèles américains, tandis que Percy vantait les mérites des marques anglaises.

Quand on lui demanda son avis, James reconnut que les nouveaux mécanismes américains avaient de quoi séduire, mais afficha tout de même sa préférence pour les modèles de fabrication anglaise, « sur des critères purement esthétiques ».

— Avez-vous vu l'un de leurs pistolets ? demanda-t-il à Dickie.

Percy ricana, tandis que, comme à son habitude, Channing éclata d'un rire sonore.

D'autres convives arrivèrent, puis Henrietta apparut, en compagnie de Miss Hendricks et de Violet. Elles étaient les premières femmes à rejoindre l'assemblée, mais les autres suivirent de près et, avec leurs voix haut perchées, la conversation changea de tonalité et de sujet.

James ne quitta pas Henrietta des yeux pendant qu'elle se servait. Avec sa robe de promenade jaune d'or, elle était comme un rayon de soleil pour lui. Quand elle arriva à la table, il se leva aussitôt, et recula pour elle la chaise qui se trouvait à côté de lui. Avec un sourire, elle accepta cette invitation muette et le laissa l'installer. Channing s'était levé lui aussi et tenait la chaise à côté de lui pour Violet, tandis que de l'autre côté de la table Percy faisait la même chose pour Miss Hendricks.

Ces dames prirent place, et la discussion se porta sur un sujet qui intéressait tout le monde, c'est-à-dire le programme de la journée.

— Nous avons pensé que nous pourrions passer la matinée autour de la maison. Nous allons organiser un petit tournoi de croquet pour ceux qui aiment cela, mais les gentlemen qui le souhaiteront pourront aussi disputer une partie de billard. Et il y a la bibliothèque et le jardin pour les ladies que le croquet ne tente pas.

En tant que fille de la maison, Violet avait pris une part active dans l'établissement du programme.

— Et après le déjeuner, ajouta-t-elle, nous avons pensé qu'une petite promenade dans les bois pour aller voir les ruines serait sympathique.

— Les ruines ? demandèrent en chœur Miss Hendricks et Dickie Arbiter.

Ils échangèrent un regard interloqué, puis se tournèrent vers Violet pour plus de détails.

— Il s'agit des ruines du prieuré auquel le manoir était à l'origine rattaché, expliqua Violet. Elles sont très anciennes. Personne ne sait réellement de quand elles datent, mais elles sont suffisamment vieilles pour être à moitié enterrées. Je vous rassure, cela ne veut pas dire que nous aurons à descendre dans des souterrains, ni à faire quoi que ce soit de périlleux. Ce que nous appelons « les ruines » sont en fait les murs, les colonnes et les autels qui sont exposés à l'air libre sur le flanc d'une colline. Dieu seul sait tout ce qui est encore enfoui sous cette colline, mais la plupart des murs sont couverts de mousse et de lierre, dit Violet en souriant à Miss Hendricks. Cela vaut le coup d'œil, vous verrez.

— Le bois est très ancien lui aussi, continua Channing. Les chênes sont immenses, notamment. Du coup, s'y promener est agréable, et le chemin qui mène aux ruines est relativement plat.

Il jeta un coup d'œil vers l'endroit de la table où étaient assises Lady Ellsmere et quelques autres femmes de sa génération, qui mangeaient tout en discutant.

— Même ces dames n'auraient pas grand mal à y arriver. Mais il y a tout de même un ou deux kilomètres. Cela nous prendra une demi-heure pour y arriver, et une demi-heure pour en revenir. Je ne suis pas sûr qu'elles auront envie de perdre leur temps.

Miss Hendricks semblait enthousiaste.

— Je sens que cette excursion va être intéressante.

— Je suis d'accord, renchérit Dickie en la regardant. J'aime beaucoup tout ce qui est ancien. J'opte pour la promenade.

Tout leur groupe manifesta son intention d'y participer. Puis Violet reprit la parole.

— Et ce soir, comme vous l'avez tous deviné je pense, il y aura un bal. Rien de trop formel ; nous voulons préserver cette atmosphère détendue. Nous ne sommes pas à Londres, après tout. Mais il y aura tout de même des musiciens, donc beaucoup de danses, et quelques-uns de nos voisins se joindront à nous, donc vous aurez l'occasion de faire de nouvelles rencontres.

— Fantastique ! s'exclama Percy, radieux. C'est le genre de journée qui me plaît.

Comme Percy, grand amateur de distractions, était un connaisseur en la matière, tout le monde rit et acquiesça.

Ils finirent tous leur petit déjeuner et se levèrent en même temps. Les femmes se dirigèrent vers les portes qui donnaient sur la terrasse pendant que les hommes restaient légèrement en retrait.

S'arrêtant pour laisser Violet passer devant, Henrietta regarda les personnes qui étaient toujours attablées. Miss Fotherby était assise avec Miss Findlayson et Miss Moffat, qui conversaient toutes deux gaiement. Mais Miss Fotherby avait un air de biche aux abois. Henrietta regarda mieux et vit celle-ci jeter un coup d'œil en direction de Rafe Cunningham, qui était assis à côté de Giles Kendall. Rafe ne faisait même pas semblant d'écouter Giles ou Robert Sinclair, son autre voisin. Il fixait Miss Fotherby.

Quand James la rejoignit, elle lui sourit, et sortit sur la terrasse. Elle n'avait pas été étonnée de découvrir Rafe parmi les invités car elle savait qu'il était lié aux Ellsmere. Miss Fotherby, cependant, avait eu l'air surprise, et presque catastrophée de voir Rafe ici. D'après ce qu'avait appris Henrietta, la tante de Miss Fotherby, qui était assise auprès de Lady Ellsmere, était une vieille amie de la maîtresse de maison, ce qui laissait penser que la présence de Miss Fotherby relevait d'une espèce de complot, et que sa tante et Lady Ellsmere s'étaient mises d'accord pour jouer les marieuses.

Ce qui laissait également penser qu'aucune des ladies plus

âgées ici présentes n'était au courant de la proposition que Miss Fotherby avait faite à James.

Ils avaient formé un petit groupe éclaté et se promenaient ensemble sous le soleil du matin. Devant les marches qui descendaient vers un petit parterre, Channing offrit son bras à Violet. Elle le prit et, ensemble, ils empruntèrent l'escalier. James s'empressa à son tour de proposer son bras à Henrietta. Elle posa la main sur sa manche et s'appuya sur lui pour franchir ces marches irrégulières.

Elle hésitait : devait-elle oui ou non lui demander ce qu'il avait décidé concernant Miss Fotherby ?

A cause de l'incident avec sa jument, ils n'avaient pas pu en parler. Ils n'avaient pas confronté leurs points de vue sur l'évolution de leurs relations. Mais il était clair que Miss Fotherby avait besoin d'une réponse — et dans les plus brefs délais, comme elle le leur avait précisé. Il n'y avait aucune raison de ne pas lui présenter la situation telle qu'elle était à présent.

Henrietta y réfléchit tout en se promenant, d'abord dans la roseraie, puis tout le reste du chemin. Elle respira le bon air pur, sourit et s'amusa avec les autres, et finit par décider qu'elle ne s'en mêlerait pas personnellement. James connaissait très bien la situation, et il était le seul à pouvoir donner à Miss Fotherby la réponse qu'elle attendait.

Ils finirent par se retrouver sur le terrain de croquet. Le soleil était assez haut et l'herbe était sèche à présent. Ils installèrent rapidement les arceaux et les piquets et distribuèrent les maillets. Puis vint le moment de former les équipes et de décider des règles du tournoi. A la fin, ils se mirent d'accord pour jouer par équipes de deux, en tournante. Personne ne fit très attention aux règles ni à qui avait gagné. En revanche, tout le monde eut à cœur de s'amuser et de profiter du jeu.

Une heure s'était presque écoulée, et la plupart des jeunes gens s'étaient rassemblés sur le terrain de croquet pour participer au tournoi. Les ladies plus âgées, quant à elles, étaient venues s'asseoir sur les chaises de jardin à l'ombre des arbres pour suivre les parties en souriant. James se tenait en retrait avec Henrietta, en attendant de disputer leur prochaine partie. Ce fut alors qu'il vit Miss Fotherby longer le bord de la pelouse, tête baissée, en direction de Henrietta et lui. Rafe l'avait sollicitée pour qu'elle soit sa partenaire, mais elle avait préféré se tourner vers Giles Kendall.

James attendit qu'elle soit à leur hauteur pour l'appeler.

— Miss Fotherby ?

Surprise, elle s'arrêta et leva les yeux. Il lui sourit avec douceur.

— Pourrais-je vous dire un mot ?

Il regarda autour de lui, attirant son attention sur le fait que, à ce moment précis, personne ne pouvait les voir.

Elle prit une petite inspiration et hocha la tête.

— Oui, bien sûr.

Mais elle affichait toujours cette expression de bête traquée. Elle regardait sans cesse autour d'elle et semblait totalement ailleurs.

James était perplexe. Il sentait bien que Henrietta, qui se tenait derrière lui, les mains croisées sur la poignée de son maillet, était tout aussi décontenancée que lui par l'attitude de Miss Fotherby.

— A propos de la suggestion que vous m'avez faite sur la terrasse de Lady Hollingworth...

Elle tourna la tête vers lui et le fixa, comme si elle venait juste de se souvenir de quoi il était question. Comme si le sujet lui était totalement sorti de l'esprit.

— Oh... Ah, oui..., bredouilla-t-elle en rougissant légèrement. C'est que...

Il se sentit encore plus obligé de parler, juste pour mettre fin à cette situation qui semblait se compliquer de seconde en seconde.

— J'ai pris conscience de quelque chose dont je ne m'étais pas rendu compte jusqu'alors. Je suis très attaché à quelqu'un. A quelqu'un d'autre... Et je ne cherche plus à faire un mariage d'intérêt.

Miss Fotherby cligna des yeux, puis son regard sembla faire le point. Elle fixa James comme si elle le voyait enfin vraiment, puis jeta un coup d'œil à Henrietta, avant d'esquisser un léger sourire. Elle pencha la tête.

— Je comprends. Je dois vous remercier pour votre franchise

et, même si vous ne me croyez sans doute pas, je vous souhaite très sincèrement beaucoup de bonheur.

Mais elle faisait déjà demi-tour.

— Et, à présent, si vous voulez bien m'excuser…

Sans attendre de réponse, et après leur avoir adressé un vague signe de tête, elle poursuivit son chemin.

— Eh bien ! s'exclama Henrietta, interdite, pendant qu'elle regardait Miss Fotherby s'éloigner. Je dois dire que je ne m'attendais pas du tout à cela.

— Oh ! Je ne sais pas…, répondit James qui avait aperçu Rafe Cunningham en train de rôder le long du côté opposé du terrain de croquet. J'imagine que Miss Fotherby se sent légèrement harcelée en ce moment.

Henrietta avait suivi son regard. Elle soupira.

— Dieu sait comment cela finira…

— Eh bien, reprit James en se tournant vers elle en souriant, l'affaire est entièrement entre leurs mains désormais, et elle ne nous concerne plus du tout. Ce qui, je l'avoue, me soulage d'un grand poids.

— Glossup, Miss Cynster ! appela Channing depuis le premier piquet. C'est à vous.

Henrietta lui adressa un grand signe de la main en guise de réponse, puis souleva son maillet et suivit James vers le terrain.

— Tant que nous serons ici, nous ne réussirons jamais à trouver un moment pour parler, n'est-ce pas ?

James sourit de nouveau.

— J'en doute. Mais nous avons suffisamment de temps pour prendre ces quelques jours comme ils viennent et profiter de ces moments privilégiés. Nous ne sommes pas si pressés que cela, ajouta-t-il, les yeux rivés aux siens.

Elle haussa les sourcils.

— Vous avez sans doute raison.

Puis elle regarda devant elle et agita son maillet pour s'échauffer.

— Très bien. Voyons si nous pouvons battre Dickie et Miss Hendricks.

En riant, James lui fit signe de prendre place sur le terrain.

Comme tout le monde aurait pu s'en douter, lorsque la cloche du déjeuner retentit, le tournoi de croquet fut déclaré inachevé et sans vainqueur. La compagnie se retira vers la salle à manger pour un déjeuner animé, durant lequel tous les participants racontèrent leurs exploits et débattirent de qui aurait fini par l'emporter.

Après déjeuner, les femmes regagnèrent leurs chambres durant une petite demi-heure, le temps de revêtir chapeaux, spencers et châles. Puis les convives se retrouvèrent sur la terrasse et se mirent en route, Violet et Channing en tête, vers le bois et les ruines.

Ce type de promenade champêtre était un passage obligé lorsque l'on séjournait à la campagne. Même les ladies et les gentlemen plus âgés y participèrent, même s'ils se désolidarisèrent de la plus jeune génération une fois arrivés au lac. Les plus jeunes continuèrent à travers le bois, tandis que les plus âgés empruntèrent un chemin plus facile faisant le tour du lac, avant de rentrer vers la maison.

Le sentier qui traversait les bois serpentait sous les immenses branches des vieux chênes. Les débris de feuilles mortes de l'automne précédent formaient un épais tapis. Même si les rayons du soleil perçaient à travers les arbres et que l'air était doux comme un baiser, l'humidité de l'hiver subsistait encore et exhalait une odeur d'humus qui se mêlait à celle, piquante, de la végétation toute nouvelle. La mousse poussait sur les bancs, recouvrant comme un coussin vert la pierre grise locale qui apparaissait çà et là.

Comme Channing l'avait dit, le sentier était plat. Une pente très légèrement descendante les menait de plus en plus profond dans la vieille forêt. La file des promeneurs s'étirait, et des petits groupes s'étaient formés. Les discussions allaient bon train. Les sujets étaient légers. Certains marcheurs s'arrêtaient de temps en temps pour désigner un oiseau qui se faufilait entre les branches, ou pour examiner une fougère, et peu à peu les groupes évoluèrent en couples, formés selon les affinités de chacun.

Au bout d'une bonne demi-heure de marche, Violet et Channing firent emprunter à leurs compagnons un virage à la sortie duquel s'élevaient les fameuses ruines. Venant se placer derrière leurs amis, Henrietta et James contemplèrent ce spectacle, de plus en plus émerveillés à mesure que leurs yeux parcouraient les hauts murs de pierre marbrés et piquetés de mousses et de lichens, et dissimulés sous les envahissantes plantes grimpantes. Puis ils regardèrent plus loin et découvrirent une vaste étendue occupée par les vestiges de plusieurs murs écroulés.

Henrietta glissa la main sur la manche de James. La fraîcheur de la forêt, et sans aucun doute l'impressionnant spectacle de toutes ces pierres renversées, la faisait frissonner, et elle se rapprocha de lui pour profiter de sa chaleur.

Il tourna la tête et sourit, referma sa main sur la sienne. Puis il l'attira sur le côté, au moment où les autres marcheurs sortaient du virage et, comme ils venaient de le faire eux-mêmes, s'arrêtaient pour observer.

— C'est un spectacle qui vaut le coup d'être vu, même s'il faut faire des efforts pour cela, murmura Henrietta en contemplant de nouveau les colonnes et les fragments d'arcs qui s'élevaient çà et là parmi les murs, vestiges squelettiques d'une grandeur passée. Au bout d'un moment, elle déclara :

— Venez. Allons explorer un peu.

Et ce fut ce qu'ils firent, suivis par tous les autres. Ils marchèrent dans des cloîtres abandonnés depuis longtemps et foulèrent des couloirs pavés se retrouvant maintenant à ciel ouvert. Avancer dans ce qui, aux nombreux arcs qui s'y trouvaient, semblait être l'ancienne église du prieuré revenait à zigzaguer entre des blocs massifs en pierres de taille qu'on aurait dits balayés du revers de la main par un géant.

James et Giles se retrouvèrent devant ce qu'ils s'accordèrent à reconnaître comme le porche d'entrée de l'église. Ils restèrent un moment immobiles, à regarder tout autour d'eux, pendant que Henrietta se frayait un chemin dans la nef en ruine et que Miss Findlayson, qui venait de plus bas, les rejoignait.

— Je parierais, commença Giles avant de s'interrompre pour aider Miss Findlayson à gravir les dernières marches qui la séparaient d'eux, que quand cet ensemble a été construit, cette colline...

Il lâcha la main de Miss Findlayson en souriant et se tourna pour examiner la colline qui se dressait derrière eux et sur le flanc de laquelle les ruines semblaient construites.

— ... n'existait pas.

Les mains sur les hanches, James acquiesça.

— Je suis d'accord avec vous. Ce mur...

Il désigna un mur au fond des ruines sur lequel paraissait s'appuyer toute la colline.

— ... semble être le mur central du bâtiment principal du prieuré, celui qui abritait les dortoirs et les pièces de vie. Est-ce que vous voyez ? demanda-t-il en désignant le haut du mur. Il s'agit d'une corniche, il s'agit donc du sommet du mur.

Il baissa le bras puis regarda de nouveau autour de lui.

— Et Violet avait raison, reprit-il. A priori, il ne s'agit que de la moitié du prieuré. Le reste, sans doute, se trouve plus bas que le bâtiment principal, au-delà de ce mur et, maintenant, enseveli sous la colline.

Giles hochait la tête.

— Donc cette colline ne pouvait pas se trouver là à l'époque où ce prieuré servait encore.

Examinant le mur en question, Henrietta demanda :

— Je sais que cela fait des siècles que ce prieuré n'est plus habité, mais je me demande quand et pourquoi cette colline s'est formée ici.

Ils spéculèrent longtemps ainsi. Etant donné l'âge approximatif des arbres qui poussaient sur la colline et à quelques endroits par-dessus le sommet des murs, un acte de représailles datant de l'époque de la Réforme[1] fut la théorie qu'ils privilégièrent. Puis James et Henrietta laissèrent Giles et Miss Findlayson et replongèrent parmi les murs en ruine, avançant vers le fond de la construction, jusqu'à ce que James avait supposé être le mur central du bâtiment principal.

— Si nous regardons attentivement, nous trouverons peut-être

1 Aussi appelée « schisme anglican », elle marque au XVIer siècle la rupture de l'Eglise d'Angleterre par rapport au Vatican. Cette décision du roi Henry VIII, à la fois politique et personnelle, entraîna bien des remous dans le pays.

l'entrée de quelques pièces de ce côté du mur, déclara James tout en tendant la main à Henrietta pour l'aider à enjamber une pierre.

Ils s'amusèrent beaucoup, et découvrirent non sans un certain sentiment de triomphe les vestiges d'anciennes pièces. Ils en repérèrent les contours, et étudièrent comment elles communiquaient entre elles, tout en spéculant sur la fonction de chacune d'elles. Les rayons du soleil déjà bas filtraient à travers les arbres environnants quand, soudain, des bruits de voix se firent entendre. Il ne s'agissait pas d'une simple discussion, mais d'une violente dispute.

L'on reconnaissait clairement une voix d'homme et une voix de femme.

James échangea un regard avec Henrietta. Elle avait entendu, elle aussi. Sans bruit, il emprunta un couloir jusqu'à une colonnade qui le dissimulait tout en lui permettant d'observer une autre partie des ruines.

Il s'arrêta tout à coup et se tint immobile, tout en contemplant la scène dans l'encadrement que formaient deux blocs de vieilles pierres.

En silence, Henrietta le rejoignit. Elle plaça la main sur son bras et regarda à son tour.

Rafe Cunningham avait enfin réussi à approcher Millicent Fotherby. Il la tançait... Ou peut-être l'implorait-il ? James et Henrietta entendaient les voix, les intonations, mais pas les mots. Millicent se tordait les mains et secouait la tête. D'après son expression, l'on comprenait qu'elle ne se laisserait pas fléchir, quelle que fût la violence des sentiments de Rafe.

Soudain, ce dernier leva les mains au ciel, puis considéra Millicent.

Et celle-ci prit enfin la parole. Quoi qu'elle dît, cela porta un coup à Rafe. James et Henrietta le virent se raidir, avoir comme un soubresaut, et ses épaules s'affaissèrent.

Mais alors Rafe secoua la tête et se mit à pousser un grognement de refus, caverneux et lugubre.

Et il prit Millicent dans ses bras pour l'embrasser.

James se raidit — il ne pouvait laisser Rafe maltraiter Millicent ! —, mais Henrietta lui agrippa la manche.

— Attendez ! murmura-t-elle.

Tout en se demandant ce qu'il était censé attendre, James vit Millicent lever lentement les bras. Et, d'un geste timide, avec tant de douceur et de prudence qu'il ne fut pas facile de l'observer, ses mains vinrent d'abord se poser sur les épaules de Rafe, puis autour de sa nuque.

Et Millicent embrassa Rafe à son tour.

— Ah, fit James en se détendant.

Au bout d'un moment — assez long pour s'assurer que Millicent n'allait pas changer d'avis — il se tourna. Il prit la main de Henrietta, croisa son regard et rit tout bas. Puis il lui embrassa les doigts et ils retournèrent dans le vieux couloir en ruine.

— Où nous trouvions-nous ? murmura-t-il.

Henrietta inspecta les lieux.

— Par ici, non ?

— Hello !

L'appel venait de la partie antérieure des ruines.

C'était Channing. Il cria :

— Venez, tout le monde… Il est temps de se remettre en route !

Des réponses fusèrent d'un peu partout mais, pour la plupart, elles semblaient provenir d'assez loin de l'endroit où se trouvaient James et Henrietta. Il la regarda, avant de crier à son tour :

— Channing ! Mettez-vous en route avec les autres. Miss Cynster et moi-même vous rejoindrons dès que possible.

— D'accord ! Mais ne traînez pas trop, tout de même. Nous devons tous être prêts à temps pour le dîner et le bal.

— Nous arrivons tout de suite ! répondit James.

En souriant, il prit Henrietta par le bras et ils rebroussèrent chemin, en empruntant le long couloir qui longeait le vieux mur, afin de rattraper le plus vite possible le sentier qui les avait conduits jusqu'aux ruines.

Cela dit, il ne voyait aucune raison de se presser. Ils s'arrêtèrent même pour que Henrietta pût observer à sa guise les curieuses petites fougères qui poussaient dans les fissures du mur.

Quand Channing les avait appelés, ils se trouvaient à l'opposé de l'entrée des ruines. Ils avaient parcouru à peu près la moitié du chemin quand, soudain, un craquement sourd retentit dans leur dos, provenant de la zone où ils avaient vu Rafe et Millicent Fotherby. James s'arrêta et, après avoir lâché Henrietta, se retourna.

Celle-ci s'immobilisa à son tour. Ils regardèrent tous deux derrière eux, mais ne virent rien. Elle posa la main sur son bras.

— Allez voir, au cas où... Nous devrions nous assurer qu'ils se sont bien mis en route eux aussi. Ils n'ont pas répondu à Channing.

C'était bien vrai, et ce serait une excellente excuse s'il tombait sur Rafe et Miss Fotherby. James hocha la tête et fit demi-tour.

Il était presque revenu à la colonnade quand Rafe apparut dans le couloir, avec Millicent à son bras.

— Ah, vous voilà, dit James en s'arrêtant. J'ai entendu un bruit.

Rafe hocha la tête.

— Une pierre est tombée, expliqua-t-il, avant de parcourir le couloir des yeux, jusqu'à l'endroit où se trouvait Henrietta. J'ai pensé que ce devait être le chemin le plus court pour retrouver le sentier.

— Nous nous sommes dit la même chose, répondit James en se retournant vers elle.

Un grincement lui fit lever les yeux.

De la poussière et des petites pierres dégringolaient depuis le sommet du mur, juste au-dessus de Henrietta.

Un énorme bout de corniche, de près de deux mètres sur un, oscilla, bascula, puis tomba.

Henrietta avait levé la tête, mais elle avait reçu de la poussière dans les yeux et elle l'avait donc baissée de nouveau. Elle n'avait pas vu la pierre en train de tomber.

James ouvrit la bouche, mais la panique l'empêchait de respirer.

Alors il se mit à courir.

Le bruit de ses bottes résonna dans le couloir et, le plus vite qu'il put, les yeux fixés sur la pierre en train de chuter, il courut, tout en sachant qu'il n'arriverait pas à temps.

Avec l'énergie du désespoir, il rassembla tout ce qu'il avait de forces pour se jeter en avant.

Il heurta Henrietta, l'attrapant à bras-le-corps pour la protéger du mieux possible alors que son élan les propulsait dans le couloir et les faisait chuter au sol.

Ils glissèrent et roulèrent à terre, les membres emmêlés.

L'horrible bruit de la pierre en train de s'écraser au sol les glaça.

Un silence — choquant et absolu — s'installa.

Puis, quelque part, un merle se mit à chanter.

Ils étaient toujours en vie. Tandis qu'ils en prenaient lentement conscience, ils levèrent la tête avec prudence et examinèrent le couloir. Ils s'accrochaient l'un à l'autre et contemplaient, incrédules, le sort qui avait failli être celui de Henrietta.

Non : *le leur*. Le morceau de corniche gisait au sol à quelques centimètres à peine des bottes de James. La pierre avait éclaté sous le choc, bloquant le couloir et les dissimulant.

Henrietta pouvait à peine respirer. Son cœur cognait si fort qu'elle n'était pas sûre de pouvoir entendre quoi que ce fût.

Elle tourna la tête et croisa le regard de James.

Un cri étouffé parvint jusqu'à eux, puis Rafe escalada la pierre tombée.

A l'instant où il les vit, il s'immobilisa, les scruta, puis il relâcha les épaules et poussa un soupir de soulagement.

— Oh mon Dieu ! J'ai bien cru que vous y étiez restés tous les deux.

Millicent apparut à ses côtés, contempla la scène, puis porta la main à sa poitrine.

— Dieu merci, vous n'avez rien !

Semblant reprendre ses esprits, elle demanda :

— Vous n'avez rien, n'est-ce pas ?

James se mit lentement assis, puis aida Henrietta à en faire de même. Il croisa son regard, avant de répondre :

— Apparemment, non.

Rafe passa de l'autre côté du bloc de pierre et aida Millicent à en descendre. Le visage tendu, il se tourna vers James.

— J'ai tout vu. Cette pierre n'a pas pu tomber toute seule.

Il tendit la main et, quand James l'attrapa, aida ce dernier à se mettre debout.

Se précipitant pour relever Henrietta, Millicent adressa un coup d'œil sévère à Rafe.

— Cela n'a pas de sens ! Comment pouvez-vous suggérer une

chose pareille ? Cela ne peut être qu'un accident. La pierre devait être branlante et quelque chose l'a fait basculer pour de bon.

Rafe fit une moue à la fois dédaigneuse et circonspecte.

— Quelque chose comme quoi ? Même en s'y mettant tous ensemble, toute une colonie de blaireaux n'auraient pas suffi à déloger un tel bloc.

James savait que Rafe avait raison, mais il leva la main pour mettre fin à la discussion.

— Quoi qu'il se soit réellement passé, nous ferions mieux de nous en aller d'ici.

Il croisa le regard de Rafe, puis leva les yeux.

Il y a beaucoup d'autres pierres juste au-dessus de nos têtes, aurait-il pu ajouter.

Rafe pinça les lèvres et hocha la tête.

— Très juste. Partons.

Henrietta et Millicent brossèrent la robe de Henrietta et remirent sa toilette en ordre, pendant que James époussetait vaguement son manteau et son pantalon. Puis ils se mirent en route. Millicent se tenait à côté de Henrietta, tandis que Rafe et James les suivaient de près, en regardant souvent en l'air.

Millicent, remarqua Henrietta, se tordait de nouveau les mains et promenait ses yeux grands ouverts partout, nerveuse et prête à sursauter au moindre bruit. Henrietta se dit que, logiquement, elle-même aurait dû se trouver dans le même état, mais... Ce devait être le choc. Elle était simplement trop heureuse d'être en vie, trop heureuse de pouvoir respirer, de pouvoir se retourner et voir James marcher juste derrière elle.

Après avoir failli mourir dans d'atroces conditions, se savoir en vie était un sentiment merveilleux. Elle se préoccuperait de ce qui s'était passé plus tard, maintenant qu'elle était sûre qu'il y aurait un « plus tard ».

Ils trouvèrent le sentier pour rentrer et s'y engagèrent mais, au bout d'une centaine de mètres, James s'arrêta. Quand les autres l'imitèrent et se tournèrent vers lui, il scruta un bref instant les yeux de Henrietta, puis regarda Millicent.

— Mesdemoiselles, pourquoi est-ce que vous ne vous assiériez pas sur ce banc pour reprendre un peu votre souffle ? Je voudrais jeter un coup d'œil rapide à l'endroit d'où est tombée la pierre, juste au cas où cette partie de la colline menacerait de s'effondrer et où il faudrait prévenir les Ellsmere.

Rafe acquiesça.

— Très bonne idée. Je vous accompagne.

Henrietta n'avait peut-être pas envie de réfléchir trop sérieusement à la façon dont elle avait failli mourir, mais cette proposition ne lui disait rien qui vaille.

— Non, répondit-elle en observant Millicent et en voyant dans ses yeux bruns le reflet de sa propre résolution. Nous venons nous aussi.

James hésita mais, à dire vrai, il préférait que Henrietta restât avec lui.

— Très bien.

Il s'approcha d'elle, lui tendit la main, l'aida à enjamber le banc, puis à gravir doucement la colline qui surplombait les ruines.

Rafe et Millicent se trouvaient juste derrière eux.

Ils trouvèrent le mur et le longèrent jusqu'au trou où, peu de temps avant, s'insérait encore la pierre qui était tombée.

Placés en demi-cercle, ils fixèrent en silence la preuve qui s'offrait à leurs yeux stupéfaits : une empreinte de pas, laissée juste là, dans la mousse qui poussait tout en haut du mur.

Dans ces conditions, il n'était pas difficile de comprendre ce qui avait précipité la chute du morceau de corniche.

Accroupi, Rafe examina les traces laissées par de larges bottes d'homme. Au bout d'un moment, il grommela :

— Il a trop dérapé pour que l'on puisse deviner la taille de ses bottes.

— Mais, déclara James en se forçant à garder une voix calme, il ne s'agissait pas de bottes de travail.

Il jeta un coup d'œil à ses pieds, puis à ceux de Rafe.

— Je pencherais plutôt pour des bottes d'équitation.

Rafe hocha la tête en se redressant. Son visage était lugubre. Il croisa le regard de James, puis désigna le bas de la colline.

— Nous ferions mieux d'y aller, ou bien nous serons en retard pour le dîner.

Moroses et en proie à de sombres pensées, tous autant qu'ils étaient, ils regagnèrent le sentier puis se mirent en route vers la maison.

8

Après avoir observé Henrietta et Millicent tandis qu'elles gravissaient l'escalier pour aller se changer dans leurs chambres, James et Rafe échangèrent un regard, puis partirent à la recherche de Lord Ellsmere.

Ils le trouvèrent dans son bureau, déjà habillé pour le dîner, en train de déguster tranquillement un brandy. Quand il vit leurs visages sombres, Lord Ellsmere s'empressa de leur proposer un verre. Après une très brève hésitation, ils acceptèrent tous les deux.

Prenant place sur la chaise indiquée par son hôte, James avala une gorgée bien réconfortante, puis, alors que Lord Ellsmere se rasseyait, il le fixa droit dans les yeux.

— Nous sommes allés visiter les ruines avec les autres. Nous étions les derniers sur le site quand… il s'est produit un accident.

— Un accident ?

Lord Ellsmere se redressa d'un bond.

— Dieu du ciel, que me dites-vous là ? Personne n'a été tué, n'est-ce pas ?

— Non, répondit Rafe de sa voix rauque et grave. Mais il s'en est fallu de peu.

A l'aide de son verre, il désigna James, avant de poursuivre :

— Sans Glossup, et sans son incroyable plaquage, Henrietta Cynster serait morte à l'heure où je vous parle, écrasée sous une pierre.

Lord Ellsmere pâlit et se laissa retomber sur sa chaise.

— Mon Dieu, mais quelle horreur !

— Mais ce n'est pas le pire, ajouta James en vidant son verre.

Bien conscient du regard de Lord Ellsmere, rivé sur lui comme s'il était impossible qu'il pût y avoir quoi que ce soit de pire, James baissa son verre, fixa son hôte, et entreprit pourtant de l'en persuader.

— Quelqu'un — sans doute un gentleman en bottes d'équitation — a volontairement poussé la pierre en question pour qu'elle tombe du mur. Et il devait savoir que Henrietta se trouvait juste en dessous. Nous étions en train de parler quelques minutes auparavant.

Lord Ellsmere le dévisagea, avant de se tourner vers Rafe, qui confirma les propos de James d'un hochement de tête, l'air sombre.

— Vous n'êtes pas en train de me dire qu'il s'agissait d'un des convives ? demanda Lord Ellsmere d'une voix étouffée.

James croisa le regard de Rafe, puis, les sourcils froncés, secoua lentement la tête.

— Je ne pense pas. Personne ne se promenait seul.

— Dieu merci.

Après un long moment de silence, Lord Ellsmere déclara, d'une voix lente et traînante, comme s'il peinait à trouver ses mots :

— Il doit bien y avoir une explication. Qui pourrait vouloir tuer Henrietta ? Personne ! Donc... ce doit être autre chose. Peut-être... une farce qui aurait mal tourné, ou bien...

Lord Ellsmere considéra tour à tour James et Rafe, mais aucun des deux ne se porta à son secours.

— Quoi d'autre ? finit-il par demander. Avez-vous une idée ?

Un autre long moment de silence s'installa, puis James reposa son verre, croisa de nouveau le regard de Rafe et se leva.

— Je ne pense pas que l'on puisse faire grand-chose. Le coupable a eu tout le temps qu'il voulait pour s'enfuir. Nous nous sommes juste dit qu'il fallait vous avertir.

Lord Ellsmere prit un air désespéré, comme s'il aurait mieux aimé ne rien savoir du tout. Mais, lorsqu'il croisa les yeux de James, il hocha la tête.

— Oui, très bien... Comme vous le dites, il n'y a pas grand-chose que l'on puisse faire.

Avec des signes de tête polis quoiqu'un peu raides, James et Rafe prirent congé.

Ils s'arrêtèrent dans le hall d'entrée.

James jeta un coup d'œil à Rafe, qui le regarda à son tour, puis il soupira et posa la main sur la rampe d'escalier.

— Nous ferions mieux d'aller nous changer.

Et ils regagnèrent leurs chambres.

Tandis qu'il se déshabillait, faisait une rapide toilette puis revêtait ses habits du soir, James ne cessa de se répéter la remarque de Lord Ellsmere.

« Qui pourrait vouloir tuer Henrietta ? Personne ! Donc... ce doit être autre chose. »

James commençait à avoir un mauvais pressentiment à ce propos.

Un très mauvais pressentiment, même.

Pour James, le dîner et le bal se passèrent en un défilé de silhouettes floues et en conversations polies. Avant le repas, Henrietta, Rafe, Millicent et lui s'étaient brièvement retrouvés au salon et s'étaient mis d'accord sur le fait qu'il ne servait à rien d'affoler les autres invités en racontant l'accident qui avait failli coûter la vie à Henrietta.

En privé, Rafe avait demandé sans détour à James s'il avait l'intention de surveiller cette dernière de près. Et ce dernier lui avait confirmé qu'il resterait auprès d'elle toute la nuit. Plus tard, au cours du bal, Rafe était venu trouver James pour lui dire à voix basse qu'il avait mené une enquête discrète et qu'aucun des gentlemen présents lors de leur petite excursion ne s'était retrouvé seul lors du moment fatidique.

— Donc, c'était forcément quelqu'un de l'extérieur, en avait conclu James.

Rafe avait acquiescé.

— Et, « quelqu'un de l'extérieur », cela peut vouloir dire « n'importe qui venu de n'importe où ». De l'autre côté du bois, il y a un sentier tout à fait praticable qui rejoint la route de Londres.

Les musiciens s'étaient mis à jouer une valse, et Rafe avait laissé

James pour faire tournoyer Millicent sur la piste. Ce dernier avait regardé Henrietta danser avec Channing, puis il l'avait invitée, et ensuite il ne l'avait plus quittée.

Mais le bal avait fini par se terminer et, après s'être attardé dans le hall, dans l'escalier et dans la galerie, jusqu'à ce que tous les invités fussent partis, James raccompagna Henrietta jusqu'à sa chambre.

Il s'arrêta devant la porte, qu'il ouvrit, et lui fit signe d'entrer.

Elle le regarda, légèrement interdite, puis s'exécuta.

Il jeta un coup d'œil furtif autour de lui pour s'assurer que le couloir était désert, puis, vite, il la suivit et referma la porte derrière lui.

Se préparant à lui souhaiter bonne nuit, Henrietta se retourna. Elle recula d'un pas, l'air surpris. Et elle lui adressa un regard interrogateur.

Il la regarda, puis scruta la chambre. Un fauteuil était installé près de la cheminée. Il se dirigea vers lui et s'y assit.

Elle le suivit, et s'arrêta à côté de lui en le considérant d'un air de plus en plus perplexe.

Il soupira, se cala contre le dossier et soutint son regard.

— Je reste ici cette nuit. *Toute* la nuit.

— Pourquoi ? demanda-t-elle en penchant légèrement la tête.

— Parce que je ne peux pas vous laisser seule.

Devant son air interloqué, il lui prit la main et l'invita à s'asseoir sur l'accoudoir du fauteuil.

Elle obéit et laissa sa main dans la sienne, en répondant légèrement à la pression de ses doigts.

— Je vois bien que vous êtes inquiet, mais... Je ne comprends pas bien pourquoi. En tout cas, je ne comprends pas bien pourquoi vous l'êtes à ce point.

Elle prit une grande inspiration, puis ajouta :

— Je n'ai pas réfléchi en détail — je me suis interdit de le faire — à ce qui s'est passé aujourd'hui. Mais, malgré cela, cela me paraît insensé. Je ne connais personne qui puisse souhaiter ma mort, et encore moins qui puisse passer à l'acte et attenter à ma vie.

— Quelqu'un l'a fait, pourtant.

Il leva les yeux vers elle, sans chercher à dissimuler son inquiétude.

— Henrietta, quelqu'un a essayé de vous tuer aujourd'hui, c'est un fait indéniable. Mais, ajouta-t-il dans une grimace, ce n'est pas tout. J'ai appris quelque chose dont je ne vous ai pas parlé, au sujet de votre cheval. J'ai vérifié avec votre palefrenier. Il est convaincu, tout comme moi, que quelqu'un a piqué votre jument.

Alors qu'elle clignait des yeux sans avoir l'air de comprendre, il expliqua :

— Quelqu'un lui a lancé une fléchette. C'est pour cela qu'elle a henni, qu'elle s'est cabrée et qu'elle s'est emballée.

Il marqua une pause, avant d'ajouter :

— Quelqu'un espérait que vous feriez une chute mortelle sur les pavés.

Elle scruta ses yeux avec insistance, mais ne vit rien d'autre qu'une conviction absolue. Elle réprima un frisson.

— Mais… pourquoi ?

Les lèvres pincées, il secoua la tête.

— Je n'en ai pas la moindre idée, mais…

Il serra sa main un peu plus fort.

— Ce n'était pas la première fois, si vous vous souvenez bien.

Comme elle restait silencieuse, trop choquée par ce qu'il sous-entendait, il poursuivit, sans la quitter des yeux :

— Vous êtes tombée du pont à la soirée chez Lady Marchmain. Nous avons supposé qu'il s'agissait d'un accident. Mais si ce n'en avait pas été un ? N'importe qui aurait pu profiter de l'opportunité : vous étiez tout au bord du pont, et nous étions tous distraits par les feux d'artifice. Pas besoin de pousser beaucoup pour vous faire tomber, et le courant était fort, et il faisait nuit…

Prisonnière de son regard, elle ajouta, à contrecœur :

— Et il y a peu de jeunes femmes de la haute société qui savent nager, pas même un peu.

— Exactement. Et la Tamise était tout près, à quelques dizaines de mètres à peine.

Il s'interrompit, pour reprendre quelques minutes plus tard :

— Cela fait donc trois accidents qui auraient pu se révéler fatals : le pont, votre cheval, et aujourd'hui la pierre. Tous ces incidents auraient pu causer votre mort, et tous, même le dernier, auraient pu passer pour des accidents. Sans la mousse humide du mur, nous n'aurions pas vu les empreintes de bottes de votre agresseur. Nous nous serions juste demandé comment cette pierre avait pu tomber et, vous, vous auriez été morte.

— Mais...

Le premier effet de surprise était en train de se dissiper. La colère, mêlée à une pointe de velléité, la gagnait peu à peu, lui redonnant une force qu'elle saisit à bras-le-corps.

— De qui diable peut-il bien s'agir ? s'interrogea-t-elle, les sourcils froncés.

James était soulagé de cette réaction. Il avait craint qu'elle ne refuse de reconnaître que quelqu'un puisse lui vouloir du mal — *à ce point*.

— D'après moi, nous pouvons affirmer avec certitude qu'il s'agit d'un homme, et qu'il fait partie de l'aristocratie. Il devait se trouver sur le pont chez Lord et Lady Marchmain. N'importe qui avait une raison de se trouver sur Brook Street le jour de votre accident de cheval — un balayeur, un livreur, un marchand de quatre-saisons, un gentleman en promenade — aurait pu piquer votre jument. Et la chute de la pierre aurait pu être causée par n'importe quel individu chaussé de bottes d'équitation. Mais l'incident du pont n'a pu être provoqué que par un gentleman de la haute société.

— Ou bien par une lady, renchérit Henrietta en plissant le nez. Mais aucune femme n'aurait pu pousser cette pierre, donc je me range à votre avis.

Elle soupira.

— Donc un gentleman de la haute société essaie de me tuer.

Les sourcils froncés, elle hocha lentement la tête.

— Ce qui nous ramène à la même question : pourquoi ?

Il étudia son visage, son expression.

— Cela peut-il être lié à vos activités passées de démarieuse ?

Elle réfléchit longuement à cette suggestion, mais finit par secouer la tête.

— A part vous, aucun gentleman ne s'est jamais plaint de mes activités et, si quelqu'un en avait eu le désir, je pense qu'il serait venu me trouver pour me le dire, au moins pour commencer, comme vous l'avez fait. Mais personne ne s'est jamais présenté à moi.

Il accepta cette démonstration avec un hochement de tête.

— Vous avez certainement raison.

Ils s'observèrent pendant un moment, puis il soupira et se cala dans le fond de son siège, en caressant doucement la main qu'il tenait toujours.

— Voilà donc pourquoi je dois rester avec vous ce soir. Ce meurtrier en puissance est un gentleman. Il ne fait pas partie des convives, mais il sait que vous êtes ici. Le monde dans lequel nous évoluons lui est familier. Il est tout à fait possible que cette maison lui soit familière également, et il sait sans doute que la plupart des portes ne sont pas fermées à clé, pour faciliter les allées et venues des invités.

Pendant un long moment, elle scruta son visage, avant de déclarer :

— Je comprends votre raisonnement. Je ne m'y oppose pas, et je suis même d'accord avec vous.

Elle marqua une pause, reprit sa respiration et poursuivit :

— Mais je réitère ma question : pourquoi ?

Il la regarda dans les yeux, sans faire semblant de ne pas comprendre. A la place, avec une conscience exacerbée du contact de sa main dans la sienne, et en utilisant les mots les plus simples et les plus directs qu'il put trouver, il lui dit la vérité.

— Parce que vous êtes mienne.

Elle soutint son regard, puis hocha la tête avec détermination.

— Oui, c'est vrai, je suis toute à vous.

Puis elle se pencha au-dessus de lui, prit son visage entre ses mains et l'approcha du sien. Elle s'arrêta un instant pour sonder ses yeux, comme pour affirmer que c'était son raisonnement à elle qu'il suivait, puis elle posa ses lèvres sur les siennes et l'embrassa.

Dès ce premier contact, il n'y eut aucun doute sur ses intentions ni sur ce à quoi cela les mènerait. Son baiser passa d'assuré à brûlant puis carrément incendiaire en l'espace de quelques secondes. Il fut à peine surpris, la connaissant, et se connaissant, quand les choses échappèrent très vite à leur contrôle.

Ou, plus exactement, quand les choses se focalisèrent sur un but unique, avec une détermination et une volonté qui ne laissaient plus place au doute.

Vorace et avide, ce baiser alluma un incendie qui fit courir des flammes sous leur peau, dévastant et brûlant tout sur leur passage. La chaleur se propagea, telle une vague de désir fiévreux, de soif ardente.

Dans un halètement muet, elle se tourna, puis ses mains furent partout, courant sur le corps de James, tirant sur sa veste, l'incitant à se lever afin qu'elle puisse le débarrasser de ce vêtement gênant.

Totalement absorbé et captivé tandis que leurs langues étaient prises dans une danse sans fin, il lui dévorait les lèvres avec voracité tout en caressant sa somptueuse poitrine. Ravi, il était incapable d'avoir la moindre pensée cohérente. Il dut alors faire un effort de volonté pour s'arracher à ce qu'ils étaient en train de faire, pour soulever Henrietta et la mettre debout, pour se lever à son tour et la lâcher suffisamment longtemps afin qu'elle puisse le débarrasser de sa veste et de son veston.

Et, une fois que ce fut fait, rien ne put plus la retenir.

Rien ne semblait capable de la freiner, ni de lui faire faire machine arrière. Rien pour rétablir l'ordre dans un monde qui n'appartenait qu'à eux, embrasé par une envie galopante, nourri de passions que plus rien n'entravait, un monde peuplé de désirs libres comme jamais de s'exprimer et comblés dans l'instant.

Il se sentait grisé, et se montra aussi téméraire et déchaîné qu'elle quand ils s'arrachèrent mutuellement leurs vêtements, quand la soie crissa sur la peau rougie, quand les paumes et les doigts explorèrent, sculptèrent, dessinèrent. Quand la caresse de l'air nocturne fut chassée par le premier contact entre leurs peaux, nues et brûlantes, et que la sensation qui en découla, aiguë et puissante, les fit basculer.

Ce fut une explosion de passion.

Il referma ses bras autour d'elle et l'attira tout contre lui, moulant son corps contre le sien d'une manière conquérante. Et pourtant elle ne s'arrêta pas. Ni pour réfléchir ni par pudeur. Elle se colla à lui et l'incita à poursuivre, comme si elle était prête à se lancer sans aucune retenue dans quelque chose dont elle ignorait pourtant tout, avec un enthousiasme débridé qui étourdit James.

Son problème, c'était que les désirs de Henrietta étaient aussi les siens. Tout ce qu'elle voulait — voulait faire, sentir, explorer — coïncidait exactement avec ses propres envies dévorantes.

Elle en avait envie, donc lui aussi. Tout ce qu'elle demandait avec cet abandon si total, il était prompt à le lui donner.

Il voulait qu'elle soit comblée, et elle le serait.

Le seul désaccord qu'ils auraient pu avoir, s'il avait été capable de reprendre ses esprits absorbés dans le tourbillon qu'elle avait créé, résidait dans le rythme fou qui les entraînait. Il serait volontiers allé plus lentement, pour la faire s'attarder à chaque étape. Mais elle voulait se précipiter sans jamais hésiter.

Aller plus vite et plus loin.

Henrietta ne s'était jamais sentie aussi libre, aussi sûre d'elle et de son destin. Il n'y avait plus de place pour le doute. Prendre conscience de la menace qui pesait sur elle et avoir échappé de justesse à la mort n'avaient fait qu'attiser son désir. Son besoin d'aller de l'avant, de saisir tout ce qui s'offrait à elle, s'était d'autant plus amplifié. Elle comptait bien prétendre au rôle qui, elle le savait désormais avec certitude, lui revenait de droit.

Elle le voulait. Oui, elle était toute à lui, mais dans son esprit cela signifiait aussi qu'il était à elle. Il lui appartenait, tandis qu'il parcourait avec elle les profondeurs tourbillonnantes de la passion et ses sommets grisants pour partager ses désirs.

Et elle n'avait jamais été femme à faire les choses à moitié.

Alors elle fit en sorte d'être libre, libre d'être ce qu'elle voulait être, libre de faire ce qu'elle souhaitait, de désirer, d'explorer, de demander ce qu'elle voulait, de réclamer et d'obtenir satisfaction.

Pourtant, malgré le désir qui s'imposait à elle, et au-delà de ce but qu'elle s'était fixé, elle était tout à la fois fascinée et intriguée. Par lui. Par la réalité du contact physique entre eux, par la façon dont le corps de James réagissait au sien, tout contre le sien, l'enveloppant, et par les émotions qu'elle sentait courir comme une rivière déchaînée sous le calme qu'il affichait en surface.

Les lèvres de James, la largeur de son torse, ses épaules musclées étaient une tentation insoutenable qui lui susurrait d'approcher, de caresser, de toucher et, si possible, de goûter… Ce qui, pour son plus grand délice, le fit frissonner.

Son contact, le frôlement évocateur de ses doigts sur sa peau, la morsure brûlante de sa bouche sur sa poitrine nue, la possessivité qui guidait ses caresses les plus ardentes menacèrent plus d'une fois de l'emporter, de la laisser haletante et étourdie, balayée par une vague de sensations. Mais, à chaque fois, elle parvint à lutter et à se raccrocher, s'ancrant à James et à cette beauté puissante, musclée et pleine de virilité que la nudité avait révélée, non seulement à ses yeux, mais aussi à ses sens.

Pourtant, malgré cet attrait puissant, elle n'avait pas de temps à consacrer à une exploration lente et systématique. Pas ce soir. Pas alors que le besoin de combler leur désir mutuel avait déjà enfoncé son aiguillon. C'était un besoin qui était presque au-delà du supportable — vif, piquant, provocant, dévastateur — et qui cognait avec rage dans ses veines, l'obsédant au-delà de toute raison.

Elle avait peut-être vingt-neuf ans, mais elle n'avait pas perdu son temps. Ce que les confidences et les bribes de conversations volées ne lui avaient pas appris, les livres s'en étaient chargés. Alors elle passa la paume sur son sexe durci et s'agenouilla. Elle prit son temps pour le caresser, se pencha et effleura l'extrémité de son membre avec ses lèvres, puis le prit en bouche.

Et elle adora sa saveur, et plus encore sa réaction intense qu'elle, Henrietta, avait provoquée.

Elle insista pour que le reste de résistance qu'il pouvait encore avoir partît en fumée.

Et elle y parvint si bien qu'il gémit, émettant un son guttural qui propagea en elle des ondes de plaisir, l'encourageant à poursuivre ses explorations… Jusqu'à ce qu'il jurât tout bas, glissât son pouce entre ses lèvres et se retirât de sa bouche. Puis il se jeta sur elle, la prit dans ses bras, la porta jusqu'au lit, où il s'allongea avec elle.

L'échange sensuel et musclé qui suivit correspondait exactement à ce qu'elle attendait. Elle voulait sentir sa force, la provoquer, l'expérimenter — elle en avait besoin —, et, pour finir, lui offrir sa propre reddition. Une reddition qui n'en était pas vraiment une, et qui s'apparentait davantage à une incitation pure et simple.

Et c'était délicieux.

La tension, l'abandon de son corps pressé contre le sien étaient à couper le souffle, au sens propre du terme. Elle saisit son visage entre les mains, leva la tête et colla les lèvres sur les siennes pour lui montrer son bonheur et son contentement.

C'en était trop. James savait qu'il était grand temps qu'il use de son expérience et de sa maîtrise habituelle, et qu'il reprenne — de toute urgence — le contrôle des opérations.

Pourtant, ils étaient déjà en train de rouler, nus, essoufflés et transpirants, sur le lit.

Son sexe était brûlant. Pourtant, le contact de la peau soyeuse de Henrietta, de sa poitrine souple passant et glissant tout autour de lui, le fit frissonner. Les sensations qu'il éprouvait étaient exquises, l'impatience qu'elles agitaient en lui encore plus. La promesse sexuelle que Henrietta incarnait quand elle se blottit et roula contre lui, et qu'enfin il s'allongea sur le dos et la laissa s'asseoir à califourchon sur lui, allait bien au-delà de tout ce qu'il avait jamais connu.

Il la regarda avec émerveillement.

Il avait connu beaucoup de femmes, et pourtant Henrietta était unique. Tellement précieuse pour lui. A un point qu'il voulait s'emparer d'elle et la dévorer en même temps qu'il voulait l'adorer et la protéger, même de lui-même.

Elle lui donnait le vertige.

Il peinait déjà à respirer. Ses mains, quand il la saisit par la taille et tenta de la calmer, tremblaient déjà d'un désir galopant.

Haletante, les mains à plat sur son torse, elle dominait sans vergogne, dans tous les sens du terme. Puis elle croisa les bras, ce qui fit danser entre ses seins le pendentif qu'elle portait toujours, et elle se pencha vers lui, capta son regard et, d'une voix brûlante, demanda :

— Et... ensuite ?

Il la regarda dans les yeux, et trouva quelque part en lui la force d'ignorer cette invitation licencieuse et de répondre :

— Je voulais vous offrir plus que cela. Prendre un peu plus de temps et vous faire la cour comme vous le méritez.

Elle scruta ses yeux, avant de secouer la tête.

— Pas besoin.

Puis elle prit une inspiration saccadée. Ses seins, pleins et gonflés, avec leurs mamelons pointés, se soulevèrent sous ses yeux avides.

— Pour nous, ces approches prudentes ne sont pas utiles, insista-t-elle.

Elle pencha la tête en le fixant, et, de sa belle bouche sensuelle, sourit.

— J'ai attendu pendant des années, même si je n'ai jamais bien su ce que j'attendais. Ni ce que je cherchais vraiment.

Elle baissa les yeux. Il eut l'impression qu'elle observait son pendentif, un curieux cristal rose à multiples facettes, puis elle releva la tête, et, souriant toujours, croisa ses yeux.

— Mais maintenant c'est comme si je savais. Je le sens ici.

Elle toucha brièvement l'espace entre ses seins.

— Je le sais. Je ne pensais pas que cela pourrait arriver comme cela — que cette certitude s'imposerait d'elle-même de cette façon —, mais c'est ce qui s'est produit. Et donc, maintenant, je sais.

Elle tint son regard fermement prisonnier. Même si le lit avait pris feu, il n'aurait pu le détacher. Il attendit, suspendu aux mots qu'elle allait prononcer. Quand ils arrivèrent, son cœur cessa de battre.

— Je sais, reprit-elle avec la même intensité, que c'est vous qui êtes fait pour moi. Vous êtes celui que j'attendais.

« Mon héros, c'est vous. »

Henrietta entendit ces mots et sentit la vérité qu'ils portaient en eux, une vérité absolue, sans retour en arrière possible. Les mots, et la certitude qui se cachait derrière eux, cette certitude que James faisait à présent partie intégrante d'elle-même, la poussèrent à dire, d'une voix si brûlante qu'elle se reconnut à peine :

— Alors… vous et moi, ici et maintenant… dites-moi comment faire. Ou, mieux encore, montrez-moi.

Son torse se gonfla pendant qu'il inspirait profondément, puis il la saisit plus fort par la taille et l'allongea à côté de lui. Alors il se redressa et l'embrassa, la toucha et la caressa. Il fit glisser ses doigts le long de sa cuisse et effleura sa chair humide. Il la prépara à le recevoir, puis il se rallongea et, comme elle le lui avait demandé, lui montra comment faire.

Il la soutint pendant qu'elle s'installait sur lui, puis il fit en sorte de la rassurer et de la laisser aller à son rythme. De la laisser découvrir l'indescriptible sensation de sa chair, dure et brûlante, en train de se frayer un passage, puis d'entrer, centimètre par centimètre, en elle.

Elle ferma les yeux, pour savourer chaque seconde, chaque pulsation, chaque sensation.

La taille de son sexe avait de quoi impressionner.

Fermant davantage les yeux, alors que son cœur cognait à grands coups et que le désir la pressait d'aller plus loin, elle se mordit la lèvre et reprit son souffle — haletante — pour se concentrer sur la sensation étrange et exquise de son sexe en train d'écarter ses chairs et de la pénétrer…

Il l'incita à se soulever un peu, ce qu'elle fit, avant de glisser de nouveau sur lui, un peu plus loin cette fois.

Elle en voulait plus. Elle le voulait lui. Tout entier.

De tout son cœur, de tout son corps et de toute son âme.

Et il la voulait de la même façon. Elle sentait la tension qui habitait son corps.

Elle ouvrit les yeux et chercha son regard. Haletante, elle murmura d'une voix rauque :

— Je ne peux pas. Pas comme cela. Faites-le, vous, et prenez-moi. Faites-moi l'amour.

Elle n'eut pas à le dire deux fois.

Il étouffa un gémissement. Il le savait, pour une première fois, adopter cette position n'était pas une bonne idée. Mais c'était elle qui l'avait voulu, et il n'avait pas souhaité s'opposer à elle ni la contrarier. Bien décidé à la combler, il la souleva, avant de venir se placer entre ses cuisses ouvertes.

— Faites-moi confiance. Vous aurez mal au début, mais...

— Je sais !

Elle ondula du bassin, de façon à presser ses chairs humides contre son sexe en érection.

— Allez-y, je vous en supplie...

En un coup de reins, il la pénétra, et ce fut la sensation la plus sublime qu'il avait jamais éprouvée. Son hymen se déchira et elle ne tressaillit même pas. Au contraire, elle resserra ses chairs, douces comme le velours, autour de son membre rigide. Fermant malgré lui les paupières, il rejeta la tête en arrière, reprit son souffle et s'accrocha à ce moment suspendu aussi longtemps qu'il le put.

Mais il était impossible de réprimer ses instincts primitifs trop longtemps. Contraint de leur obéir, il arrondit le dos, se retira presque entièrement et la pénétra de nouveau.

Plus loin et plus fort.

Elle gémit, frissonna, puis se figea.

Puis, d'une main, elle attira son visage à elle, aspira ses lèvres, l'embrassa avec voracité, fièvre et autorité, comme pour l'implorer de poursuivre.

Il s'abandonna. A elle, et à la force de leur passion. Il se retira de nouveau et la pénétra une fois de plus, dans un crescendo sans fin, encore et encore, jusqu'à ce qu'elle prenne le rythme et l'accompagne dans ses mouvements. Librement.

Puis sauvagement.

Puis d'une façon presque désespérée.

Le rythme effréné qu'ils avaient adopté les entraînait avec lui. Haletants et presque en transe, ils se lancèrent à la conquête du paroxysme du plaisir. Le sang bouillait dans leurs veines. Leurs deux cœurs battaient à l'unisson dans un fracas qui balayait tout sur son passage et les emportait toujours plus loin et toujours plus haut.

Elle cria et se contracta tout autour de lui, enfonçant ses doigts dans sa chair et l'attirant à elle pour l'emmener dans ce tourbillon de sensations. En gémissant, il se rendit.

Cette sensation pure et élémentaire s'empara d'eux, les balaya dans son tourbillon.

Ils furent gagnés par le bonheur, liés irrémédiablement l'un à l'autre. Ils avaient l'impression de flotter.

Il fallut plusieurs heures à James — ce fut en tout cas l'impression qu'il eut — pour retrouver le tonus musculaire nécessaire pour se soulever et se dégager de Henrietta. Avec un gémissement béat, il s'allongea contre elle.

A sa grande surprise, elle s'étira comme un chat, puis se tourna et se roula en boule contre lui. Il souleva le bras et elle se blottit davantage, nichant sa tête dans le creux sous son épaule.

En soupirant intérieurement d'infini contentement, il passa son bras autour d'elle. Et, stupéfait, il trouva sur le bout de sa langue des mots n'attendant qu'à être prononcés. Il les pesa et les soupesa, et réfléchit à ce qu'ils impliquaient, mais, balayant tout doute, il entrouvrit les lèvres et les laissa s'exprimer.

— Vous allez devoir m'épouser, maintenant.

Il baissa le menton pour observer le visage de Henrietta et vit qu'elle souriait.

— Oui, je le pense aussi.

Elle jouait avec le pendentif en cristal rose, avec, sur les lèvres, un sourire sensuel où se mêlaient le mystère et le ravissement.

Il ne savait que penser de cet air mystérieux, mais son plaisir évident lui réchauffa le cœur. Et sa prompte acceptation de l'évidence qui s'était imposée à lui ne fit que confirmer ce qu'il avait déjà deviné : malgré son intelligence, elle était spontanée et sans malice, ce qui était délicieusement appréciable.

Comme il n'ajoutait rien, elle scruta son visage, puis écarquilla les yeux.

— Etait-ce là votre demande en mariage ? demanda-t-elle.

— Non...

Il étudia son expression, puis, avec davantage de précautions, expliqua :

— C'est la première fois que je me retrouve dans cette situation.

Ne devrais-je pas attendre l'accord de votre père avant de vous présenter une demande en mariage plus formelle ?

Le sourire de Henrietta s'accentua.

— Pas dans ma famille, répondit-elle.

— Ah.

En mobilisant tout le charme dont il était capable, il lui rendit son sourire.

— Dans ce cas..., poursuivit-il.

Il prit la main qu'elle avait posée sur son torse, puis l'embrassa avec déférence tout en la regardant dans les yeux.

— Voulez-vous bien m'épouser, Henrietta Cynster, et faire de moi le plus heureux des hommes ?

La beauté du sourire qu'elle lui adressa le transporta au paradis.

Puis elle prit appui sur ses bras, étira le cou comme si elle voulait l'embrasser mais, juste avant que leurs lèvres n'entrent en contact, elle murmura :

— Oui, je le veux. De tout mon cœur et de toute mon âme, je veux vous épouser, James Glossup.

Puis elle posa ses lèvres sur les siennes et elle scella leur pacte.

Plus tard, bien plus tard, lorsqu'ils s'apprêtaient enfin à dormir, et que James était allongé sur le dos, avec sa future femme dans les bras, il se mit à songer à la dernière phase de la quête dans laquelle l'avait précipité sa grand-tante. Il avait trouvé son épouse : maintenant, il ne devait surtout pas la perdre.

Il devait absolument découvrir qui voulait la tuer, confondre cet homme et l'arrêter, et tout irait bien.

En fermant les yeux, il soupira et se détendit.

Il verrait le lendemain.

Il revêtirait alors son armure et s'en irait combattre le dragon qui menaçait Henrietta. Mais, pour ce soir, tout allait bien.

9

James et Henrietta quittèrent Ellsmere Grange le lendemain matin après un long petit déjeuner, en même temps que tous les autres convives de Lady Ellsmere. Aucun danger latent n'était venu déranger leur sommeil paisible, pourtant James restait en alerte, même s'il faisait un effort pour brider ses pulsions peut-être trop protectrices.

En particulier, il redoubla de vigilance quand il se rendit compte que Lord Ellsmere semblait avoir tout oublié de leur conversation de la veille au soir.

James savait bien qu'il n'avait pas rêvé et, sa première préoccupation, c'était de ramener Henrietta saine et sauve chez ses parents. Dans son esprit — et plus encore dans son corps —, elle était désormais sienne, et c'était à lui de la protéger, à lui de garantir sa sécurité. Comme il était arrivé au manoir en carrick, il roula lentement derrière l'attelage des Cynster, pour le plus grand mécontentement de ses chevaux. Il n'y avait que de cette façon qu'il pouvait être sûr de percevoir d'éventuelles menaces, même si cela signifiait avaler beaucoup de poussière.

Une fois qu'ils furent arrivés sur les pavés de Mayfair, il emprunta divers raccourcis pour atteindre Upper Brook Street avant la calèche. Quand cette dernière s'arrêta devant chez les Cynster, il se tenait déjà sur le trottoir, prêt à aider Henrietta à descendre de voiture.

Quand il ouvrit la portière, Henrietta était assise tout au bout de la banquette, prête à lui donner la main. Comme il la guidait sur le trottoir, elle déclara, les yeux brillants et la voix alerte :

— Il n'est que 11 heures. Mes parents doivent encore être à la maison.

Ne pouvant contenir son sourire, il lui tendit le bras et répondit :

— Allons voir.

Hudson, le majordome, leur confirma en les faisant entrer que Lady Louise se trouvait au salon avec Miss Mary, tandis que Lord Arthur était dans son bureau.

James échangea un regard avec Henrietta, puis prit une grande inspiration.

— Veuillez voir, je vous prie, si Lord Arthur est prêt à me consacrer quelques minutes, demanda-t-il.

Hudson considéra un long moment James, puis Henrietta, avant de leur adresser un sourire radieux.

— Tout de suite, monsieur.

Le majordome revint en moins de une minute en annonçant que Lord Arthur était prêt à accorder à James tout le temps qu'il voudrait.

Henrietta croisa son regard.

— Je serai au salon avec maman.

Elle lui pressa le bras, puis le relâcha.

Se sentant comme un chat sur un toit brûlant, Henrietta regarda James disparaître dans le sillage de Hudson en direction du bureau de son père. Puis elle prit une grande inspiration et retint son souffle un moment, en se demandant ce qu'elle pouvait révéler à sa mère et à sa sœur. Et, d'un pas décidé, elle emprunta l'autre couloir, jusqu'au salon qui servait de pièce de détente aux femmes de la famille.

En ouvrant la porte, elle vit sa mère et sa sœur assises devant la fenêtre, en train d'examiner toute une collection de cartes de visite couleur ivoire, et sans doute de décider à quels thés elles allaient assister ce matin-là. Elles levèrent les yeux toutes les deux. A l'instant où elles les posèrent sur Henrietta, elles se redressèrent, alertes, et scrutèrent son visage.

Se rendant compte qu'elle portait toujours sa cape de voyage et que la nervosité la faisait se cramponner à son réticule, Henrietta entra, puis referma la porte, avant d'avancer prudemment, presque avec timidité, jusqu'à la fenêtre.

Sa mère scrutait toujours son visage, et Mary lui prit la main.

— Que se passe-t-il ? demanda-t-elle.

A grand-peine, Henrietta prit une profonde inspiration. Elle se sentait oppressée.

— James... est en train de demander ma main à papa.

Sa mère et sa sœur en restèrent interdites un instant, puis elles se levèrent toutes les deux et la prirent tour à tour dans leurs bras.

— Fantastique !

Quand elle la relâcha, Mary était radieuse.

— Ma très chère fille ! C'est merveilleux ! s'exclama leur mère en reculant pour examiner le visage de Henrietta. Je suis si heureuse pour vous deux.

Henrietta sourit à son tour, consciente du soulagement qui se lisait derrière l'expression heureuse et pleine de satisfaction de sa mère. Elle savait que cette dernière commençait à craindre que ses activités ne noircissent son image des hommes au point qu'elle ne veuille jamais accepter la moindre demande en mariage.

Rayonnant de bienveillance maternelle et de joie, sa mère la lâcha et retourna s'installer devant la fenêtre, en incitant Henrietta à venir la rejoindre.

— Viens, assieds-toi et raconte-nous tout cela.

Henrietta s'exécuta. Installée entre sa mère et Mary, toutes deux pressées de connaître l'histoire dans ses moindres détails, elle résuma sa collaboration avec James, en dépeignant d'une manière plus proche de la réalité ce que sa mère avait d'abord pris pour une amitié platonique.

— Donc, voyez-vous, à cause du testament de la grand-tante de James, nous devons officiellement annoncer nos fiançailles sans tarder, et nous devons nous marier avant la fin du mois.

— Très bien, répondit sa mère. Tu as toujours aimé te différencier des autres. Et, se fiancer puis se marier en l'espace de trois semaines, c'est vraiment quelque chose de différent, par rapport aux habitudes de cette famille.

Elle leur adressa un sourire radieux, d'abord à Henrietta puis à Mary.

— Donc nous devons toutes nous y mettre et travailler dur pour réussir à organiser quelque chose de correct.

— Je ne veux pas un grand mariage, s'empressa de préciser Henrietta. Quelque chose de léger et de charmant me conviendrait mieux. En outre, cela conviendrait aussi mieux à James et à la situation. En ce qui me concerne, je préférerais ne pas me sentir débordée ni submergée le jour de mon mariage. Je ne sais vraiment pas comment font toutes les autres.

— Hum, fit sa mère en se tapotant le menton d'un doigt. Charmant, un mariage l'est toujours, surtout dans cette famille, mais je vais discuter avec Honoria et avec les autres pour voir à quel point il pourra être empreint de simplicité et sans ostentation.

Mary trépignait, comme si elle voulait demander quelque chose. Elle entrouvrit la bouche, mais on entendit un bruit à la porte et elles tournèrent toutes les trois la tête dans cette direction.

La porte s'ouvrit et le père de Henrietta précéda James dans la pièce. Un simple regard à l'expression de son père lui suffit pour comprendre que la demande de James avait été accueillie avec enthousiasme.

Le visage éclairé par un sourire jovial, son père croisa les yeux de sa mère, puis se tourna vers Henrietta.

Elle se leva à son approche.

Il prit sa main et la tapota.

— Eh bien, ma fille, si j'ai bien compris, nous entrons dans une période de réjouissances. Glossup ici présent me dit que vous voulez vous passer la bague au doigt, je me trompe ?

Le regard réjoui de Henrietta se posa sur son père, puis sur le visage de James. Dans ses yeux, ce dernier ne vit rien d'autre que de l'impatience et de la confiance. Henrietta, quoique pressée, abordait semblait-il leur avenir commun avec sérénité.

— En effet, père, c'est bien le cas.

Henrietta sourit à ce dernier et posa sa main sur la sienne.

— Je suis si heureuse que vous approuviez ce projet.

— Bien entendu que je l'approuve ! James m'a dit tout ce que j'avais besoin de savoir, répondit Lord Arthur en adressant un regard paternel et approbateur à James. Et il a fait cela très bien. Il ne m'a rien caché et m'a parlé ouvertement. Je n'ai aucune hésitation à lui confier ma fille, ma chérie. Pas la moindre.

Lord Arthur attira Henrietta à lui.

— Viens, ma fille, et serre ton père dans tes bras. Ceci est un jour de bonheur pour nous tous.

En riant, Henrietta obéit.

— En effet, notre joie est immense ! renchérit Lady Louise.

Elle prit James dans ses bras, puis l'embrassa sur les deux joues.

— Bienvenue dans notre famille, James, ajouta-t-elle en le regardant dans les yeux. Et je suis très heureuse que nous vous connaissions déjà si bien. Simon va être ravi.

James sourit à son tour, heureux que tout se soit passé à merveille. Lord Arthur s'était montré ouvert et compréhensif. Evidemment, le fait d'être un ami de longue date de Simon avait grandement facilité les choses.

— Je vous remercie, madame, répondit-il en s'inclinant, la main sur le cœur. Je ferai tout ce qui est en mon pouvoir pour me montrer à la hauteur de vos attentes et de celles de Lord Arthur.

Lady Louise sourit avec un contentement affiché et recula pour laisser Mary le serrer à son tour dans ses bras.

La sœur de Henrietta sautait littéralement de joie. Elle lui planta un baiser sonore sur la joue et murmura avec insouciance :

— Beau travail, bravo !

La porte s'ouvrit et Hudson fit son apparition avec une bouteille de champagne et des verres. D'humeur joyeuse, Lord Arthur distribua les verres, avant de porter un toast.

— A James et Henrietta !

Tous s'empressèrent de trinquer, puis Lady Louise reposa son verre et retourna s'asseoir devant la fenêtre. Elle considéra James et Henrietta qui se tenaient côte à côte.

— Henrietta m'a expliqué que vous deviez vous marier avant la fin du mois, ce qui signifie que vos fiançailles doivent être annoncées et célébrées avant cela.

— Il faudra une autorisation spéciale pour accélérer la

procédure habituelle, ajouta Lord Arthur, mais cela ne posera aucun problème.

Sa femme lui décocha un coup d'œil que James perçut comme réprobateur. De toute évidence, Lady Louise considérait que l'organisation des fiançailles et du mariage de leur fille relevait de son domaine et elle ne semblait pas prête à ce que quelqu'un d'autre s'en mêle.

— Naturellement, fit-elle d'un ton douceâtre. Cependant, ajouta-t-elle en observant de nouveau James et Henrietta, cela signifie que nous n'avons pas de temps à perdre.

Elle fixa son regard sur James.

— Je suppose que vous allez faire paraître un faire-part dans la *Gazette*.

Il acquiesça.

— Je me rendrai à leurs bureaux dès que je sortirai d'ici. L'annonce paraîtra demain matin.

Lady Louise hocha la tête.

— Parfait. Et donc, poursuivit-elle en fronçant les sourcils, quand voudriez-vous qu'ait lieu votre bal de fiançailles ?

Henrietta échangea un regard avec James, avant de s'adresser à Lady Louise.

— Quand, au plus tôt, pouvons-nous organiser un tel événement ?

Sans attendre qu'on le lui demande, Mary alla chercher un agenda qu'elle tendit à leur mère.

Celle-ci le feuilleta et finit par s'arrêter sur une page.

— Dans une semaine. Dans sept jours précis en comptant aujourd'hui. Il ne faut pas que votre bal vienne concurrencer d'autres événements majeurs, mais le soir que je vous propose conviendra parfaitement.

Elle leva les yeux vers Lord Arthur.

— Vous pouvez commencer à faire passer le mot auprès des hommes de la famille, et de vos amis. En attendant, je vais tout de suite m'entretenir avec Honoria et toutes les autres, ajouta-t-elle en se levant.

Elle croisa le regard de Henrietta et sourit avec une délectation anticipée.

— Ce sera la course, mais nous y arriverons.

Se tournant vers James, Lady Louise poursuivit :

— Et en ce qui concerne la date des noces en elles-mêmes, si j'ai bien compris, du moment que vous êtes marié avant le 1er juin, tout va bien. Est-ce exact ?

— Oui, madame. C'est bien cela.

— Il va falloir que je consulte plusieurs personnes avant de pouvoir arrêter la date. Mais, avant, la famille voudra fêter vos fiançailles de manière informelle, donc, très cher, vous êtes attendu pour le dîner ici même demain soir.

James inclina la tête.

— J'espère croiser Simon aujourd'hui. Je me réjouis de voir la figure qu'il fera quand je lui apprendrai que je vais très bientôt devenir son beau-frère.

Lady Louise rit et tapota la joue de James.

— Il sera aussi enchanté que nous.

Ils quittèrent le salon. Lord Arthur retourna à son bureau. James prit congé. Il saisit la main de Henrietta et, en la regardant dans les yeux, effleura les doigts de celle-ci de ses lèvres. Puis il la relâcha et, à contrecœur, détacha ses yeux des siens, avant de passer la porte que Hudson, un sourire béat aux lèvres, tenait grande ouverte.

Alors que leur majordome refermait la porte, Henrietta soupira, heureuse comme jamais. Quand elle se tourna, elle vit sa mère en train de congédier son habilleuse, qu'elle avait fait venir pour qu'elle lui apporte son manteau, son chapeau, ses gants et son réticule.

Sa mère la détailla, avant de déclarer :

— Pas besoin de te changer. Les autres ne me le pardonneraient jamais si je ne leur annonçais pas la nouvelle aussi vite qu'il est humainement possible de le faire.

Puis elle se tourna pour examiner Mary — qui était en train de valser, l'air rêveur et le sourire aux lèvres.

Sa mère plissa les yeux.

— Je comprends que tu sois heureuse pour Henrietta, mais pourquoi, Mary, ma chérie, débordes-tu à ce point d'allégresse ?

Sans rien perdre de son sourire, cette dernière cessa de danser.

— Parce que je suis ravie que Henrietta puisse me céder le collier, et que je puisse officiellement me mettre en quête de mon héros.

— Ah, fit leur mère en hochant la tête. En tout cas, en attendant, je pense que tu devrais nous accompagner chez les St. Ives. Ta tante Helena voudra tout savoir sur-le-champ, tout comme Honoria. Donc, va chercher ton chapeau et ton manteau.

— Oui, maman.

Avec une exubérance intacte, Mary grimpa l'escalier quatre à quatre.

Tout en la regardant s'en aller, Henrietta s'interrogea. Mary mentait peut-être rarement, mais elle était passée maître dans l'art de la dissimulation et, même si, comme le pensait Henrietta, sa sœur avait déjà une idée bien précise de son héros, comment savoir ce qu'elle entendait exactement par cet « officiellement » ?

Elle se tourna vers sa mère, qu'elle entendit confirmer à Hudson que « Miss Henrietta était en effet fiancée à Mr Glossup ». Puis celle-ci enchaîna en récapitulant ce qui avait déjà été décidé à propos du bal de fiançailles et du mariage.

En entendant ces mots — des mots qu'elle avait entendus si souvent à propos d'autres personnes, de ses deux sœurs jumelles, de ses nombreuses cousines — et en sachant que cette fois ils la concernaient, Henrietta éprouva de nouveau cette sorte de stupéfaction.

La démarieuse allait se marier.

C'était une très bonne chose que leur mariage ait lieu le plus vite possible, songea-t-elle tout à coup. Elle doutait sérieusement d'avoir la patience nécessaire pour supporter tous les commentaires et toutes les remarques que cette nouvelle allait obligatoirement susciter. Par bonheur, elle n'aurait que trois semaines à attendre, stoïque, que cela passât.

Une nouvelle fois, elle récita une prière silencieuse de remerciements pour Emily, la grand-tante de James, et pour son testament si avisé.

Après avoir quitté le domicile des Cynster, James, aux commandes de son carrick, rejoignit directement l'arrière de la demeure de George Street qu'il avait héritée de sa grand-tante. Il confia ses chevaux et sa voiture au palefrenier de cette dernière — qui était désormais le sien — et traversa le jardin pour regagner la maison où l'attendaient déjà les réponses de Simon et de Charlie Hastings.

James sourit en lisant leurs brefs billets. Leur empressement ne le surprit pas. Sa proposition de se voir au Boodles pour parler de « nouveaux développements » avait dû les intriguer. Et le fait que ses messages aient été portés par des domestiques de Lord Arthur n'avait dû qu'attiser leur curiosité. Il replia les deux lettres et grimpa l'escalier quatre à quatre. Il avait besoin de se débarrasser de la poussière dont il était couvert depuis qu'il avait conduit son carrick et de se changer pour se présenter au Boodles.

Beaucoup plus tôt dans la matinée, pendant qu'il s'habillait avant de quitter la chambre de Henrietta, cette dernière lui avait demandé de ne pas parler des « accidents » à son père. Il aurait voulu lui obéir pour lui faire plaisir — car lui faire plaisir était désormais son but premier dans la vie —, mais il avait été forcé de lui avouer qu'il se sentait incapable de ne pas informer Lord Arthur de tout ce qui s'était passé et, plus encore, de ce qu'il craignait désormais.

Et de ce qu'elle craignait aussi. Car elle avait son avis sur l'issue de cette triste affaire, et elle envisageait les choses sous un angle qu'il n'avait jusque-là pas considéré. Ils en avaient longuement discuté et, finalement, il avait accepté de réfléchir avec soin à la façon de présenter la question à son père, tandis que, à contrecœur, elle avait reconnu qu'il ne pouvait totalement occulter l'affaire.

Pendant le trajet entre Ellsmere Grange et Londres, il avait eu tout le temps de se livrer à d'intenses cogitations. Une fois enfermé avec Lord Arthur dans son bureau, il lui avait tout dit. Il ne pouvait lui demander de lui confier sa fille et son avenir en dissimulant la menace qui pesait sur elle. Mais il avait également expliqué la réaction bien compréhensible de Henrietta, qui ne voulait pas se retrouver enfermée chez elle et surveillée jour et nuit, incapable de profiter du bonheur que ledit avenir lui réservait. Elle avait insisté sur le fait que, en tant que victime de ces attaques, il était injuste qu'elle en subît les conséquences, surtout alors qu'on ne pouvait pas savoir quand une nouvelle tentative aurait lieu, ni même, d'ailleurs, s'il y en aurait une.

Lord Arthur s'était montré très préoccupé, ce qui était tout à fait normal. Et James n'avait pas cherché à dissimuler sa propre inquiétude à propos de la sécurité de Henrietta. C'était peut-être parce que Lord Arthur avait vu que James était encore plus soucieux que lui qu'il avait suggéré que, pour l'instant, ne fût mise en place qu'une simple stratégie de protection, si discrète que Henrietta ne la remarquerait même pas.

Dès qu'il se fut lavé et changé, James quitta la maison, héla un fiacre et se rendit au Boodles.

Simon et Charlie étaient déjà arrivés, et ils l'attendaient à une table tranquille située dans une alcôve, au fond de la salle à manger du club. Ils se levèrent quand James arriva. Quand ils se serrèrent la main, Simon et Charlie scrutèrent son visage, à la recherche du moindre indice susceptible de les mettre sur la piste de cette fameuse nouvelle qu'il avait à leur annoncer.

Evidemment, James s'y attendait, et il affichait une impassibilité parfaite, même s'il avait beaucoup de mal à ne pas sourire.

Il leur fit signe de se rasseoir et prit place à son tour. Il croisa le regard de Charlie, puis se tourna vers Simon.

— J'arrive de chez tes parents. J'ai demandé la main de Henrietta et ma demande a été acceptée.

Un sourire naquit sur les lèvres de Simon.

— Henrietta a accepté ta demande en mariage ?

Il s'agissait là d'une question pertinente, James dut le reconnaître. Il acquiesça.

— Nous venons de passer quelques jours à Ellsmere Grange, et...

Il haussa les épaules.

— Et nous avons compris que nous étions faits l'un pour l'autre.

— Attends un peu, intervint Charlie qui, bien que souriant, réussissait à paraître en même temps interloqué. Je pensais qu'elle t'aidait à trouver ta future épouse. Que tu avais convaincu la démarieuse de se faire marieuse, et rien de plus.

— C'est comme cela que tout a commencé, reconnut James.

Mais, à force de passer du temps en ma délicieuse compagnie, elle a fini par comprendre qu'elle voulait m'épouser elle-même.

James se fit copieusement siffler par ses deux amis.

Simon, remarquant le garçon en train de passer, le héla et commanda une bouteille du meilleur bourgogne du club, le vin préféré des trois amis.

— Il faut fêter cela ! lança-t-il à James et à Charlie.

Il regarda de nouveau James et secoua la tête, en souriant toujours d'un air ravi.

— Dieu seul sait comment tu t'y es pris, mais est-ce que tu te rends compte que tous les gentlemen de la haute société vont porter un toast à ta santé ?

Le frère de Henrietta se tourna vers le garçon qui lui présentait la bouteille. Puis, comme Simon approuvait, le garçon les servit tous les trois, avant de poser la bouteille sur la table et de se retirer.

Simon leva son verre.

— A James, assez courageux et téméraire pour convaincre la démarieuse de se marier.

— A James, répéta Charlie en levant son verre lui aussi. A James, le mari de la démarieuse.

— Au mari de la démarieuse ! proposa Simon en levant son verre avec Charlie.

— Au mari de la démarieuse ! s'exclamèrent alors Simon et Charlie en chœur.

Evidemment, les plaisanteries ne s'arrêtèrent pas là. Mais, comme l'ambiance restait bon enfant et que ses amis ne cherchaient pas à dissimuler le plaisir et la joie que leur procurait cette nouvelle, James rit de bon cœur avec eux, même aux allusions un peu plus grivoises. Mais ils se calmèrent assez vite, pour aborder la question de la date des fiançailles et du mariage.

Leur repas arriva. Pendant qu'ils mangeaient, James dit à Simon ce qu'il savait des préparatifs du mariage, et ce dernier confirma que, dans ce domaine, dans la famille Cynster, on attendait des hommes qu'ils fassent ce qu'on leur disait de faire et que, pour le reste, ils devaient s'en remettre à leurs femmes.

— Il faut le savoir : tu n'auras pas ton mot à dire, prévint Simon.

James haussa les épaules.

— Du moment que nous sommes mariés au 1er juin, moi cela ne me dérange pas, bien au contraire, de les laisser s'occuper de tout.

Enfin, quand ils eurent terminé leurs plats, ils repoussèrent leurs assiettes, remplirent leurs verres, puis s'installèrent bien confortablement pour siroter leur vin en toute quiétude. Tout en faisant tourner son verre entre ses doigts, James observait les particules rubis qui y dansaient, et, à voix plus basse, il dit :

— Je vous ai appris la bonne nouvelle, mais j'ai bien peur d'avoir quelque chose de plus inquiétant à vous raconter.

— Oh ? fit Simon en scrutant son visage. Quoi ?

James leur parla des « accidents » de Henrietta et leur expliqua pourquoi il ne pensait plus du tout qu'ils aient été fortuits.

Simon et Charlie écoutèrent sans faire de commentaires. A la fin du discours de James, les effets euphorisants du vin semblaient s'être tout à fait dissipés.

— Mon Dieu ! s'exclama Charlie. Un morceau de corniche ? Vous auriez été tués tous les deux !

James acquiesça d'un air sombre.

— Si nous étions restés à l'endroit où il a touché le sol, sans le moindre doute.

Un long moment de silence s'installa, pendant que Simon et Charlie essayaient de digérer ces nouvelles préoccupantes. Puis Simon déclara :

— Donc... Un gentleman inconnu, membre de la haute société londonienne, essaie de tuer Henrietta et de faire passer sa mort pour accidentelle. Nous n'avons aucune idée de qui il peut être, ni de la raison pour laquelle il peut vouloir sa mort.

James baissa son verre.

— C'est exact.

— Clairement, nous devons démasquer ce scélérat et le remettre aux autorités.

Charlie dévisagea James, puis Simon, à plusieurs reprises.

— Que faisons-nous, alors ?

— Notre priorité absolue, répondit James, c'est de garantir la sécurité de Henrietta.

Il regarda Simon avant de poursuivre :

— J'ai tout dit à ton père, bien sûr, et nous pensons tous les deux que si Henrietta est surveillée, quand elle n'est pas entourée par les femmes de la famille, alors ce gredin, quel qu'il soit, aura du mal à l'approcher. Il a l'air de vouloir faire passer sa mort pour accidentelle, donc tant qu'il y aura d'autres personnes avec elle, elle ne devrait normalement rien avoir à craindre.

Simon grommela.

— « Normalement », comme tu dis… Le problème, c'est que Henrietta va détester être surveillée.

— C'est vrai mais, tant que cela reste discret, elle ne devrait même pas le remarquer. Heureusement, avec nos fiançailles sur le point de devenir publiques, puis avec notre mariage qui doit suivre dans la foulée, personne, y compris Henrietta, ne trouvera curieux que je sois toujours à ses côtés quand elle paraîtra en public. Et, si pour une raison ou pour une autre je ne peux pas l'accompagner, l'un de vous deux pourra me remplacer.

Simon et Charlie acquiescèrent en chœur.

— Cela tombe en effet très bien que l'on célèbre bientôt vos noces, reconnut Simon. Nous pourrons régler cela sans heurter la sensibilité féminine de Henrietta.

James hocha la tête.

— Et ton père va parler à ta mère, afin qu'elle fasse en sorte que Henrietta ne soit jamais laissée seule quand elle sera occupée avec les femmes de la famille.

Simon hocha la tête.

— Très bien. Voici Henrietta entourée et protégée du mieux qu'elle peut l'être dans de pareilles circonstances.

James fit la grimace.

— A part l'enfermer dans une tour, je ne vois pas ce que nous pouvons faire de plus. Et elle a été la première à faire remarquer que, qui que soit ce fou, nous ne pouvons être sûrs qu'il frappe de nouveau.

Le regard de Charlie se fit plus aiguisé.

— Mais nous devons découvrir qui il est, au cas où il recommencerait.

— C'est vrai, répondit Simon en regardant Charlie, puis James. Avez-vous une idée de la façon dont nous pourrions nous y prendre ?

Ils réexaminèrent les trois incidents, essayant d'en tirer le maximum d'informations possible. Mais ils n'aboutirent à rien ou presque. La bouteille terminée, ils quittèrent la table et empruntèrent St. James Street.

Simon s'arrêta en plein milieu du trottoir et se fourra les mains dans les poches.

— Il n'y a pas grand-chose à tirer de l'incident survenu dans Upper Brook Street, mais je me demande si je ne pourrais pas convaincre Lady Marchmain de me communiquer la liste de ses invités.

Il croisa le regard de James.

— Si tu as vu juste au sujet de l'incident survenu chez les Marchmain, alors ce gredin s'y trouvait, et il faisait certainement partie des invités de la soirée.

James hocha la tête avec lenteur.

— Nous pouvons commencer par là. Il devait y avoir au moins une centaine de personnes, mais seulement la moitié d'entre elles était des hommes, et, depuis l'incident des ruines, nous savons que c'est bien à un homme que nous avons affaire.

— Ce n'est pas tout, ajouta Charlie. Il y aura beaucoup de gentlemen présents sur la liste de Lady Marchmain que nous pourrons tout de suite écarter. Toi, Lord Marchmain et ses amis, et quelques autres.

— Tu as raison, acquiesça Simon. Nous cherchons quelqu'un d'assez fort. Une canaille assez jeune et athlétique.

— Qui essaie de faire croire qu'il est un gentleman, approuva Simon. Exactement.

Après s'être mis d'accord pour se communiquer tout ce à quoi ils pourraient penser, ou tout ce qui pourrait aider à identifier le meurtrier en puissance, ils se séparèrent. Simon décida d'aller tout de suite trouver Lady Marchmain pour consulter sa liste d'invités, tandis que Charlie avait rendez-vous chez son barbier.

James reprit le chemin de George Street, réfléchissant tout en marchant à ce qu'il pourrait faire d'autre.

Cet après-midi-là, Henrietta fut l'invitée d'honneur du rassemblement impromptu de toutes les femmes de la famille Cynster et de leurs amies les plus proches résidant à Londres.

Tous les sièges étaient occupés, pour la simple et bonne raison que tout le monde était là, depuis Louisa, la toute jeune fille de la maison, qui portait encore des couettes, jusqu'à Helena, la grand-mère de Louisa, et même jusqu'à la vénérable Therese Osbaldestone. Les femmes les plus jeunes, dont Henrietta, discutaient debout en petits groupes, partout où il y avait la place de se tenir, entre les chaises et les tables, derrière les canapés... Leurs aînées se mêlaient fréquemment à leurs conversations, surtout quand Henrietta y prenait part tandis qu'elle passait de groupe en groupe. Evidemment, tout le monde voulait entendre son histoire de sa propre bouche — comment elle avait approché puis séduit James Glossup jusqu'à ce qu'il lui demande sa main.

Bien que, d'habitude, Henrietta trouvât ce genre de réunions éprouvant, à sa grande surprise, elle découvrait qu'elle aimait être prise dans le tourbillon d'excitation causé par la nouvelle de ses fiançailles inattendues, dans l'excitation plus grande encore causée par les contraintes liées aux préparatifs de ses fiançailles et de son mariage si proches.

Pourtant elle ne nourrissait pas la moindre angoisse à ce sujet. Elle avait vu les mêmes femmes à l'œuvre à plusieurs reprises. Elle leur faisait confiance pour que le bal de ses fiançailles et son mariage se passent sans la moindre anicroche. Sa mère, ses tantes, Helena, Horatia, et Celia, sans compter les épouses de ses cousins, ne permettraient jamais qu'il en fût autrement.

A propos des femmes de ses cousins, seules Honoria, Patience et Alathea se trouvaient à Londres. Mais des lettres avaient déjà été envoyées à toutes les autres, et leurs rangs grossiraient dès que ces dernières auraient fait atteler leurs chevaux. Portia, la belle-sœur de Henrietta et la femme de Simon, se tenait en ce moment même à côté d'elle, tout sourire.

Elle rayonnait presque autant que Mary mais, en regardant sa sœur en train de discuter avec leur mère, Henrietta se dit en toute honnêteté que, décidément, personne ne pouvait être plus extatique que Mary.

Observant sa sœur, elle s'interrogea de nouveau. Quel gentleman Mary pouvait-elle bien avoir en vue ? Henrietta prêta attention au collier qu'elle portait autour du cou, et au pendentif qui effleurait cette zone de peau si sensible, là, juste au-dessus de son décolleté.

Au départ, elle ne croyait pas en ce collier, mais elle l'avait porté et voilà qu'elle était désormais promise à James et en train d'organiser ses fiançailles et son mariage !

Après un moment d'hésitation, elle s'excusa auprès de Portia et de Caro Anstruther-Wetherby, avec lesquelles elle avait discuté des dernières tendances en matière de voiles, et traversa la pièce pour aller rejoindre Mary.

Leur mère venait d'être appelée par leur grand-mère, ce qui était aussi bien, songea Henrietta. En effet, après avoir été porté par Mary, le collier était censé retourner vers le nord, en Ecosse, et elle ignorait s'il allait revenir un jour à Londres. Cette décision était entre les mains de la Lady.

Mary se tourna vers Henrietta, et son sourire se fit plus éclatant encore.

— Comment t'en sors-tu ?

Henrietta fronça les sourcils.

— Etonnamment bien, je trouve.

— Je suppose que c'est différent quand il s'agit de ses propres fiançailles, de son propre mariage, et que l'on se trouve au centre de toutes les conversations.

Au ton employé par Mary, l'on devinait que, sans jalouser Henrietta, elle attendait néanmoins avec impatience le jour où elle se trouverait à sa place.

— J'ai pensé, commença Henrietta tout en sortant le collier du col bien sage de sa robe, qu'à ce stade… me voici promise, et maman et les autres débattent déjà du nombre de musiciens qu'il faudra prévoir au petit déjeuner le jour de mon mariage, il était peut-être temps pour moi de te donner ceci.

Elle laissa le pendentif se balancer au bout de ses doigts, sous le regard de Mary, qui était fixé sur le cristal de quartz rose.

La convoitise se lisait dans les yeux bleu pâle de sa sœur. Mais, lentement, ses lèvres se pincèrent, et elle secoua la tête. Henrietta eut la distincte impression que Mary dut faire un effort pour y parvenir.

Puis celle-ci prit une grande inspiration et leva le menton.

— Non. Je le veux, c'est l'évidence même, mais il faut faire cela bien. Il faut que le collier me revienne comme il doit me revenir, lors de ton bal de fiançailles. C'est comme cela qu'Angelica te l'a remis. Si l'on ne suit pas *exactement* la procédure, le collier pourrait très bien n'avoir aucun effet. Et à quoi me servirait-il alors ?

Voilà une question à laquelle il était impossible de répondre. Henrietta soupira et remit le collier dans son corsage.

— Dans ce cas, tu l'auras dans sept jours.

Elle hésita, avant de demander :

— Pourquoi es-tu si impatiente de l'avoir ? Pourquoi maintenant ?

Mary regarda à l'autre bout de la pièce.

— Je vous l'ai dit à toi et à maman ce matin. Je veux officiellement me mettre en quête de mon héros.

Henrietta plissa les yeux.

— Mais, *officieusement*, tu as déjà commencé à le chercher, n'est-ce pas ? Sans le collier, c'est tout. Donc tu es impatiente d'avoir le collier parce que...

— Il se peut que j'aie commencé à chercher, oui, mais je ne dirai rien de plus pour l'instant. Donc ne me pose plus de questions, déclara Mary en lui décochant un regard de mise en garde.

Henrietta leva la main.

— Très bien. Dans sept jours, le collier sera à toi, et alors...

Mary hocha la tête avec la détermination qui lui était coutumière.

— Et alors nous verrons.

Henrietta vit Honoria lui faire un signe pour essayer d'attirer son attention. Elle quitta Mary pour aller la rejoindre. La duchesse de St. Ives — et épouse du chef de famille, Devil Cynster — était assise entre Patience, la femme de Vane Cynster, et Alathea, la femme de Gabriel Cynster. Maintenant âgées d'une quarantaine d'années, toutes les trois étaient des épouses et mères accomplies, jouissant d'un prestige certain au sein de la famille et de la haute société. Pourtant elles étaient presque aussi proches de Henrietta que ses deux sœurs aînées, les jumelles Amanda et Amelia, qui ne se trouvaient pas à Londres pour le moment, mais ne tarderaient pas à arriver. Depuis leur mariage, dix ans auparavant, les jumelles avaient passé la plupart de leur temps hors de la capitale, à aider leurs maris à administrer leurs domaines et à s'occuper de l'éducation de leurs nombreux enfants. Henrietta leur rendait souvent visite à toutes les deux. Honoria, Patience et Alathea résidaient quant à elles le plus souvent à Londres, et participaient aux mêmes événements mondains que Henrietta. Elles étaient donc en quelque sorte devenues ses « sœurs de Londres », et il ne faisait absolument aucun doute qu'elles la voyaient elles-mêmes comme leur petite sœur.

Par conséquent, Henrietta ne fut pas le moins du monde surprise quand Alathea lui prit la main et la força à s'asseoir sur un pouf qu'elles avaient disposé devant elles, ni quand, après que Henrietta se fut installée, elle lui demanda :

— C'est le moment de nous raconter le plus intéressant : comment il a demandé ta main.

Comme elle hésitait, Patience ricana.

— Tu n'es pas obligée de décrire les circonstances. Ce sont ses mots qui nous intéressent.

Réprimant son envie de sourire, Henrietta répondit :

— Laissez-moi réfléchir quelques secondes, que je me souvienne bien... Oui, c'est vrai : il m'a demandé s'il ne devait pas attendre et obtenir d'abord l'accord de papa.

Honoria hocha la tête.

— Très bien, c'était ce qu'il fallait dire.

Henrietta ne se retint plus de sourire.

— Mais, quand je lui ai répondu que ce n'était pas jugé nécessaire dans notre famille, il m'a répondu : « Dans ce cas, voulez-vous m'épouser, Henrietta Cynster, et faire de moi le plus heureux des hommes ? »

Patience et Alathea soupirèrent en chœur.

Honoria quant à elle sourit d'un air approbateur.

— Comme c'était joliment tourné. James s'est montré à la hauteur, dirait-on. Je me demandais comment il s'y était pris, et maintenant je sais. Je te remercie, ma chérie.

— Comme c'est agréable quand ils nous jurent un amour éternel, ajouta Alathea en soupirant de nouveau, les yeux rêveurs.

Je me souviens encore de la rose que Gabriel m'avait fait livrer. Elle était dans une boîte en cristal, avec un billet disant que j'avais ravi son cœur. Je n'oublierai jamais ce que j'ai ressenti en ouvrant la boîte et en lisant la carte.

— Je vois tout à fait ce que tu veux dire, renchérit Patience sur le même ton rêveur. Même si j'ai dû faire plus d'efforts que toi avant qu'il ne prononce les mots que j'attendais tant.

— Pour ma part, intervint Honoria, je n'ai jamais eu droit à de telles déclarations.

Patience, Alathea et Henrietta la fixèrent, interloquées.

— Devil ne t'a jamais dit qu'il t'aimait, il ne t'a jamais juré un amour sans faille et éternel ? demanda Patience d'une voix incrédule.

Honoria esquissa un léger sourire.

— Il ne l'a pas dit avec des mots, expliqua-t-elle. Figurez-vous que des années plus tard, ajouta-t-elle en inclinant la tête vers Henrietta, il m'a demandé, comme s'il voulait vérifier si quelque chose d'évident ne m'avait pas échappé, si je savais qu'il m'aimait.

— Ah, mais attends ! s'exclama Alathea en levant le doigt. Je me souviens avoir entendu raconter une histoire à propos de Devil se jetant devant un forcené armé et s'offrant comme cible pour te sauver.

Alathea croisa les yeux de Honoria avant de poursuivre :

— Si je puis me permettre, après cela, tu n'avais pas vraiment besoin de mots.

— En effet.

Honoria inclina la tête avec un port royal, mais son regard, d'ordinaire si incisif, s'était adouci.

Après une telle démonstration, les mots étaient superflus. Si, en plus de tout le reste, un homme était prêt à risquer sa vie pour vous, alors il n'y avait pas grand-chose à ajouter.

Se tournant vers Henrietta, Honoria ajouta :

— D'après ce que j'ai entendu, James a déjà risqué sa vie pour toi en plongeant dans le torrent chez les Marchmain.

Et il avait recommencé par la suite. Deux fois.

Henrietta sourit à Honoria.

— Et cela en plus de tout le reste, oui, c'est vrai : je n'ai vraiment pas besoin de mots moi non plus. Je sais qu'il m'aime.

Avant qu'elles puissent la questionner davantage, ou qu'elle puisse les questionner à son tour, Helena les appela toutes les quatre pour qu'elles se joignent à la discussion qui se tenait à l'autre bout de la salle, et qui concernait principalement la date du futur mariage.

Henrietta essaya d'y participer comme elle put, mais elle était moins informée que toutes les autres, qui maîtrisaient parfaitement le calendrier des événements du grand monde. Elle les laissa faire, tandis que les mots de Patience et d'Alathea, et plus encore ceux de Honoria, repassaient en boucle dans sa tête.

Honoria avait raison. Henrietta savait avec certitude que James l'aimait. Il n'avait peut-être pas encore prononcé les mots exacts, mais la réalité était là, indéniable et toute-puissante. Elle le voyait dans ses yeux, dans sa voix, dans la façon dont il lui avait fait l'amour, au vrai sens du terme. Il était très clair dans sa tête que c'était bien l'amour qui les avait fait se donner l'un à l'autre la nuit précédente, tout comme elle avait clairement su sur le moment quel sentiment les avait guidés.

Elle avait entendu dire qu'après avoir frôlé la mort l'on y voyait soudain plus clair et l'on n'hésitait plus à agir. Et c'était ce qui s'était passé pour eux : c'était l'amour et rien d'autre qui les avait poussés dans les bras l'un de l'autre la nuit passée et les avait amenés à se fiancer.

Donc, oui, elle savait que James l'aimait et elle n'avait pas besoin de mots, et pourtant...

La réunion se termina. Tandis qu'elle parcourait à pied la courte distance qui les séparait d'Upper Brook Street, accompagnée de sa mère et Mary, Henrietta comprit que, même si elle n'avait pas besoin d'entendre de mots, elle aurait néanmoins aimé recevoir une vraie déclaration d'amour de la part de James, pour balayer définitivement toute méprise et dissiper tous les doutes.

Parce que, même si elle n'avait pas non plus prononcé ces mots dont elle rêvait, une chose était sûre, de façon définitive et irrémédiable : elle était amoureuse de lui.

10

Le lendemain matin, accompagnée de sa mère et Mary, Henrietta assista à la réception toujours très courue qui se tenait au domicile de Celia Cynster, situé à Dover Street.

La nouvelle des fiançailles de James et Henrietta était parue comme prévu dans la *Gazette* du matin. Les femmes de la famille avaient choisi cette réception, un événement planifié depuis longtemps, pour la première apparition dans le grand monde de Henrietta en tant que fiancée. Plusieurs de ces femmes — dont Honoria, Patience et Alathea — étaient venues lui tenir compagnie, mais les autres avaient jugé que leur présence n'était pas nécessaire et aurait même été potentiellement trop envahissante : personne ne voulait éclipser Henrietta.

Comme l'attestait le flot des invitées qui se pressait à l'entrée de chez Celia, l'annonce parue dans la *Gazette* avait dû créer l'événement à de nombreuses tables de petit déjeuner. Les mères et leurs filles accouraient à Dover Street, imaginant qu'elles apprendraient tout ce qui se cachait derrière ces fiançailles inattendues et espérant ainsi être les mieux placées pour répandre la nouvelle au cours des déjeuners, promenades et thés de la journée.

Une fois arrivées au salon, toutes ces dames se précipitèrent droit sur Henrietta. Collée contre la cheminée, celle-ci fit face à la grande pièce. Elle se sentait presque assiégée. Mais, dès qu'elles l'eurent félicitée, les mères de famille la laissèrent pour aller rejoindre sa mère ou une autre Cynster, espérant leur arracher plus de détails. Pendant ce temps, les ladies les plus jeunes, celles qui n'étaient pas encore promises et celles qui venaient de se fiancer ou de se marier, restèrent autour de Henrietta, l'interrogeant avec excitation sur son bal de fiançailles et spéculant sur la date des noces. Henrietta et les membres de sa famille avaient décidé de garder cette dernière information secrète pour l'instant, mais cela n'empêcha pas le moins du monde toutes ces jeunes femmes d'émettre leur avis sur la question.

Ce fut un flux constant de convives : des groupes arrivaient, restaient une vingtaine de minutes, puis repartaient, avec une foule de choses à raconter.

Une nouvelle fois, à sa grande surprise, Henrietta se laissa prendre bien volontiers dans ce tourbillon. Elle fut particulièrement heureuse quand plusieurs jeunes femmes qu'elle avait aidées au cours des dernières années à se décider, à accepter ou refuser certaines demandes en mariage, lui prirent la main et la félicitèrent avec enthousiasme d'avoir trouvé l'amour.

Philippa Hemmings fut l'une d'entre elles. Elle serra chaleureusement la main de Henrietta en souriant d'un air radieux.

— Vous m'avez aidée quand j'en avais besoin, déclara-t-elle. Et je n'ai pas été la seule, loin de là. Vous nous avez toutes sauvées d'une vie malheureuse. Alors que vous-même allez bientôt connaître le bonheur suprême, je me réjouis pour vous plus encore que si j'étais à votre place.

Toutes les jeunes femmes prononcèrent un « hourra » en chœur.

— Je vous remercie !

Souriant à son tour, Henrietta serra les mains de Philippa avant de les relâcher et de passer en revue tous les visages réjouis qui l'entouraient.

— Je ne pensais pas que vous seriez si heureuses pour moi.

Constance Witherby, devenue depuis peu Lady Hume, se mit à rire.

— Ma chère Henrietta, vous avez vingt-neuf ans. Cela fait presque dix ans que vous aidez les jeunes femmes comme nous et, à ma connaissance, vous ne nous avez jamais donné un seul mauvais conseil. Bien sûr que nous vous souhaitons tout le bonheur que vous méritez !

Tout le monde se mit à rire et ces charmants échanges se poursuivirent gaiement.

Un peu plus tard dans l'heure, plusieurs grandes dames arrivèrent, se lançant littéralement à l'abordage, pressées de découvrir comment de tels développements avaient pu échapper à leur vigilante attention. Henrietta fut heureuse de confier la tâche de les instruire aux autres Cynster présentes, qui se chargèrent prestement de contenir leur assaut.

Le flux des arrivées finit tout de même par diminuer. La réception était presque terminée quand Mrs Wentworth et Melinda Wentworth firent leur apparition. Un sourire joyeux aux lèvres, elles se dirigèrent droit sur Henrietta. Sans la moindre hypocrisie, Mrs Wentworth la félicita, avant d'aller trouver la mère de Henrietta et Celia.

Avec beaucoup de grâce, Melinda présenta tous ses vœux de bonheur à Henrietta.

Celle-ci se sentait un peu mal à l'aise, mais elle conserva son sourire et discuta de tout et de rien avec légèreté jusqu'à ce que Miss Crossley, la jeune femme qui parlait avec Melinda et Henrietta, soit appelée par sa mère.

Dès que Miss Crossley se fut éloignée, Henrietta se tourna vers Melinda. Elle scruta le visage de son amie. Il n'y avait pas de façon détournée de dire ce qu'elle avait à dire, alors elle se lança :

— J'espère vraiment que vous n'avez pas l'impression que je vous ai volé James. Je vous assure que ce n'est pas du tout comme cela que cela s'est passé.

Melinda cligna des paupières, l'air stupéfait, avant de reprendre sa mine joyeuse.

— Mais comment aurais-je pu penser cela, voyons ?

Elle prit la main de Henrietta et lui pressa les doigts, avant d'étudier à son tour son visage.

— En toute honnêteté, cela ne m'a jamais traversé l'esprit. Je sais que vous m'avez dit la vérité et que vous avez vu totalement juste. James et moi n'étions pas du tout faits l'un pour l'autre. Mais si enquêter pour mon compte vous a permis d'ouvrir les yeux sur lui, et réciproquement, alors je ne peux que vous dire combien je suis ravie d'avoir pu vous être utile.

Henrietta manifesta son soulagement.

— Je vous remercie. Je suis si heureuse que vous ne soyez pas fâchée.

— Pas le moins du monde.

Puis Melinda jeta un bref coup d'œil à sa mère, qui était toujours en grande discussion avec celle de Henrietta ainsi que Celia, et elle baissa la voix.

— D'ailleurs, je ne vous remercierai jamais assez d'avoir été si honnête avec moi au sujet de James, et de m'avoir forcée à examiner de près mes motivations. Si vous ne l'aviez pas fait, je ne sais pas où j'en serais maintenant, mais...

Melinda éleva légèrement la voix, comme si elle peinait à contenir son excitation. Elle se rapprocha de Henrietta, lui agrippa la main plus fort et se pencha pour murmurer :

— Je ne suis pas censée en parler, parce que les discussions sont toujours en cours, mais j'espère me trouver à votre place d'ici une semaine ou deux.

— Vous allez vous fiancer vous aussi ? demanda Henrietta, qui redoublait de bonheur. Vraiment ?

Melinda acquiesça, en pinçant les lèvres comme si elle avait du mal à contenir sa joie. Après quelques secondes, elle poursuivit :

— J'ai toujours beaucoup aimé Oliver, c'est un de mes cousins éloignés, mais il n'est pas aussi beau que James, c'est certain. Et pendant que j'avais James en ligne de mire, si vous me permettez de m'exprimer ainsi, je m'interdisais de considérer Oliver.

Melinda regarda Henrietta dans les yeux, avant de poursuivre :

— Mais, une fois que vous m'avez forcée à me détourner de James et à regarder ailleurs, j'ai vu Oliver beaucoup plus clairement, et alors il en a profité, et, eh bien...

Melinda souriait d'un air béat.

— Eh bien, voilà. Et nous voilà toutes deux arrivées au même point, conclut-elle en serrant les mains de Henrietta.

Cette dernière, sincèrement heureuse pour son amie, lui rendit son sourire.

— C'est merveilleux ! Vous me direz dès que...

Henrietta jeta un regard à Mme Wentworth.

— ... je serai autorisée à savoir.

— Oh ! Je n'y manquerai pas.

Elles restèrent un moment côte à côte sans rien se dire, se faisant peu à peu à la nouvelle qu'elles allaient bientôt toutes deux se marier.

Tout à coup, Melinda se mit à frissonner.

— Oh ! Je voulais vous parler de quelque chose. Mais avec tout ce bonheur, le vôtre et le mien, cela m'est totalement sorti de l'esprit.

Comme Henrietta la regardait avec surprise, Melinda baissa la voix et poursuivit :

— Ce soir où vous nous avez rejoints à Hill Street, pour me dire ce que vous aviez appris au sujet de James...

— Eh bien quoi ?

Roulant les yeux, Melinda chuchota :

— Il y a eu un meurtre dans la maison voisine !

Henrietta fixa son amie... Et se souvint du gentleman qui l'avait bousculée quand elle sortait de chez les Wentworth. Un frisson glacé la parcourut, mais elle se ressaisit et demanda :

— Qui a été tué ? Et quand ? Savez-vous quand cela s'est produit ?

— La victime est Lady Winston. C'était notre voisine. Elle était veuve, et apparemment elle a été tuée ce même soir. Personne ne sait précisément quand, parce qu'elle avait l'habitude de renvoyer tout son personnel pour la nuit, de temps en temps. Tout le monde pense qu'elle recevait un ami, un ami intime...

— Je vois.

Henrietta luttait pour mettre de l'ordre dans le torrent de pensées qui se déchaînait en elle.

— Melinda !

Elles se tournèrent toutes les deux. Mme Wentworth faisait signe à sa fille de la rejoindre, afin de partir.

— J'arrive, maman.

Melinda passa son bras sous celui de Henrietta et, ensemble, elles suivirent Mme Wentworth, Celia et la mère de Henrietta vers la porte.

— N'oubliez pas, murmura Melinda en surveillant sa mère, vous devez faire comme si je ne vous avais pas parlé de mes fiançailles, ni, d'ailleurs, du meurtre. Maman a encore plus insisté pour que je me taise à ce propos. Mais..., commença-t-elle en expirant, un horrible meurtre dans la maison voisine, à quelques dizaines de mètres à peine de l'endroit où je dors, je dois dire que j'en frissonne encore.

Henrietta tapota la main de Melinda presque sans s'en rendre compte. En l'espace de quelques minutes, comme dans un rêve, elle salua les Wentworth, remercia sa tante Celia pour avoir organisé cette petite réception et grimpa dans la calèche de sa mère pour rentrer à la maison.

Avec un soupir de contentement, cette dernière se cala sur son siège.

— Tout s'est très bien passé, je trouve.

Mary, assise en face d'elle et occupée à détailler qui foulait les trottoirs, émit un petit son approbateur.

— Hum.

Assise à côté de sa mère, Henrietta fixait sans le voir le siège vacant en face d'elle, pendant que son esprit vagabondait, échafaudant mille et mille hypothèses.

Quand la voiture s'arrêta devant chez ses parents, elle en était arrivée à la conclusion qu'elle avait besoin de s'entretenir avec James le plus vite possible.

Au grand mécontentement de Henrietta, ses obligations — et apparemment celles de James aussi — l'empêchèrent de voir celui-ci avant qu'elle franchisse le seuil de chez les St. Ives et qu'elle l'y découvre en train de l'attendre.

Aussi charmant et agréable qu'à son habitude, resplendissant dans ses habits du soir, il l'aida à retirer son manteau et le tendit à Webster, le majordome de Devil. Puis, lui attrapant la main, il la porta à ses lèvres et l'embrassa en la regardant intensément dans les yeux. Ce baiser la fit frissonner des doigts aux orteils.

James lui sourit.

— Mon majordome m'a dit que vous m'aviez fait porter un message pendant que j'étais sorti. Pourquoi vouliez-vous me voir ?

Elle s'était répété que garder la tête froide et profiter sans arrière-pensée du dîner préparé par Honoria et les autres pour célébrer ses fiançailles était essentiel. Mais, à chaque fois qu'elle pensait à ce que Melinda lui avait dit, conserver son sourire et son air joyeux lui demandait un effort significatif. Et, une fois qu'elle aurait raconté à James ce qu'elle avait appris, elle doutait fort qu'il parvînt à profiter du repas comme il se devait, lui aussi, et encore moins à brider ses réactions. Elle préféra donc lui rendre son sourire et répondre :

— Pas tout de suite. Je vous le dirai plus tard.

Il la regarda dans les yeux, comme s'il se demandait s'il devait insister.

Elle leva un sourcil, puis, glissant la main sous son bras, se dirigea vers la colonnade qui menait au salon.

— Venez. La famille nous attend.

Il grogna, mais obéit, et pénétra à ses côtés dans le salon où ils furent accueillis par une tempête de félicitations, de sourires et de rires bon enfant.

La soirée se passa bien. Il s'agissait d'une petite réunion informelle et détendue rassemblant les membres les plus proches de la famille Cynster. Tous ceux qui habitaient Londres étaient venus pour faire ce qu'ils aimaient le plus au monde : célébrer une nouvelle alliance, un nouveau croisement entre deux grandes et anciennes familles, qui — comme le dit Devil dans le toast qu'il porta — donnerait naissance à de nouveaux bourgeons et à de nouvelles branches dans deux beaux arbres généalogiques.

Toute l'assemblée but à la santé des futurs mariés. Plusieurs fois.

James se sentait parfaitement à son aise dans ce milieu. Y contribuait le fait que, tout comme il était le meilleur et le plus ancien ami de Simon, d'autres membres de sa famille — hommes ou femmes — étaient des amis de longue date de certains Cynster. Les Glossup et les Cynster comptaient parmi les plus vieilles familles de l'aristocratie londonienne. Les liens entre elles étaient donc nombreux et solides.

James naviguait dans ces eaux sans difficulté. A bien des égards, il se sentait davantage chez lui parmi les Cynster, très actifs socialement, qu'au sein de sa propre famille, qui s'était largement retirée du grand monde.

Après de longues discussions avec Lord Arthur, suivies par plusieurs rencontres avec les divers hommes de loi des Cynster et de James, toutes les questions relatives à cette union avaient été réglées et, après une journée que James jugeait bien remplie, Lord Arthur et lui-même pouvaient se joindre à Lady Louise et Henrietta pour annoncer à l'assemblée la date de leurs fiançailles officielles. Pour respecter la tradition en vigueur chez les Cynster, le bal se tiendrait chez les St. Ives.

Assise autour de la longue table, la famille s'en réjouit et applaudit, puis se réjouit davantage encore quand Lord Arthur ajouta que le mariage aurait lieu le 30 mai, soit deux jours avant l'échéance imposée par la grand-tante de James.

Plus tard, quand les convives retournèrent au grand salon, James, avec Henrietta à son bras, passa de groupe en groupe pour faire plus ample connaissance avec les Cynster qui lui étaient moins familiers.

— Je tiens à préciser, lui confia Henrietta tandis qu'ils quittaient un de ces groupes, que tous ceux qui ne résident pas à Londres sont en route. La plupart d'entre eux, comme Lucifer et Phyllida, seront là pour le bal, mais ceux qui vivent plus au nord ne pourront peut-être pas. Nous comptons au moins sur la présence de Richard et Catriona pour le mariage. Mais, bien sûr, personne n'a encore pu donner de réponse définitive, et Celia et Martin espèrent très fort qu'Angelica et Dominic pourront venir.

L'heure suivante se passa en conversations chaleureuses et joviales. Henrietta attendait son heure. Cela n'aurait eu aucun sens de gâcher cette soirée en parlant prématurément à James de la découverte angoissante qu'elle avait faite. Elle n'avait rien à craindre chez les St. Ives, entourée par sa famille. Qui que fût ce pseudo-gentleman, mais vrai meurtrier, il ne pourrait jamais l'atteindre ici, et elle ne voulait surtout pas que quelqu'un entendît ce qu'elle avait à dire et le répétât à toute la famille. Pas avant qu'elle eût trouvé le temps de discuter avec James et de décider avec lui de ce qu'ils devaient faire.

Au bout d'un moment, les convives commencèrent à prendre

congé. Toujours au bras de James, elle réfléchissait aux options qui s'offraient à elle pendant que ce dernier et Simon bavardaient. Bientôt, sa mère allait l'appeler, et elle devrait partir avec ses parents. Elle ne pouvait pas se permettre d'attendre plus longtemps, mais son frère et James ne donnaient pas l'impression d'avoir envie de se séparer. Et même, d'après ce qu'elle avait entendu, ils avaient l'intention de partir ensemble pour aller rejoindre Charlie Hastings dans un club.

Etait-ce vraiment gênant si son frère apprenait ce qui se passait ?

Pendant que cette question lui venait à l'esprit, elle se rendit compte qu'il était plus que probable, étant donné la proximité entre les deux amis, que Simon fût déjà au courant de ses trois « accidents ».

Voyant sa mère prendre congé de Helena et se diriger vers Honoria, Henrietta prit une grande inspiration et se tourna pour interrompre la conversation de James et Simon.

Ils la regardèrent tous les deux, comme s'ils sentaient qu'elle avait quelque chose d'important à dire.

— Dois-je m'en aller ? demanda Simon d'un air à la fois intrigué et perplexe.

Henrietta plissa les yeux.

— Tu peux rester si tu promets d'être sage et obéissant.

Son frère lui adressa un sourire candide.

— Je ne suis pas sûr de pouvoir promettre ce genre de choses, mais..., répondit-il en faisant un signe pour l'encourager à poursuivre, vas-y, parle.

Elle lui décocha un regard réprobateur, avant de se tourner vers James.

— J'ai rencontré Melinda Wentworth ce matin.

— Oh ! fit James qui se rembrunit. Etait-elle en colère ?

Henrietta secoua la tête.

— Non, pas du tout. Ce n'est pas cela.

Elle s'interrompit pour reprendre son souffle et remettre de l'ordre dans les informations qu'elle possédait.

— Elle m'a dit que le soir où je me suis rendue au domicile des Wentworth, sur Hill Street, pour parler à Melinda et à ses parents de ce que j'avais appris sur vous, Lady Winston, une veuve qui vit — enfin qui *vivait* — à côté de chez elle, a été assassinée.

James et Simon se raidirent tous les deux. D'un air devenu tout à coup grave, James hocha la tête.

— Continuez.

— Comme l'on peut s'en douter, Melinda n'a pas appris grand-chose de plus. Elle sait juste que, d'après la police, le meurtre a bien été commis ce soir-là, et sans doute par le gentleman que Lady Winston avait l'habitude de recevoir en secret. Quand cela se produisait, elle renvoyait tous ses domestiques pour la nuit, donc personne ne sait qui est le gentleman en question.

Un long silence suivit, durant lequel James et Simon semblèrent réfléchir à ce qu'ils venaient d'apprendre. Ce fut Simon qui le brisa, en déclarant, l'air interdit :

— Je ne vois pas en quoi cela te concerne.

Il regarda brièvement autour de lui, pour s'assurer que personne ne pouvait entendre, et continua :

— Je suppose que tu penses que cela est lié aux récentes attaques dont tu as fait l'objet.

Donc James l'avait bien dit à Simon, ce qui signifiait que Charlie devait être au courant lui aussi. Les lèvres serrées, Henrietta hocha la tête.

— J'y viens.

Puis elle se tourna de nouveau vers James.

— Il faisait froid et il y avait du brouillard, mais ma calèche m'attendait juste en face dans la rue. Melinda m'a raccompagnée sur le pas de la porte, puis je lui ai dit de rentrer vite. Mon domestique et mon cocher étaient là, et me regardaient. Dès que j'ai descendu les marches du perron et que j'ai été sur le trottoir, un homme m'a bousculée. Il a failli me faire tomber, mais il m'a attrapée par les épaules et m'a aidée à retrouver l'équilibre. Je pense qu'il a fait cela par réflexe, sans réfléchir. Il portait une cape, et son capuchon était relevé. Il s'est excusé. Sa voix et sa diction étaient conformes à l'idée que je m'étais faite de lui d'après les vêtements qu'ils portaient. Puis Gibbs, mon domestique, m'a appelée, et le gentleman m'a lâchée, a hoché la tête et s'est enfui. Je n'y ai plus repensé jusqu'à ce que Melinda me parle du meurtre, ce matin.

James et Simon comprenaient toujours très rapidement ce qu'on leur disait. Ils tressaillirent tous les deux mais, regardant autour d'eux, contrôlèrent leurs réactions. James se tourna de nouveau vers Henrietta.

— Vous pensez qu'il s'agissait du meurtrier ?

Henrietta le dévisagea très posément.

— Je suis presque certaine que c'était lui. Sur le moment, quelque chose m'avait frappée, quelque chose que je n'avais pas compris, mais que, ensuite, j'ai oublié.

— Qu'était-ce ? demanda Simon.

— Une fois les marches descendues, j'ai regardé autour de moi — instinctivement, comme n'importe qui l'aurait fait — et je n'ai vu personne sur le trottoir. Pourtant, quelques secondes plus tard, cet homme a failli me faire tomber. D'où venait-il donc ? Pourquoi ne l'avais-je pas vu ?

Alors que James et Simon prenaient un air perplexe, comme s'ils comprenaient ce problème, mais ne voyaient pas comment y répondre, elle le fit pour eux :

— Il avait dû surgir de la maison voisine, celle où Lady Winston a été assassinée. Voilà pourquoi il ne m'a pas vue et pourquoi je ne l'ai pas vu non plus. Il s'enfuyait après avoir commis l'irréparable.

Tous les deux la fixaient, et elle les fixa en retour. Elle voyait à leurs yeux — une paire d'yeux marron et une paire d'yeux bleus — qu'ils étaient en train de relier ces différents faits entre eux.

La mâchoire crispée, James dit :

— Il pense que vous pouvez l'identifier.

— Mais, intervint Simon, c'est faux. N'est-ce pas ?

Lentement, elle secoua la tête.

— Depuis ce matin, j'ai repassé ces minutes dans ma tête un nombre incalculable de fois. Mais il n'y a absolument rien dans ce que j'ai vu qui pourrait me permettre de dire qui il était.

James était de plus en plus sombre.

— Mais lui, malheureusement, ne le sait pas.

— Je pense que non.

S'agrippant instinctivement au bras de James, Henrietta regarda Simon.

— Ce qui signifie, je suppose, que mes accidents n'étaient, en effet, pas accidentels du tout.

— Non. Mais cela laisse également penser, déclara Simon, dont le visage était désormais froid et inexpressif, qu'il croit que tu sais, mais que tu n'as pas encore bien saisi la portée de ce que tu sais. Il doit vivre dans la crainte que tu ne découvres le meurtre, que tu ne comprennes tout à coup... Et que tu ne le confondes.

James semblait pensif. Il s'adressa à Simon.

— Je n'ai pas du tout entendu parler de ce meurtre, et toi ?

Simon secoua la tête.

— Non, je n'ai pas entendu le moindre murmure à ce sujet.

Il leva les yeux et regarda à l'autre bout de la pièce.

— Ce qui signifie que Portia n'en a pas entendu parler non plus.

— Melinda m'a dit que sa mère lui avait interdit d'en parler à qui que ce soit, précisa Henrietta.

— Les autorités souhaitent peut-être, pour une raison ou pour une autre, garder cette nouvelle secrète, suggéra Simon en haussant les épaules.

— Sans doute pour n'effrayer personne, ajouta James. Imaginez-vous le tapage que pourrait faire un tel crime à Hill Street, en plein cœur de Mayfair ?

Simon fit la grimace.

— C'est vrai. Donc...

— Comment en apprendre davantage ? coupa James. Clairement, si telle est la cause des attaques dont a été victime Henrietta, il n'y a aucune raison de supposer que ce gredin s'arrêtera.

Pas avant qu'elle ne soit morte, en tout cas. Il en trembla intérieurement, tout en se gardant bien de le dire à voix haute.

Henrietta, qui avait tout à fait compris, frissonna néanmoins. James posa sa main sur la sienne.

— Barnaby Adair, proposa Simon. Et, par son entremise, l'inspecteur Stokes.

Simon chercha le regard de James.

— Tu connais Adair, n'est-ce pas ?

James acquiesça.

— Il m'est arrivé de le croiser. Et j'ai rencontré Stokes à l'époque de cette sombre affaire à Glossup Hall.

— Ce n'est pas quelque chose que je suis près d'oublier, lança Simon. Mais Adair et Stokes ont uni leurs forces, si je puis dire, dans une autre affaire, plus tard. Et, ensuite, ils ont souvent travaillé ensemble, avec la bénédiction des plus hautes sphères. Désormais, l'on fait appel à eux à chaque fois qu'un crime grave est commis au sein de l'aristocratie.

— Je me souviens, déclara Henrietta. Stokes est le policier qui a aidé Penelope et Barnaby dans l'affaire de la disparition des orphelins.

Simon acquiesça.

— Oui, c'était à la fois un triste fait divers qui a secoué l'aristocratie et une affaire politique, et c'est dans ce genre de contexte que le tandem Stokes-Adair fonctionne particulièrement bien. Stokes n'est pas seulement un policier très expérimenté. Il nous connaît assez bien, nous les aristocrates, pour savoir manier nos codes. Et le père de Barnaby jouit d'une influence politique certaine.

De plus en plus sombre, James dit :

— Ce meurtre s'inscrit tout à fait dans ce contexte.

Il regarda Simon et demanda :

— Pourras-tu parler à Adair ?

Simon hocha la tête avec détermination.

— Cela va l'intéresser, j'en suis sûr. Je ne pense pas que nous tomberons sur lui ce soir, mais je m'inviterai pour le petit déjeuner chez lui demain matin — avoir des relations est bien commode parfois — et, après cela, je l'emmènerai faire un tour vers Upper Brook Street.

Simon croisa le regard de Henrietta.

— Il voudra entendre tous les détails de ta propre bouche.

Elle hocha la tête.

— Je resterai à la maison.

James lui pressa la main.

— Je l'attendrai avec vous.

— Très bien, ajouta Simon, car Barnaby voudra aussi tout savoir à propos des « accidents ».

Ils aperçurent tous les trois Horatia, la tante de Simon et de Henrietta. Celle-ci se dirigeait vers eux de sa démarche altière.

Ils échangèrent des regards avant de se tourner pour l'accueillir en souriant.

Horatia s'arrêta devant eux et scruta leurs visages.

— Qu'êtes-vous en train de comploter tous les trois ?

— Un mariage, en fait, répondit Henrietta. Pensez-vous, chère tante, que Simon conviendra comme témoin pour James ?

C'était la diversion idéale. Et, ensuite, la soirée fut finie. Ceux qui étaient encore présents se rassemblèrent dans le hall d'entrée pour confirmer leurs plans pour les jours prochains et prendre congé.

Ils furent les derniers à partir. Henrietta quitta la maison avec ses parents et Mary, tandis que James et Simon s'en allèrent ensemble pour tenter de trouver Charlie Hastings, puis de réfléchir tous les trois à la nécessité encore plus urgente de garantir la sécurité de Henrietta.

En d'autres termes : la protéger d'un meurtrier qui, pour échapper à la justice, était apparemment convaincu qu'il devait tuer de nouveau.

Il était 10 heures le lendemain matin, et Henrietta faisait les cent pas, distraite et agitée, devant les fenêtres du petit salon d'Upper Brook Street.

Appuyé contre le dossier du canapé, James l'observait tout en s'efforçant de conserver une apparence calme. Il ignorait totalement combien de temps allait pouvoir durer un petit déjeuner chez Barnaby, ou si ce dernier aurait du temps à leur consacrer ce jour.

Soudain, la porte s'ouvrit. James se tourna et vit Simon entrer. Son ami et bientôt beau-frère possédait sans doute encore la clé de sa maison d'enfance. Un gentleman aux cheveux blonds frisés, que James reconnut comme étant Barnaby Adair, suivait Simon.

James se redressa et contourna le canapé.

Simon referma la porte avant de désigner Barnaby.

— Voici l'homme de la situation.

— Glossup, dit Barnaby en serrant la main que James lui tendait.

Il ajouta, avec un sourire modeste :

— Contrairement à ce que vous pourriez penser, Simon n'a pas eu à faire des pieds et des mains pour me convaincre de vous aider. C'est plutôt moi qui l'aurais volontiers supplié de me laisser intervenir.

Il sourit à Henrietta qui s'était approchée. Barnaby était marié à Penelope, qui était la sœur de Portia et de Luc. Ce dernier était pour sa part l'époux d'Amelia, la sœur aînée de Henrietta et Simon. Barnaby était donc lié de très près à la famille, qui le connaissait bien.

— Henrietta.

Barnaby lui prit la main et lui effleura doucement les doigts.

— Il paraît que vous êtes devenue la cible d'un assassin.

Prenant un air plus grave, il jeta un regard à James avant de dire à Henrietta :

— J'espère que vous ne m'en voudrez pas mais, étant donné la gravité de la situation, j'ai fait prévenir mon collègue de Scotland Yard, l'inspecteur Basil Stokes.

Barnaby considéra James.

— Glossup ici présent, ainsi que Simon et même Portia peuvent se joindre à moi pour chanter les louanges de l'inspecteur. Tous les trois ont collaboré avec Stokes pendant l'incident survenu à Glossup Hall il y a quelques années.

Revenant à Henrietta, il précisa :

— Stokes est un homme avisé, et nous aurons, je le crains, besoin de lui et de ses hommes pour nous aider dans cette affaire.

Henrietta réussit à sourire, même si elle se sentait toujours tendue à l'extrême.

— J'ai déjà entendu beaucoup parler de l'inspecteur Stokes. Penelope m'en a dit le plus grand bien à plusieurs reprises. Je serai heureuse de faire sa connaissance.

Elle se rendit compte que Barnaby était en train de scruter son visage, comme s'il essayait d'évaluer sa nervosité, réelle ou potentielle. Elle se redressa et le fixa dans les yeux, et il esquissa un bref sourire.

— Parfait. Dans ce cas...

La sonnette retentit. Ils regardèrent tous la porte.

— Ce doit être Stokes, déclara Barnaby.

Simon lui adressa un regard bienveillant.

— Quelle rapidité. Il a dû se mettre en route à l'instant même où il a reçu votre message.

Puis il se dirigea vers la porte.

— Si vous aviez une idée des problèmes que nous cause le meurtre de Lady Winston, expliqua Barnaby, apprendre qu'il est venu ici en courant ne vous surprendrait pas.

Simon ouvrit la porte et fit quelques pas dans le couloir.

— Stokes ! Par ici. Merci, Hudson.

Simon marqua une pause, et l'on entendit Hudson demander quelque chose dans le lointain.

— Non merci, reprit-il, pas de thé pour l'instant. Peut-être plus tard.

— Dis à Hudson que je sonnerai, indiqua Henrietta.

Simon relaya le message, puis s'effaça pour laisser passer un grand homme aux cheveux foncés, aux yeux gris ardoise et à l'air pensif — comme s'il était constamment en train d'observer tout ce qui se passait autour de lui et qu'il ne s'attendait jamais à en être favorablement impressionné.

Barnaby fit les présentations. Stokes se souvenait clairement de James et de Simon : le sourire qui passa sur ses lèvres éclaira un bref instant son visage. Puis Barnaby présenta Henrietta, et le regard gris de Stokes se fixa sur elle.

Quand elle tendit la main, il la serra avec une élégance décontractée et presque désinvolte qui trahissait son statut social.

— Si j'ai bien compris, Miss Cynster, dit Stokes d'une voix profonde et sur un ton calme mais légèrement autoritaire, au moment de quitter le domicile de Hill Street des Wentworth, il y a neuf jours de cela, vous avez croisé un gentleman qui sortait de la maison voisine.

Henrietta acquiesça.

— C'est bien cela, même si « croisé » n'est pas le terme exact. Il m'a bousculée, plutôt.

Elle se tourna, désigna les fauteuils à Stokes et aux autres, avant d'aller s'asseoir sur le canapé.

James s'assit à côté d'elle. Simon prit le fauteuil à sa droite, Barnaby celui qui se trouvait à gauche du canapé, laissant Stokes s'installer dans le grand fauteuil juste en face de Henrietta.

Après avoir tiré un carnet et un crayon de sa poche, Stokes s'assit, ouvrit son calepin, le posa sur ses genoux, et regarda Henrietta.

— J'aimerais beaucoup, Miss Cynster, que vous me racontiez ce qui s'est passé — tout ce dont vous vous souvenez, tous les détails même s'ils vous paraissent infimes et sans importance — à partir du moment où vous êtes sortie de chez les Wentworth. Prenez votre temps, ajouta-t-il avec un sourire d'encouragement. Prenez tout le temps qu'il vous faut.

Henrietta prit une grande inspiration, les yeux perdus dans le vide, et se remémora la scène.

— Il faisait froid, il faisait glacial, même, et il y avait du brouillard, assez pour que je ne voie pas le bout de la rue. A cause de cela, la lumière des réverbères semblait plus faible que d'habitude. Il faisait donc très sombre.

Elle marqua une pause, mais personne ne l'interrompit, alors elle reprit :

— La sensation était vraiment désagréable, donc j'ai dit à Melinda, la fille des Wentworth, de rentrer et de bien fermer la porte. Mon cocher avait garé la calèche… la calèche de mes parents, pour être précise, de l'autre côté de la rue, et c'est là que m'attendaient mon cocher et mon valet.

Elle s'interrompit un instant.

— Il n'y avait personne à proximité immédiate, poursuivit-elle. Je venais de m'en rendre compte. J'avais déjà regardé tout autour de moi, et c'est précisément parce que je n'avais vu personne que je ne craignais pas de traverser seule la rue pour rejoindre la calèche.

Elle croisa le regard de Stokes.

— A ce moment précis, il n'y avait personne d'autre sur le trottoir qui fût assez proche pour arriver à ma hauteur avant que je traverse.

— Avez-vous vu quelqu'un d'autre, plus loin dans la rue ? demanda Stokes.

Elle réfléchit, se concentrant pour se souvenir plus en détail.

— Oui… Il y avait deux gentlemen qui marchaient vers North Audley Street. Et dans la direction opposée, bien plus loin, j'ai vu un couple qui venait de sortir d'une maison pour grimper dans un fiacre.

— Très bien, répondit Stokes tout en prenant des notes. Et ensuite que s'est-il passé ?

— Avec cette température glaciale, je vous prie de croire que je n'ai pas traîné. J'ai descendu les marches du perron. Je tenais mon manteau serré contre moi, et mon réticule dans une main. Je regardais par terre pour ne pas trébucher dans l'escalier. Puis je suis arrivée sur le trottoir et j'ai levé la tête. Et c'est à ce moment-là que j'ai été bousculée.

— Vous n'aviez pas entendu de pas ? demanda Barnaby.

Elle réfléchit, puis, en fronçant les sourcils, secoua la tête.

— Pas qui se rapprochaient, en tout cas. J'ai peut-être entendu quelques pas rapides mais, le temps que mon cerveau les enregistre, l'homme m'avait déjà percutée.

Fronçant davantage les sourcils, elle s'adressa à Barnaby.

— C'est curieux, non ? S'il avait descendu les marches du perron de la maison voisine à peu près en même temps que moi, j'aurais dû l'entendre...

Barnaby regarda Stokes.

— Eh bien, figurez-vous que non. Les domestiques avaient installé un tapis parce que ces marches sont trop glissantes en hiver. Et le tapis en question est largement assez épais pour étouffer les bruits de pas.

Puis Barnaby la fixa de nouveau.

— Que vous ne l'ayez pas entendu arriver ne fait que renforcer l'hypothèse selon laquelle l'homme qui vous a bousculée sortait bien de la maison voisine.

La tête baissée sur son carnet, Stokes acquiesça.

— S'il était venu de n'importe où ailleurs, vous l'auriez assez bien entendu pour comprendre que quelqu'un approchait et éviter la collision. Mais, ce qui est encore plus significatif, c'est que, s'il n'était pas sorti de la maison voisine en courant, il vous aurait vue à temps pour vous éviter.

Le crayon levé, il la regarda.

— Votre cocher ou votre valet ont-ils vu d'où venait cet homme ?

— Je n'en sais rien. Je n'ai pas pensé à leur poser la question. Je doute que Johns, le cocher, ait vu quoi que ce soit, il surveillait ses chevaux, mais Gibbs a bien dû apercevoir quelque chose.

— Laissons-les pour l'instant. J'irai leur parler plus tard. Et continuons avec ce que vous avez vu, reprit Stokes en reprenant ses notes. Le gentleman vient de vous percuter… Et ensuite ?

Elle raconta tout ce dont elle se souvenait, en se montrant la plus précise possible. A chaque nouvelle observation, Stokes et Barnaby l'interrompaient pour lui demander des précisions.

— Portait-il des gants ?

— Oui, de très beaux gants. En cuir de Cordoue, je pense. Achetés sur Bond Street, j'en suis à peu près certaine.

— Le pommeau en argent de sa canne, pouvez-vous le décrire ? Le sommet était-il plat, gravé, ou bien… ?

Elle hésita un instant.

— Il portait un motif héraldique, me semble-t-il.

Elle jeta un coup d'œil à James, puis à Barnaby.

— Vous voyez ce que je veux dire, j'imagine. Il s'agissait d'un animal, je pense. Je sais que Devil possède une vieille canne héritée de notre grand-père Sebastian et décorée, en son sommet, d'un cerf en argent.

Elle regarda Stokes.

— Le cerf est l'emblème de notre famille.

— Je vois, répondit l'inspecteur. Avez-vous vu de quel animal il s'agissait ?

— Non.

Elle réfléchit, essayant une nouvelle fois de se remémorer la scène. Puis elle grimaça.

— La lumière était très faible et…

Elle leva son poing droit et l'appuya contre son bras gauche, comme pour mimer la situation.

— Il tenait sa canne dans sa main droite, donc en périphérie de mon champ de vision. Et le pommeau était tourné vers l'extérieur. Et quand il m'a relâchée et s'est redressé…

Elle repassa la scène dans sa tête, avant de soupirer.

— Sa main couvrait le pommeau, bien entendu, donc à aucun moment je n'ai pu bien le voir.

Stokes grogna.

— Cela aurait été trop facile.

Puis il parcourut ses notes, avant de demander :

— Passons à son visage. Qu'en avez-vous vu ?

— Quasiment rien.

Elle ferma les yeux pour se concentrer.

— Il portait sa capuche relevée, et elle retombait largement sur le haut de sa tête, qui se trouvait dans l'ombre. Le réverbère le plus proche se trouvait à ma gauche, un peu plus loin sur le trottoir, et plutôt derrière lui, de sorte que la lumière lui éclairait la mâchoire en oblique.

Elle rouvrit les yeux et regarda Stokes.

— Il n'y avait que la partie de son visage située sous sa bouche qui était assez éclairée pour que je la voie. Tout le reste était dans l'ombre. Je n'ai pas pu du tout distinguer ses yeux, ni assez bien ses joues pour vous dire la forme de son visage. Et je n'ai rien vu de ses cheveux, ni leur couleur ni leur coupe.

— Sur la partie du visage que vous avez vue, y avait-il un signe distinctif qui vous aurait frappée ? Une cicatrice, ou un grain de beauté, par exemple.

Elle secoua la tête.

— Rien du tout. Il avait un visage tout à fait ordinaire.

Elle fit la grimace.

— Avec ce que j'ai vu, rien ne me permettrait de le distinguer d'autres gentlemen de taille et de corpulence similaires. Et même sa taille et sa corpulence étaient normales.

— Et sa voix, alors ? demanda Barnaby en la regardant. Fermez les yeux et répétez dans votre tête ce qu'il vous a dit. Ecoutez la cadence et le rythme de son phrasé. Avait-il un accent, ou une prononciation spéciale ?

Elle obéit. Le silence régna pendant une bonne minute, puis elle ouvrit les yeux et secoua la tête d'un air résolu.

— Tout ce qu'il a dit, c'est : « Toutes mes excuses. Je ne vous avais pas vue. » Il n'avait pas d'accent particulier, mais il n'a pas assez parlé pour que cela soit significatif. Tout ce que je puis vous dire, c'est qu'il s'exprimait avec la distinction d'un aristocrate. Je ne pense même pas qu'il eût pu être un riche marchand. A son allure, j'avais reconnu en lui un gentleman, et sa voix me l'a confirmé.

Stokes hocha la tête. De nouveau, il parcourut ses notes.

— Maintenant, parlez-moi de ces « accidents » dont vous avez été victime.

James prit le relais pour narrer en détail les trois incidents.

Pendant que Stokes notait tout, Barnaby écoutait avec attention. Quand James arriva à la fin de son récit, Barnaby murmura :

— Donc, pour résumer, il s'agit d'un gentleman, c'est absolument certain, et il évolue parmi les plus hautes sphères de l'aristocratie.

— Il devait obligatoirement figurer parmi les invités de Lady Marchmain, enchaîna Simon. Je vais voir si celle-ci veut bien me communiquer sa liste. Nous savons que le nom de ce scélérat y figurera et, même si nous ne pouvons pas pour l'instant l'identifier, cela nous fournira au moins un point de départ.

— Même si cette liste n'est pas immédiatement exploitable, renchérit Stokes, elle pourra peut-être nous servir plus tard, quand nous aurons besoin de preuves supplémentaires. Pensez-vous pouvoir convaincre Lady Marchmain de vous la communiquer ?

Simon sourit.

— Je peux toujours essayer.

— Je vais vous laisser faire et, si elle refuse, je la lui demanderai officiellement. Mais je préférerais que vous y parveniez à votre façon, discrètement, sans que j'aie besoin d'expliquer les raisons m'amenant à vouloir connaître ses invités lors de cette soirée.

James échangea un regard avec Simon, avant de déclarer :

— Il semble que nous soyons tous d'accord pour affirmer que c'est le meurtrier de Lady Winston qui essaie à présent de tuer Henrietta, sans doute parce qu'il pense qu'elle en a vu assez pour pouvoir l'identifier, et donc l'envoyer à la potence.

James observa Stokes, puis jeta un coup d'œil à Barnaby.

— Ce que je ne comprends pas, c'est pourquoi cette histoire n'a fait aucun bruit. Aucun de nous n'a entendu parler de l'assassinat de Lady Winston. C'est comme si l'affaire avait été étouffée.

Il regarda Stokes.

— Et, maintenant, vous préférez ne pas avoir à expliquer à Lady Marchmain pourquoi vous voulez sa liste.

De nouveau, il jeta un coup d'œil à Barnaby, avant de revenir à Stokes.

— Que se passe-t-il ?

Stokes croisa les yeux de James, puis considéra Henrietta, avant de jeter un coup d'œil — vaguement interrogateur — à Barnaby. Ce dernier marqua une légère hésitation, avant de hocher la tête.

— Nous devons tout leur dire.

Il s'adressa ensuite à James et à Henrietta.

— Nous ne pouvons prendre le risque de vous laisser opérer en aveugle sans que vous compreniez les difficultés auxquelles nous nous heurtons dans cette sombre affaire.

Stokes grimaça, mais il acquiesça. Il s'éclaircit la gorge.

— Très bien. Ce que je vais vous dire ne doit pas passer cette porte, ou en tout cas ne doit être répété qu'avec une extrême prudence. Il ne faut surtout pas que la panique gagne Mayfair. C'est pour cette raison que vous n'avez pas entendu parler du meurtre de Lady Winston.

Stokes s'interrompit comme s'il mettait de l'ordre dans ses idées. Puis il reprit :

— Lady Winston a été assassinée ce soir-là, même si nous ne savons pas à quelle heure précise. Elle avait congédié tous ses domestiques pour la soirée, avec ordre de ne pas revenir avant minuit. Elle avait l'habitude de procéder de cette façon depuis quelques mois, depuis janvier dernier, au moins. Sans savoir vraiment pourquoi, ses domestiques en ont conclu que leur maîtresse voyait un gentleman et, d'après eux, c'est lui qui avait insisté pour que leur liaison demeure absolument secrète. Aucun d'entre eux n'a la moindre idée de qui il peut s'agir. Personne n'a jamais rien vu ni entendu qui permette de l'identifier. Donc, poursuivit Stokes, cette nuit-là, il l'a tuée. Il l'a rouée de coup, puis, alors qu'elle était sans doute déjà à demi morte, l'a étranglée.

Stokes marqua une pause, puis, d'une voix plus heurtée, ajouta :

— Et... il semblerait qu'il y ait pris du plaisir.

Il jeta un coup d'œil à Simon et à James, avant de préciser :

— Si vous voyez ce que je veux dire.

Croisant le regard de Stokes, et saisissant ce qu'il avait essayé de leur faire comprendre, James se sentit pris de nausée.

— Donc..., reprit Stokes en prenant une grande inspiration, il a tué Lady Winston et, en s'enfuyant de chez elle, il a heurté de plein fouet Miss Cynster, ce qui a dû être un choc.

— Oh…

Tout le monde regarda Henrietta, et découvrit qu'elle avait pâli. Elle fixait Stokes.

James lui prit la main.

— Que se passe-t-il ? demanda Stokes.

Elle cligna des paupières, puis dit doucement :

— Je viens de me souvenir. Il y a eu comme un moment de flottement, une pause. Il m'a bousculée, m'a remise droite, puis il a regardé mon visage. Je ne portais pas ma capuche relevée, et la lumière venait de derrière lui. Il a dû voir mon visage très clairement. Il me tenait… ses deux mains étaient posées en haut de mes bras… et il a eu un moment d'hésitation. Je me souviens m'être demandé ce qu'il avait l'intention de faire, s'il m'avait reconnue et si j'étais censée le connaître. Mais c'est à ce moment-là que Gibbs m'a appelée. Et alors l'homme m'a relâchée, a hoché la tête et s'est dépêché de filer.

Un long silence s'installa, puis Stokes s'éclaircit la gorge.

— Votre domestique mérite peut-être une récompense. Quel que soit ce sinistre individu, il aime maltraiter les femmes, et vous l'avez croisé à un moment très… critique.

Stokes soupira.

— Ce qui explique sans doute pourquoi il pense que vous en avez trop vu.

Il s'interrompit, avant d'ajouter, d'une voix morose :

— Mais ce n'est pas tout. Nous avons interrogé tous les domestiques le lendemain, bien entendu, et je suis certain qu'ils nous ont tous dit la vérité, et qu'ils ne nous ont rien caché.

Stokes désigna Barnaby de la tête.

— Adair était présent.

Barnaby acquiesça. Son visage était de plus en plus sombre.

— Et je suis d'accord avec Stokes. Je serais prêt à jurer que tous les domestiques, y compris l'habilleuse de Lady Winston, nous ont dit tout ce qu'ils savaient. Et, là-dedans, pas la moindre piste nous permettant d'identifier ce scélérat.

— Mais, reprit Stokes, deux jours plus tard, l'habilleuse de Lady Winston, qui était partie s'installer chez sa sœur à Clapham, a été assassinée à son tour. De la même façon que Lady Winston :

rouée de coups, puis étranglée. Sa sœur était sortie juste avant midi et elle l'a trouvée en rentrant chez elle dans l'après-midi.

La pièce s'emplit d'un silence horrifié, puis Simon demanda, perplexe :

— Il l'a tuée elle aussi, de la même abominable façon, alors même qu'elle ne savait rien ?

Stokes pinça les lèvres.

— Peut-être savait-elle quelque chose et peut-être l'a-t-elle contacté, pour essayer de le faire chanter, mais...

Il regarda Barnaby.

— Ni Adair ni moi ne croyons à cette hypothèse. Cette femme nous avait semblé très honnête. Elle était très dévouée à sa maîtresse qu'elle servait depuis avant son mariage. Si l'habilleuse avait su quoi que ce soit au sujet de ce monstre, elle nous l'aurait dit.

— Donc oui, déclara Barnaby, Stokes et moi pensons que ce scélérat l'a tuée juste « au cas où ». Juste pour éviter qu'elle ne se souvienne d'un détail qui lui avait jusque-là échappé.

Stokes acquiesça d'un air sombre.

— Il fait tout pour se couvrir, que ce soit nécessaire ou pas. Ce qui mène tout droit aux attaques perpétrées contre Miss Cynster.

James contempla Henrietta et serra sa main plus fort.

— Il pense que vous savez quelque chose.

— Ou, précisa Barnaby, que vous pouvez découvrir quelque chose sur lui, même si vous n'en avez pas encore conscience.

— Ou encore, renchérit Simon d'une voix dure, que ce que tu as vu de son visage peut te permettre de le reconnaître si tu le croises à une soirée ou à une réception.

— Cela peut être n'importe laquelle de ces hypothèses ou toutes à la fois, conclut Stokes en refermant son carnet. Peu importe pour lui. Tout ce qu'il veut, c'est vous voir morte, et le fait que vous ne possédiez aucune information permettant de le reconnaître ne l'arrêtera pas.

— Il vous considère comme une menace potentielle, ajouta Barnaby. Et il ne s'arrêtera que quand il vous aura fait taire.

James sentit l'atmosphère s'alourdir sous le poids de cette vérité apparemment incontestable. Au bout d'un moment, il demanda, d'un ton froid :

— Pour en revenir à ma question de tout à l'heure : pourquoi ne pas se lancer à sa poursuite ? Comment allons-nous trouver ce scélérat sans le pourchasser ?

Stokes regarda Barnaby.

Ce dernier se pencha en avant, pour s'adresser à Henrietta, James et Simon.

— Il y a eu de nombreuses discussions dans les plus hautes instances à propos de la façon dont il fallait conduire cette affaire. L'excuse de ne pas vouloir semer la panique à Mayfair, alors que la Saison bat son plein, est valable, mais elle reste secondaire. La vérité, c'est que mettre la main sur ce monstre ne va pas être aisé. Nous l'avons su dès que nous avons commencé à enquêter sur la mort de Lady Winston et que nous n'avons trouvé aucun indice pour l'identifier. Mais, quand il a assassiné cette pauvre habilleuse, il nous a appris une chose que nous ne savions pas.

Barnaby considéra James et Henrietta un long moment.

— Et, cette chose, c'est qu'il n'a pas envie de disparaître de la circulation. Il a l'intention de continuer à faire partie du grand monde, et n'a nullement le projet de quitter le devant de la scène. C'est pourquoi il s'acharne contre vous et, plus encore, c'est pourquoi il veut essayer de faire passer votre mort pour accidentelle ou faire croire que vous n'êtes pas spécifiquement visée dans toutes ces attaques. Il ne veut pas faire de bruit, ni attirer l'attention sur vous. Pour lui, il ne faut surtout pas que l'on se demande pourquoi quelqu'un pourrait souhaiter vous voir morte. Mais, si dès à présent nous crions haro sur lui et tentons ouvertement de le pourchasser, c'est l'échec assuré, car nous n'avons rien de tangible. Pour sa part, il n'aura qu'à se tenir tranquille et attendre que nous ayons terminé. Et, s'il se méfie de vous, il peut se contenter de vous éviter pendant un moment, ce qui, l'un dans l'autre, ne serait pas trop compliqué.

— Mais, précisa Stokes, tout ce qui compte pour lui, c'est de pouvoir évoluer dans les plus hautes sphères de l'aristocratie. Donc, à un moment, quand il n'aura plus rien à craindre de nous, il s'en prendra de nouveau à vous. Il ne voudra pas vous laisser vivre, même s'il doit se montrer prudent pendant un temps.

James regarda Stokes dans les yeux. Un moment passa, puis il déclara :

— Ce que vous êtes en train de dire, c'est que pour garantir la sûreté de Henrietta, et la garantir de façon durable, il faut faire comme si nous n'avions aucun soupçon sur les origines sociales de ce monstre, aucun soupçon sur ses intentions de tuer Henrietta, et quoi d'autre ? Le laisser s'approcher d'elle ?

— Pas exactement, répondit Barnaby. Il faut que nous garantissions la sécurité de Henrietta et que nous la protégions de manière efficace, cela va sans dire, mais nous devons nous montrer prudents et discrets, traquer cet homme avec subtilité et le laisser croire qu'il ne risque rien et qu'il peut très bien s'en prendre de nouveau à elle.

— Etant donné les circonstances, conclut Stokes, et en dépit de ce que nous souhaitons tous, la seule façon de garantir la sécurité permanente de Miss Cynster est d'identifier et d'arrêter cet homme. Et, la seule façon d'y parvenir, c'est de le laisser croire qu'il peut sans aucun risque sortir de l'ombre et opérer à visage découvert.

11

Ils passèrent le reste de la matinée à discuter de la question la plus pertinente, à savoir comment garantir la sécurité de Henrietta. Pour le plus grand soulagement de James, sa bien-aimée — après avoir repris ses esprits et retrouvé son flegme habituel — se rangea à son avis et à celui des autres. Elle leur laissa entendre, étant donné la gravité de la situation, qu'elle était prête à renoncer momentanément à son indépendance et à supporter d'être surveillée vingt-quatre heures sur vingt-quatre.

Après avoir réglé tous les détails relatifs à la mise en place de cette surveillance, et s'être mis d'accord avec les autres sur les personnes qui devaient être mises au courant de la situation, Stokes et Barnaby prirent congé.

Simon et James restèrent pour le déjeuner. Le hasard faisant bien les choses, Lady Louise et Lord Arthur étaient tous les deux présents également. Autour de la table, James, Henrietta et Simon racontèrent tout ce qu'ils savaient et, après les inévitables cris de surprise et d'effroi, ils expliquèrent comment ils devaient tous procéder.

Lord Arthur ne semblait pas très heureux, mais il reconnut que leur plan était le seul qui était susceptible de fonctionner.

Lady Louise insista d'abord pour que Henrietta allât se mettre à l'abri à la campagne, et pourquoi pas à Somersham Place. Mais Henrietta finit par la convaincre qu'elle devait rester à Londres, en brandissant un argument auquel sa mère put difficilement objecter quoi que ce fût : bientôt auraient lieu ses propres fiançailles et, juste après, son mariage.

Mary, qui était présente également, écouta toute l'histoire sans en perdre une miette. Puis, avec cette façon d'opérer si caractéristique, elle fit dériver la conversation sur l'organisation pratique et concrète de cette surveillance et sur le rôle que chacun aurait à y jouer.

Alors que, en temps normal, James aurait été gêné par le caractère autoritaire et directif de Mary, il lui en fut en ce cas précis extrêmement reconnaissant, au contraire. Très vite, les parents de Henrietta et Mary furent chargés de faire passer le mot. Ils avaient décidé de limiter l'information, au moins dans un premier temps, aux membres de la famille et aux domestiques de la maison. Avec ces deux groupes, auxquels s'ajoutaient Charlie Hastings ainsi que Barnaby et Penelope, Henrietta pouvait être sûre d'avoir toujours quelqu'un auprès d'elle pour la protéger. Le fait qu'elle eût si promptement accepté d'être surveillée mettait du baume au cœur de James.

Quant à lui, il fut bien entendu désigné pour être le garde attitré de Henrietta, un rôle que Mary lui attribua sans hésiter et qu'il s'empressa d'accepter.

Une fois le déjeuner terminé, et une fois que Lord Arthur fut chargé d'aller trouver ses frères et neveux, que Simon s'apprêta à aller prévenir Charlie, puis Portia, et que Lady Louise et Mary partirent pour Somersham House pour aller parler à Honoria puis à toutes les autres, James, pour distraire Henrietta tout en la gardant sous son aile protectrice, lui proposa de faire quelque chose d'utile de leur après-midi en allant visiter sa maison de George Street.

— Vous pourrez y faire un tour et voir ce que vous auriez envie de changer, suggéra-t-il.

Avec une gratitude bien réelle, Henrietta accepta. Même si le domicile de James ne se trouvait qu'à quelques pâtés de maisons, elle lui obéit et commanda une voiture, la plus petite possible, pour s'y rendre.

Comme Hudson, tout le reste des domestiques avait déjà été prévenu par James de la nécessité de la surveiller sans relâche. Elle ne fut donc pas surprise de découvrir Gibbs et le cocher sur le siège du conducteur, mais aussi Jordan, l'un des valets, debout sur le marchepied à l'arrière de la voiture.

Elle adressa un petit signe de tête aux trois hommes, qui avaient tous le visage fermé et regardaient attentivement autour d'eux, et accepta l'aide de James pour grimper en voiture.

Elle fut surprise par la demeure de George Street. Elle s'attendait à découvrir une maison de ville étroite mais, à la place, James lui fit grimper les marches menant à une belle bâtisse ancienne, dont la façade présentait deux grandes fenêtres disposées de part et d'autre d'un majestueux portique d'entrée. La peinture de la porte d'entrée était vive et brillante, et le heurtoir en cuivre étincelait. James lui ouvrit la porte. Elle franchit le seuil, les yeux grands ouverts, et regarda tout autour d'elle. Elle apprécia la courbe élégante de l'escalier, les moulures délicates encadrant les portes et les voûtes, les lambris de chêne qui couvraient la moitié des murs, et les tableaux — des paysages luxuriants — accrochés sur le papier peint vert.

— C'est la collection de ma grand-tante Emily, mais je l'aime bien, précisa-t-il.

James referma la porte, puis rejoignit Henrietta. En penchant la tête, il essayait de voir les choses à travers ses yeux.

— J'ai grandi avec ces tableaux.

— Ils s'inscrivent très bien dans le décor.

Elle pivota légèrement.

— Celui-ci, poursuivit-elle en désignant un tableau, possède un bel équilibre et dégage une impression très douce. Il est élégant sans être trop chargé.

Il sourit, puis la porte située au fond du hall d'entrée s'ouvrit, et son majordome, Fortescue, fit son apparition.

— Bon après-midi, monsieur.

Fortescue vit Henrietta, et son regard qui n'était plus tout jeune s'illumina.

James présenta Fortescue. Ses domestiques savaient pour ses fiançailles et étaient impatients de rencontrer celle qui allait devenir leur nouvelle maîtresse.

Légèrement enveloppé, mais d'une élégance impeccable, Fortescue avait atteint un âge respectable. Il avait toutefois gardé son air altier et ses manières distinguées qui faisaient de lui le plus précieux des majordomes. Sa profonde révérence eut l'air de produire le meilleur effet sur Henrietta.

— Bienvenue dans cette maison, mademoiselle. Tous les autres domestiques et moi-même avons hâte de pouvoir vous servir de la meilleure façon possible.

— Je vous remercie, Fortescue, répondit Henrietta en adressant un regard un peu surpris à James.

— Je vais faire visiter la maison à Miss Cynster, mais je pense que pour l'instant nous allons nous cantonner aux pièces principales.

Il prit la main de Henrietta.

— Nous allons commencer par les pièces de réception au rez-de-chaussée, et ensuite nous irons à l'étage.

Il considéra Fortescue.

— Si vous voulez bien prévenir Mrs Rollins : nous prendrons le thé au salon quand nous redescendrons.

— Bien sûr, monsieur.

Fortescue s'inclina, avant de sortir par la porte de service.

Sans lâcher la main de Henrietta, James la conduisit à la double porte située à droite du hall d'entrée.

— Mrs Rollins est la gouvernante. Comme Fortescue, j'ai hérité d'elle. D'ailleurs, à part mon valet personnel, Trimble, tous les domestiques datent de l'époque de ma grand-tante Emily.

— Fortescue semble tout à fait agréable, et il paraît sûr de lui et expérimenté.

— C'est le cas. Et tous les autres sont comme lui.

— Dans ces conditions, répondit Henrietta en souriant, ils conviendront parfaitement. Avez-vous idée de la difficulté de trouver du personnel compétent à Londres ?

— Pas la moindre.

James lui lâcha la main pour ouvrir la double porte. Il lui fit signe d'entrer.

— Après vous… Voici votre futur salon.

Pendant l'heure qui suivit, il découvrit que, alors que sa future épouse donnait l'image d'une jeune femme toujours très posée et raisonnable, sans goût affiché pour la frivolité, il existait une autre Henrietta. Comme il lui montrait la maison de sa grand-tante — qui lui appartenait désormais et allait bientôt être aussi à elle — un autre aspect plus léger de sa personnalité se dévoila, et il fut conquis.

Henrietta fut charmée par la maison, bien plus qu'elle n'aurait pensé l'être. Charmée par cette demeure dont elle serait bientôt la maîtresse. Bien sûr, cet état de fait avait attisé sa curiosité et aiguisé son esprit critique. Elle s'attendait à éprouver des réticences, voire une gêne, mais, au contraire, elle arpenta aux côtés de James des pièces dans lesquelles elle se sentit tout de suite comme chez elle.

Ils regardèrent ensemble le salon de réception, qui n'était ni trop grand ni trop exigu, et qui lui parut présenter un mélange parfait de confort et de simplicité. Les lignes claires et pures dominaient. Le mobilier Hepplewhite était disposé sur un tapis d'Aubusson en soie — qui lui-même recouvrait un parquet en chêne — dont les motifs vert et ivoire lui plaisaient beaucoup.

La salle à manger située en enfilade était impressionnante, avec ses riches lambris et son luxe raffiné et discret, tandis que la grande bibliothèque et le petit bureau qui donnait sur l'arrière de la maison et dont les fenêtres ouvraient sur le jardin étaient un pur enchantement.

Debout devant la fenêtre qui donnait sur le luxuriant jardin, elle écarta les bras et, un sourire béat aux lèvres, se tourna lentement.

— Je nous imagine très bien tous les deux ici, déclara-t-elle d'une voix pleine de joie. Vous, dans la bibliothèque, assis à votre bureau, en train de remplir des papiers, et moi ici, à cette petite écritoire, en train de rédiger des lettres.

James lui adressa son irrésistible sourire.

— Je pourrai m'arrêter et venir vous trouver à tout moment.

Ou bien c'est vous qui pourrez m'interrompre quand vous le souhaiterez.

Elle lui rendit son sourire. Main dans la main, ils firent le chemin en sens inverse jusqu'au hall d'entrée, en empruntant l'escalier aux courbes si harmonieuses. La rampe et la balustrade étaient d'un doux bois verni. Il n'y avait pas un seul grain de poussière en vue, même si la maison n'avait plus de maîtresse depuis presque un an.

— Combien de domestiques avez-vous ?

— En plus de Trimble, Fortescue et Mrs Rollins, il y a Cook, deux femmes de chambre, un portier, un garçon et une fille de cuisine. Mais nous pourrons en engager davantage si vous le souhaitez.

Elle secoua la tête.

— Cela me semble suffisant, au moins pour commencer. Bien entendu, j'amènerai avec moi Hannah, ma femme de chambre.

Elle se retourna vers lui pour demander :

— Votre grand-tante passait-elle beaucoup de temps ici ?

— En fait, elle y passait presque la moitié de l'année. Elle restait à Londres pendant toute la Saison, et y revenait à l'automne, pour la reprise des débats au Parlement. Elle s'intéressait de près à la politique, curieusement, et se tenait au courant de tout.

Henrietta insista pour voir toutes les pièces situées au premier étage.

— Cela me sera utile d'avoir une idée de la capacité totale de la maison, au cas où nous aurions besoin de loger des invités pour le mariage.

Elle s'arrêta dans le couloir et regarda James.

— Vos parents possèdent-ils une maison en ville ? Ou bien logeront-ils ici avec votre frère ?

— Ils possèdent une maison sur Chesterfield Street et, même si elle est presque vide depuis plusieurs années, je crois que mon frère, et peut-être mes parents, sera heureux d'avoir un prétexte pour la remettre en état. Donc non, je ne leur proposerai pas de les héberger ici. Par ailleurs, ajouta-t-il en lui jetant un petit coup d'œil, si nous sommes censés nous installer ici tous les deux juste après le mariage, nous n'aurons pas forcément envie d'avoir des invités.

— Ah…

Elle acquiesça en souriant.

— Vous n'avez pas tort.

Elle le regarda dans les yeux, puis se tourna pour se diriger vers la dernière porte, située au bout du couloir.

— De quelle pièce s'agit-il ?

Elle ouvrit la porte et pénétra dans ce qui était de toute évidence la chambre du maître de maison.

Plus grande que les autres chambres, la pièce était dessinée en L. Juste après la porte était installé un petit salon avec de confortables fauteuils en cuir tanné disposés devant la cheminée. Un vaste paysage automnal dans un gros cadre très travaillé était suspendu au-dessus du manteau de cheminée en chêne ouvragé, tandis que les murs et les meubles étaient décorés dans des tons dorés et brun chaud.

Le petit salon occupait tout un côté de la grande barre du L. La cheminée était encadrée par deux fenêtres et, lorsque Henrietta se dirigea vers la base du L, elle se retrouva devant une autre grande fenêtre qui donnait sur le jardin. Elle se rendit alors compte que la chambre se trouvait juste au-dessus de la bibliothèque et du bureau adjacent.

Elle s'approcha du lit massif en bois de chêne sculpté qui occupait le plus petit côté du L, et dont la tête ciselée était appuyée contre le mur. L'impression chaleureuse et automnale du décor était renforcée par les draps crème, le jeté de lit en satin doré, le baldaquin en brocart roux et or et les rideaux attachés par des cordelettes dorées.

Les commodes et les étagères étaient toutes en chêne massif, mais le côté imposant du mobilier était atténué par les tons doux du décor et les riches détails des paysages ornant les murs. Le tout créait un mélange curieux et insolite de masculinité et de féminité.

James observait le visage de Henrietta, comme s'il essayait de deviner ce qu'elle pouvait penser.

— Ma grand-tante n'adorait pas les dentelles et autres fanfreluches.

Henrietta sourit.

— C'est sans doute pour cela que son style me parle tant. Je n'adore pas non plus les dentelles et les fanfreluches.

Il soupira, l'air soulagé, et elle sourit plus franchement.

— Qu'y a-t-il là-bas ?

Elle désigna deux portes qui se découpaient dans la cloison. Deux chemins, de part et d'autre du lit, y menaient.

James alla ouvrir la porte la plus proche.

— Mon vestiaire, déclara-t-il.

Henrietta le rejoignit et regarda à l'intérieur, où elle aperçut d'autres commodes et étagères occupées par divers brosses et accessoires de toilette.

James alla ouvrir la deuxième porte et lui fit signe d'entrer.

— Le vôtre.

A l'intérieur, elle découvrit de grands placards et penderies, ainsi qu'une coiffeuse avec miroirs réglables.

— Ces aménagements datent-ils aussi de l'époque de votre grand-tante ?

James acquiesça.

— Malgré son âge, elle aimait se tenir au fait des dernières innovations.

Il accrocha son regard et désigna de la tête une porte située à l'autre extrémité du vestiaire.

— A ce propos, allez jeter un coup d'œil par là.

Elle lui adressa un regard intrigué, puis ouvrit la porte et étudia les lieux, avant de se mettre à rire.

— C'est notre salle de bains !

La pièce, longue et étroite, était éclairée par un grand plafonnier. Henrietta passa plusieurs minutes à examiner la magnifique plomberie et toutes les installations, remarquant au passage que le vestiaire de James communiquait également avec la salle de bains, tandis qu'une troisième porte donnait sur le couloir principal. Puis James l'invita à regagner la chambre.

— Il nous reste une pièce à visiter.

Il ouvrit alors la dernière porte, celle qui était collée à la tête de lit, et la fit entrer dans le plus beau boudoir qu'elle ait jamais vu.

— Oh, mon Dieu ! s'exclama-t-elle.

Les yeux écarquillés, elle contempla les larges fenêtres, les chaises Hepplewhite, les fauteuils et le canapé bien rebondis. L'on avait pris soin, plus encore que dans les autres pièces de la maison, de faire en sorte que tous les moindres détails s'accordent entre eux et participent à créer l'ambiance si particulière de la pièce. Tout contribuait à donner l'impression de se trouver dans une belle forêt embrasée par l'automne. Passant les doigts sur le cuir jaune du canapé, Henrietta murmura :

— Votre grand-tante adorait ces couleurs, n'est-ce pas ?

James glissa les mains dans ses poches et s'appuya sur la tablette de la cheminée.

— Oui, beaucoup.

Après quelques secondes, il poursuivit :

— Ce sont les couleurs qu'elle a choisies pour ses appartements privés. Au rez-de-chaussée, vous avez pu voir davantage de vert sapin et de marron. Et les autres chambres, comme vous avez dû le remarquer, sont décorées dans des tons plus vifs et plus estivaux — jaune, vert clair...

Il s'interrompit, mais quand Henrietta se tourna et le regarda — comme si elle sentait qu'il n'avait pas tout dit — il reprit :

— C'était une artiste, cette chère Emily.

Il désigna de la tête le tableau situé au-dessus de la cheminée, qui représentait un chemin se perdant dans les bois. La toile était peinte dans des tons de vert, de doré et de brun subtils.

— Je vous ai dit qu'elle passait la moitié de l'année à Londres, mais son cœur restait à la campagne, dans le Wiltshire, où elle possédait un manoir. Elle aimait les promenades, les bois, donc elle les peignait et les rapportait ici avec elle.

Henrietta le fixa un instant dans les yeux, avant de revenir au tableau. Elle fit un pas en avant, comme irrésistiblement attirée, et demanda :

— Donc, quand nous résiderons là-bas à notre tour, je pourrai voir tout cela, pour de vrai ?

Il acquiesça.

— Tous les tableaux qui se trouvent dans la maison sont d'elle, et vous pourrez voir tous ces paysages, tous ces décors et toutes ces vues « en vrai » à Whitestone Hall.

Henrietta observa longuement la peinture.

— Ce serait fabuleux de voir de tels paysages de mes propres yeux.

— Si cela peut vous faire plaisir.

Elle sourit et hocha la tête avec détermination.

— Oui, cela me ferait très plaisir.

Elle retourna auprès de lui, et admira le cadre une dernière fois.

— Ce sera un peu comme rencontrer votre grand-tante. Si j'avais eu la chance de la connaître, je l'aurais très certainement beaucoup aimée.

— Elle vous aurait beaucoup aimée, vous aussi.

Il accrocha son regard alors qu'elle se tournait vers lui, et sourit.

— Et elle aurait approuvé mon choix, surtout, dit-il.

Henrietta écarquilla les yeux et s'approcha encore de lui.

— C'est ce que vous pensez ?

Il retira les mains de ses poches et acquiesça.

— J'en suis certain.

— Pourquoi ? demanda-t-elle alors qu'il l'attrapait par la taille pour l'attirer à lui.

En inclinant la tête, il murmura :

— Parce que vous êtes mienne. Mais surtout parce que vous avez fait en sorte que, moi, je devienne vôtre.

Ils s'embrassèrent.

Plus tard, il se demanda si c'était lui, ou elle, par un choix conscient ou poussé par un désir instinctif, qui avait pris l'initiative d'aller plus loin, ou bien s'ils avaient répondu ensemble de leur plein gré à un appel dont la puissance les dépassait.

Ou bien si, étant donné la situation et la menace pesant sur elle et, par là, sur leur avenir commun qui se précisait d'heure en heure, il était inévitable qu'ils finissent dans son lit, et que l'après-midi se passe en étreintes torrides, caresses provocantes, gémissements évocateurs, halètements et cris étouffés, alors que, ensemble, ils revisitaient, réclamaient et se réappropriaient ce qu'ils avaient découvert quelques jours auparavant.

Ils se jetèrent de nouveau à l'eau et plongèrent avec délice pour, ensemble, prendre, donner, s'abandonner et partager.

Il ne parvint pas à se souvenir comment ils s'étaient retrouvés entre ses draps. Il se souvenait vaguement de la danse frénétique de leurs langues, de leurs bouches soudées, et de leur empressement à se débarrasser de toutes les barrières physiques qui s'élevaient entre eux. Les vêtements furent arrachés, s'envolèrent et disparurent, bannis. Et quand ils se retrouvèrent nus, peau contre peau, ils s'immobilisèrent tous les deux, les yeux fermés, pour laisser leurs sens s'emplir du plaisir magique de ce moment intense, et pour le savourer comme il se devait.

Puis les flammes s'élevèrent, avides et puissantes, et ils ne cherchèrent pas à les éteindre, bien au contraire. Non, ils s'abandonnèrent au feu, à l'embrasement de leurs sens. Se laissant tomber en travers du lit, dans la lumière chaude de l'après-midi, ils s'adonnèrent au plus délicieux des plaisirs.

Et tout devint plus fort. Plus assuré, plus puissant.

Une force les saisit tous deux, les posséda et les unit. Emportés par elle, ils allèrent de plus en plus haut, de plus en plus loin.

Jusqu'au bonheur suprême, qu'ils atteignirent dans une explosion sensorielle sans pareille.

Soudés l'un à l'autre, ils se laissèrent doucement retomber vers la réalité, guidés par le cognement sourd de leurs deux cœurs battant à l'unisson, par leur respiration rapide et bruyante.

Et bercés par la joie et le réconfort de sentir le corps de l'autre contre le sien, les enveloppant comme un cocon protecteur.

Dans la douce lumière dorée, dans la chaleur du lit, une chose était claire comme le cristal. Aucun des deux ne voulait que cela cessât.

Aucun des deux n'avait l'intention de revenir en arrière, malgré les difficultés qui les attendaient.

Ils désiraient ce qui était en train de se produire, plus que tout, corps et âme même, et ils voulaient tout ce à quoi cela allait les mener.

Ils se laissèrent retomber sur les coussins, et elle se cala entre ses bras. Ils se regardèrent longuement, et James vit dans les yeux de Henrietta la même résolution que celle qui l'animait.

Sans prononcer le moindre mot, ils se firent un serment.

Le serment que cela durerait toujours.

Et pour cela ils étaient prêts à se battre.

Parce que ce qu'ils étaient en train de vivre n'avait pas de prix.

C'était aussi simple que cela. Aussi fondamental.

Elle posa la tête sur son épaule, et il la sentit se détendre contre lui.

Les yeux fermés, il l'attira plus près encore.

Alors que toute la tension retombait, il sourit intérieurement et envoya une prière vers le ciel, destinée à sa grand-tante Emily.

Il la bénissait pour son habile manipulation.

12

Henrietta emmena sa jument trotter au parc très tôt le lendemain matin. Deux domestiques la suivaient, prêts à intervenir, aux aguets, pour s'assurer que personne n'essaierait de l'approcher ni de la menacer.

La matinée était fraîche et humide. De petites nappes de brouillard s'accrochaient aux arbres et nimbaient les buissons à mesure que l'on s'enfonçait plus profond dans le parc. Le soleil n'avait pas encore percé les nuages gris clair et aucun oiseau ne chantait.

— Au moins, il n'y a pas de vent, murmura Henrietta.

C'était une de leurs sorties habituelles, à sa jument et elle. Elles se rendaient au parc deux matinées par semaine. Tandis qu'elle avait accepté sans rechigner de faire l'objet d'une surveillance rapprochée, Henrietta refusait en revanche de renoncer à sa vie, sous prétexte qu'un scélérat cherchait à la supprimer.

Cependant, à cause de la gravité de la menace pesant sur elle, James avait insisté pour se joindre à elle, et elle en était très heureuse. Ils s'étaient mis d'accord pour se retrouver au départ du chemin jaune de Rotten Row. Impatiente de le retrouver, elle se dépêchait de rejoindre leur point de rendez-vous.

Sous le calme qu'elle affichait, elle se sentait agitée et un peu perdue. Elle avait presque des démangeaisons tant ses nerfs étaient à vif, mis à l'épreuve par la surveillance constante dont elle était l'objet de la part des membres de sa famille.

Elle n'avait pas pensé au fait qu'elle serait « sous observation » pendant les trois heures qu'avait duré le bal auquel elle avait assisté la veille au soir. Et, par conséquent, ce qui était censé être un amusement et un divertissement s'était transformé en épreuve. Même le fait d'avoir James constamment à ses côtés n'avait pas allégé la sensation d'oppression qu'elle avait éprouvée pendant toute la soirée.

— Mais tant que ce monstre n'aura pas été arrêté et pendu haut et court, murmura-t-elle, je vais devoir prendre mon mal en patience...

Arrivée au point de rendez-vous, elle ne fut pas du tout surprise de ne pas y trouver James. Elle lâcha les rênes et se pencha en avant pour flatter l'encolure lustrée de sa monture.

— Nous sommes un peu en avance, je le crains.

James et elle s'étaient mis d'accord pour se retrouver tôt mais, nerveuse, elle était partie de chez elle dès qu'elle avait été prête, et pour l'instant peu de cavaliers étaient déjà arrivés. Elle ne vit que deux groupes : trois jeunes hommes à l'air désinvolte, et deux gentlemen plus âgés et plus guindés. Les deux groupes en question utilisaient déjà le chemin pour galoper. Ils la remarquèrent tous les cinq et la saluèrent de loin.

Henrietta ne tenait guère en place sur sa selle. Pour ne rien arranger, sa jument piaffa lorsque les trois jeunes hommes se positionnèrent sur le chemin et lancèrent leurs chevaux au galop. Sa monture adorait galoper et elle n'appréciait pas du tout que Henrietta la retînt.

— James va bientôt arriver, dit-elle en calmant son cheval. Dès qu'il sera là, nous pourrons galoper.

Pourtant... elle avait deux domestiques pour la surveiller, et la piste n'était pas si longue que cela. Et en plus des cinq cavaliers, qu'elle connaissait tous de vue, il n'y avait personne d'autre...

La jument piétinait et tournait sur elle-même.

— Oh ! Très bien.

Lâchant la bride, elle dirigea sa monture vers le départ de la piste et, se retournant, lança à ses serviteurs :

— Je ne fais qu'un passage.

Ses domestiques la rejoignirent vite et, quand elle lança sa jument au galop, ils la suivirent de près.

Tous galopaient avec fluidité quand ils arrivèrent au bout du chemin. En riant — elle se sentait vraiment mieux, plus libre et plus légère — Henrietta se retourna, faisant dessiner un grand arc de cercle à sa monture pour faire demi-tour.

Regardant droit devant elle, elle aperçut James, au loin, qui émergeait du brouillard. Elle lui adressa de grands signes et lui cria bonjour.

Il l'aperçut, sourit et leva la main à son tour.

Tout sourire, elle se pencha en avant...

Pan !

James vit Henrietta sursauter, puis s'écrouler, avant même que le coup sec du pistolet ne parvînt à ses oreilles et ne lui fît l'effet d'un coup de poing en pleine poitrine.

Il talonna son cheval pour le lancer à toute allure vers elle.

Sous l'effet de la panique, son cœur était comme pris en étau.

Il arriva vite à la hauteur de la jument noire, agitée et apeurée. Il aperçut vaguement deux domestiques à cheval, placés entre Henrietta et le buisson touffu d'où le coup de feu avait dû partir. Mais toute son attention, tous ses sens étaient concentrés sur Henrietta. Elle était effondrée sur sa jument et ses bras pendaient de part et d'autre de l'encolure de la bête. Du sang coulait d'un côté de son visage.

Elle était pâle comme la mort, mais son dos se soulevait et s'abaissait légèrement.

Surmontant sa panique, il se précipita vers elle. Il lui fallut un moment pour la libérer de sa selle, puis il la souleva et la prit dans ses bras pour l'examiner.

La serrant contre lui, il sentit la poitrine de Henrietta se gonfler et se contracter. De façon régulière et répétée. Il bougea la tête de celle-ci avec précaution et examina en douceur sa blessure, un vilain sillon au-dessus de l'oreille. Enfin il put reprendre son souffle et vider ses poumons. Pour continuer de se calmer, il inspira profondément.

— Elle est vivante, annonça-t-il aux domestiques anxieux. Elle survivra. Ce n'est qu'une grosse écorchure.

Il regarda de nouveau le visage de Henrietta. La douleur et le choc lui avaient fait perdre connaissance, et elle saignait abondamment, mais sa vie n'était pas menacée.

Son soulagement était tel que, s'il avait été debout, il serait tombé à genoux.

Il chercha son mouchoir, qu'il plia et appuya fermement contre la blessure sanglante, puis jeta un coup d'œil vers les domestiques. Croisant leurs regards inquiets, il comprit qu'ils étaient déchirés : devaient-ils essayer d'attraper le coupable ou rester pour aider leur maîtresse ?

— Je me charge de la ramener chez elle, déclara-t-il.

Puis, la mâchoire serrée, il désigna les buissons.

— Prenez la jument et voyez ce que vous pouvez trouver.

Ils n'eurent pas besoin de se le faire répéter deux fois. L'un d'eux saisit les rênes du cheval, et ils disparurent aussitôt.

Il ne s'attarda pas pour voir où ils allaient. Dirigeant son étalon avec ses genoux, il quitta le parc aussi vite qu'il l'osa, pour emprunter Park Lane et arriver ensuite dans Upper Brook Street.

James tentait, avec difficulté, de se remettre de ses émotions. Un verre de brandy à la main, il se tenait devant la cheminée du salon, le regard fixé sur Henrietta. Vêtue d'une robe propre, la blessure désinfectée et pansée, elle était assise sur le canapé, entre Lady Louise, qui était pâle comme la mort, et Mary, qui affichait une mine lugubre. Toutes deux lui tenaient une main. Lord Arthur était assis dans le fauteuil qui faisait face au canapé, livide.

Le reste de la pièce était rempli de Cynster. Les autres membres de la famille, sans doute prévenus par Lord Arthur et Lady Louise, avaient commencé à arriver une demi-heure après qu'il eut pénétré dans la maison, portant dans ses bras une Henrietta toujours inconsciente et en train de perdre du sang.

Leur arrivée avait, bien entendu, créé un chaos monstrueux.

A présent, presque deux heures plus tard, la pièce était encombrée de jolies robes et de manteaux précieux dont les propriétaires redoublaient d'inquiétude ou de soins envers la blessée, ou parfois les deux.

A son grand soulagement, Henrietta avait vite retrouvé ses esprits. Mais, comme il fallait s'y attendre, elle était bouleversée et choquée.

Tout comme lui. Après avoir avalé une autre gorgée de brandy, il recommença son récit, à la demande de ceux qui venaient d'arriver.

— Au moment du tir, expliqua-t-il, les autres cavaliers qui s'entraînaient dans le secteur étaient déjà repartis. Je les voyais au loin, mais ils n'ont même pas entendu le coup de feu. L'auteur de cet acte ignoble a eu beaucoup de chance de pouvoir profiter de cette fenêtre mais, étant donné qu'il était caché, je pense qu'il aurait tiré même s'il y avait eu du monde autour de Henrietta.

— Néanmoins, dit Devil Cynster de sa voix grave et profonde, ce point est important. Il était tôt. Quelqu'un d'autre vous a-t-il croisés pendant que vous reveniez ici ?

James hésita un moment avant de répondre :

— Pas que je sache, mais...

Il croisa le regard de Devil.

— Je n'ai pas regardé partout autour de moi. J'étais concentré sur Henrietta.

— Et c'est bien compréhensible, intervint brusquement Helena. Mais ce que tu veux savoir, je pense, dit-elle à son fils, c'est si le reste de la bonne société est au courant de l'incident, ou si nous sommes les seuls à connaître cette attaque d'une lâcheté sans nom, conclut-elle avec un regard circulaire et altier à l'assemblée.

Devil acquiesça.

— C'est bien cela. Nous nous sommes mis d'accord pour garder ces attaques, car il s'agissait bien d'attaques et non d'accidents, secrètes, mais personne ne voudra croire que se faire tirer dessus à Hyde Park est un accident.

— En effet, commença Helena en regardant les autres ladies, mais je crois que c'est nous, les femmes, qui sommes les mieux placées pour prendre la mesure de ce que savent nos pairs. Donc... qui est invité quelque part pour le déjeuner ?

Plusieurs d'entre elles levèrent la main. Très vite, presque la moitié de ces dames et plusieurs de ces messieurs quittèrent la pièce pour aller s'acquitter de leur mission.

La porte venait à peine de se refermer derrière eux quand elle s'ouvrit de nouveau. Deux ladies firent irruption dans la pièce et se précipitèrent droit sur Henrietta.

— Dieu du ciel, Henrietta ! Est-ce que tu vas bien ?

— Le billet de maman disait seulement qu'on t'avait tiré dessus !

Deux paires d'yeux presque identiques, après s'être assurées de l'état de Henrietta, se posèrent de façon presque accusatrice sur Lady Louise.

— Je suis désolée, mes chéries, déclara cette dernière en écartant les bras, mais je savais que vous voudriez être prévenues aussitôt votre arrivée en ville, et j'avais l'esprit ailleurs.

Les jumelles, Amanda et Amelia, serrèrent leur mère dans leurs bras, puis allèrent saluer le reste de la famille. James fut étreint, embrassé sur les deux joues, puis présenté aux maris des jumelles, Martin Fulbright et Luc Ashford, qu'il connaissait déjà de vue.

— Cela me semble être une bien sombre histoire, déclara Martin alors que les jumelles s'éloignaient.

— Vous allez devoir nous mettre au parfum, renchérit Luc. Nous pensions venir pour assister à vos fiançailles, et nous voilà débarquant en pleine tentative d'assassinat. Pourquoi diable quelqu'un en voudrait-il à la vie de Henrietta ?

Quand James et les autres gentlemen eurent répondu aux questions bien compréhensibles de Martin et de Luc, l'heure du déjeuner était arrivée. L'assemblée tout entière passa à la salle à manger où les attendait une collation froide.

Tout le monde s'assit autour de la table, remplit son assiette et s'apprêtait à manger quand la cloche de la porte d'entrée retentit. Avec véhémence. Tout le monde se regarda, dans l'expectative. Puis l'on entendit des bruits de pas précipités et la porte s'ouvrit pour laisser entrer Angelica, la comtesse de Glencrae, et son mari Dominic.

Les salutations, les exclamations et les explications reprirent. Les deux sœurs aînées d'Angelica, Heather et Eliza, ainsi que leurs maris, étaient arrivées avec le premier contingent de Cynster, mais les deux femmes étaient parties avec ceux qui devaient essayer de tirer au clair ce que savait le reste de l'aristocratie londonienne, et leur absence dut elle aussi être expliquée...

James adressa un long regard éprouvé à Devil, qui était assis de l'autre côté de la table. Le duc de St. Ives, un des aristocrates les plus puissants du royaume, esquissa un haussement d'épaules et sembla résigné.

Finalement, tout le monde se rassit, se mit à manger, et le calme s'installa peu à peu.

Les regards paraissaient soucieux, les expressions étaient pensives. Tout en déjeunant, tous réfléchissaient. Ils se remémoraient ce qu'ils savaient et songeaient à ce qu'ils allaient pouvoir faire pour réussir à identifier celui qui avait eu l'audace de s'en prendre à l'une des leurs.

James jeta un coup d'œil à Henrietta, qui était assise à côté de lui, avant de fixer de nouveau son assiette. Il n'avait aucune difficulté à comprendre ce que pouvaient éprouver les hommes de la famille devant cette agression. D'ailleurs, il ressentait exactement la même chose qu'eux. Si la balle était passée un centimètre plus à droite, Henrietta aurait été morte.

Il en était au point de se sentir prêt à commettre un meurtre à son tour !

Mais, tout d'abord, il devait identifier ce fou.

Peu à peu, les discussions reprirent, de-ci, de-là. Et si ? Peut-être que... La collation froide fut débarrassée et remplacée par des fruits, des noix et des fromages, servis avec un vin blanc fruité. Comme les plateaux circulaient entre les convives, les spéculations se firent de plus en plus nombreuses.

— Cela ne va pas être facile, dit Henrietta en interrogeant James du regard. N'est-ce pas ?

Il hésita avant de répondre.

— Non, je ne vois pas de façon simple de découvrir qui il peut être.

Depuis l'autre bout de la table, Devil demanda :

— Qu'ont trouvé les domestiques ? Rien du tout ?

James secoua la tête. Les deux hommes étaient rentrés une demi-heure après Henrietta et lui.

— Ils ont cherché partout mais, s'ils ont repéré avec certitude l'endroit où l'homme s'était caché : dans un buisson touffu situé à quelques dizaines de mètres de la fin de la piste, ils n'ont vu personne. L'homme a dû s'enfuir à cheval.

Devil fit la grimace.

— A l'heure qu'il était, une fois quittée la zone de son forfait, il n'y avait aucune raison pour que quiconque le remarque. Rien ne le distinguait des autres gentlemen en train de faire leur promenade matinale à cheval.

— C'est vrai, intervint Vane Cynster, qui était assis à côté de Devil. Mais nous savons néanmoins une chose. Le fait qu'il ait manqué Henrietta, poursuivit-il en se tournant vers elle, ne signifie pas qu'il soit un mauvais tireur, au contraire. Henrietta devait se trouver à une bonne vingtaine de mètres de lui et était en train de s'éloigner.

Elle se remémora la scène, et sentit les couleurs qu'elle avait peu à peu retrouvées déserter son visage.

— Je me suis penchée en avant au moment précis où il tirait...

Elle considéra Vane, puis James.

— Il ne visait pas ma tête.

— Non, très chère, il visait votre cœur, grogna Devil.

Et il tendit le bras pour attraper une salière qu'il frappa contre la table.

— Silence ! ordonna-t-il.

Les discussions en cours s'interrompirent. Tout le monde regarda Devil.

Les lèvres serrées, il sourit, mais sans paraître pour autant amusé.

— Retournons au salon. Nous avons besoin de faire le point sur tout ce que nous savons et de décider des mesures à prendre pour arrêter cet infâme gredin.

Personne n'eut l'air de s'offusquer de son ton autoritaire et belliqueux. A vrai dire, tout le monde semblait dans le même état d'esprit batailleur que lui, et ce fut d'un pas décidé que tous les Cynster allèrent prendre place au salon.

Se sentant quelque peu faible aussi bien sur le plan émotionnel que physique, Henrietta demanda à James de s'asseoir sur l'accoudoir du canapé où on la força à vite prendre place, de peur qu'elle ne se sentît mal.

Devil s'installa à son endroit habituel, devant la cheminée, entre ses cousins Vane et Gabriel. Le père de Henrietta était assis dans un fauteuil, juste à côté d'eux. Ses frères, George et Martin, occupaient les chaises voisines. Les autres hommes prirent place le long des murs, ou s'appuyèrent contre les dossiers des chaises et des sofas. Les dames, qui n'étaient pas au complet, occupèrent le reste des sièges disponibles. Celles qui étaient parties déjeuner ailleurs n'étaient pas encore revenues.

Henrietta regarda Devil scruter tous les visages. Tous les présents, sans exception, appartenaient à la famille Cynster, que ce fût par naissance ou par alliance. Il n'y avait aucun ami parmi eux aujourd'hui et encore moins de simples relations. Ce dont il allait être question dans cette pièce ne concernerait que la seule famille et, à moins d'y être autorisé, personne n'aurait le droit d'en parler hors du cercle familial.

— Supposons, commença Devil, que le reste de la bonne société se trouve dans l'ignorance du drame qui a failli se jouer ce matin. Etant donné que personne ne s'est présenté à cette porte pour en savoir plus, je pense qu'il s'agit d'une hypothèse que l'on peut raisonnablement formuler. Mais ceux d'entre nous qui ne vont pas tarder à revenir pourront nous le confirmer. Donc... la question qui se pose à nous est la suivante : que faire maintenant ? En particulier, que pouvons-nous faire pour identifier le gentleman qui, en plus d'être déjà un double meurtrier, semble penser qu'il est avisé de sa part de s'en prendre à l'une des nôtres ?

Un murmure, comme une réponse instinctive, parcourut l'assemblée. Devil l'ignora et se tourna vers James.

— Cela pourrait être utile que l'un de vous deux rappelle brièvement les incidents précédents. Ce qui s'est passé chez les Marchmain, à Brook Street, et dans les ruines à Ellsmere Grange.

James acquiesça. Henrietta se cramponnait à sa main, donc il resta à sa place et s'adressa à l'assemblée depuis l'endroit où il se trouvait. Il résuma les trois incidents et expliqua ce qui, selon lui, s'était produit. A plusieurs reprises, Henrietta ponctua son récit par quelques remarques personnelles et précisions.

Tout le monde écouta avec la plus grande attention. Seules

quelques questions, posées par des hommes, interrompirent le silence.

Quand ils eurent fini d'expliquer les événements du matin, Devil précisa :

— Scotland Yard sait tout, par l'intermédiaire de l'inspecteur Stokes, à l'exception de ce qui s'est passé ce matin. Avant que nous l'en informions, cependant, je suggère que nous discutions des mesures que nous voulons prendre pour arrêter ce bandit. Stokes aura peut-être du mal à cautionner certaines de nos décisions, et notre but n'est pas de le placer dans une situation délicate. Donc, avant tout, mettons-nous d'accord sur ce que nous allons faire.

Sa proposition fut très favorablement accueillie, et tout le monde reconnut la nécessité d'agir au plus vite.

— Nous ne voulons plus qu'il prenne Henrietta pour cible, grommela son oncle Martin.

Ceux et celles qui s'étaient absentés pour le déjeuner revinrent avec l'information suivante : l'incident était inconnu de tous.

Heather, devenue depuis peu la vicomtesse de Breckenbridge, s'assit sur la chaise que son mari lui avançait.

— Il semble, déclara-t-elle, qu'il ait tout simplement été trop tôt. Les gens n'étaient pas encore sortis de chez eux.

— Ou bien, s'ils l'étaient, ils n'étaient pas assez réveillés pour bien se rendre compte de ce qui s'était passé, ajouta Jeremy Carling, tout en installant une chaise pour son épouse Eliza à côté de celle de Heather. Je me suis rendu dans plusieurs clubs ce midi, et je n'ai pas entendu le moindre murmure à ce sujet.

— Tant mieux, répondit Devil. Donc le scélérat va sûrement penser qu'avant l'incident de ce matin nous ignorions totalement son existence et ses intentions meurtrières. Mais il doit également s'imaginer que nous ignorons tout de ses motivations, que nous nous trouvons dans le noir complet, que nous agissons sous le coup de la panique, et que nous n'avons lancé aucune offensive concrète contre lui. Plus il restera dans l'ignorance de notre intention de le piéger, plus notre tâche sera aisée.

La porte s'ouvrit et Simon fit son entrée. Il était parti voir s'il pouvait obtenir la liste des invités de Lady Marchmain. Tout le monde le contempla avec espoir. Il fit la grimace.

— Elle a accepté sans la moindre réticence de me la communiquer, mais la liste en question se trouve chez elle. Elle nous l'enverra par coursier dès qu'elle sera rentrée.

James hocha la tête en guise de remerciement, mais souligna :

— Nous ne devons pas oublier que, étant donné le grand nombre de personnes y figurant, cette liste ne nous permettra, au mieux, que de restreindre notre champ d'investigation. En aucun cas elle ne nous permettra d'identifier l'assassin.

— C'est vrai, répondit Devil en adressant un regard circulaire à l'assemblée. Donc, qui a un plan ?

Plusieurs idées furent proposées, dont certaines totalement fantaisistes. Henrietta, calée sur son siège, laissa la discussion faire rage jusqu'à épuisement. Puis, sur un ton plus ferme que celui qu'elle avait jusque-là employé, elle déclara :

— Nous savons tous qu'il n'y a qu'une seule chose à faire.

L'expression de Devil lui montra très clairement qu'il l'avait compris dès le départ, mais qu'il avait préféré explorer toutes les autres voies possibles avant d'y arriver.

Avant qu'il ne reprît la parole, elle poursuivit :

— La seule façon de le faire sortir du bois et de le piéger, c'est de m'utiliser comme appât.

Elle ne fut pas surprise du tumulte que suscita sa proposition.

Profitant du brouhaha, James se pencha vers elle pour murmurer :

— Je ne veux pas que vous fassiez cela. Que vous mettiez votre vie en péril...

Henrietta le regarda dans les yeux.

— Je sais. Je ne veux pas prendre de risques inconsidérés, moi non plus. Mais c'est la seule façon.

Elle lui pressa la main et tint bon.

— C'est la seule façon si nous voulons vivre dans la maison de votre grand-tante Emily, tous les deux ensemble, libres de toute menace. C'est la seule façon si je veux pouvoir voir les paysages qu'elle a peints, à Whitestone Hall.

Elle le fixa un long moment puis, d'une voix calme mais déterminée, déclara :

— Je ne veux pas prendre de risques mais, pour avoir le futur que nous voulons tous les deux, nous avons besoin que je le fasse, et je le ferai. Je vous en prie, ne rendez pas les choses plus difficiles qu'elles ne le sont déjà.

Il lui rendit son regard, laissa passer un silence, puis, avec une réticence palpable, il hocha la tête et leva les yeux vers Devil.

— St. Ives, fit-il.

Quand Devil se tourna dans sa direction, James annonça :

— Mettons un terme au débat. Henrietta a raison. Il n'y a qu'un seul moyen.

Sans quitter James des yeux, Devil prit une grande inspiration, puis il regarda Henrietta, vit sa détermination et soupira. Il hocha la tête, puis éleva la voix, réclama le silence et déclara :

— Cela ne sert à rien de discuter. C'est la seule chose à faire. Donc, en pratique, comment allons-nous nous y prendre ?

Tout le monde reprit son souffle.

Puis, étape par étape, point par point, les membres de la famille Cynster élaborèrent un plan, fruit de leur complicité et de leur expérience collective et individuelle, afin de piéger le meurtrier de Lady Winston, le gredin qui avait eu la témérité de s'en prendre à l'une des leurs.

Plus tard dans la nuit, James escalada la façade arrière de la maison des Cynster et passa par la fenêtre du bureau.

— Merci, murmura-t-il à la silhouette sombre qui lui avait ouvert et fait signe d'entrer.

— Si vous voulez me remercier, faites en sorte que Henrietta sorte de tout cela heureuse et vivante.

Mary referma la fenêtre et la verrouilla, avant de préciser :

— En revanche, pour y parvenir, vous avez le droit de me demander tout ce que vous voulez.

Enveloppée dans une robe de chambre épaisse et avec un châle noué sur les épaules, Mary alla ouvrir la porte sans ajouter un seul mot. Elle regarda avec précaution à l'extérieur de la pièce, puis, d'un geste précipité, lui fit signe de la suivre.

James traversa le bureau, s'aventura sans faire de bruit dans le couloir et referma la porte. Mary posa un doigt sur sa bouche, puis guida James à travers la maison silencieuse, jusqu'au grand escalier de l'entrée, dans un premier temps. Elle marchait d'un pas assuré, mais sans faire de bruit. James fit de son mieux pour l'imiter. Pourvu qu'il ne prît pas l'idée à d'autres membres de la maisonnée de faire une petite promenade nocturne...

Une fois à l'étage, Mary lui fit traverser le palier, avant de le conduire à un couloir. Elle s'arrêta devant une porte, puis se tourna vers lui.

— C'est sa chambre. Tout le monde est couché depuis une heure, donc elle dort peut-être. Surtout qu'elle ne crie pas : ne l'effrayez pas !

Et, avant qu'il pût répondre, elle ajouta :

— Je suppose que vous retrouverez votre chemin pour repartir.

— Oui, bien sûr.

L'itinéraire n'était pas bien compliqué.

— Très bien. Vous feriez mieux de ne pas repartir trop tard pour ne pas risquer de vous faire voir. Je ne veux pas que cela me retombe dessus. Contentez-vous de refermer la fenêtre. J'irai la verrouiller en me levant demain matin.

Elle était vraiment très directive, mais elle l'avait aidé ce soir, et il lui en était infiniment reconnaissant. Elle n'avait pas eu besoin de le lui dire mais, derrière cet aplomb arrogant, James sentait qu'elle était vraiment très inquiète au sujet de Henrietta, et il ne pouvait pas le lui reprocher.

Il posa la main sur la poignée de la porte et inclina la tête.

Avec un hochement de tête altier, Mary s'éloigna.

Sans attendre de voir où elle allait, il tourna la poignée et se faufila à l'intérieur de la pièce, avant de refermer la porte derrière lui en silence.

Aucune bougie n'était allumée, mais il y avait malgré tout assez de lumière pour y voir clair. Les rideaux de deux grandes fenêtres étaient ouverts et le clair de lune se reflétait sur le parquet verni et sur le cadre du lit. La tête du lit et les coussins se trouvaient dans l'ombre mais, dès qu'il fit un pas, James entendit un bruissement, puis vit les couvertures bouger.

La mise en garde de Mary lui revint en mémoire. Il ne devait pas effrayer Henrietta ni la faire crier.

— James ?

Elle se redressa. Par réflexe, elle remonta les draps sur sa poitrine et essaya de distinguer la forme qui avançait dans l'obscurité.

— Est-ce vous ?

Pendant qu'elle murmurait ces mots, l'idée qu'il pût s'agir de quelqu'un d'autre lui vint à l'esprit et l'angoisse du doute la saisit. Mais, aussitôt formulées, ses craintes furent balayées par la certitude absolue que cela ne pouvait être que James.

— Oui, répondit-il d'ailleurs en s'approchant du lit.

Elle le regarda, émerveillée. Il s'arrêta à côté du lit et lui adressa le même regard, comme si le fait de la voir, de se perdre dans ses yeux, était une fin en soi et lui faisait l'effet d'un baume pour l'esprit et le cœur. Ils prirent tous les deux le temps de savourer cet instant, puis elle lui tendit la main.

— Je suis si heureuse que vous soyez venu.

Il lui saisit la main. Quand elle le tira doucement vers elle, il se laissa faire et vint s'asseoir sur le bord du lit, face à elle.

— J'avais besoin de vous voir. J'avais besoin de vous parler. J'ai demandé à Mary de m'aider et elle m'a laissé entrer.

Henrietta eut un sourire fugace.

— Il faut que je pense à la remercier.

Il considéra sa tête et le bandage qui l'entourait toujours.

— Comment va votre tête ?

— C'est douloureux à l'endroit même de la plaie, mais ailleurs je n'ai pas mal.

Tout en laissant sa main dans la sienne, elle glissa vers lui en prenant appui sur son autre bras, rabattant les couvertures sur ses genoux. Elle portait une fine chemise de nuit de linon, mais elle n'avait aucune raison de se cacher de lui. Elle s'approcha davantage et, en penchant la tête, murmura :

— Et, sinon, je vais tout à fait bien.

Parce qu'elle l'observait avec attention, elle vit l'ombre qui passa sur son visage. Il prit une grande inspiration avant de la regarder dans les yeux.

— Cela a été un coup de chance inouï que vous vous penchiez en avant à ce moment précis. Sinon...

Elle soutint son regard et agrippa sa main plus fort.

— C'est vrai, mais le destin s'en est mêlé et... je suis toujours là.

Il baissa la voix.

— *Nous* sommes toujours là. Le « moi » et le « vous » n'existent plus. Il n'y a plus que le « nous » qui vaille.

Elle plongea dans ses yeux, puis sourit.

— Je suis heureuse que vous ressentiez et pensiez cela. Parce que c'est exactement la même chose pour moi.

Une minute s'écoula, durant laquelle ils se dévorèrent des yeux, émerveillés de nouveau par ce lien si puissant qui les unissait.

Le moment était fort et chargé d'émotion. Portée par cette tension, elle se releva peu à peu sur les genoux pour se rapprocher davantage. Puis elle posa la main sur l'épaule de James, inclina la tête et l'embrassa.

Elle entrouvrit les lèvres et l'attira à elle, puis laissa le baiser se faire plus profond. Très vite, James prit les rênes de leur étreinte. Il lui lâcha le bras et, tendrement, prit son visage entre les mains, en faisant bien attention à ne pas effleurer sa blessure. Il l'aida à conserver son équilibre afin que leur baiser puisse se prolonger, se faire joueur, et qu'ils le savourent tous les deux.

Un baiser pour calmer leurs démons, exorciser leurs craintes et, grâce aux caresses, grâce à l'intimité partagée, être rassurés l'un sur l'autre et sur eux-mêmes.

C'était le simple fait de savoir qu'ils étaient toujours là, sains et saufs, et ensemble coûte que coûte. Que leur avenir commun était un projet qui tenait toujours.

Leurs lèvres se dévoraient mutuellement. Passion et désir tourbillonnaient dans l'obscurité, de douces flammes leur léchaient la peau, attisaient leurs sens, mettaient leurs nerfs à l'épreuve.

Comment résister à cette tentation ?

Henrietta finit par écarter sa bouche de la sienne. Gonflant la poitrine, elle inspira une grande bouffée d'air, puis, en le regardant dans les yeux, collée contre lui, elle murmura d'une voix langoureuse :

— Vous allez rester, n'est-ce pas ?

Sans la quitter du regard, il esquissa un sourire.

— J'aimerais beaucoup.

Elle rit tout bas et le força à s'allonger sur le lit.

Elle l'attira dans ses bras et, ensemble, ils roulèrent, pris par la passion. Mais, comme d'un commun accord, ils se refrénèrent. La nuit leur appartenait. Aucune menace ne pouvait les atteindre, aucun meurtrier ne pouvait arriver jusqu'à eux. Pas ici. Ils n'avaient aucune raison de se précipiter, et tellement de raisons de prendre leur temps, pour savourer ce moment, et l'apprécier d'autant plus.

James avait roulé sur le dos et l'avait installée sur lui. Il posa sa large main sur le front de Henrietta et la regarda dans les yeux.

— Il faut faire attention à ne pas vous faire mal à la tête.

— Nous allons faire attention, j'en suis certaine, et je n'aurai pas mal.

Elle s'accouda sur son torse et lui adressa un sourire enjôleur.

— Embrassez-moi.

Comme elle penchait la tête pour lui effleurer les lèvres, elle susurra :

— Faites-moi l'amour.

Il n'eut pas besoin de se faire davantage prier. Il posa la main sur sa nuque et attendit, la laissant imaginer le baiser qu'il allait lui donner, puis l'attira à lui et l'embrassa avec fougue, sans jamais perdre le contrôle pour autant.

Leurs langues se mêlèrent, se défièrent. Les lèvres ne s'entrouvrirent que pour se fondre alors que l'échange devenait plus intense.

Plus torride.

Leur respiration s'accéléra. Des petits gémissements de passion s'élevèrent.

Les vêtements tombèrent, volèrent, disparurent. Les mains saisirent, puis caressèrent et parcoururent les corps.

Elles explorèrent, se firent exigeantes.

Leurs lèvres ne se séparèrent que pour pouvoir savourer la peau de l'autre, et goûter à sa passion, l'inciter à aller plus loin.

Ils savaient tous les deux ce qu'ils voulaient — et ils voulaient la même chose. Cette nuit, plus encore que les fois précédentes, ils étaient en parfait accord, en parfaite harmonie.

Ce qui suivit fut une symphonie, orchestrée à quatre mains. Elle fut dirigée d'abord par lui, puis par elle, et ensuite par les deux à la fois, réunis dans la même passion. Le désir inondait leurs corps, leurs émotions, et ils se laissaient emporter, comblés et heureux.

Ils étaient ensemble, envers et contre tout.

Comme s'ils ne faisaient qu'un, leurs cœurs se gonflèrent quand il la pénétra. Comme s'ils ne faisaient qu'un, ils s'immobilisèrent un instant, les sens en alerte, pour ne rien manquer du plaisir de ce moment si particulier. Puis, avec frénésie, ils commencèrent la danse et leur chemin vers le plaisir.

Quand ils trouvèrent l'extase, plus forte que tout, elle les cueillit tous les deux, leur fit voir la vie sous des couleurs nouvelles, unis par un lien que plus rien ne pourrait briser.

Comme, doucement, ils revenaient sur terre, vers ce doux refuge qu'était le lit, vers la chaleur des bras de l'être aimé, nimbés du désir comblé et du plaisir partagé, ils se cherchèrent du regard.

Mêlant leurs respirations, ils n'avaient nul besoin de demander ce que ressentait l'autre.

Ils étaient prêts à défier l'enfer pour cela. Pour cette joie, pour cette passion.

Pour le bonheur d'être ensemble.

Personne — ni meurtrier ni scélérat d'aucune sorte — ne leur enlèverait cela. Ils ne se laisseraient pas faire. Jamais. Même s'ils étaient menacés de mort.

Chacun lut cette vérité dans les yeux de l'autre, puis ils laissèrent leurs paupières se fermer. Ils n'avaient pas besoin de mots pour prêter serment. Ils étaient prêts à risquer leur vie pour que perdure ce bonheur, cet état de grâce.

Il n'y avait rien à dire de plus. S'enfonçant sous les couvertures, ils s'endormirent, tendrement enlacés.

13

Le lendemain soir, Sir Thomas Grenville, administrateur du British Museum et éminent bibliophile, avait décidé d'organiser un gala afin de lever des fonds pour l'édification du nouveau musée. Sir Thomas avait eu la bonne idée de choisir, comme lieu pour ce gala, la galerie de la Bibliothèque du Roi, une section de l'aile orientale du musée, déjà rénovée, mais jusque-là interdite au public, garantissant par là la fréquentation et le succès de sa soirée.

Comme toute l'aristocratie se trouvait à Londres pour la Saison, l'affluence promettait d'être énorme. Sans exagérer, toutes les personnes qui comptaient dans ce pays risquaient d'être présentes.

— C'est vraiment la soirée idéale pour notre piège, murmura Henrietta.

Au bras de James, elle se tenait juste derrière son père et sa mère dans la file d'entrée. Bien que grande, elle ne voyait pas grand-chose dans cet océan de têtes et d'épaules qui remuaient et dodelinaient au fil des salutations et des conversations qui se succédaient. Tout le monde semblait excité et s'attendait à ce que la soirée fût exceptionnelle. Sir Thomas, qui avait l'habitude d'organiser ce genre d'événements destinés à lever des fonds, s'était montré extrêmement évasif à propos des divertissements qui seraient proposés, laissant les suppositions aller bon train et faire le travail à sa place.

Par conséquent, tous ceux qui avaient eu la chance d'être invités s'étaient déplacés en masse.

— Il paraît, murmura James en se penchant à son oreille, que toutes les hôtesses qui avaient prévu quelque chose pour ce soir ont préféré annuler.

Henrietta hocha la tête.

— C'était la meilleure chose à faire. Tout le monde sera ici. Et, comme il s'agit d'un gala, la majeure partie des invités restera jusqu'à la fin.

— Ce qui, sans doute, jouera en notre faveur.

James regarda autour de lui et poursuivit :

— J'aperçois St. Ives devant, et Gabriel et Alathea se trouvent à une dizaine de mètres derrière nous.

Il parcourut de nouveau la longue file du regard, d'avant en arrière.

— Je ne vois pas les autres, en revanche.

— Ils sont forcément là, quelque part. Et, croyez-moi, je suis soulagée que nous n'ayons pas à les trouver. Avec cette foule, cela aurait été impossible.

— A moins d'attendre ici sans bouger, répondit James.

Sa mâchoire se contracta.

Au bout d'un moment, il se détendit suffisamment pour demander :

— Qui sont ceux qui ont été choisis pour se montrer vigilants à notre place ?

Henrietta regarda autour d'elle, mais le bruit causé par la foule était déjà tel qu'elle doutait sérieusement que même sa mère, qui se trouvait pourtant juste devant elle, pût entendre ce qu'elle disait. Néanmoins, elle s'approcha de James et baissa la voix.

— Devil et Honoria, Vane et Patience, Gabriel et Alathea, Lucifer et Phyllida... Il faut compter aussi Demon et Flick, ainsi que Simon et Portia, Amanda et Martin, et enfin Amelia et Luc. Et mes parents, bien sûr. Ainsi que Mary...

Mary qui se trouvait juste à côté de leur père.

— Sans oublier la génération des aînés : tante Helena, Martin et Celia, ainsi que George et Horatia. Ils seront tous là, et tous auront leur rôle à jouer.

Tous étaient du même avis : selon eux, le meurtrier en savait assez pour se méfier de tous ceux qui venaient d'être nommés, sans exception. Il les observerait sans doute, guettant leur réaction, et aurait peut-être même l'audace de les tester, et, s'ils montraient le moindre signe de nervosité ou de méfiance, alors il ne tenterait rien. Par conséquent, tous les Cynster présents avaient l'intention de capturer ce sinistre individu en donnant l'apparence de la plus grande insouciance et de la plus grande désinvolture. C'était leur rôle : convaincre le meurtrier que personne ne s'attendait à ce qu'il ait l'audace de frapper de nouveau cette nuit, et certainement pas durant le gala, et que, donc, personne ne surveillait particulièrement Henrietta.

— Donc, récapitula James, Barnaby et Penelope, Charlie Morwellan et Sarah, Dillon Caxton et Pris, Gerrard Debbington et Jacqueline, vos cousines Heather, Eliza et Angelica, avec leurs maris, ainsi que Charlie Hastings sont chargés de vous surveiller en toute discrétion.

Ils avancèrent un peu dans la file, et Henrietta acquiesça.

— C'est cela. Pour ce faire, il y aura aussi Christian et Letitia, Wolverstone et Minerva, avec d'autres membres de leur club et quelques-uns de leurs amis militaires, accompagnés de leurs épouses. Les gens qui me surveilleront, conclut-elle en regardant James, seront plus nombreux que ce que pourra jamais deviner le meurtrier.

James lutta pour ne pas laisser paraître son inquiétude. Il était censé être là pour profiter de ce qui s'annonçait comme le plus grand moment de la Saison, au bras de sa promise. Mais projeter cette image de joie et d'insouciance était difficile étant donné le rôle qu'il avait à jouer dans cette comédie.

Il ne savait toujours pas comment il en était venu à accepter cela, à accepter de feindre une dispute avec Henrietta, ou tout du moins à donner l'impression d'une tension suffisante entre eux pour que chacun allât pour un temps de son côté. Elle se fondrait dans la foule et il disparaîtrait dans la direction opposée.

Regardant droit devant elle, Henrietta ajouta :

— Et n'oubliez pas que Stokes et ses hommes attendent dehors.

James n'allait certainement pas oublier que la police ne pouvait pas se trouver plus près que cela. Stokes aimait encore moins ce plan que James, mais il n'avait rien pu faire pour empêcher sa mise en place. Il avait donc choisi d'offrir tout le soutien qu'il lui était possible d'apporter. Avec un petit contingent de jeunes inspecteurs et de quelques sergents volontaires et dynamiques, il avait établi une surveillance devant toutes les portes de sortie du musée. S'il se produisait quelque chose et que le criminel tentait de fuir, il serait directement cueilli par la police londonienne.

James observa Henrietta. Elle semblait totalement calme, toute son attention était fixée vers l'extérieur et, avec une légèreté apparente, elle échangeait des sourires et des signes de tête avec d'autres personnes dans la foule.

Mais il était suffisamment proche pour voir de la méfiance et de la prudence dans le fond de ses doux yeux, et il sentait, par l'intermédiaire de la main qu'elle avait posée sur son bras, la tension qui était la sienne. Elle était aussi nouée que lui.

Ils arrivèrent en tête de la file, et Sir Thomas les salua avec affabilité. Après avoir échangé avec lui les amabilités d'usage et avoir été félicités à propos de leur mariage, James et Henrietta suivirent Lady Louise, Lord Arthur et Mary. Tous regardaient tout autour d'eux tandis qu'ils serpentaient entre les couples et les groupes, et faisaient semblant d'être subjugués par l'élégance d'une salle réputée pour être la plus belle de la ville.

La galerie, construite pour abriter la bibliothèque du roi, était longue d'une centaine de mètres. Sur la quasi-totalité de cette distance, elle mesurait une dizaine de mètres de large. Mais sa partie centrale, délimitée par quatre colonnes spectaculaires en granit poli d'Aberdeen, avoisinait les vingt mètres de large.

— Regardez ce plafond ! s'exclama Henrietta en contemplant les moulures crème, jaune pâle et dorées. Il se trouve bien à quinze mètres de hauteur.

— Au moins, répondit James en lui saisissant la main pour l'enrouler autour de son bras.

Il l'emmena à l'écart de ses parents et de sa sœur.

— Ces balcons tout autour nous offriront une excellente vue sur l'ensemble de la pièce, ajouta-t-il.

Henrietta se tourna dans la même direction que lui, puis croisa son regard.

— Se promener là-haut, c'est aussi s'assurer d'être vu par quiconque daignera lever les yeux.

James tordit légèrement la bouche.

— C'est exactement ce que je pensais.

Puis il pencha la tête pour murmurer :

— Ce sera l'endroit idéal pour jouer la scène de notre dispute. Essayons de repérer les escaliers qui y montent.

Henrietta acquiesça. Les balcons en question se trouvaient au-dessus des étagères profondes qui occupaient les parois des deux grands côtés de la pièce. A peu près à la moitié des murs de quinze mètres de haut, ces balcons formaient d'étroites promenades au-dessus des bibliothèques et devant les grandes fenêtres qui occupaient la partie supérieure des murs. De délicates balustrades métalliques leur donnaient une apparence aérienne, comme s'ils étaient suspendus au-dessus du corps principal de la pièce.

— D'après Barnaby, déclara James, il n'y a que deux portes. Celle par laquelle nous sommes arrivés et une autre située à l'autre bout de la salle.

Ils s'arrêtèrent près de l'une des très belles tables vernies situées tout le long de la pièce. James la détailla, avant d'examiner la statue de marbre dressée juste à côté. Il secoua la tête.

— Je n'arrive pas à croire que cette pièce soit réservée aux seuls chercheurs, et que le reste des gens ne puisse même pas avoir la moindre chance de la contempler.

Comme ils repartaient, il regarda de nouveau autour de lui.

— Je comprends pourquoi l'on murmure qu'il s'agit du plus bel endroit de Londres.

Toujours captivée par la magnificence architecturale des lieux, Henrietta hocha la tête et ajouta :

— Ce qui nous assure, je suppose, que celui que nous cherchons, quel qu'il soit, se trouve ici ce soir.

Ils approchaient de la partie centrale, où la pièce devenait deux fois plus large. Henrietta se retourna vers la porte par laquelle ils étaient entrés. Le parquet de chêne et d'acajou vernis disparaissait sous le ballet des jupes élégantes de plus en plus nombreuses.

— Selon vous, James, combien de temps devons-nous attendre avant de jouer notre scène ?

— Barnaby et Devil ont tous les deux insisté pour que nous attendions une bonne heure, afin d'être sûrs que tous les invités soient bien arrivés.

— Très bien.

Arborant un sourire plus large, Henrietta lui serra davantage le bras.

— Dans ce cas, nous n'avons qu'à nous mêler plus librement aux autres et oublier le plan pour le moment.

Ce fut exactement ce qu'ils firent, s'arrêtant pour discuter, ou pour être félicités pour leurs fiançailles. Néanmoins, pendant qu'ils déambulaient dans la section centrale, puis quand ils s'aventurèrent dans la deuxième moitié de la salle, ils continuèrent tous deux à examiner les possibilités qu'offraient les lieux pour qu'ils mènent au mieux leur plan.

Une fois qu'ils furent arrivés à l'autre bout de la galerie, James attira Henrietta à part, dans un coin. La tête penchée, il parla à voix basse. L'endroit était désormais si bondé, les invités si serrés, que malgré la cacophonie d'un millier de voix ils devaient faire attention à ce que personne ne les entendît.

— Je suis sûr que Barnaby va demander à quelques-uns de nos amis d'aller vous surveiller depuis le balcon.

Barnaby Adair avait pour mission de superviser cette partie du plan : il commandait à ceux qui étaient chargés de veiller sur Henrietta et, le cas échéant, de la protéger, pendant que le reste de la famille feignait l'insouciance et la naïveté.

— Je vois déjà Dillon et Pris là-haut, indiqua-t-elle. Sur la droite, pas très loin du centre.

Henrietta adressa un discret signe de tête au couple.

— Pris est enceinte, donc Dillon ne la laissera pas seule, mais ils sont très observateurs et attentifs tous les deux.

— Barnaby est sans aucun doute posté à un endroit d'où il peut voir tous les guetteurs, afin qu'ils puissent l'avertir si quelqu'un s'approche de vous.

Henrietta réprima un frisson. La seule façon pour elle de survivre à cette soirée, c'était de ne pas penser à l'homme qui voulait la tuer. Hannah l'avait coiffée de façon à dissimuler la blessure au-dessus de son oreille, mais elle la sentait toujours et ne pouvait donc s'empêcher de repenser à la balle qui lui avait déchiré la peau.

— Est-ce l'heure, maintenant ?

James consulta sa montre à gousset, avant de la ranger dans sa poche.

— Encore un bon quart d'heure.

— D'après Lady Holland, le premier intermède qui nous sera proposé sera le concert de cette soprano italienne venue de Milan. Je suppose qu'elle chantera à côté du grand piano qui est installé dans la partie centrale. Et, comme Lady Holland a dit que ce récital serait le premier de trois actes, je suppose que la cantatrice ne va pas tarder à se produire. A votre avis, James, devons-nous attendre qu'elle ait terminé de chanter, ou jouer notre petite scène juste avant cela ?

— Si nous le faisions juste avant, et depuis le balcon qui se trouve juste au-dessus du piano, nous serions sûrs d'être remarqués par le plus grand nombre, mais...

James grimaça.

— Il n'y a pas de raison que toute l'assemblée soit témoin de notre « désaccord ». Si notre homme est bien là, et il doit être arrivé, à présent, il vous surveillera de toute façon. Nous n'avons pas besoin d'en rajouter, donc je pense qu'après le récital de la soprano ce sera sans doute mieux.

Henrietta hocha la tête d'un air convaincu.

— Oui, vous avez raison, ce sera mieux. En faire trop pourrait rendre l'assassin méfiant. Je ne veux pas commettre de maladresse, et je suppose que vous non plus. Nous ne devons pas surjouer ni nous donner en spectacle d'une manière trop voyante. Il faut que la scène reste crédible. Il doit s'agir d'un petit désaccord passager, et rien de plus.

Il la regarda dans les yeux, puis acquiesça.

— Oui, vous avez raison. Mais, malgré tout, je continue de penser que nous devons tout faire pour qu'il puisse nous voir nous disputer et nous séparer.

Il leva les yeux pour étudier le balcon qui courait le long du mur gauche, vers où ils se trouvaient.

— Nous pourrions nous poster vers le bout de ce balcon, juste au-dessus du piano, au-dessus de l'endroit où se tiendra la cantatrice.

Henrietta se tourna vers le délicat escalier hélicoïdal qui menait au balcon en question.

— Nous pouvons monter par ici, et nous promener en hauteur, avant de prendre place pour écouter la chanteuse. Cela paraîtra tout à fait naturel.

Avec un hochement de tête, il la suivit donc vers l'escalier. Quand ils furent arrivés sur le balcon, il reprit son bras, et ils entamèrent une lente promenade vers le centre de la salle.

Ils trouvèrent l'endroit idéal au bout du balcon, où un autre escalier hélicoïdal redescendait vers la section centrale de la salle, juste à côté de l'une des quatre colonnes de granit qui supportaient le plafond. Le piano était installé au pied de cette colonnade.

Henrietta se tenait à côté de la balustrade, une main posée sur la rambarde, et regardait en bas alors que cinq personnes en livrée s'affairaient autour du piano, sous la direction d'un homme vêtu avec élégance. Ce dernier semblait fébrile.

Elle lança un coup d'œil à James qui se trouvait juste à côté d'elle.

— Je crois qu'il s'agit du secrétaire de Sir Thomas.

James, qui observait le reste de la salle, les regarda plus attentivement.

— Le pauvre homme, je n'aimerais pas être à sa place. Il est déjà assez compliqué d'organiser une soirée comme celle-là mais, en plus de tout le reste, il doit composer avec le tempérament capricieux des artistes… Je ne pense pas qu'on se bouscule pour prendre sa place.

D'après la rumeur, la soprano censée se produire devant eux possédait une voix d'ange, mais un caractère de harpie.

— Il me semble que cet homme travaille pour Sir Thomas depuis de nombreuses années, il doit donc être habitué à gérer ce genre de situations.

Henrietta se pencha un peu plus au-dessus de la balustrade pour mieux voir ce qui se passait en bas.

James faillit avoir le réflexe de l'attraper par la taille et de la tirer en arrière. Il était déjà si tendu, et tellement sur ses gardes, que son instinct cherchait toutes les excuses possibles pour prendre Henrietta dans ses bras.

Il aurait voulu la serrer contre lui et la protéger, la soustraire à tout danger. En grinçant des dents, il se remémora son rôle et se répéta que la situation allait encore largement empirer, avant de pouvoir s'améliorer.

— Très bien ! déclara Henrietta. Voici la soprano.

Dans sa voix, James perçut une impatience à peine contenue, ainsi qu'une tension latente. Il n'y avait rien de pire que d'attendre avant de jouer leur scène et lancer leur plan. Mais désormais ce moment était tout proche...

Dans le parterre bondé, il aperçut beaucoup de leurs complices, ceux qui feignaient l'insouciance et les autres qui, beaucoup plus discrètement, ne quittaient pas Henrietta des yeux.

L'accompagnateur prit place au piano, et aussitôt la foule se regroupa pour mieux entendre et apprécier la prestation. Le pianiste fit glisser ses doigts sur les touches, puis il s'immobilisa et la soprano entra de façon théâtrale, comme si elle était sur une vraie scène. Elle se plaça devant le piano, adressa un signe de tête au musicien, puis prit une grande inspiration et se mit à chanter.

Sa voix était si puissante qu'elle emplit la salle, se diffusant dans tous les recoins, même les plus éloignés. La musique était captivante avec ses envolées lyriques, et l'assemblée était sous le charme. James caressa l'idée de profiter de la distraction générale pour jouer leur petite mascarade tout de suite. Mais, finalement, il changea d'avis. La cantatrice était si douée qu'il y avait un risque que l'assassin fût distrait lui aussi et manquât leur mise en scène.

Donc il attendit. Malgré le talent de la chanteuse, il ne réussit pas à apprécier le récital. Il était trop nerveux, trop concentré sur ce que Henrietta et lui allaient très bientôt devoir faire. Il restait fixé sur l'image qu'ils devaient projeter. Il faudrait à tout prix qu'ils aient l'air convaincants.

Un tonnerre d'applaudissements résonna lorsque la soprano eut fini son tour de chant. Quand le silence revint, Sir Thomas s'avança pour annoncer qu'un célèbre ténor se produirait dans la demi-heure, et que plus tard dans la soirée les deux artistes chanteraient en duo.

Après d'autres acclamations et d'autres applaudissements, la soprano se retira en même temps que le pianiste et le secrétaire, puis les invités retournèrent à leurs occupations précédentes. Le bruit, tel une vague, se propagea de nouveau dans la salle.

Avec un air proche du ravissement — une expression largement présente en ce moment précis sur les visages des femmes de l'assemblée — Henrietta se tourna vers James et le regarda dans les yeux.

— Faisons-le maintenant, commanda-t-elle.

Son expression changea, pour s'assombrir, comme si elle avait dit quelque chose qui l'avait fait brutalement revenir sur terre.

Il esquissa un hochement de tête, les lèvres déjà pincées.

— Donc, nous nous disputons.

Elle leva le menton. La mâchoire serrée, elle déclara :

— Oui. Vous m'avez dit quelque chose d'horrible. Dieu seul sait quoi, d'ailleurs...

Ils avaient répété tout l'après-midi, mais cela ne figurait pas dans leur texte. Il plissa les yeux et baissa la tête pour croiser son regard réprobateur, en fronçant les sourcils avec agressivité.

— Je vous en prie, ne me faites pas rire.

En guise de réponse, elle leva plus haut le menton et secoua la tête avec vigueur.

— Et, pourtant, rire un peu vous ferait du bien.

Il lui jeta un regard noir. Cette scène de dispute n'était pas bien compliquée à jouer. A vrai dire, c'était même la partie facile de leur plan. Ce qui venait ensuite, en revanche, ne les réjouissait guère, ni l'un ni l'autre.

— Dans ce cas, je m'en vais, annonça-t-elle en se détournant, mais en attendant un instant comme pour lui laisser une dernière chance de s'excuser et de revenir sur ses paroles malheureuses.

— Faites attention à vous, Henrietta.

Il dut s'agripper à la balustrade pour s'empêcher de retenir sa fiancée.

Henrietta pivota avec emportement et, lui tournant le dos pour de bon, s'en alla la tête haute vers l'escalier, qu'elle descendit d'un pas décidé.

Le visage de marbre, la mâchoire serrée, il agrippa plus fort la rambarde, puis, se forçant à accepter la situation, il tourna les talons et, d'une démarche lente et raide, se mit à arpenter le balcon.

Cela lui demanda un effort terrible de ne pas se retourner vers elle. Et cela lui demanda le même effort de ne pas vérifier que ceux qui devaient la suivre et la surveiller étaient bien en train de le faire.

En concevant leur plan, ils avaient tablé sur le fait que le meurtrier, sauf s'il avait étudié de près l'arbre généalogique des Cynster, ne ferait pas le lien entre, par exemple, Gerrard Debbington et Henrietta. Gerrard et Charlie Morwellan étaient chargés, avec d'autres, de la suivre comme son ombre, où qu'elle allât, et de voir si un gentleman tentait de l'approcher. Ils avaient supposé que, si le tueur la voyait, elle, sa cible, apparemment seule, il ne pourrait pas résister et que, se fondant dans la foule, il l'approcherait et tenterait de l'attirer hors de la salle.

Donc, à présent, James devait rester là à attendre sur des charbons ardents et annihiler tous ses réflexes qui, sachant que Henrietta courait un grand danger, le suppliaient de réagir, d'aller la retrouver, de la protéger et de tout faire pour garantir sa sécurité...

Malheureusement, pour l'instant, la seule façon pour lui d'y parvenir était de garder ses distances et jouer cette comédie. Ce ne serait qu'une fois qu'ils auraient capturé le meurtrier que Henrietta n'aurait définitivement plus rien à craindre.

Il s'arrêta, balaya du regard les convives en dessous de lui, puis se dirigea vers l'escalier situé à l'opposé de celui qu'elle avait emprunté pour rejoindre la foule. Il avait remarqué plusieurs amis avec lesquels il pourrait passer un peu de temps, comme il aurait été censé le faire en cas de véritable dispute. Pour que l'illusion soit parfaite, il ne parlerait qu'à ces derniers, et éviterait tous les membres de sa future belle-famille.

Bien entendu, toutes ses connaissances étaient au courant de ses fiançailles et voulaient rencontrer sa promise. Il avait une réponse toute prête : Henrietta s'était arrêtée pour parler avec un lointain parent et elle le rejoindrait très vite.

L'effort qu'une telle démarche lui coûta dépassa ce qu'il avait imaginé, mais il tint son rôle, resta à un bout de la salle et réprima fermement l'envie de scruter la foule.

Pendant ce temps, Henrietta se promenait au centre de la salle. Il était facile pour elle de s'arrêter pour discuter, et même d'accepter les félicitations pour ses fiançailles. Même si James n'était pas à ses côtés, les gens étaient tellement habitués à la voir déambuler seule dans les salles de bal que très peu remarquèrent l'absence de ce dernier, et elle réussit habilement à détourner l'attention des quelques-uns qui s'en rendirent compte. Si James et elle s'étaient réellement disputés, elle aurait pris sur elle et n'aurait rien laissé paraître de son emportement, de sa colère ou de sa tristesse.

Mais alors que les minutes passaient, sans que James la rejoignît, l'on pouvait s'attendre à ce qu'elle s'isolât un moment pour réfléchir et faire le point.

Après une demi-heure de bavardages légers, durant lesquels elle avait bien remarqué la présence de ses « anges gardiens », elle se dirigea lentement vers le fond de la section centrale, à l'opposé du piano.

Quand le ténor vint chanter, que la foule se rassembla et concentra toute son attention sur ce tout petit homme, elle put reculer et aller se placer dans un endroit un peu moins éclairé et beaucoup moins fréquenté.

Elle se trouvait face au ténor, mais plus ou moins seule. Le couple le plus proche se trouvait devant elle et, par conséquent, lui tournait le dos. Il y avait de l'espace tout autour d'elle, ce qui ne pouvait qu'inciter un gentleman à s'approcher, surtout sachant que le reste de l'assemblée était subjugué par la voix de velours du chanteur.

Pendant qu'elle attendait, debout, en luttant pour ne pas

laisser paraître sa nervosité, elle avait tout à fait conscience d'être exposée. Et s'il avait un pistolet, ou un couteau ? Mais non… Ils avaient évoqué ces possibilités, et tout le monde s'était entendu pour dire qu'essayer de la tuer en plein musée aurait été vain. S'il commettait cette imprudence, le meurtrier ne pourrait jamais sortir et s'enfuir sans être reconnu.

Et puisque, précisément, il voulait l'éliminer pour protéger son identité, eh bien, il allait devoir l'approcher et, d'une façon ou d'une autre, la forcer à quitter le gala avec lui.

Elle réfléchit aux arguments qu'il essaierait d'employer pour l'en convaincre, mais sa nervosité extrême l'empêchait de faire bon usage de ses capacités de raisonnement et elle ne parvint à rien.

Du coin de l'œil, elle vit Gerrard et Jacqueline Debbington dans le fond de l'assemblée, à sa droite, qui faisaient semblant d'être captivés par le ténor.

Plus loin sur la gauche se tenaient Jeremy et Eliza Carling, mais ils lui tournaient le dos.

Un peu plus près d'elle, toujours sur la gauche, se trouvaient un homme et une femme qu'elle avait déjà croisés, mais qu'elle connaissait peu : Rafe et Loretta Carstairs. Et il y en avait d'autres. Elle n'était pas seule, pourtant elle se sentait oppressée et elle devait lutter pour ne pas agripper trop fort son réticule.

Elle attendit. Attendit.

Le ténor finit son récital, et aucun homme ne l'avait approchée. Réprimant un soupir, elle se força à sourire et à retourner se mêler à la foule. Elle discuta avec des amis et salua de la tête plusieurs connaissances tandis qu'elle se dirigeait vers la partie tout au centre de la salle. Plusieurs gentlemen, l'apercevant seule, s'arrêtèrent, sourirent et lui parlèrent, mais elle les connaissait tous, et ils s'en tinrent à de banals échanges de politesses.

Elle finit par aller se poster derrière le pilier situé en face du piano, comme si elle cherchait à se mettre à l'écart des conversations incessantes et de la bousculade. Quand la soprano et le ténor revinrent pour leur duo final, elle était presque cachée derrière le pilier, et loin derrière tous les autres. Une fois de plus, tout le monde lui tournait le dos.

Une fois de plus, elle attendit.

Attendit.

Et, une fois de plus, aucun gentleman, ni personne d'autre, ne l'approcha.

— Je n'y crois pas ! murmura-t-elle, alors que le ténor et la soprano avaient terminé leur dernière aria sous un tonnerre d'applaudissements.

En grimaçant légèrement, elle joignit les deux mains et applaudit par politesse mais, à dire vrai, elle n'avait pas écouté la moindre note.

La foule commença à s'agiter et à se déplacer, regardant de droite et de gauche. Sans doute les chanteurs étaient-ils partis.

Henrietta jeta un regard autour d'elle.

— Que faire, maintenant ? murmura-t-elle.

Ils étaient tellement sûrs que le meurtrier mordrait à l'hameçon qu'ils n'avaient même pas envisagé une seule seconde que leur plan pût ne pas fonctionner.

Comme pour répondre à sa question, Sir Thomas prit la parole pour remercier tous les participants et les informer que, la soirée étant terminée, ils étaient tous invités à rejoindre les portes situées de chaque côté de la salle.

La foule commença à s'éparpiller. Les gens cherchèrent ceux avec qui ils devaient partir, puis se dirigèrent vers les portes. Alors que la foule était déjà moins nombreuse, Henrietta eut un moment d'hésitation, puis elle soupira et contourna le pilier pour rejoindre le centre de la pièce. Morose, elle s'arrêta là et attendit de nouveau. Mais, cette fois, c'était James qu'elle attendait et elle savait avec certitude que lui viendrait la chercher.

James n'aurait su dire ce qu'il ressentit lorsqu'il comprit que le gala était terminé et qu'aucun incident n'était venu l'entacher. L'incrédulité, le soulagement et la frustration se mêlaient dans son esprit. La mâchoire crispée, il s'écarta du flot des invités qui se dirigeaient vers la sortie et fit demi-tour vers le centre de la salle, cherchant des yeux quelqu'un capable de lui confirmer que leur plan avait échoué.

Devil le vit le premier et le héla. James lui fit signe, ainsi qu'à

Honoria qui lui donnait le bras, et ils se retrouvèrent sur un côté de la salle.

— Rien, lâcha Devil, qui semblait aussi amer et déçu que James. Peut-être qu'il n'était pas là, finalement.

Puis il désigna de la tête le plus éloigné des quatre piliers de granit.

— Henrietta vous attend au pied de ce pilier. Je vous suggère de faire comme si vous vous étiez calmé et que vous vouliez vous réconcilier avec elle. Mieux vaut que ce scélérat ne devine pas qu'il s'agissait d'une mise en scène.

— Nous allons tous nous retrouver chez Lord Arthur pour faire le point, annonça Honoria en esquissant un sourire, avant de se hisser sur la pointe des pieds pour l'embrasser sur la joue. Ne vous inquiétez pas. Nous allons trouver autre chose.

Puis elle recula et lui adressa un signe de tête altier.

— Nous vous attendons là-bas. Ne traînez pas.

L'air peu convaincu, James s'inclina.

— Nous allons nous dépêcher, monsieur le duc.

Puis il se dirigea vers le pilier en question.

Henrietta, comme l'avait dit Devil, était en train de l'y attendre. Ce qu'il n'avait pas précisé, en revanche, c'était qu'elle avait l'air perdue, voire désespérée.

Cela rendit sa tâche plus aisée.

Avec un petit sourire piteux, il s'approcha. Il s'arrêta, la regarda un long moment, avant de tendre la main.

— Voulez-vous bien faire la paix ? demanda-t-il.

— Avec joie.

Henrietta lui prit la main, puis le bras. Elle soupira et, s'approchant de lui, posa la tête sur son épaule.

— Quelle affreuse perte de temps.

Tous ceux qui les avaient aidés au cours du gala étaient rassemblés dans le salon d'Upper Brook Street. Du thé et des petits gâteaux avaient été servis à tous. Tout le monde participait à la conversation, émettant des hypothèses sur les raisons de leur échec.

Royce, le duc de Wolverstone, qui était sans conteste celui

qui avait le plus d'expérience dans ce genre d'intrigues, entra directement dans le vif du sujet.

— Donc notre plan n'a pas fonctionné. Mais je pense deviner pourquoi.

Devil le regarda en plissant les yeux.

— Et pourquoi, alors ?

Royce esquissa un sourire, avant de reprendre son air grave.

— Votre plan était sensé, mais il s'agissait d'un plan fait pour attraper un autre type de malfrats.

Il chercha du regard James et Henrietta, avant de poursuivre :

— Ou, plutôt, un autre type d'*assassins*, je veux dire. Si notre homme avait été un quelconque gentleman qui, pour une raison ou une autre, avait dû se débarrasser de Lady Winston, puis de son habilleuse, et tentait désormais de s'en prendre à Henrietta, froidement et sans avoir peur de dévoiler son identité, il aurait sans aucun doute essayé de l'approcher durant le gala. Même sans forcément tenter de lui faire du mal ou de l'enlever ce soir-là, parce que ce n'était pas dans ses plans, il l'aurait néanmoins approchée, lui aurait parlé, il aurait soupesé ses chances, et aurait peut-être essayé de lier connaissance pour se faire passer pour quelqu'un en qui, lors d'une prochaine rencontre, elle pourrait avoir confiance.

Royce posa sa tasse de thé avant de reprendre :

— Mais il n'a rien fait de tout cela.

— Mais comment être sûr qu'il ait bien été présent ? demanda Gabriel.

— Oh ! Je crois qu'il était là, répondit Royce. Je continue de penser qu'il était raisonnable de supposer qu'il assisterait à cette soirée. D'ailleurs il ne serait pas inutile de comparer la liste des invités de Lady Marchmain à celle de ce soir.

— Je connais bien Sir Thomas, déclara Horatia. Je peux lui demander sa liste.

Royce pencha la tête.

— Ce serait bien de le faire. A ce stade, toutes les informations sont les bienvenues. Parce que je dois vous prévenir, ajouta-t-il en adressant un regard circulaire à l'assemblée, que le fait que le meurtrier n'ait pas mordu à l'hameçon ce soir n'augure rien de bon.

Un silence consterné régna pendant quelques instants, avant que Lucifer ne le brise.

— Comment cela ? grommela-t-il.

Royce prit quelques secondes avant de répondre :

— Je ne pense pas qu'il ait percé notre plan à jour, commença-t-il, en considérant James et Henrietta qui étaient assis dans le fauteuil en face de lui. Votre petite comédie a été parfaitement interprétée. Vous n'en avez pas trop fait, vous avez su rester sobres. Quiconque vous ayant vus a été obligé de croire ce que vous vouliez faire croire. Ce n'est pas pour cette raison qu'il n'est pas passé à l'acte.

Il parcourut de nouveau la pièce du regard.

— Et j'ai observé tout le monde, également. Nous avons tous joué notre rôle à la perfection. Personne n'a commis de faux pas susceptible de nous compromettre.

— Pourquoi n'a-t-il pas mordu à l'hameçon, alors ? demanda Barnaby.

Royce regarda d'abord Devil, puis Barnaby.

— Je pense qu'il s'est posé la question de savoir s'il devait passer à l'acte ou non. Et je pense même qu'il y a longuement réfléchi. Comme vous l'avez supposé, il ne pouvait pas tuer Henrietta dans la galerie elle-même. Il aurait dû la forcer à partir avec lui. Mais, et vous ne pouviez pas le savoir avant ce soir, il n'y a que deux portes pour accéder à cette salle. Et, étant donné les trésors conservés dans cette galerie, ces portes étaient gardées par le personnel du musée. Il y avait au moins six hommes postés à chaque entrée, et cela durant toute la soirée. Pour couronner le tout, à cause du caractère exceptionnel de ce gala et de la configuration particulière des lieux — une seule porte à chaque bout de la salle, donc —, il y a eu très peu d'allées et venues ce soir. Les gens sont restés au même endroit ou presque de bout en bout de la soirée.

— Donc, notre homme n'aurait en aucun cas pu quitter les lieux avec Henrietta sans être vu.

Royce s'interrompit un court instant, avant de reprendre :

— C'était beaucoup trop risqué. Il a été tenté, mais il a résisté, car il a soupesé ses chances et jugé qu'il pourrait se faire prendre.

De nouveau, Royce adressa un regard circulaire à l'assemblée.

— Et c'est cela, reprit-il, qui est inquiétant. Un meurtrier qui, alors même que sa cible est largement à sa portée, est capable de résister à l'envie de passer à l'acte et est capable de ne rien faire du tout est un homme très dangereux.

— Ah, fit Barnaby en grimaçant. Donc, nous voilà face à un meurtrier intelligent.

Royce lui adressa un petit regard.

— Je vous le dis, mes amis, il s'agit là d'un homme redoutablement dangereux.

Cette assertion, que personne ne pouvait remettre en question, acheva d'assombrir le moral des troupes.

Comme personne n'avait d'autre analyse à proposer, et encore moins de meilleur plan à suggérer, et qu'il était déjà tard, la réunion fut rapidement ajournée. Les acteurs clés décidèrent de se retrouver, non pas le lendemain mais le surlendemain, durant la matinée, afin de mettre en place leur prochaine opération. Entre-temps, Henrietta promit de faire très attention à elle.

Elle se tenait avec James dans le hall d'entrée pour dire au revoir à tous ceux qui avaient répondu à leur appel, les remerciant pour leur aide, si improductive qu'eût été la soirée, pourtant. Malgré tout, la déception de Henrietta fut quelque peu atténuée par la détermination sans faille que tous affichaient, et que l'assurance d'Amanda refléta bien quand elle déclara :

— Ne t'inquiète pas, ma petite Henrietta. Nous ne nous arrêterons pas avant d'avoir attrapé ce triste individu.

Puis Amanda la serra chaleureusement dans ses bras et l'embrassa, avant de suivre son mari Martin vers la voiture qui les attendait dehors.

Ils furent parmi les derniers à partir. Quelques minutes plus tard, son père fit signe à Hudson de fermer la porte, avant de se tourner vers sa femme et sa fille. Il sourit avec une légère retenue mais, avant qu'il pût parler, la mère de Henrietta le fit à sa place.

— Amanda a mis des mots sur ce que nous ressentons tous, dit-elle en pressant la main de Henrietta. Ne perds pas courage, ma chérie. Non seulement nous trouverons ce scélérat, mais nous l'arrêterons aussi.

Elle tapota la joue de sa fille, puis sourit à James et posa la main sur son épaule alors qu'elle passait devant lui pour se diriger vers l'escalier.

— Venez, Arthur. Laissons-les se dire au revoir.

Le père de Henrietta hocha la tête et se pencha pour embrasser celle-ci, puis il administra une tape assez vigoureuse sur l'épaule de James, et suivit sa femme, laissant Henrietta seule face à ce dernier.

Elle scruta ses beaux yeux marron. Il semblait aussi fatigué qu'elle avait elle-même l'impression de l'être.

Il parcourut lentement son visage des yeux, puis esquissa un sourire.

— Nous sommes tous les deux épuisés. C'est toute cette tension. Je rentre chez moi. Je veux profiter de la nuit pour digérer tout cela.

Puis il prit son visage entre ses mains et l'embrassa.

Ce fut un baiser d'une tendresse et d'une douceur infinies.

Quand il releva la tête, il lui sourit, puis il la lâcha et recula.

— Profitez de cette bonne nuit de sommeil, et je viendrai vous voir demain matin. Un petit tour dans le parc nous fera le plus grand bien à tous les deux.

Elle réussit à sourire.

— Un peu d'air frais… J'en rêve !

Au lieu de rappeler Hudson, qui s'était discrètement éclipsé pour leur laisser un peu d'intimité, elle ouvrit elle-même la porte. Après lui avoir une dernière fois effleuré les doigts, James sortit et disparut dans la nuit.

Henrietta le regarda partir, puis soupira, recula et referma la porte. Elle aurait préféré qu'il restât, mais il avait raison. Cette nuit, ils n'auraient pas été d'une très bonne compagnie l'un pour l'autre. Mieux valait se reposer et se ressaisir. En soupirant de nouveau, elle se dirigea vers l'escalier, et son lit vide et froid.

La tête baissée, les mains dans les poches, James remonta Upper Brook Street, avant de tourner à gauche vers North Audley Street.

Il ne pouvait s'empêcher de ressasser les faits, de tourner et de retourner dans sa tête tous les détails des quatre tentatives de meurtre commises contre Henrietta, y cherchant un indice qu'il aurait négligé, ou n'importe quoi susceptible de le mettre sur la piste du meurtrier et de son identité.

Pris par ses pensées, il traversa North Audley Street et, après quelques pas, tourna à droite dans Brown's Lane, un raccourci qu'il utilisait fréquemment pour rejoindre sa maison de George Street. Comme d'habitude, la ruelle étroite n'était éclairée que par la lumière des deux rues sur lesquelles elle débouchait et qui se reflétait sur les hauts bâtiments qui la bordaient. Mais James remarqua à peine que la voie en question était sombre à ce point : c'était un chemin qu'il empruntait très fréquemment, et souvent tard dans la nuit. Il avançait d'une démarche assurée et confiante, encouragé par le bruit régulier de ses propres pas.

Y avait-il au gala quelqu'un qui aurait déjà été présent chez les Marchmain et dont il se souviendrait ? Quelqu'un qui aurait particulièrement prêté attention à Henrietta ? Mais son esprit était si embrouillé qu'il ne parvenait pas à voir clair dans ses souvenirs.

Il y avait deux petites places de part et d'autre de Brown's Lane. Perdu dans ses pensées, James traversa la première, dont les pavés étaient éclairés par deux modestes lampes situées au-dessus de portes étroites, avant de replonger dans l'obscurité de la ruelle, qui, par contraste, paraissait plus flagrante.

Simon avait bien reçu la liste des invités des Marchmain. Avec un peu de chance, le lendemain, Horatia aurait en sa possession celle de Sir Thomas, et l'on pourrait comparer les deux, et peut-être établir une liste de suspects possibles.

Il entendit un léger bruit, le frottement d'une chaussure sur le sol.

Il y avait quelqu'un derrière lui. James esquissa un mouvement pour se tourner…

Une douleur atroce jaillit dans son crâne.

L'obscurité l'engloutit.

Il tomba et perdit connaissance.

La première chose dont il se rendit compte quand les brumes commencèrent à se dissiper, c'était qu'il était affalé sur une chaise, la tête — vrillée par une douleur lancinante — pendant en avant, les bras tirés vers l'arrière.

Il voulut froncer les sourcils, mais même cela c'était douloureux. Il essaya de bouger, mais il se rendit compte que ses bras étaient attachés, tout comme son corps. Puis ses sens se réveillèrent et il sentit la corde qui lui enserrait les poignets. Il était assis sur une chaise au dossier droit et rigide ; une corde lui ceignait le torse et ses mains étaient solidement attachées derrière le dossier.

Il cligna des paupières et se força à ouvrir les yeux. Il fut aveuglé par la lumière dispensée par une lampe posée juste en face de lui. Il regarda sur le côté et attendit. Quand sa vision s'éclaircit, il découvrit, sous ses pieds, un sol en pierre brute.

Il remarqua d'ailleurs qu'il pouvait prendre appui sur ses jambes. Celui qui l'avait amené ici ne s'était pas donné la peine de les lui lier.

Il leva lentement le regard jusqu'au mur le plus proche, qui, lui aussi, était en pierre brute.

Lentement, avec l'impression que son cou pouvait se briser s'il bougeait trop vite, il leva sa tête douloureuse. Quelqu'un l'avait frappé à l'arrière du crâne avec un objet lourd, une matraque ou un gourdin probablement.

Enfin, en haletant plus qu'en ne respirant, il réussit à se redresser et à appuyer ses épaules contre le dossier de la chaise. Réprimant un gémissement, il ferma les yeux un bref instant alors que la pièce tournait autour de lui, mais parvint à se ressaisir. Tout en déglutissant avec peine, il souleva prudemment les paupières et, sans bouger la tête, regarda autour de lui.

— Ah, merveilleux, fit une voix grave et distinguée sortie de la pénombre de la pièce. Vous n'êtes pas mort.

Le ton très détaché de son interlocuteur fit frissonner James. Qu'il ait survécu ou pas à son attaque semblait le laisser indifférent. Plissant les yeux, James essaya de voir au-delà de la lampe placée juste en face de lui et qui l'éblouissait.

— Qui êtes-vous ?

— De toute évidence vous avez la tête dure.

L'homme s'interrompit un moment, avant de déclarer :

— Je ne sais pas si c'est une bonne ou une mauvaise chose, mais peu importe. Au moins comme cela, si votre fiancée me cause des difficultés, j'aurai à mon tour un appât tout trouvé.

Si James avait encore nourri quelques doutes sur le fait que son agresseur et celui de Henrietta eussent été une seule et même personne, cette dernière remarque les balaya sur-le-champ. Qui plus est, sa dernière phrase et le ton moqueur qu'il avait employé confirmaient que ce scélérat avait réussi à percer leur plan à jour, et même — comme le comprit James avec un frisson d'effroi — à le retourner à leur désavantage.

D'instinct, il testa les liens autour de ses poignets. Mais ils étaient solides. Et, ce qui était pire, il se sentait terriblement faible et étourdi. Il s'affaissa sur sa chaise.

— Vous ne vous en tirerez pas comme cela.

— Ah bon, c'est ce que vous croyez ?

La moquerie dans cette voix très distinguée n'échappa pas à James.

— Eh bien, c'est ce que nous verrons, le nargua le criminel.

James reprit son souffle et humecta ses lèvres sèches.

— Que diable espérez-vous obtenir ?

L'homme attendit longtemps avant de répondre, d'une voix moins légère :

— Je pensais pourtant que c'était évident. Après la démonstration de ce soir durant laquelle j'ai pu juger de l'étendue du réseau de la famille Cynster, je me suis longuement demandé comment persuader la délicieuse Henrietta de quitter le cercle surprotecteur de ses proches pour venir me trouver, car il n'y a clairement pas d'autre moyen pour moi de m'emparer d'elle. Et puis… vous avez surgi. Quittant tard la maison des Cynster, marchant seul dans la nuit, perdu dans vos pensées…

L'homme ricana tout bas.

— C'était vraiment trop facile.

Il marqua une nouvelle pause, comme s'il réfléchissait. James lutta pour remettre son cerveau en état de marche malgré la douleur lancinante qui lui transperçait la tête.

— J'avoue avoir envisagé de lui envoyer un ou deux de vos

doigts, peut-être celui auquel vous portez votre chevalière, mais cela me paraît un peu trop macabre, en tout cas pour un premier coup. L'un dans l'autre, il est peut-être plus sage de garder cette option en réserve, au cas où la charmante Henrietta aurait besoin d'un peu plus d'encouragements pour vous venir en aide.

L'homme bougea. Une main gantée apparut devant la lampe, et plaça quelque chose dans le faisceau lumineux afin que James pût le voir.

— Par ailleurs, je pense que ceci — et l'homme fit tourner un fin objet de métal doré entre ses doigts — fera l'affaire et sera suffisant pour qu'elle se précipite à votre secours.

James se redressa en reconnaissant son épingle de cravate. De nouveau, mais plus discrètement cette fois, il testa la solidité de ses liens. Mais ils n'offraient aucun jeu. Levant les yeux vers l'endroit où devait se trouver le visage de son interlocuteur, il demanda :

— Et ensuite ?

— Et ensuite...

James ne voyait rien de son visage, mais il entendait clairement la froide jubilation de sa voix, et devinait le sourire sadique qu'il esquissait.

— J'ai l'intention de mettre en scène un double meurtre.

Le scélérat s'interrompit, avant de reprendre, sur un ton presque guilleret :

— Je n'ai encore jamais fait cela. Tuer Henrietta Cynster déclenchera sans aucun doute une chasse à l'homme. Mais qu'en sera-t-il s'il apparaît que c'est vous, son fiancé, qui l'avez tuée, avant de vous suicider ? Et, encore mieux, s'il apparaît que vous avez tué Henrietta de la même façon qu'a été assassinée Lady Winston ?

La voix teintée d'une froide satisfaction, l'homme reprit :

— Et ensuite, naturellement, submergé par le chagrin, ou par peur d'assumer les conséquences de vos actes, vous aurez décidé de vous tirer une balle dans la tête.

Semblant de plus en plus content de lui et de ses effets, l'homme continua :

— Oh oui, cela sera parfait. Après tout, Lady Winston était la voisine de la jeune femme que vous souhaitiez épouser au départ.

C'est peut-être même comme cela que vous avez remarqué Melinda Wentworth. Parce qu'elle vivait à côté de chez votre maîtresse...

Un goût de bile envahit la bouche de James. Il leva la tête, puis déglutit avec peine, avant de déclarer :

— Je ne ferais jamais à une femme ce que vous avez fait subir à Lady Winston.

Le regard fixé sur l'endroit où devait se trouver le visage de ce monstre, les lèvres serrées, il secoua la tête.

— Vous n'arriverez jamais à faire croire cela à personne. Et, par ailleurs, je connaissais à peine Lady Winston.

Sans paraître le moins du monde décontenancé, le meurtrier répliqua :

— Oh ! Je reconnais que certains se poseront certainement des questions, mais vous seriez surpris de la facilité avec laquelle la populace peut être manipulée. Et cela dans n'importe quelle direction.

James surprit un mouvement dans l'ombre, puis une main gantée apparut et se posa sur le chapeau de la lampe.

— Et qui, après tout, murmura la voix suave et glaçante, peut savoir ce qui se passe vraiment dans l'esprit tortueux de son prochain ?

Avant que James pût répondre, la lampe fut éteinte, et la pièce plongée dans l'obscurité.

Tendant l'oreille et guettant la moindre lueur, James perçut des bruits de pas de plus en plus distants. Puis il entendit le crépitement d'une allumette. Il aperçut une petite flamme à l'autre bout de la pièce. La flamme et l'ombre dansante qui l'entourait grimpèrent sur le mur. Le meurtrier utilisait l'allumette pour s'aider à gravir quelques marches.

Puis la flamme vacilla et mourut.

James attendit, se concentrant pour deviner de quelle façon était verrouillée la porte de sa prison. S'agissait-il d'une serrure fermée par une clé, ou bien d'un verrou ? Se trouvait-il dans un sous-sol, dans une cave... ?

— Ah, j'oubliais...

La voix désincarnée du meurtrier se mit à flotter dans la pièce vide.

— Vous pouvez appeler, et même hurler. Personne ne vous entendra. Cette maison est vide, tout comme celles qui l'entourent. Et les murs sont très, très épais.

Il marqua un temps d'arrêt avant de conclure :

— Dormez bien.

James entendit le raclement du bois sur la pierre. Une bouffée d'air frais descendit dans la pièce, puis une lourde porte se referma. Une seconde plus tard, il perçut le bruit métallique d'un verrou qu'on mettait en place pour bloquer la porte.

Au bout de quelques minutes, James s'installa aussi confortablement qu'il le put et essaya de soulager sa tête toujours douloureuse et son cou.

Il fixa l'obscurité.

— Et maintenant ?

Il attendit, mais aucune réponse ne vint.

14

— Miss Henrietta ?

Alors qu'elle venait de poser le pied sur le sol du grand hall d'entrée, Henrietta vit Hudson approcher, tenant d'une main un plateau d'argent, tandis que, de l'autre, il fouillait dans sa poche.

— Ceci — et Hudson tendit une lettre — était posé par terre près de la porte ce matin. Quelqu'un a dû la déposer très tôt ce matin ou très tard cette nuit.

— Merci.

Elle prit la lettre, une feuille de vélin proprement pliée et portant son nom tracé d'une grosse écriture autoritaire. Elle semblait contenir quelque chose entre ses plis.

Hudson eut comme un moment d'hésitation.

— Prendrez-vous le petit déjeuner, mademoiselle ? Dois-je vous faire préparer du thé et des toasts ?

— Oui, s'il vous plaît. J'arrive dans une minute.

Il s'inclina, se tourna et, d'une démarche distinguée, pénétra dans le salon du petit déjeuner vers lequel Henrietta se dirigeait avant qu'il ne vînt à sa rencontre.

Restant où elle se trouvait, elle brisa le cachet, déplia le billet et recueillit le petit objet qui en tomba. Quand il fut dans sa main, elle le contempla, perplexe.

Il s'agissait de l'épingle de cravate de James. Elle la reconnut sans peine : elle la lui avait retirée à plusieurs reprises.

Refermant sa paume autour de l'épingle, elle aplatit le papier et lut ce qui y était écrit.

Je vous félicite, Miss Cynster. Votre petite comédie d'hier soir était parfaite. Cependant, j'ai été assez surpris et plutôt déçu que vous et vos complices eussiez pu imaginer que je me laisserais berner par un tel stratagème. Cela était très présomptueux de votre part, pour ne pas dire insultant. Mais, d'un autre côté, j'ai beaucoup apprécié la stratégie consistant à vous utiliser comme appât.

Par conséquent, ma chère Miss Cynster, si vous voulez revoir votre fiancé, James Glossup, sain et sauf, vous allez suivre mes instructions à la lettre. Vous ne parlerez à personne de ce billet ni des ordres que je vous ai donnés et, oui, je vous surveillerai, tout comme je l'ai fait la nuit dernière. Soyez certaine que je saurai si un quelconque membre de votre famille est alerté. Au cours de cette journée, vous allez devoir vous appliquer à ne rien faire qui puisse éveiller la suspicion de quiconque. Si je juge que vous y êtes parvenue et que vous n'avez pas commis de faux pas de la journée, alors je vous ferai parvenir une autre lettre vers l'heure du dîner, dans laquelle je vous expliquerai où vous devez vous rendre ce soir si vous voulez avoir une chance de revoir James Glossup.

Je suis prêt à échanger votre vie contre la sienne, mais seulement si vous m'obéissez aveuglément.

La missive n'était pas signée, bien sûr.

Henrietta la lut une deuxième fois, puis, à gestes très lents, agitée d'un fort tremblement intérieur, elle replia le mot et le rangea dans la poche de sa jupe. Elle regarda l'épingle de cravate de James, la retourna dans sa paume, puis, les lèvres serrées, la piqua avec soin à l'intérieur de son corsage, tout contre son cœur.

Se redressant, elle prit une grande, très grande inspiration, retint son souffle une seconde, puis se força à décrisper les lèvres. Elle réussit à feindre l'insouciance, puis se dirigea vers le salon du petit déjeuner comme prévu.

En entendant les voix et les rires, elle comprit que le reste de la famille était déjà rassemblé.

Elle allait, bien entendu, porter secours à James, mais elle allait jouer le rôle que le meurtrier avait écrit pour elle, jusqu'à ce qu'il lui dise comment elle devait s'y prendre.

Les rayons du soleil finirent par filtrer à travers les fenêtres crasseuses percées tout en haut des murs du sous-sol dans lequel James était prisonnier. Il se réveilla, et cligna des yeux dans la faible lumière. Peu à peu, les sensations lui revinrent, et il découvrit que sa tête cognait toujours, même s'il avait un peu moins mal, et que toutes ses articulations étaient raides.

Ses épaules étaient douloureuses. Son cou le torturait. Mais il réussit à étendre les jambes. Il s'appliqua à les plier et à les soulever, faisant travailler ses muscles jusqu'à ce qu'il fût capable d'en faire un usage à peu près normal.

Il savait désormais ce qu'il allait devoir faire. Il était convenu avec Henrietta qu'ils se verraient le matin même pour aller faire un tour en calèche dans le parc. Comme, fatalement, il n'allait pas se montrer, elle finirait par envoyer quelqu'un chez lui, et alors... Mais le meurtrier avait prouvé au-delà de tout ce qu'il était possible d'imaginer qu'il était assez intelligent pour avoir anticipé cela.

Essayant de détendre ses épaules et de desserrer les liens qui l'entravaient, James murmura :

— Il a déjà dû la prévenir qu'il m'avait capturé...

Sinon elle aurait remué ciel et terre pour le retrouver, et c'était bien la dernière chose que le meurtrier souhaitait. Il la voulait *elle*, pour lui proposer d'offrir sa vie à la place de la sienne. Il avait certainement l'intention de lui fixer rendez-vous quelque part.

S'appuyant de nouveau contre la chaise, il plissa les yeux et essaya de raisonner comme le criminel.

— Il va lui fixer un rendez-vous, mais il a déjà décidé de mettre en scène ce double meurtre, qui lui est absolument nécessaire pour brouiller les pistes, donc il va l'amener ici...

Il regarda autour de lui. Chaque minute était comptée : il ne pouvait pas se permettre de rester assis à ne rien faire.

— Quand il amènera Henrietta ici, il faudra que je sois libre et capable de lui porter secours.

Elle viendrait pour le sauver, il n'en doutait pas un seul instant, donc il devrait être en mesure d'en faire de même.

Et donc...

Il regarda de nouveau autour de lui, cette fois avec une concentration accrue, à la recherche de quelque chose susceptible de l'aider. Il ne le vit pas tout de suite, mais un éclat lumineux, comme un reflet sur du verre, attira son attention vers la zone située en dessous de la deuxième fenêtre, celle qui se trouvait le plus loin de lui.

Il observa mieux et finit par distinguer des tessons de bouteille.

Parfait. Maintenant...

Il évalua ses forces, commença à réfléchir, mais il devait se libérer de ses entraves le plus vite possible. Il ignorait totalement quand le meurtrier amènerait Henrietta jusqu'à ce sordide sous-sol.

Faisant appel à toute sa volonté et à sa force encore défaillante, il posa ses pieds bien à plat par terre, et se pencha lentement en avant, jusqu'à ce qu'il fût debout, toujours attaché à la chaise, et courbé dans une position étrange et plutôt douloureuse. Mais, Dieu soit loué, il avait juste la liberté de mouvement nécessaire pour bouger les pieds et les jambes et se traîner, pas à pas, jusqu'à l'autre bout de la pièce.

Une fois arrivé à côté des tessons de bouteille, il dut réfléchir à la façon dont il allait attraper un morceau de verre susceptible de lui servir efficacement — il en avait au moins trois qui pourraient faire l'affaire — sans risquer de se couper.

Il finit par en pousser un du bout de sa chaussure pour bien l'isoler des autres. Puis il se baissa, mettant les genoux à terre l'un après l'autre, une opération compliquée qui le fit beaucoup jurer. Puis, les deux genoux pressés l'un contre l'autre, il évalua la distance qui le séparait du tesson isolé, se mit en position, et se laissa tomber sur une épaule.

La manœuvre l'étourdit à un point qu'il vit des étoiles. Il resta allongé sur le sol, haletant, jusqu'à ce que la douleur s'atténuât, puis, prudemment, il tendit la main et chercha à tâtons.

Il dut se déplacer un peu, mais ses doigts finirent par effleurer le tesson. Il le poussa dans sa main, en faisant attention à ne pas se couper. Le sang rendrait le verre plus difficile à tenir et à manipuler.

Il expira en vidant bien ses poumons et attendit que son cœur battît moins vite et que son esprit s'éclaircît, puis il tourna le tesson dans sa paume et appliqua le bord qu'il jugea le plus coupant contre la corde.

Un instant !

Et si le meurtrier n'amenait pas Henrietta ici ?

Tordu sur le sol, James tenta de réfléchir. Et il s'efforça de se mettre à la place de l'homme, dans la limite du possible.

Ce dernier voulait mettre en scène un double meurtre et le maquiller en un meurtre suicide crédible qui évoquât l'assassinat de Lady Winston. Il y avait des chances pour qu'il procédât comme il l'avait expliqué à James, c'est-à-dire en commençant par tuer Henrietta. Et, étant donné le sang-froid de son ravisseur, James avait toutes les raisons de penser que ce monstre voudrait tuer celle-ci devant ses propres yeux.

D'après ce qu'avaient dit Barnaby et Stokes, il était assez sadique pour cela.

Mais les tuer, Henrietta et lui, dans un sous-sol ne cadrerait pas avec la mise en scène d'un meurtre suivi d'un suicide. Un tel décor serait une fausse note, surtout si le meurtre de Henrietta était censé être la réplique de l'assassinat de Lady Winston. Un sous-sol n'était pas un lieu pour une rencontre amoureuse, et ce meurtrier était très intelligent et très au fait des façons de penser et de se comporter de l'aristocratie. Donc il déplacerait James dans une autre pièce.

— Dans une chambre à l'étage, par exemple, murmura-t-il.

James tourna sa tête toujours douloureuse et inspecta l'escalier, qui était plus près désormais. Dans la lumière du matin, il le voyait clairement. Il n'y avait pas de palier à son sommet, et la porte s'ouvrait vers l'intérieur. S'il était libre, prêt à se battre, et debout dans l'escalier quand le meurtrier ouvrirait la porte...

James fit la grimace et poursuivit son raisonnement à voix haute :

— Alors, il aura tout le temps de me tirer dessus et, si nous nous battons, ce sera certainement moi qui tomberai à la renverse sur les marches et me romprai le cou.

Même si cela aurait contrarié les plans du meurtrier, ce n'était pas la fin souhaitée par James.

Depuis sa position étendue sur le sol, il regarda les fenêtres, avant de soupirer. Même quand il serait libre, il n'aurait aucun moyen de s'échapper. La porte était bloquée de l'extérieur, les fenêtres étaient trop petites pour qu'il pût passer à travers même s'il réussissait à les casser, et le meurtrier lui avait dit que les maisons alentour étaient vides. Donc il ne servirait à rien de hurler : personne ne passerait devant ces fenêtres.

Son cerveau mit un peu de temps à trouver ce qu'il devait faire, et son corps mit plus de temps encore à coopérer. Se remettre debout fut une tâche harassante, mais il finit par y arriver. Et il parvint laborieusement à faire le chemin inverse, jusqu'à l'endroit exact où l'assassin l'avait laissé. Par bonheur, il y avait assez de poussière et de saleté par terre, déposées par les bottes du meurtrier, mais aussi par d'autres avant lui, pour que les déplacements de James n'aient pas laissé de traces trop visibles. Le meurtrier lui-même avait dû le traîner par terre, parce que ses vêtements étaient déjà très sales avant qu'il ne se laissât tomber, ce qui était aussi bien, car, sinon, il aurait éveillé les soupçons de son ravisseur.

James se replaça sur sa chaise dans sa position initiale. Les yeux fermés, il se concentra, et réussit à enfiler le tesson sous le poignet de sa chemise, le long de son avant-bras droit. Il remua les doigts et les mains, mais le morceau de verre resta bien en place, tout contre la corde qui l'entravait.

S'affaissant sur la chaise, il envisagea de nouveau tous les scénarios possibles. Mais il ne vit rien d'autre qu'il pût faire.

Les yeux clos, il s'efforça de relaxer ses muscles, et de se reposer au maximum, jusqu'à ce que l'assassin revînt pour l'emmener Dieu sait où.

Henrietta garda cette terrifiante nouvelle secrète durant toute la matinée. Non parce qu'elle le souhaitait, mais parce qu'elle le devait. Etant donné que la vie de James était menacée, elle devait prendre le meurtrier au sérieux et supposer que, si elle alertait sa famille, il l'apprendrait. Donc, elle ne pouvait pas se permettre de prévenir ses proches, de peur que leur réaction ne fût trop vive et trop précipitée. Et elle devait vivre sa vie comme si de rien n'était.

En début d'après-midi, elle parvint tout de même à organiser une petite rencontre avec les seules personnes dont elle pouvait être sûre, c'est-à-dire ses trois sœurs et sa belle-sœur, qu'elle avait discrètement prévenues de son désir de s'entretenir avec elles lors du thé qui les réunirait chez elle. Elle était sûre qu'elles comprendraient la situation et, s'il le fallait, elle pourrait se fier à leurs conseils.

Après avoir rassuré sa mère en lui promettant qu'elle ne sortirait pas et qu'elle ne quitterait pas les quatre autres filles, qui, obéissant à sa demande préalable, abondèrent dans son sens, Henrietta regarda celle-ci s'en aller à ses rendez-vous de l'après-midi habituels. Puis elle rassembla les autres, qui étaient toutes curieuses de savoir ce qu'elle leur cachait, dans le petit salon dont elle ferma la porte avec soin.

Elle regarda Amanda et Amelia s'asseoir sur le vieux canapé, Portia prendre place dans un fauteuil, pendant que Mary se lovait sur sa causeuse préférée. Se dirigeant vers le fauteuil installé face au canapé, Henrietta scruta les expressions des autres, qui semblaient à la fois intriguées, impatientes et avides d'entendre ce qu'elle avait à leur dire.

Amanda leva vers elle des yeux écarquillés.

— Eh bien ? Nous brûlons... Que se passe-t-il, Henrietta ?

Celle-ci sentit son sang-froid l'abandonner.

— J'ai besoin de votre aide.

Elle sortit la lettre pliée de sa poche et la tendit à Amanda.

— Lisez ceci et dites-moi ce que vous en pensez.

Amanda prit la lettre, la déplia, la parcourut rapidement puis, la mine devenue tout à coup sombre et sérieuse, lut le message du criminel à voix haute.

En entendant ces mots, prononcés sans emphase par la voix claire d'Amanda, Henrietta prit conscience de la panique qui était la sienne et de la menace qui pesait sur sa vie et sur leur avenir, à James et à elle. Elle s'effondra dans son fauteuil, et ses mains retombèrent sur ses cuisses avec un claquement.

Amanda arrivait à la fin de la lettre et de sa glaçante sentence terminale.

Un bref moment de silence s'installa, puis Mary lança un regard perçant à Henrietta.

— Tu n'as rien dit à personne.

C'était une remarque, et pas une question.

— Je n'avais pas le choix, répondit Henrietta en désignant la lettre. Si je le dis à papa, il préviendra Devil, et alors… Et alors, vous savez bien ce qui se passera.

— Surtout pas cela ! reconnut Amelia. Ils se mettraient à arpenter les rues le sabre à la main.

— Exactement, acquiesça Amanda, en faisant la moue. Ils… Devil et les autres… ne doivent pas savoir.

Portia se pencha en avant et posa une main sur les doigts noués de Henrietta.

— Tu as fait ce qu'il fallait. Tu t'es adressée aux bonnes personnes. Nous allons t'aider. C'est l'évidence même.

Henrietta se fendit d'un sourire sincère, quoique faible. Passant du visage plein de compassion de Portia à celui de ses deux sœurs aînées, elle les vit hocher la tête avec détermination, les yeux emplis d'une bienveillance toute sororale. Elle se tourna vers Mary, juste au moment où celle-ci déclarait :

— La première chose à faire, c'est trouver un plan pour venir à bout de ce criminel, et ensuite…

Elle plissa les yeux avant de poursuivre :

— Nous devons voir de quelle aide nous aurons besoin, et enfin décider à qui nous pouvons faire confiance pour nous assister. Et, après, il n'y aura plus qu'à passer à l'action.

Elles observèrent toutes Mary un bon moment, avant qu'Amelia reprît :

— C'est assez juste. Et, quel que soit notre plan, les choses doivent être claires : nous ne devons surtout pas mettre Devil et Vane au courant de tout ceci.

— Exact, renchérit Portia. Et, si l'on réfléchit bien à qui peut être ce scélérat — un aristocrate, d'un âge lui permettant d'avoir été l'amant de Lady Winston, issu d'une famille et d'un milieu lui offrant l'opportunité d'être présent au gala —, alors l'on comprend que c'est certainement en surveillant Devil, Vane et nos autres cousins de la même génération qu'il se fait une idée de tes faits et gestes.

— Je suis d'accord, déclara Amanda. Ce sont eux, nos cousins, qu'il surveillera pour s'assurer que tu lui obéis bien. S'ils savent quelque chose, ils seront incapables de se contenir. Il n'aura qu'à observer leur visage, la crispation de leur mâchoire, leur nervosité.

— Et il est très certainement membre des mêmes clubs qu'eux, ajouta Mary.

— C'est précisément pour cela que je n'en ai parlé à personne d'autre, déclara Henrietta en regardant tour à tour les visages autour d'elle. A personne sauf à vous quatre. Maman ou papa insisteraient pour tout raconter à Devil. Dans leur esprit il n'y a pas d'autre façon de régler toutes les difficultés.

— Tu as tout à fait raison, acquiesça Amanda. Donc décidons de ne pas faire intervenir quiconque qui pourrait en parler à Devil et aux autres. Ils seront très fâchés de ne pas avoir été mis au courant, mais nous devons absolument nous passer de leur aide. Pour relever ce défi, nous ne devons compter que sur nous-mêmes. Donc, comme l'a dit Mary, trouvons un plan.

— De toute évidence, enchaîna Amelia en réajustant son châle sur ses épaules, tu vas attendre la prochaine lettre de ce monstre, et tu vas sans doute devoir te rendre dans un endroit qu'il stipulera. Jusqu'à ce que tu apprennes où il a enfermé James, tu vas devoir faire tout ce qu'il te dira.

— Une fois que nous saurons où se trouve James, intervint Mary, nous pourrons entreprendre quelque chose contre cet odieux criminel. Mais pas avant cela.

Elles se turent et réfléchirent intensément.

Portia finit par déclarer :

— Le premier obstacle auquel nous nous heurtons est le suivant : comment faire pour que Henrietta rencontre le meurtrier sans avoir à craindre pour sa vie et sans que nous fassions quoi que ce soit qui éveille la suspicion des autres ? Il faut qu'il te croie seule, Henrietta. Ce n'est qu'à cette condition qu'il te mènera à l'endroit où il garde James.

Personne ne tenta de discuter. Henrietta attendait, en scrutant les visages, tous pensifs.

Portia prit une grande inspiration et se lança :

— Je suggère que nous prenions conseil auprès de quelqu'un qui en sait plus sur les criminels que nous. Auprès de quelqu'un en qui nous pouvons avoir confiance, et qui comprendra notre situation.

— Qui ? demanda Amanda, les yeux écarquillés.

— Penelope, répondit Portia. S'il existe quelqu'un capable de trouver un bon plan pour capturer un meurtrier, c'est bien elle.

Amanda leva la main.

— Excellente idée, je vote pour.

Elle regarda Mary, puis Henrietta.

— Et vous, qu'en dites-vous ?

— Je suis pour, répondit Mary. Je ne m'y connais pas assez en criminels, contrairement à Penelope.

Henrietta pinça les lèvres, mais elle n'avait qu'une seule question.

— Comment faire pour rencontrer Penelope sans qu'il l'apprenne ? demanda-t-elle à Portia.

— C'est assez facile, répondit Amelia. C'est le début de l'après-midi, l'heure idéale pour aller rendre une petite visite à Penelope afin de voir son bébé, le petit Oliver.

— L'on peut faire comme si tu étais réticente, ajouta Mary, qui se levait déjà et défroissait ses jupes. C'est nous quatre qui t'avons forcée et qui avons insisté pour que tu ne restes pas seule à la maison.

— Ce ne sera pas difficile de jouer cette comédie, renchérit Amanda. Et nous pouvons faire comme si notre visite à Albemarle Street n'était pas prévue, au cas où le criminel ferait surveiller la maison.

Elle regarda Portia et lui demanda :

— Penses-tu que Penelope sera chez elle ?

Portia acquiesça et se leva.

— Connaissant ma petite sœur, à cette heure, elle sera certainement chez elle. Oliver est encore très petit : il dort beaucoup. Et Penelope doit en profiter pour rester seule en tête à tête avec un de ces philosophes grecs qu'elle aime tant.

— Aujourd'hui, je me promène plutôt en Mésopotamie, déclara Penelope une demi-heure plus tard en les accompagnant dans son salon. Jeremy m'a donné à lire l'une de ses traductions. Et je suis absolument captivée.

Les cinq autres jeunes femmes, invitées à s'asseoir, échangèrent des regards sans rien répondre.

Elle attendit qu'elles fussent toutes installées, puis reprit sa place dans le fauteuil situé d'un côté de la cheminée. Posé sur une petite table, un énorme livre était ouvert devant elle. Penelope les observa.

— Qu'est-ce qui vous amène ici ?

Elle passa d'un visage à l'autre, avec des yeux de plus en plus inquiets.

— S'est-il passé quelque chose ?

— Oui, répondit Henrietta, qui était assise entre Amanda et Amelia sur un des canapés. Ce scélérat a enlevé James et il se sert de lui comme monnaie d'échange pour m'attirer à mon tour dans ses filets.

— Eh bien !

Penelope semblait à la fois surprise et intriguée.

— Quel développement inattendu. Etes-vous en train de me dire qu'il a vu clair dans notre plan d'hier soir et que, plutôt que de tomber dans le piège, il l'a déjoué et l'a retourné en sa faveur ?

Henrietta hocha vigoureusement la tête.

— C'est ce qu'il semble.

— Quelle outrecuidance ! s'exclama Penelope, avant de se tourner de nouveau vers Henrietta pour demander :

— Racontez-moi, je veux tout savoir.

Henrietta commença son récit, qui fut parfois interrompu et commenté par les quatre autres jeunes femmes. Elle conclut en disant :

— Donc nous sommes venues prendre conseil auprès de vous et vous demander si vous pouvez nous aider, d'une façon ou d'une autre.

— En venant d'Upper Brook Street, précisa Portia, nous avons traversé Grosvenor Square, en faisant tout du long comme si nous avions forcé Henrietta à sortir afin qu'elle se détende un peu. Et en faisant comme si rien n'était prévu au départ.

Penelope hochait la tête.

— Parfait. Vous avez fait exactement ce que j'aurais fait, et exactement ce qu'il fallait faire.

Henrietta croisa son regard et, malgré la gravité de la situation, elle réprima un sourire. Il était clair pour tout le monde que, dans la bouche de Penelope, les mots « exactement ce que j'aurais fait » comptaient beaucoup. Personne n'ignorait que, dans une famille où l'intelligence ne faisait certainement pas défaut, Penelope n'était pas loin de détenir la palme de l'esprit le plus brillant et affûté.

— Nous pensons, expliqua Amanda, que Henrietta doit absolument se rendre au rendez-vous que lui fixera ce scélérat.

— Et elle doit lui obéir en tout point jusqu'à ce qu'elle apprenne où James est retenu prisonnier, ajouta Mary.

Penelope scruta tous les visages, en terminant par celui de Henrietta, avant d'acquiescer.

— Je suis d'accord avec vous. Cela me paraît essentiel, si nous voulons sauver James, ce qui, bien sûr, est notre vœu le plus cher.

— Mais nous ne pouvons pas laisser Henrietta aller se jeter seule dans la gueule du loup, précisa Amelia. En même temps, nous devons faire croire qu'elle est effectivement seule.

— Qui plus est, reprit Amanda, nous devons à tout prix empêcher que nos cousins ou nos aînés apprennent quoi que ce soit.

— Oh non, surtout pas ! répondit aussitôt Penelope en levant la main. Je suis tout à fait d'accord. Leur dire, ou même leur laisser deviner qu'il se trame quelque chose serait totalement contre-productif.

— Donc...

Les yeux rivés sur sa sœur cadette, Portia lui fit signe de poursuivre.

— Comment allons-nous y arriver ? Que devons-nous faire ? demanda-t-elle.

Penelope fixa la table étroite qui séparait les deux canapés pendant un long moment, avant de lever les yeux et de regarder tout le monde.

— Nous allons devoir recruter une petite armée triée sur le volet. Nous allons faire appel à ceux à qui nous pouvons faire confiance pour nous obéir au doigt et à l'œil et pour ne rien dire à personne. Il nous faut des personnes en nombre suffisant, et possédant également un certain degré de compétence.

Elle s'interrompit, les yeux fixés sur Henrietta, avant de reprendre :

— Je conseillerais fortement que nous fassions appel à Barnaby, bien sûr, mais aussi, par son intermédiaire, à l'inspecteur Stokes. Tous les deux connaissent le meurtrier et ses précédentes tentatives d'assassinat contre vous. Je crois que, si nous leur présentons la situation de la bonne manière, ils comprendront tous les deux la nécessité de rester discrets, et le bien-fondé de notre plan.

Mary écarquilla les yeux.

— Parce que nous avons un plan ?

Penelope sourit.

— Nous en aurons un au moment où ils arriveront.

Elle regarda Henrietta avant de déclarer :

— Bien entendu, c'est à vous que revient cette décision, mais je sais que Barnaby et Stokes se trouvent à Scotland Yard en ce moment, et je peux les faire prévenir et les faire pénétrer ici en toute discrétion en les faisant passer par l'entrée de service.

Henrietta savait qu'elle avait besoin d'aide, et c'était exactement le type de secours qu'elle était venue chercher en ce lieu. Elle acquiesça.

— Oui, s'il vous plaît, faites-les prévenir. Et en attendant nous pouvons peut-être travailler à notre plan, conclut-elle en considérant tour à tour ses sœurs, sa belle-sœur et Penelope.

Penelope hocha la tête et se leva pour sonner son majordome.

Quand Barnaby Adair conduisit l'inspecteur Stokes au salon, les six femmes avaient dessiné les grandes lignes de leur plan.

Après avoir brièvement présenté les compagnes de Henrietta à Stokes, et avoir attendu que les deux hommes avancent des chaises pour s'installer parmi elles, Penelope déclara :

— Avant que nous puissions vous dire quoi que ce soit, vous devez jurer de garder ce que nous allons vous apprendre secret, et de ne le révéler qu'aux personnes qui devront en être informées.

Désormais assis, les deux hommes fixèrent Penelope un instant, puis échangèrent un long regard chargé de non-dits. Mais, comme à contrecœur, tous deux finirent par hocher la tête et donner leur parole, Barnaby avec son urbanité habituelle, et Stokes en grommelant.

Penelope leur sourit à tous les deux d'un air approbateur, puis invita Henrietta à leur présenter les derniers développements de la journée.

Elle s'exécuta. Quand il entendit ce qui s'était passé et qu'il eut lu la lettre du criminel, Barnaby prit un air grave.

Stokes, quant à lui, semblait sombre et contrarié.

Penelope coupa court et déclara :

— Voici ce que nous avons décidé.

Puis elle exposa brièvement leur plan.

Henrietta observa les deux hommes pendant qu'ils écoutaient Penelope. Elle avait pensé qu'ils protesteraient, mais au final ils ne trouvèrent rien à redire. Elles avaient décidément bien fait, songea-t-elle, de s'adresser à Penelope, qui avait l'habitude d'avoir affaire à de dangereux criminels. Il était évident que Stokes et Barnaby les prenaient au sérieux, elles et leurs idées, et qu'ils réfléchissaient à chaque point soulevé. Cela se voyait à leur expression pendant qu'ils suivaient la présentation du plan, depuis sa mise en place jusqu'à sa conclusion — qui demeurait pour l'instant assez nébuleuse.

Quand Penelope se tut, les deux hommes gardèrent le silence, comme plongés dans d'intenses cogitations.

Au bout d'un moment, Barnaby finit par s'étirer. Il regarda tout d'abord son épouse, puis les autres femmes.

— Je reconnais qu'il faut faire quelque chose et que votre plan, dans les grandes lignes, est intéressant. Mais, franchement, cela nous met, Stokes et moi, dans une position inconfortable. Vous insistez pour que Devil et vos autres cousins ne sachent rien, et je le comprends, assura-t-il en tendant la main pour faire taire les commentaires. Je partage même votre opinion selon laquelle nous ne pouvons pas nous permettre qu'ils l'apprennent, et encore moins qu'ils participent à l'opération. Toutefois, me demander à moi, et plus encore à Stokes, de vous aider sans qu'aucun homme de la famille soit au courant...

Il les regarda en face une à une et fit la grimace.

— Vous comprenez mon point de vue, n'est-ce pas ?

Portia, Amelia et Amanda firent à leur tour la moue.

— Malheureusement oui, déclara cette dernière. Je comprends vos réticences.

— Mais, intervint Mary en se redressant, si un homme de la famille était au courant et validait notre plan, suggéra-t-elle en regardant Stokes, puis Barnaby, les choses deviendraient plus aisées pour vous, n'est-ce pas ?

Stokes fronça les sourcils.

— Qui... ?

— Simon, répondit Portia en croisant le regard de Mary et en hochant la tête. Nous pouvons parler à Simon et le convaincre. Notre plan ne lui plaira peut-être pas, mais il comprendra. Il sait aussi bien que nous comment réagiraient les autres.

— Cela vous suffirait, n'est-ce pas ? demanda Amanda en considérant à son tour les deux hommes. Après tout, Simon est le frère aîné de Henrietta.

Barnaby acquiesça d'un air décidé.

— Oui, et je suis sûr qu'il sera d'accord avec nous et comprendra pourquoi Devil et les autres ne doivent rien savoir.

Stokes avait levé les sourcils d'un air pensif. A présent, il hochait la tête à son tour.

— La participation du frère aîné de Miss Henrietta à cette opération m'épargnerait le fait de devoir en informer le duc.

— Très bien, conclut Mary. C'est un immense soulagement.

Aussitôt, Penelope et Portia s'occupèrent de faire parvenir un message à Simon.

Quand ce dernier arriva, lui aussi par l'entrée de service, accompagné de Charlie Hastings, leur plan avait considérablement évolué sous l'impulsion de Stokes, qui leur fit bénéficier de sa grande expérience et proposa de mettre à leur disposition quelques-uns des agents qu'il avait sous ses ordres.

Charlie et Simon s'assirent, et ce dernier écouta Henrietta raconter ce qui s'était passé depuis la veille au soir. Puis Barnaby exposa les grandes lignes de leur plan, tandis que Stokes fournissait de nombreux détails sur la façon dont ledit plan devrait être exécuté.

Amanda expliqua ensuite le dilemme auquel ils étaient confrontés, puisqu'ils devaient absolument empêcher que Devil et les autres membres du clan Cynster apprennent quoi que ce soit à propos de ces derniers développements.

Henrietta conclut par ces mots :

— Nous ne devons pas oublier que ma vie n'est plus la seule à être en jeu. Celle de James est également menacée et, au moment où je vous parle, c'est lui qui se trouve entre les mains de ce fou furieux.

Simon croisa ses yeux. Deux bleus d'une teinte similaire se mêlèrent pendant un long moment plein de tension. Puis il soupira. Et acquiesça.

— Vous avez raison. Si nous informons les autres, la vie de James sera en plus grand danger encore qu'en ce moment même. Leurs réactions pourraient même causer sa perte et, évidemment, il faut tout faire pour empêcher cela. Et à dire vrai, si nous réussissons à mettre la main sur ce scélérat et à sauver James, les autres nous reprocheront certainement de ne pas les avoir prévenus. Mais je les connais bien, et ce sera surtout parce qu'ils regretteront de ne pas avoir partagé avec nous l'excitation de ce moment. Et, au-delà de cette déception, ils ne nous en tiendront pas spécialement rigueur. Du moment que nous nous tirons de cette aventure sains et saufs, c'est tout ce qui comptera pour eux.

Amanda acquiesça.

— Bien dit. Donc, reprit-elle en regardant l'assemblée, réglons sur-le-champ tous les détails. Premier point : qui d'autre avons-nous besoin de prévenir et de faire intervenir ?

Barnaby sortit un carnet, aussitôt imité par Stokes, et les participants examinèrent point par point tout le plan, depuis la préparation nécessaire afin de permettre à Henrietta d'obéir aux ordres du criminel quand elle les recevrait jusqu'au dénouement ultime de ce que Charlie désigna comme une « espèce de chasse au trésor ».

Ils discutèrent et firent venir quelques personnes supplémentaires, dont quelques époux. Quand ils firent une pause pour prendre des rafraîchissements, Henrietta regarda le petit groupe qu'ils formaient tous. Avec tous ces gens derrière elle — la petite armée de l'ombre qu'avait évoquée Penelope — elle se mettait à reprendre confiance et à raisonnablement espérer qu'à la fin de la nuit ce cauchemar aurait pris fin.

Mais cette confiance était peut-être dangereuse, songea-t-elle aussitôt. Il ne fallait surtout pas oublier que le meurtrier de Lady Winston était beaucoup trop intelligent et sûr de lui pour être pris à la légère. Et, pourtant, elle devait se raccrocher à cet espoir.

Elle revint à la discussion, qui était toujours très animée, et écouta attentivement le plan pour sauver James.

Du moment qu'elle le retrouvait, rien d'autre ne comptait.

James avait somnolé toute la journée, et s'était réveillé pour bouger un peu et soulager ses muscles ankylosés comme il le pouvait, ce qui n'avait pas été chose aisée.

Mais il était bien réveillé à présent et attendait, quand soudain il entendit des bruits de pas se rapprocher de la porte, puis le verrou sauter, et enfin la porte s'ouvrir.

A en juger par la luminosité qui filtrait par les petites fenêtres, c'était presque le soir. James regarda l'homme qu'il supposait être l'assassin de Lady Winston descendre l'escalier. En l'étudiant avec attention, il fut certain qu'il s'agissait bien de celui qui l'avait laissé dans cette pièce la nuit précédente. Même taille, même corpulence, même démarche. Aujourd'hui, ce scélérat portait un costume entièrement noir, sous un manteau noir lui aussi. Tandis que sa tête et son visage étaient cachés sous un chapeau à larges bords, la partie inférieure de son visage était dissimulée par un foulard de soie, noir lui aussi.

Autres différences : l'homme tenait un couteau acéré dans une main et un pistolet dans l'autre.

James le regarda s'approcher, puis s'arrêter à quelques mètres de lui. Les yeux de son ravisseur le fixaient, ils l'observaient avec une certaine impassibilité. Des sourcils foncés, peut-être noirs, des yeux d'un marron plus clair que ceux de James : ce fut tout ce que ce dernier put voir.

Au bout d'un long moment, incapable de s'en empêcher, il souleva un sourcil mi-inquiet, mi-interrogatif.

Sous son foulard, le criminel sourit.

— C'est bien vrai... Vous avez dû vous ennuyer atrocement. Toutes mes excuses.

Puis toute expressivité quitta de nouveau son visage et, avec détachement, il conclut :

— Mais tout ceci sera bientôt terminé.

L'homme avait baissé la voix, qui était devenue plus sèche, plus râpeuse. James réprima soudain un frisson.

— Je suis venu pour vous faire changer d'étage, poursuivit le criminel. Je vais vous détacher et vous allez vous lever.

Lentement, en gardant ses distances, il se mit à tourner autour de la chaise.

— Vous ne vous tournerez pas. Une fois que vous serez stable sur vos jambes et que je vous dirai de le faire, vous avancerez, lentement et calmement, vers l'escalier, que vous gravirez. Après cela, vous suivrez mes instructions.

Il quitta alors le champ de vision de James.

— Je marcherai derrière vous, assez loin pour que vous ne puissiez pas m'atteindre avant que je n'appuie sur la détente, mais assez près pour que, si vous esquissiez le moindre geste, je n'aie aucun mal à vous tirer dessus et ensuite, si nécessaire, à vous achever au couteau.

Désormais derrière James, l'homme poursuivit sur le même ton calme et définitif :

— Tout comme je suis sûr que vous mesurez désormais la fragilité de votre situation, je reste persuadé que vous ferez tout pour rester en vie et voir votre fiancée saine et sauve, ainsi que pour essayer de la sauver. Votre meilleure chance d'y parvenir est de coopérer et de monter jusqu'à la pièce située à l'étage — la pièce dans laquelle j'ai l'intention de l'amener, que vous soyez mort ou vif.

Il marqua une pause, puis, d'une voix qui se fit plus dure, demanda :

— Me suis-je fait clairement comprendre ?

James serra les dents, retenant les nombreuses réponses qui lui brûlaient les lèvres. Préférant se taire, il hocha la tête.

— Parfait.

Il sentit le meurtrier s'approcher, puis la corde qui lui ceignait le torse se tendre alors que le scélérat défaisait les nœuds.

La corde se desserra et le meurtrier recula, la prenant avec lui.

— Voilà. Vous pouvez vous lever.

Lentement, sentant son équilibre vaciller, ses articulations et ses muscles retrouver leur alignement, James se mit sur pied. Il finit tant bien que mal par se redresser entièrement. Il ferma les yeux de soulagement tout en étirant sa colonne vertébrale autant que le permettaient ses mains toujours attachées derrière lui.

Le meurtrier lui accorda encore quelques instants pour soulager son dos et retrouver son équilibre, avant d'ordonner :

— Maintenant, marchez. Dirigez-vous vers l'escalier et grimpez-le.

James obéit. Tout en montant les marches, il essaya de voir le plus possible du bâtiment dans lequel ils se trouvaient. Plus il en saurait sur cette maison, mieux ce serait. Qui savait ce qui pourrait se produire une fois Henrietta arrivée ?

— Tournez à gauche en haut de l'escalier.

James suivit cette instruction puis les suivantes, et traversa une cuisine désertée depuis longtemps, un couloir et un petit vestibule plein de toiles d'araignée. A travers quelques portes ouvertes, il vit que, même si l'endroit était de toute évidence abandonné, quelques meubles étaient toujours en place. Comme, obéissant aux ordres du meurtrier, il commençait à grimper un autre escalier étroit, il demanda, d'une voix simplement curieuse :

— Si je comprends bien votre plan, vous voulez faire croire que Henrietta et moi-même sommes venus ici de notre plein gré. Mais pourquoi diable aurions-nous eu envie de nous voir *ici* ?

— Pour un rendez-vous galant, bien entendu ! Vous ne pouvez évidemment pas faire cela chez ses parents. Et, pour sacrifier à vos goûts disons... ésotériques, il aurait été trop risqué de le faire chez vous. Donc vous et votre fiancée n'avez eu d'autre choix que de vous voir ici.

Après quelques minutes, le scélérat ajouta, d'une voix plus sombre :

— Faites-moi confiance, la mise en scène, cela me connaît.

James se demanda ce qu'il voulait dire par là. Comment ce

commentaire pouvait-il faire référence au meurtre de Lady Winston ou de son habilleuse, alors que ces deux crimes laissaient clairement apparaître qu'ils avaient été le fruit d'agressions aussi violentes qu'horribles ? Sans pouvoir répondre à cette question, il atteignit le haut des marches. L'homme lui dit dans quelle direction tourner, puis, au bout d'un moment, lui demanda de s'arrêter.

James obéit puis entendit s'ouvrir la porte qu'il venait de dépasser.

— Pivotez lentement à droite, vers le mur, puis entrez dans la pièce.

James s'exécuta et remarqua que le meurtrier pivotait en même temps que lui-même. Une vieille lucarne éclairait la cage d'escalier. De toute évidence, l'homme ne voulait pas prendre le risque de laisser voir son visage. Même maintenant. Même alors qu'il avait l'intention de le tuer dans quelques heures.

Prudent jusqu'au dernier instant, songea James.

Il pénétra dans la pièce et se trouva face à un grand lit à colonnes. La chambre était d'une taille raisonnable, sans être immense. Si c'était là la chambre principale de la bâtisse, il s'agissait d'une petite maison de ville, et non d'une demeure à plusieurs étages. Du reste, cela cadrait avec ce qu'il avait vu de l'entrée et de l'escalier.

La pièce était propre, le lit fait, mais sans aucun couvre-lit. Les rideaux étaient fermés. Un rapide coup d'œil lui permit de voir que parmi le mobilier figuraient une table de toilette et une bassine, ainsi que quelques accessoires qui renforçaient l'idée d'une pièce dévolue aux rencontres amoureuses.

L'on avait installé une chaise face au lit, à sa droite. Une grosse corde enroulée était posée sous la chaise. Une lampe était allumée, réglée le plus faible possible. Elle était posée au sommet d'une haute commode collée contre le mur, juste à droite de la porte.

James s'arrêta.

— Avancez.

Le canon du pistolet s'enfonça dans son dos.

— Allez jusqu'à la chaise et arrêtez-vous juste en face.

James obéit, tout en s'interrogeant. L'homme lui répéta de se tourner lentement, cette fois sur sa gauche, ce qui permit au ravisseur de se dissimuler dans son dos. Une fois de plus, bien que son visage fût largement caché, il prenait des précautions inouïes pour ne pas être vu.

Ce qui, en conclut James, voulait dire que, s'il le voyait, il le reconnaîtrait.

— Asseyez-vous.

James s'exécuta. Une seconde plus tard, la corde s'enroula autour de lui, se serra, puis s'enroula de nouveau, l'attachant très solidement à la chaise.

Il attendit, sans rien dire, en essayant de réfléchir à ce qu'il pourrait demander de plus, à ce qu'il pourrait espérer découvrir. A vrai dire, il n'y avait plus qu'une seule information dont il avait besoin.

Après avoir testé la corde et s'être assuré que les mains de James étaient toujours correctement entravées, le meurtrier recula, puis se dirigea vers la porte, ne montrant que son dos.

Mais, une fois là, il se tourna, la main sur la poignée. Et dit à James ce qu'il voulait savoir.

— Je pars retrouver votre fiancée, et ensuite... je l'amènerai ici.

Même s'il ne pouvait distinguer la bouche de l'homme, James sut qu'il souriait quand il ajouta :

— Et ensuite je mettrai un point final à toute cette regrettable histoire.

Les yeux marron clair du meurtrier lancèrent un bref éclair dans la lumière de la lampe, puis il sortit, refermant doucement la porte derrière lui.

James fixait l'endroit où l'homme s'était tenu. Près de la porte, la lumière de la lampe avait été suffisante pour que James vît clairement la partie du visage de son ravisseur située au-dessus du foulard de soie.

— Il a raison, murmura James en fronçant les sourcils. Si je pouvais voir son visage en entier, je le reconnaîtrais...

Car James était sûr d'une chose : il avait déjà vu cet homme, mais pour le moment il ne pouvait mettre un nom sur ce qu'il avait aperçu de ses traits.

Laissant de côté le mystère de l'identité de son ravisseur, James attendit et s'exhorta à la patience alors même que son instinct le poussait à agir, et vite.

L'homme allait sans doute faire parvenir un billet à Henrietta, qui accourrait pour le sauver. Elle accompagnerait le meurtrier jusque-là, jusque dans cette maison, dans cette chambre, et ensuite... Si James voyait clair dans les intentions meurtrières de cet homme, il la violerait et la battrait à mort devant lui, et puis il le tuerait à son tour, en maquillant ce meurtre en un suicide dicté par le remords.

De toute façon, songea James, si Henrietta devait mourir de cette façon en essayant de le sauver, peu importait l'issue pour lui, il se tuerait bel et bien ensuite, rongé par le remords.

Mais cela n'arriverait pas.

Une fois que les bruits de pas se furent éloignés, puis eurent disparu, une fois que la porte d'entrée se fut refermée et le resta suffisamment longtemps pour être sûr que le meurtrier ne changerait pas d'avis et n'aurait pas l'idée de venir vérifier une nouvelle fois si les liens de James étaient assez serrés, il sortit avec précaution le tesson de verre caché dans la manche de sa chemise.

Le tenant fermement entre ses doigts, il se mit à scier la corde.

Après le dîner, Hudson attendait Henrietta à la sortie de la salle à manger pour lui remettre le deuxième billet rédigé par l'assassin de Lady Winston.

Comme convenu au cours de l'après-midi, le dîner avait été transformé en réunion familiale impromptue, où Amanda et Martin, Amelia et Luc, Simon et Portia avaient rejoint Mary, Henrietta et leurs parents autour de la table.

Ces derniers s'étaient montrés enchantés d'avoir toute leur famille réunie, même s'ils regrettaient que James, « retenu ailleurs », comme l'avait expliqué Henrietta, n'eût pas pu se joindre à eux.

Durant tout ce temps, elle avait dû cacher son angoisse. Les autres l'avaient aidée en faisant de leur mieux pour détourner l'attention de ses parents. S'attendant à ce que le meurtrier tînt parole, Henrietta quitta la salle à manger la première, laissant à Martin, Amanda, Luc et Amelia le soin de retenir ses parents assez longtemps pour qu'elle pût réceptionner le message, le lire rapidement et le fourrer dans sa poche.

En levant les yeux, elle croisa le regard de Simon. Lui, Portia et Mary l'avaient suivie dehors. Il haussa un sourcil interrogateur.

— Est-ce conforme à ce que l'on attendait ? demanda-t-il à voix basse.

Henrietta acquiesça.

— Le message ne contient qu'une indication d'heure et de lieu, ainsi que quelques instructions. Rien de plus.

Le reste de la compagnie les rejoignit. Ils se rassemblèrent tous dans le hall, évoquant les réceptions auxquelles ils étaient sur le point de se rendre.

Le père de Henrietta aidait déjà sa mère à enfiler son manteau de soirée.

Tout en en rectifiant les plis, celle-ci jeta un regard à sa fille.

— Tu viens avec Mary et moi ce soir, n'est-ce pas ? Je sais que James a d'autres engagements, mais...

Mary l'interrompit :

— En fait, maman... je me sens un peu nauséeuse.

Elle grimaça tout en posant la main sur son ventre.

— J'ai dû manger quelque chose qui ne passe pas.

Leur mère prit aussitôt un air soucieux, mais Henrietta s'empressa de la rassurer :

— Je vais rester avec Mary. La perspective de voir beaucoup de monde ne m'enthousiasme pas vraiment. Une soirée tranquille me fera le plus grand bien. Et je sais, maman, que vous avez hâte de voir Lady Hancok, et que vous ne pouvez vraiment pas manquer la réception de Mrs Arbuthot.

Leur mère grimaça. Elle jeta un coup d'œil à Mary, puis hocha la tête.

— Très bien. Passez une soirée tranquille toutes les deux, et couchez-vous tôt.

Puis elle adressa un regard interrogateur aux jumelles et à leurs maris, ainsi qu'à Portia et Simon.

— Où êtes-vous attendus, messieurs-dames ? demanda-t-elle. Puis-je vous déposer quelque part ?

Tous avaient préparé leur petite histoire. Martin, Luc et Simon s'apprêtaient à passer la soirée au Boodles, et non au White's, où le père de Henrietta devait se rendre. Amanda, Amelia et Portia étaient censées avoir prévu d'assister à un bal chez les Hilliard. Mais, depuis qu'elles savaient que Mary ne se sentait pas bien et que Henrietta allait rester à la maison pour lui tenir compagnie, elles avaient décidé toutes les trois de passer une heure avec elles avant de se rendre à leur soirée.

— Très bien.

Se dirigeant vers la porte au bras de son mari, la mère de Henrietta leur adressa un geste d'adieu collectif.

— Passez tous une bonne soirée. Nous nous retrouverons demain chez les St. Ives.

Ils saluèrent tous leurs hôtes. Depuis le hall, ils regardèrent, tout sourire, Hudson ouvrir la porte, puis le père de Henrietta conduire la mère de celle-ci dehors, se retourner pour leur dire au revoir, et escorter son épouse jusqu'à sa voiture qui l'attendait en bas des marches du porche.

Comme il refermait la portière de la calèche, puis se dirigeait vers le fiacre qu'il avait commandé un peu plus tôt, Hudson ferma la porte et se tourna. Il observa toutes les personnes qui étaient demeurées dans le hall et qui restaient immobiles, à écouter si les parents de Henrietta étaient bien partis.

En fronçant les sourcils d'un air surpris, Hudson scruta le visage de celle-ci. Puis, comme s'il venait de prendre une décision, il se tourna vers Simon.

— Que voulez-vous que je fasse, monsieur ?

— Ils ne vont pas revenir, n'est-ce pas ? lui demanda ce dernier.

— Je ne pense pas que vos parents seront de retour avant la fin de la soirée, monsieur.

— Très bien, répondit Simon, avant de regarder les autres. Dans ce cas, Hudson, votre mission consiste à garder le fort ici même. Et, sinon, ne dites rien à personne de ce que vous allez voir ou entendre, à moins qu'on ne vous le demande expressément.

— C'est l'évidence même, monsieur, répliqua Hudson en s'inclinant légèrement. Tout en voyant et en entendant tout, je resterai sourd et muet. J'ai un don naturel pour cela.

Cette déclaration lui attira des sourires reconnaissants de la part de toute l'assemblée, puis Luc s'adressa à Henrietta.

— Que dit le billet ?

Elle prit une grande inspiration, puis sortit la missive de sa poche et se mit à lire.

Retrouvez-moi au coin de James Street et de Roberts Street, à Mayfair, à 22 heures précises. Cela ne devrait pas vous prendre plus de quinze minutes pour vous y rendre depuis Upper Brook Street. Faites en sorte d'être seule et assurez-vous que personne ne vous suit. Si vous n'honorez pas ce rendez-vous, ou si vous tentez de me piéger de quelque façon que ce soit, votre fiancé mourra, d'une mort lente et douloureuse. Tout comme vous.

Henrietta regarda le papier, puis frissonna et le replia aussitôt comme si, par ce geste, elle pouvait circonscrire toutes les intentions assassines que contenait ce mot. Quand elle leva les yeux, elle croisa le regard de tous ceux qui l'entouraient, ses plus proches et plus chers parents. Tous les visages étaient graves mais déterminés.

— Courage, dit Amanda en lui pressant la main. Nous allons sauver James et arrêter ce fou.

Des murmures d'approbation s'élevèrent de toutes parts.

— Très bien, déclara Simon. Nous savons tous ce que nous avons à faire. Alors faisons-le. Je vais envoyer un mot à Barnaby et, comme convenu, il va prévenir Stokes. Henrietta, quoi que tu fasses, ne pars qu'au dernier moment. Plus nous aurons de temps pour que tout le monde se mette en place, mieux ce sera.

Tout le groupe acquiesça. Henrietta monta l'escalier. Simon se dirigea vers le bureau pour rédiger son billet, mais tous les autres suivirent Henrietta au pas de course, pressés de se changer et de se préparer pour tenir le rôle qui leur était dévolu.

15

Quinze minutes précises avant 22 heures, Henrietta, dans son grand manteau et la tête voilée, quitta la maison de ses parents. A pas rapides, elle se dirigea vers Grosvenor Square. Elle se sentait nouée et tendue mais, chose étonnante, l'émotion qui prédominait chez elle n'était pas la peur, ni même l'inquiétude.

Ils allaient retrouver James et arrêter le meurtrier, et tout se passerait bien.

Elle savait qu'un grand nombre de choses pouvaient mal tourner, mais son cerveau avait décidé de les occulter — de sa propre initiative, semblait-il —, refusant d'envisager l'échec. Henrietta était si déterminée que c'était un effort de marcher normalement et non d'un pas militaire.

Il faisait nuit noire, et il n'y avait pas assez de lune pour éclairer son chemin. Par bonheur, le trajet qu'elle devait emprunter passait par les rues bien éclairées de Mayfair. Les réverbères étaient tous allumés, et il n'était pas assez tard pour qu'il y ait du danger, en tout cas pas dans ce quartier.

Evidemment, savoir qu'elle n'était pas seule contribuait à rendre son état d'esprit plus combatif. Elle aperçut un « balayeur » de sa connaissance en train d'arpenter un des côtés de Grosvenor Square, juste en face de la maison des St. Ives. Luc aimait décidément prendre ce genre de risques ! Henrietta n'osa pas regarder de plus près pour voir où se trouvait Amelia, mais elle savait que sa sœur ne devait pas être bien loin.

Ce qui la rassurait aussi, c'était de sentir le poids de son pistolet dans son réticule. Penelope le lui avait prêté et lui avait montré comment s'en servir. Comme, à l'instar de toutes les filles de la famille Cynster, Henrietta avait insisté pour qu'on lui enseignât le maniement des armes à feu en même temps qu'à ses frères, elle n'avait pas eu besoin de longues explications. Ce petit automatique américain était commode à prendre en main et facile à utiliser.

Penelope lui avait assuré que, malgré sa taille, l'arme ferait un trou d'un beau diamètre dans la peau du meurtrier.

Bien entendu, aucune des jeunes femmes présentes n'avait jugé opportun de mentionner l'existence du pistolet à ces messieurs.

La tête haute, le regard bien fixé vers l'avant, Henrietta marchait d'un pas décidé, ignorant le fiacre et son conducteur qui passèrent près d'elle lorsqu'elle traversa Duke Street pour rejoindre Brook Street.

James Street était la deuxième rue sur la gauche. Henrietta la traversa, en regardant dans la direction de Roberts Street, qui était bien plus étroite et bien moins éclairée. Mais elle ne vit personne en train d'attendre. Résistant à l'envie d'adresser un signe de tête à l'homme d'apparence âgée qui portait un manteau de ratine et qui la dépassa, elle quitta James Street et se dirigea à pas rapides vers l'angle mentionné dans le billet.

Le « vieil homme » continua jusqu'au bout de James Street, puis, d'un pas hésitant, redescendit la rue en empruntant le trottoir opposé. A la vitesse à laquelle il allait, elle croiserait le meurtrier et serait partie bien avant que Barnaby atteigne le point situé juste en face de Roberts Street...

Se plantant à l'angle des deux rues, le plus près possible du bord du trottoir afin d'être vue plus facilement, Henrietta se découvrit la tête et regarda de nouveau autour d'elle, scrutant l'obscurité. Elle se tourna légèrement et tenta d'apercevoir quelque chose dans la très sombre Roberts Street. Grâce à la lumière des réverbères de la rue située à l'autre bout, elle vit que personne n'avançait vers elle.

Reprenant sa position initiale, face à James Street et à Barnaby qui faisait toujours semblant de marcher avec peine, elle soupira en se préparant à attendre.

Deux minutes plus tard, ses cheveux se hérissèrent sur sa nuque.

— Ne vous tournez pas. Pas tout de suite.

Elle se raidit. Le meurtrier se trouvait juste derrière elle. Tous les sens aux aguets, elle lutta contre l'envie de se retourner. Agrippant son réticule, elle leva davantage la tête et acquiesça.

— Très bien. Et maintenant ?

— Maintenant, je vais faire demi-tour et remonter Roberts Street. Et, quand je vous le dirai, vous me suivrez. Nous allons marcher. Je guiderai et vous me suivrez, en restant toujours à quelques mètres de moi. Si vous vous comportez bien, je vous conduirai à l'endroit où je détiens Glossup.

Il s'interrompit, avant de demander :

— Est-ce clair ?

Ce n'était pas la première fois qu'elle entendait cette voix... Elle ne l'avait pas souvent entendue, et elle ne se souvenait pas où, mais il y avait une légère pointe d'accent campagnard sous la prononciation parfaite et distinguée qui la rendait assez caractéristique. Mais elle ne se laissa pas distraire et acquiesça.

— Oui. Je resterai derrière vous afin que je ne puisse pas voir votre visage.

— Exactement, répondit-il d'une voix légèrement amusée, avant de durcir le ton. Attendez mon signal, puis suivez-moi.

Elle obéit et resta immobile pendant qu'elle tendait l'oreille. L'homme était en train de s'éloigner. En face, Barnaby s'était caché sous l'ombre d'un porche, mais il était bien là, et il observait.

— Maintenant.

Henrietta tourna sur elle-même et s'enfonça dans l'obscurité de Roberts Street, disparaissant derrière la grande et large silhouette masculine qui arpentait le trottoir devant elle. L'homme portait un manteau sombre, un chapeau foncé à larges bords, ainsi qu'un foulard noir noué autour de son cou, qui lui dissimulait sans doute aussi le bas du visage. Mais, ce soir, il n'avait pas de canne. Néanmoins, même avec le manque de lumière, elle n'avait pas besoin d'être très observatrice pour pouvoir être sûre qu'il s'agissait bien de l'individu qu'elle avait percuté sur Hill Street.

Elle hésitait à le questionner et, en ayant peu d'espoir qu'il se montre très loquace, finit par lui demander :

— Etait-ce vous qui étiez derrière toutes ces attaques ? Ma

chute dans le cours d'eau, mon cheval devenu fou, cette pierre qui a manqué de m'écraser à Ellsmere Grange, le coup de feu dans le parc ?

Il ne répondit pas tout de suite. Après plusieurs pas, il finit par grommeler :

— Oui. Et vous n'avez pas besoin d'en savoir plus.

— Eh bien, maintenant, je sais au moins que je n'ai qu'un seul agresseur mystère, murmura-t-elle dans son dos.

— Taisez-vous. Je ne veux plus vous entendre.

— Oui, monsieur.

Mécontente, elle serra les lèvres et, puisqu'elle n'avait pas le droit de faire autre chose, fixa le dos sombre de l'inconnu. Sentant le poids du pistolet dans son réticule, elle était tentée. Elle pourrait très bien dégainer son arme maintenant et tirer. L'homme n'aurait aucune chance de l'arrêter, et il serait hors d'état de nuire pour toujours... Mais Penelope lui avait assuré que le pistolet, à courte portée, lui ferait un *très* gros trou dans la peau, ce qui le tuerait certainement, et ils ne pourraient jamais retrouver James. Le pauvre, il était ligoté et enfermé quelque part à Londres... Même découvrir l'identité du meurtrier ne garantirait pas qu'ils réussiraient à localiser James.

Ils avaient parcouru bien plus de la moitié de Roberts Street, à présent. Davies Street, qui était bien mieux éclairée, se trouvait tout près. Prenant tout à coup conscience du fait que l'assassin ne pouvait pas voir ce qu'elle faisait, elle continua à le suivre d'un pas régulier, mais tourna la tête pour regarder dans son dos.

Vingt pas derrière elle, Barnaby, qui ne vacillait plus sur ses jambes, glissait d'ombre en ombre. Il esquissa un petit geste de la main.

Henrietta regarda de nouveau droit devant elle et continua de marcher. Comme ils approchaient des lumières de Davies Street, elle se rendit compte que ses lèvres dessinaient un sourire déterminé susceptible de la trahir, et elle s'efforça de prendre un visage impassible. Elle n'était pas très douée pour jouer la comédie et elle n'était pas certaine de réussir à feindre le type de peur que le meurtrier s'attendait à ce qu'elle ressentît. Mieux valait ne rien exprimer que d'éveiller la suspicion.

Ils traversèrent Davies Street et tournèrent à droite, vers le sud. Un autre fiacre les dépassa lentement. Charlie Hastings le conduisait, déguisé en cocher des rues. Du coin de l'œil, Henrietta aperçut un peu du visage de Mary, alors que cette dernière la guettait — et surveillait encore plus attentivement l'homme qui marchait devant elle — depuis l'intérieur du fiacre.

Heureusement, le meurtrier ne remarqua pas Mary. Il continuait d'avancer, et Henrietta continuait de suivre. Et les autres continuaient de les filer où qu'ils aillent.

Ils arpentaient le pavé. Même s'il évitait les zones les plus fréquentées de Mayfair, c'est-à-dire tous ces endroits où ils auraient pu croiser des membres de la famille de Henrietta en train de rentrer chez eux ou de quitter une soirée pour se rendre à une autre, il la conduisit dans des rues qu'elle connaissait. Ils prirent vers le sud-est, en direction de Bond Street, en empruntant d'étroits passages et en ne traversant de grandes artères que pour retourner ensuite dans de petites allées ou ruelles.

Quel qu'il fût, le criminel connaissait bien le quartier. A sa façon de s'arrêter de temps en temps pour regarder autour de lui et même, parfois, pour se retourner, prenant le risque de montrer son visage à Henrietta, il était clair que l'itinéraire tortueux qu'ils empruntaient était destiné à s'assurer que personne ne les suivait.

Il se montrait prudent à l'extrême. Et plus ils marchaient, plus elle avait peur qu'il remarquât ses protecteurs ou, pire, qu'il parvînt à les semer.

Elle avait déjà vu Barnaby à trois endroits différents, mais au moins, il changeait d'apparence à chaque fois. Les fiacres, conduits par Simon, Martin et Charlie avec, respectivement, Portia, Amanda et Mary à leur bord, étaient plus difficiles à travestir. Même si les cochers changeaient de chapeaux et de manteaux, les attelages eux-mêmes et plus encore les chevaux restaient les mêmes. Malgré cela, le passage d'un fiacre dans une rue de Mayfair n'était pas rare, et tous comptaient sur cet état de fait pour que le scélérat n'y prêtât pas attention du tout.

Luc était avec Amelia à pied, et Penelope faisait équipe avec Griselda, l'épouse de Stokes, tandis que ce dernier et quelques-uns de ses agents et de ses jeunes inspecteurs venaient étoffer le réseau de ses protecteurs déployé dans les rues de Londres.

Henrietta ne maîtrisait pas toute la logistique mise en place, mais Barnaby, Penelope et Stokes lui avaient assuré qu'au moins un observateur, voire deux, l'aurait en ligne de mire de façon permanente, mais qu'ils permuteraient constamment pour limiter le risque d'être repérés.

Le problème, c'était que le meurtrier avait choisi un certain type de rues — pas très longues et sans recoins où se cacher — qu'il empruntait de façon systématique. Cette configuration laissait très peu de temps à ceux qui suivaient Henrietta pour la surveiller, être relevés de leur poste d'observation et se déployer ailleurs sans jamais la perdre de vue.

Deux fois, l'homme emprunta le début d'une allée courte et droite, pour faire demi-tour en son milieu et revenir sur ses pas.

Plus de une heure après leur rendez-vous, il lui fit prendre la courte Blendheim Street pour la mener à Woodstock Street, il s'arrêta à l'angle des deux rues pour regarder derrière lui, puis tourna à gauche et la mena vers une petite place invisible au premier coup d'œil. A ce moment-là, il était devenu totalement impossible à Henrietta de savoir si ses protecteurs étaient toujours avec elle. Et elle n'avait aucun moyen de le vérifier.

Il la conduisit jusqu'à une rangée de maisons qui étaient clairement toutes vides et abandonnées, et sans doute vouées à la démolition.

Malgré sa détermination et sa combativité initiale, son cœur battait trop fort et trop vite. Elle le suivit quand il poussa un portail en fer forgé rouillé, et emprunta une allée au sol irrégulier qui menait à des marches en pierre fissurées et à une étroite porte d'entrée.

Sa vie allait-elle s'arrêter là, dans cette maison sombre et abandonnée ?

Cette pensée impromptue l'ébranla. Soudain nerveuse, elle essaya de la chasser de son esprit.

Mais il était naturel qu'elle éprouvât de l'aversion à suivre son bourreau potentiel tel un mouton à l'abattoir.

S'arrêtant sur la plus haute marche, le meurtrier tira une clé de sa poche et ouvrit la porte. Il la poussa, puis se retourna pour regarder Henrietta, qui se trouvait toujours dans l'allée quelques mètres derrière lui.

Le réverbère de la place était trop loin pour qu'elle pût distinguer quoi que ce soit de ses traits, du moins ce qui en était visible, entre les bords rabattus de son grand chapeau et le foulard de soie noir qui lui dissimulait la mâchoire. Comme à Hill Street, elle ne voyait pas assez de son visage pour se le représenter en entier.

— Qui êtes-vous ?

Ces mots lui échappèrent pendant qu'elle le considérait en fronçant les sourcils.

Elle perçut son sourire, entendit la pointe de satisfaction dans sa voix quand, après un dernier regard vers les trottoirs et la place déserts, il répondit :

— Vous le découvrirez bien assez tôt.

Puis il recula et lui fit signe d'entrer avec une courtoisie exagérée.

— Si vous voulez bien vous donner la peine d'entrer, Miss Cynster, puis de pénétrer dans le vestibule et de vous arrêter au pied de l'escalier.

Sur le point d'obéir, elle marqua un temps d'arrêt. En scrutant le vestibule sombre du regard, elle demanda :

— James est-il ici ?

C'était la seule chose qui la déciderait à franchir le seuil. Il n'y avait que pour James qu'elle entrerait de son plein gré dans le repaire d'un meurtrier.

Elle perçut de nouveau un certain amusement lorsque le scélérat répondit :

— Oui. Il est attaché, mais il est sain et sauf, et entier. J'ai l'intention de vous conduire à lui directement.

Il y avait quelque chose dans ces derniers mots qui la fit frémir, mais elle s'obligea à hocher la tête et, en soulevant ses jupes, elle grimpa les marches avec calme, passa devant lui et s'enfonça dans l'obscurité de l'étroit vestibule.

La maison sentait la poussière et, dans une moindre mesure, la moisissure. Quand elle s'arrêta au pied de l'escalier, non éclairé et peu engageant, et leva les yeux, une peur panique s'empara d'elle, comme si une main implacable s'était refermée autour de sa gorge et lui plantait ses ongles acérés dans la peau.

Elle se tourna. Dans le vestibule, elle vit son ravisseur penché au-dessus d'une petite table pour allumer une lanterne. Le bruit familier d'un fiacre parvint jusqu'à elle. Une fois la lanterne allumée, le meurtrier se redressa, en tenant la lampe loin de lui, afin d'être le moins éclairé possible.

Il tendit son autre main derrière lui pour refermer lentement la porte d'entrée.

Avant que ce fût fait, à un cheveu de prendre la fuite, Henrietta regarda dehors alors que le fiacre qu'elle avait entendu passait lentement devant la porte.

Simon, à la place du cocher, la fixa droit dans les yeux.

Elle se tenait au pied des marches, sous la lumière de la lanterne, lorsque la porte finit par se refermer.

A cet instant, elle prit une immense inspiration, puis cligna des paupières et plissa les yeux, qu'elle protégea en mettant ses mains en visière. Elle détourna la tête alors que le meurtrier approchait à pas lents. Il n'avait pas cessé de l'observer, mais, de toute évidence, elle avait réussi à ne pas se trahir.

Voir Simon lui avait redonné une bouffée de courage. Comme son effet se propageait en elle, elle dut se rappeler qu'elle ne pouvait pas tirer sur le vil personnage qui se tenait devant elle.

Pas tout de suite.

Il s'arrêta à un bon mètre d'elle, puis à l'aide de la lanterne désigna l'escalier.

— Montez.

Elle souleva ses jupes et obéit. Elle avait hâte de retrouver James et d'en finir. Plus vite elle verrait cet assassin entre les mains de Stokes et loin d'elle, mieux ce serait.

Alors qu'elle approchait du haut de l'escalier, le meurtrier, quelques marches derrière elle, ordonna :

— Tournez à gauche et traversez le palier. Arrêtez-vous à la deuxième porte.

Là encore, elle obéit. Mais, dès que l'homme fut juste derrière elle, elle souleva son réticule et l'ouvrit. Puis elle glissa sa main à l'intérieur et la referma fermement autour de la crosse du petit pistolet. Elle ne le sortit pas tout de suite, mais se servit de son manteau pour dissimuler ce qu'elle venait de faire.

S'arrêtant comme il le lui avait demandé, face à la deuxième porte, elle prit une grande inspiration et se prépara à ce qu'elle allait trouver à l'intérieur. Le meurtrier de Lady Winston avait une réputation de grande brutalité. Il avait dit que James était vivant, mais cela ne voulait pas dire qu'il ne s'était pas acharné sur lui.

Dans tous les cas, James serait solidement attaché et incapable de l'aider. Elle ne devrait compter que sur elle-même et sur ses propres ressources, jusqu'à ce que les autres fissent irruption dans la maison, ce qui, espérait-elle, allait se produire d'une minute à l'autre...

Ses sens l'alertèrent de nouveau. Elle se tendit et eut la chair de poule lorsque le meurtrier l'effleura presque pour la contourner et ouvrir la porte.

— Entrez, dit-il. Votre fiancé veut vous voir... une dernière fois.

Le ton sur lequel il avait prononcé ces derniers mots la fit frissonner, mais elle garda la tête haute et pénétra dans la pièce.

Grâce à la lanterne située derrière elle, et à la faible lueur d'une lampe posée sur une commode près de la porte, elle distingua un lit. Mais il était vide. Elle regarda plus loin et vit une chaise installée à côté de ce même lit, mais aucune trace de James. Puis elle se rendit compte d'une chose.

Il y avait des cordes sectionnées tout autour de la chaise.

Des doigts solides lui agrippèrent le bras et l'attirèrent sur le côté, derrière la porte.

James !

Son cœur tressaillit tandis qu'il la cachait derrière lui, dans l'entrebâillement de la porte.

Il pivota et fit face au meurtrier qui la suivait de près.

En brandissant une lanterne.

La lumière vive éblouit James. Instinctivement, il recula et leva un bras pour se protéger les yeux.

Comprenant qu'il avait perdu l'avantage, il jura. Il baissa son bras pour essayer de voir, mais la lumière était si forte qu'il n'était même pas sûr de l'endroit précis où le scélérat se trouvait.

Puis, lentement, le faisceau de la lanterne s'abaissa pour éclairer le centre de son corps.

— Reculez, Glossup, ou je vous abats maintenant. Devant votre future épouse.

James réussit enfin à y voir clair et découvrit que, en effet, l'homme tenait un pistolet pointé directement sur son cœur.

Tout en réfléchissant à toute allure, James fit face sans frémir à son adversaire.

— Une balle en pleine poitrine ne cadrera pas avec votre plan. Comment votre histoire sera-t-elle crédible si j'ai un trou dans la poitrine plutôt que sur le côté de la tête ? Peu d'hommes se suicident en se tirant une balle en plein cœur.

Après un moment de silence, le meurtrier répondit, sur le ton amusé qu'il affectionnait tant :

— Je ne vois pas du tout le problème. J'arrangerai mon histoire différemment, voilà tout. Vous frappez Miss Cynster jusqu'à manquer de la tuer. Alors, dans un dernier sursaut de désespoir, elle attrape le pistolet et vous tire en pleine poitrine. Puis, anéantie, elle se supprime. Cette petite modification ne me dérange pas le moins du monde : cela m'est bien égal de savoir qui se tire une balle dans la tête et qui est touché en plein cœur.

Soudain, la voix du meurtrier se fit plus ferme.

— Donc, je vous conseille de reculer vers la chaise. Tout de suite !

James hésita.

Abasourdie par les intentions du meurtrier, et choquée jusqu'à la nausée d'avoir été citée tout haut avec tant de détachement, Henrietta se plaqua une main sur la bouche pour réprimer un haut-le-cœur. Elle voyait James en train de réfléchir à ce qu'il devait faire. Sn idiot de chevalier servant serait capable de se sacrifier pour elle ! Mais, elle, que deviendrait-elle alors ?

Elle serait condamnée à vivre le reste de sa vie seule, sans lui.

Elle avait un rôle à jouer et elle allait devoir paraître crédible. Il le fallait absolument Elle reprit son souffle et se rendit compte qu'elle n'avait pas à se forcer pour que sa voix tremblât.

— James, je vous en prie... Faites ce qu'il dit.

James lui jeta un bref regard. Elle lui fit les gros yeux et lui montra le pistolet qu'elle avait sorti de son réticule.

Quand il comprit ce qu'elle avait en tête, il resta immobile un instant, puis le meurtrier revint à la charge :

— Faites ce qu'elle vous dit, Glossup. Et qui sait ? Après vous avoir attaché de nouveau, je la laisserai peut-être vous donner un baiser d'adieu.

Henrietta n'aurait pu haïr quelqu'un davantage, elle en était parfaitement certaine. Elle se campa sur ses jambes et saisit le pistolet des deux mains, tout en donnant le change en parlant d'une voix faible et tremblante :

— Je vous en supplie, James, obéissez. Je ne veux pas qu'il vous tire dessus. Et peut-être changera-t-il d'avis. Nous ne savons vraiment pas qui il est, donc il nous croira peut-être et nous laissera partir...

Elle finit en feignant d'étouffer un sanglot.

James croisa son regard, puis, les lèvres pincées, fixa de nouveau le meurtrier et recula d'un pas.

— Très bien. Continuez.

James reculait lentement, pas après pas. Henrietta comprit qu'il ne quittait pas l'assassin des yeux, et que sa retraite lente et réticente était destinée à accaparer toute l'attention de leur tortionnaire.

Et ce dernier était en train de mordre à l'hameçon : il entrait dans la pièce.

Enfin, il finit par dépasser le seuil. Le regard toujours fixé sur James, le scélérat attrapa le coin de la porte pour la refermer.

Il se trouvait exactement à l'endroit que Henrietta visait.

Et, fermant les yeux, elle appuya sur la détente.

Deux coups de feu retentirent, l'un juste après l'autre, et un fracas immense emplit cet espace confiné.

En poussant un petit cri, Henrietta ouvrit les yeux. Le cœur battant, elle baissa lentement son pistolet. Comme l'écho des coups faiblissait, elle vit la lanterne par terre à ses pieds... Et le meurtrier effondré, le haut du dos contre la commode, la main pressée sur un énorme trou dans son épaule.

— James ?

Où était-il ? Elle ne le voyait pas...

La panique s'empara d'elle.

Avait-il été touché ?

Etait-il mort ?

Pour faire le tour du lit, elle dut passer devant le meurtrier. Son pistolet gisait à côté de lui. Elle l'envoya promener d'un coup de pied sans quitter l'homme du regard. Elle le vit qui essayait de se ressaisir. Elle arma son pied — et le frappa bien fort entre les jambes. Il hurla et se recroquevilla sur lui-même.

Satisfaite, elle se précipita vers le lit.

— James ?

Puis elle le vit.

— Oh, mon Dieu !

Il avait bien reçu un coup de feu. Il essayait de s'asseoir en prenant appui sur un côté. Elle se précipita pour l'aider.

— Comment allez-vous ?

James cligna des paupières pendant qu'elle s'agenouillait à côté de lui. Il y croyait à peine. Ils étaient tous les deux en vie. Emu par l'inquiétude de Henrietta, il réussit à lui adresser un sourire taquin, quoiqu'un peu faible.

— Pas si mal, ma foi. Je me suis jeté sur le côté et sa balle m'a effleuré le bras. Cela paraît sans doute pire que cela ne l'est vraiment.

L'avait-elle bien entendu ? Rien n'était moins sûr avec le fracas produit par ce qui semblait être une armée entière en train de grimper l'escalier quatre à quatre. Mais, tout ce qui comptait pour lui, c'était elle. Il la dévorait du regard, il dévorait son visage, ses traits adorés, puis il s'abîma dans la contemplation de ses yeux. Perdu dans ce bleu magnifique, il murmura :

— Voici la cavalerie, je suppose. Je suis heureux que vous ne soyez pas venue seule.

Avec sa main qui n'était pas maculée de sang, il lui caressa doucement la joue. Ce simple contact était le plus merveilleux des soulagements.

Elle avait l'air sauvage et farouche d'une tigresse lorsqu'elle posa une main sur la sienne.

— Je serais venue seule s'il l'avait fallu. Mais je n'y ai pas été obligée.

Elle leva les yeux alors qu'une horde se précipitait dans la pièce.

James ne prêta attention à personne. Pour lui, il n'y avait

qu'elle. Doucement, il attira son visage à lui, et trouva ses yeux, ses magnifiques yeux bleu tendre, et ne les quitta plus.

— Je vous aime. Dieu comme je vous aime.

Il plongea davantage dans cette immensité azur.

— Pendant que j'étais ligoté ici, je n'ai pas cessé de penser que je ne vous l'avais pas dit. Alors que j'envisageais la mort, c'était mon seul regret.

Elle lui adressa un sourire merveilleux, et ce fut comme un rayon de soleil dissipant toutes les ombres. Puis elle prit sa main entre les siennes.

— Je vous aime aussi. De toute mon âme.

Il embrassa ses mains avec fièvre sans la quitter du regard.

— Je suis si soulagée que vous soyez en vie.

Elle se pencha et leurs lèvres se trouvèrent.

Ce n'était qu'une simple caresse, mais pour eux elle voulait tout dire.

Henrietta recula puis, les yeux clos, poussa un soupir. Elle lui serra la main plus fort et posa son front contre le sien. Ils étaient liés. A jamais. A eux désormais la joie d'être ensemble et vivants.

Puis Stokes arriva. Ils levèrent tous les deux la tête alors que l'inspecteur rejoignait la horde vindicative qui s'était rassemblée autour du meurtrier.

Stokes grommela, puis il se pencha au-dessus de l'homme, dont il arracha foulard et chapeau.

Les autres se rapprochèrent pour voir, pour étudier le visage du meurtrier, pour percer l'identité de celui qui avait été prêt à tuer sans répit pour échapper à la justice.

Henrietta se leva et aida James à en faire de même. Il serrait avec fermeté son bras gauche, juste sous son épaule. Sa manche était déchirée et couverte de sang, mais, quand Henrietta l'invita à retirer sa main, elle découvrit avec soulagement que la blessure ne saignait déjà presque plus. D'après ce qu'elle pouvait en juger dans la faible lumière, la balle n'avait fait qu'effleurer James et ne s'était pas logée dans sa peau, comme il le lui avait dit. Elle l'obligea à s'asseoir sur le bord du lit, déchira la taie de l'un des oreillers et se servit du tissu pour lui panser le bras. Il sourit plus franchement et lui murmura quelques mots de remerciements.

Ils se tournèrent vers les autres juste au moment où Stokes interrogeait tout le monde du regard.

— Quelqu'un sait-il qui est ce sinistre individu ?

— Il m'est vaguement familier, déclara Barnaby.

— Hum, acquiesça Simon en fronçant les sourcils. A moi aussi, mais je n'arrive pas à le remettre.

— Je sais que je l'ai déjà vu quelque part, renchérit Charlie.

Henrietta se rendit alors compte qu'aucune des femmes n'était montée. Passant son bras sous le bras valide de James, elle l'aida à se tenir debout puis ils contournèrent le lit pour rejoindre les autres.

Les autres prirent cela comme le signe qu'ils pouvaient désormais les bombarder de questions qui visaient toutes à s'assurer que Henrietta et James allaient aussi bien qu'ils en avaient l'air. Le cercle s'ouvrit pour leur faire place et ils purent enfin voir le visage de celui qui avait tant menacé leur bonheur et leur avenir communs.

L'homme était toujours ramassé sur lui-même et effondré devant la commode. Son visage se trouvait partiellement dans l'ombre. Quelqu'un avait grossièrement pansé sa blessure. Celle-ci était trop haute sur l'épaule pour être fatale, comme Henrietta s'en rendit compte. Elle le regarda puis désigna la lanterne.

— Eclairez son visage et laissez-moi voir.

Simon s'empressa d'obéir. Le scélérat, gêné par la lumière, tressaillit puis détourna la tête.

Henrietta poussa un petit cri d'effroi.

— Dieu du ciel ! C'est Sir Peter Affry.

Stokes grommela.

Charlie fixa leur homme.

— Sir Peter Affry, le député ?

— Oui, acquiesça vigoureusement Henrietta. Il a été porté aux nues dans tous les cercles politiques cette Saison. Il était bien parti pour occuper les fonctions les plus prestigieuses.

— Il se trouvait chez les Marchmain, déclara James. Quelqu'un me l'avait montré, je me souviens.

— Et il se trouvait bien au gala, renchérit Barnaby.

— Cela n'a plus d'importance, dit Stokes. Il est hors d'état de nuire désormais. Il n'échappera pas à la potence après tout ce qu'il a fait.

Stokes empoigna Sir Peter et l'obligea à se lever sans cérémonie. Puis, avec brutalité, il poussa le député blessé vers la porte, directement dans les bras de deux agents à très forte carrure.

— Cet homme est en état d'arrestation : emmenez-le à Scotland Yard. Faites venir un médecin pour qu'il soigne correctement sa blessure, mais qu'il ne sorte en aucun cas de sa cellule. Je vous rejoins bientôt.

— Oui, inspecteur.

Les agents semblaient ravis de leur prisonnier. Ils lui passèrent une corde autour des poignets. Puis chacun le saisit par un bras et, malgré les gémissements et les faibles protestations de Sir Peter, ils l'emmenèrent vers l'escalier, en le tirant et en le portant à moitié.

James se sentait étourdi — et cela n'avait rien à voir avec le sang qu'il avait perdu. C'était plutôt l'euphorie du soulagement qui lui faisait cet effet. Mais il pensa tout de même à préciser à Stokes :

— Il a avoué avoir tué Lady Winston.

— Très bien, répondit le policier. Accepteriez-vous de témoigner s'il le fallait ?

James hocha la tête d'un air sombre.

— Oui. Sans aucune réserve. Je veux qu'il reçoive le châtiment qu'il mérite.

— C'est ce que nous voulons tous, ajouta Barnaby. Au moins nous savons désormais pourquoi il tenait tant à garder son identité secrète. Il me semble avoir entendu mon père dire qu'Affry était pressenti pour un ministère.

Stokes les considéra tous un à un, puis ses yeux gris se posèrent sur Henrietta et James.

— Je vais avoir besoin de votre déposition à tous mais, si vous préférez, cela peut attendre demain.

Ils se regardèrent les uns les autres, Simon, Barnaby, Charlie, Martin et Luc, ainsi que James et Henrietta. Puis Martin grimaça et se fit le porte-parole de tout le groupe :

— Les autres, et nos aînés, ne vont pas apprécier que nous les ayons laissés en dehors de tout cela. Je propose que nous rejoignions un endroit plus confortable pour mettre un peu d'ordre dans nos témoignages et nos explications. Ensuite nous pourrons tout raconter aux autres demain, une fois que tout sera bien terminé.

Tout le monde manifesta son approbation. Stokes hocha la tête.

— Il faut que je retourne à Scotland Yard pour superviser son arrestation et m'assurer que tous nos agents comprennent à quel point il faut être ferme avec lui, malgré tout ce qu'il pourra dire. Et ensuite je reviendrai vous interroger. Où voulez-vous que je vous retrouve ?

Ils décidèrent que le mieux serait de se rendre chez Barnaby et Penelope à Albemarle Street.

Stokes partit, et les autres se regroupèrent tous autour de Henrietta et James. Ce dernier était stupéfié par leurs déguisements, tandis que de leur côté ils voulaient absolument savoir ce qui lui était arrivé.

Henrietta coupa court aux explications en déclarant :

— J'aimerais bien savoir ce qui vous a pris autant de temps.

Elle regarda plus précisément Simon.

— Vous saviez que nous étions ici. Je pensais que vous alliez intervenir bien plus vite.

— En fait, commença Simon, l'air penaud, Affry avait installé un verrou en plus de la serrure sur la porte d'entrée. Nous étions censés crocheter la serrure et le cueillir sans bruit au cas où il aurait eu un pistolet — ce qui était bien le cas, d'ailleurs. Mais, à cause du verrou, nous aurions dû défoncer la porte, ce qu'il aurait entendu…

Barnaby prit le relais :

— Nous hésitions entre défoncer la porte et forcer une fenêtre lorsque nous avons entendu les deux coups de feu. Nous avons failli en mourir nous-mêmes.

Il jeta un coup d'œil au pistolet que Henrietta avait laissé sur le lit et qu'elle récupéra par la même occasion.

— Mais je vois que Penelope avait pris ses précautions, déclara-t-il.

— Heureusement, répliqua Henrietta en rangeant l'arme dans son réticule. Mais, en parlant de Penelope, où est-elle ? Et les autres ? Mary, Amanda, Amelia, Portia et Griselda ?

Tous les hommes, à l'exception de James, échangèrent des regards piteux. Puis Luc reconnut :

— Nous avons insisté pour qu'elles restent dans les voitures, dehors. D'ailleurs elles doivent être mortes d'inquiétude : nous ferions mieux d'aller les retrouver pour tout leur raconter.

Et leur demander pardon de les avoir mises de côté, songea Henrietta. Mais les hommes obéissaient toujours à leur nature, et ceux-ci étaient protecteurs à l'extrême.

Ils se précipitèrent en bas. Henrietta et James les suivirent plus lentement, se servant de la lanterne pour éclairer leurs pas.

Dans le vestibule, ils laissèrent la lanterne sur la table, l'éteignirent, sortirent à leur tour et refermèrent la porte derrière eux. Ou, plutôt, tentèrent de la refermer, car elle était sortie de ses gonds.

La petite place était juste assez grande pour contenir les trois fiacres qu'ils avaient loués pour la nuit. Dans la lumière des réverbères, plusieurs couples étaient en train de parler. Les hommes racontaient et les femmes réprimandaient, bien qu'elles fussent curieuses de connaître tous les détails de l'histoire.

Bras dessus bras dessous, Henrietta et James s'arrêtèrent en haut des marches du perron et contemplèrent la petite armée d'amis qui les avait aidés. Henrietta s'appuyait légèrement contre James, heureuse de sentir de nouveau auprès d'elle sa chaleur et sa force.

— Ils n'ont peut-être pas été là au moment critique, mais les savoir proches et prêts à intervenir m'a donné le courage nécessaire pour faire ce que j'ai fait.

— Ah, les amis, la famille...

James entrelaça ses doigts à ceux de Henrietta et la regarda dans les yeux.

— Nous sommes particulièrement bien lotis. Savourons cette chance.

Henrietta esquissa un doux sourire.

— Elles nous observent, vous savez. Toutes les femmes. Elles ne veulent pas nous interrompre, mais elles meurent d'envie de se précipiter sur nous et de nous parler.

James sourit plus franchement.

— Je pense que nous devrions les laisser faire. Elles le méritent amplement. Mais avant cela...

Il porta la main de Henrietta à ses lèvres et l'embrassa avec tendresse.

— Laissez-moi vous le dire une nouvelle fois : si vous saviez comme je vous aime.

Le cœur de Henrietta débordait d'amour, de bonheur, de gratitude et de soulagement. Et de joie ! D'une joie simple et inaltérable. Elle soutint son regard et, des étoiles plein les yeux, lui rendit mot pour mot :

— Je vous aime moi aussi. Pour toujours.

James esquissa un sourire qui contenait la même joie que celle qu'elle éprouvait.

— Je peux à peine croire que malgré toutes ces difficultés, malgré toute la détermination de ce monstre, nous ayons triomphé.

— Nous avons gagné notre futur, déclara Henrietta, rayonnante. Et maintenant il ne nous reste plus qu'à le vivre.

Ensemble, ils regardèrent devant eux et, sans se lâcher, descendirent les marches, empruntèrent l'allée, franchirent le portail et atteignirent le trottoir, où, comme l'avait prédit Henrietta, ils furent assaillis sur-le-champ par une nuée de ladies curieusement vêtues. Après les avoir serrés dans leurs bras et s'être exclamées à la vue de la blessure de James, ces dames déclarèrent les récits de leurs maris inintéressants et insistèrent pour entendre les propres mots de Henrietta et James, une fois qu'ils auraient tous trouvé refuge chez Penelope.

Personne ne protesta. Au contraire, tout le monde s'entassa dans les fiacres, et la compagnie se dirigea vers Albemarle Street.

16

Il était minuit passé quand James et Henrietta en eurent terminé — de raconter leur histoire à toute la troupe réunie, et d'entendre le récit de la course effrénée à laquelle avaient dû se livrer les autres dans les rues de Mayfair, ce qui n'avait pas été une mince affaire pour eux.

— Vous avoir toujours en vue était une chose, expliqua Barnaby. Le faire *sans* être vu en était une autre. C'était la filature la plus compliquée de toute ma carrière.

Martin était calé sur un canapé, le bras autour d'Amanda.

— Au moins nous savons désormais pourquoi Affry voulait absolument vous tuer, reprit-il. Il n'aurait jamais eu un moment de tranquillité sachant qu'à tout moment vous pouviez voir quelque chose ou entendre sa voix à un bal et faire le lien.

Luc était quant à lui installé sur l'accoudoir du siège sur lequel Amelia était assise.

— Et, poursuivit-il, alors qu'être reconnu coupable de crimes aussi haineux serait déjà assez terrible pour n'importe quel homme, imaginez pour un député... Le gouvernement, toute l'aristocratie et toute la population réclameront sa tête.

Stokes pénétra dans la pièce à temps pour entendre ces derniers mots.

— En fait, précisa-t-il, si impossible que cela puisse paraître, il semblerait que son cas soit encore pire que ce que nous avions tout d'abord cru.

Des exclamations incrédules fusèrent. Acceptant une tasse de café, Stokes s'assit à côté de sa femme Griselda, but une gorgée, lui sourit, puis regarda tous les visages interrogateurs.

— Au début moi-même je n'y croyais pas, mais c'est la vérité. Quand je suis arrivé à Scotland Yard, j'ai trouvé l'un de nos inspecteurs en chef, Mullins, en train de m'attendre. Il était sur le point de rentrer chez lui quand il avait vu arriver sir Peter, encadré de mes hommes. Mullins supervise toutes les enquêtes impliquant des élus, et c'est dans ce cadre qu'il m'a interrogé sur les charges qui allaient être retenues contre Affry. Je lui ai parlé du meurtre de Lady Winston, de celui de son habilleuse, et de ce qu'il avait prévu pour Miss Cynster et pour Glossup.

Stokes esquissa un léger sourire sardonique.

— Mullins est devenu si pâle que j'ai bien cru qu'il allait s'évanouir. Mais il m'a demandé d'attendre et a couru vers son bureau, d'où il est ressorti avec un dossier qu'il m'a tendu. Le dossier contenait un rapport rédigé par le policier du village où Sir Peter vivait avec sa tante. Il faut savoir que Sir Peter tient l'immense majorité de sa richesse actuelle de cette dernière. Elle était sa seule parente encore en vie et, logiquement, il était son seul héritier. Cette tante était une femme de la campagne, solide et vigoureuse, mais, juste après l'élection de Sir Peter au Parlement et son installation à Londres, sa tante a été assassinée. Elle a été battue à mort avec sauvagerie, selon un mode opératoire qui rappelle étrangement l'assassinat de Lady Winston et celui de son habilleuse.

— Dieu du ciel ! s'exclama Barnaby. Il avait déjà tué ?

— C'est ce qu'il semblerait, répondit Stokes avant de s'interrompre pour avaler une nouvelle gorgée de café. Cependant, reprit-il, Sir Peter était très ami avec le juge local, ce qui n'est pas étonnant pour un homme politique promis à un brillant avenir, et le meurtre de la tante fut imputé à un vagabond errant que personne n'avait vu. Le policier qui enquêtait sur l'affaire est resté méfiant, parce que le personnel de maison, très loyal envers la vieille dame, avait déclaré que Sir Peter était bien là, chez elle, le soir où celle-ci avait été tuée, alors que de son côté il prétendait être sorti faire du cheval. Or, personne ne l'avait vu à cheval, même s'il y a de nombreuses fermes autour du domaine et que les gens travaillaient encore aux champs à cette heure. Mais, en même temps, aucun des domestiques ne l'avait formellement aperçu dans la maison à l'heure fatidique, donc… Malgré tout, le policier est resté suspicieux, et il savait qu'il avait de bonnes raisons de l'être. En effet, il avait entendu parler d'un autre meurtre, survenu à peu près un an auparavant dans une paroisse voisine. Celui de la femme d'un fermier qui, d'après la rumeur, entretenait une liaison avec un gentleman dont elle avait toujours tu le nom et avec lequel elle n'avait jamais été vue. Il n'y avait pas d'autre suspect pour le meurtre de cette femme, pas même un pauvre vagabond, donc l'assassinat fut imputé « à des personnes inconnues ». Mais tout le monde était certain que le coupable n'était autre que ce mystérieux gentleman.

— Donc, dit Penelope, ce brave policier se trouvait devant deux meurtres mystérieux qui semblaient identiques. Et pour l'un Sir Peter était le principal suspect, tandis que pour l'autre le seul vrai suspect était un « gentleman inconnu ».

Stokes acquiesça.

— Alors le policier a fait ce qu'il devait faire. Il a envoyé le dossier à Scotland Yard et, comme le nom de Sir Peter y figurait, il a été confié à Mullins, qui a été chargé de se pencher sur l'affaire avec la plus grande prudence.

— Ce qui signifie, demanda Luc, que rien n'aurait été entrepris contre Sir Peter ?

— Ce n'est pas tout à fait cela, répondit Stokes avec un léger sourire. Mullins a conservé le dossier sous le coude et ne l'a jamais classé. Le but était de voir si Sir Peter commettait de nouvelles imprudences. Mais, bien sûr, le contenu du dossier n'a pas été ébruité, donc je n'étais pas au courant des similitudes entre ces divers assassinats. Et, comme de notre côté nous avons gardé les meurtres de Lady Winston et de son habilleuse secrets également, Mullins n'en a pas entendu parler. Nous n'aurions pas fait le lien entre ces différentes affaires si nous n'avions pas arrêté Sir Peter.

— Mais c'est chose faite désormais, déclara Portia. Donc, sera-t-il jugé pour tous ces meurtres ?

Stokes hocha la tête.

— Sans aucun doute. J'ai regardé rapidement la description

des cadavres et c'est indiscutablement le même maniaque qui a commis tous ces crimes.

Il regarda sa femme et lui saisit la main. Au bout d'un moment, il se tourna vers les autres.

— J'ai envoyé mon lot de criminels à la potence mais, s'il y en a bien un que je serai heureux de voir pendu, ce sera lui.

Tout le monde approuva.

Une fois qu'il eut terminé son café, Stokes se remit au travail. Assisté de Penelope, qui joua le rôle de sa secrétaire et écrivit tout ce qui se dit, Stokes interrogea de façon formelle Henrietta, James, Barnaby, Martin, Simon, Charlie et Luc, dont il prit les dépositions.

Une fois ces témoignages relus et signés, Stokes acquiesça.

— Cela devrait suffire.

Il rassembla les papiers et se leva.

— Je n'ai pas encore interrogé Affry. Je le ferai demain, maintenant que je connais tous les faits. Mais, d'après le peu qu'il a laissé entendre, il pensait qu'il n'était pas possible que vous ne le reconnaissiez pas instantanément si vous aviez vu son visage, précisa-t-il à l'adresse de Henrietta.

Elle fronça les sourcils.

— Mais je n'ai même jamais vu son visage ! Quand je l'ai croisé sur Hill Street, sa figure était dans l'ombre...

En regardant Stokes, elle inclina la tête.

— C'était peut-être cela... Il ne savait pas si son visage était dans l'ombre ou pas. Il pensait que j'en avais vu plus que cela n'a été le cas.

Stokes acquiesça.

— Sans doute. Il a une cicatrice entre la lèvre supérieure et le nez. Si vous l'aviez vue, il y aurait eu des chances pour que vous le reconnaissiez à votre prochaine rencontre, lors d'un bal, ou autour d'une table.

— Et d'après lui, enchaîna Barnaby en se levant en même temps que les autres, ce moment devait fatalement arriver un jour ou l'autre, et il voulait tout faire pour l'éviter. Donc, en quelque sorte, c'est de l'ego mal placé qui a amené Affry à sa perte. S'il s'était contenté d'attendre patiemment pour voir si Henrietta réagissait ou disait quelque chose, et, entre-temps, de faire tout ce qu'il pouvait pour éviter celle-ci, il s'en serait tiré à bon compte.

— L'ego démesuré semble être un trait qui précipite la chute de nombreux criminels, conclut Simon.

— D'ailleurs, ajouta Stokes, je leur en suis infiniment reconnaissant : cela me permet de les coincer. Longue vie à l'ego des criminels, leur talon d'Achille !

Sur cette note légère, la troupe se dispersa. Portés par un sentiment de satisfaction collective et de pur triomphe, ils se congratulèrent une dernière fois et se saluèrent avec chaleur avant de filer, en fiacre ou à pied, se glisser dans leurs lits.

Henrietta demanda à Charlie de les conduire, James et elle, jusqu'à George Street. Très heureux de leur rendre ce service, Charlie les laissa sur les marches devant chez James et les salua bien bas avant de repartir.

— J'imagine qu'il doit ramener le fiacre à son écurie, dit James en cherchant sa clé dans sa poche.

— Je suis sûre que tout a été arrangé à l'avance.

Le soutenant toujours, Henrietta attendait avec patience à ses côtés.

— Quand Penelope organise quelque chose, précisa-t-elle, elle ne néglige absolument aucun détail.

James ouvrit la porte et fit signe à Henrietta d'entrer. Elle se dirigea tout droit vers la table située au centre du hall et y posa son réticule.

James referma la porte, attendit qu'elle regardât dans sa direction, puis leva un sourcil.

Elle sourit.

— Vous pouvez refermer à clé. Je reste.

— Si vous en êtes sûre...

Et elle l'était.

Avec son bras valide, James tourna tous les verrous.

— En plus de tout le reste, déclara-t-elle en observant la façon dont il se contorsionnait en ôtant son manteau, votre blessure a besoin d'être soignée. Il est hors de question que je vous laisse seul dans cet état.

James considéra son bras bandé. Et fit la grimace.

— Dans ce cas, si cela ne me faisait pas si mal, je dirais presque que je suis heureux qu'Affry m'ait tiré dessus.

Avec un sourire compatissant, elle le prit par le bras valide pour le conduire jusqu'à l'escalier.

— Venez. Je suis sûre que Mrs Rollins nous a laissé tout ce dont nous allons avoir besoin.

— A ce propos, dit James en balayant le hall d'un regard surpris, où sont-ils tous ? Vu que je ne suis pas rentré la nuit dernière...

— Je leur ai envoyé un mot, évidemment. C'est même l'une des premières choses que j'ai faites après avoir reçu la lettre d'Affry ce matin, ou plutôt, non, *hier* matin. Il menaçait de vous tuer si je prévenais quiconque et remuais ciel et terre pour vous retrouver. Et la même chose valait pour les membres de votre maisonnée, sauf qu'Affry ignorait que votre personnel ne dort jamais ici. Néanmoins, j'ai pensé que je devais rassurer Fortescue et Mrs Rollins, et faire en sorte également qu'ils ne donnent pas l'alarme. D'où mon premier message... Puis, quand nous sommes arrivés chez Penelope ce soir, je leur ai envoyé un autre mot pour leur dire que tout allait bien, mais que vous aviez été touché par balle au bras, et que j'aurais besoin de linges propres, d'eau bouillante et de bandages pour vous soigner. Et je leur ai précisé que nous allions rentrer très tard à la maison et qu'ils ne devaient pas nous attendre.

Arrivée sur le palier, elle se retourna pour le regarder.

— Je leur ai dit que nous les verrions demain... c'est-à-dire ce matin. J'espère que j'ai bien fait ? demanda-t-elle en inclinant la tête.

James sourit. C'était plus fort que lui.

— Vous avez plus que bien fait. Vous êtes-vous rendu compte que vous avez utilisé l'expression « rentrer à la maison » ?

Il sentit le dernier reste de tension et d'incertitude quant à leur avenir commun s'envoler pour de bon. En la regardant dans les yeux, il lui embrassa la main.

— Cela me rend heureux à un point que vous n'imaginez même pas.

Elle lui adressa un sourire radieux.

— Très bien.

Le prenant de nouveau par le bras, elle le conduisit à sa chambre.

Là, Mrs Rollins avait bien laissé tout le nécessaire, disposé bien en évidence sur les étagères, ainsi qu'un samovar d'eau chaude. Henrietta l'aida à retirer son bandage et à quitter sa veste. Elle le débarrassa de sa chemise et humidifia le fin tissu qui avait collé à la blessure pour l'ôter totalement.

La plaie était laide, rouge et sanglante. Elle la nettoya à l'eau, puis appliqua l'onguent que Mrs Rollins avait laissé. Ils se mirent ensuite à deux pour panser la blessure bien serrée.

— Avec un peu de chance, dit-il en bougeant le bras, la cicatrice ne se verra pas trop.

Henrietta s'essuyait les mains tout en contemplant James, assis sur la petite table, torse nu. Elle sourit, puis elle regarda le bandage et dit d'une voix douce :

— Cela ne me dérange pas s'il reste une cicatrice. A chaque fois que je la verrai, je penserai à la façon dont vous l'avez eue. Vous avez tout fait pour garder le regard et l'attention d'Affry fixés sur vous et loin de moi, tout comme son pistolet, afin que je puisse lui tirer dessus. Même si cela vous exposait à un coup de feu...

Elle le fixa dans les yeux.

— Ne pensez pas que je n'ai pas vu cela, reprit-elle. Ne pensez pas que je n'ai pas apprécié votre geste à sa juste valeur.

Visiblement mal à l'aise, il balaya ses mots d'un mouvement de la main, puis se leva pour venir vers elle. Il s'avança, un air déterminé sur le visage. Mais elle ne se laissa pas impressionner et garda le regard fixé sur ses traits adorés qui lui étaient devenus si familiers, tout en songeant : *Je sais quel homme vous êtes, désormais.*

Curieusement, il restait le séducteur qu'il avait été mais, au-delà de cette apparence charmante et irrésistible, il était un gentleman qui vivait sa vie avec une calme assurance, sans faire de vagues, et qui faisait ce qu'il fallait quand il le fallait. En quelques mots, c'était quelqu'un de bien. Il ne voyait pas cela comme un trait distinctif, mais cela le rendait infiniment précieux aux yeux de Henrietta, pour qui il incarnait l'homme idéal.

Alors elle sourit et ouvrit les bras, ouvrit son cœur et l'étreignit.

Il la regarda dans les yeux, puis il referma ses bras autour d'elle et posa ses lèvres sur les siennes. Et, ensemble, pas à pas, ils s'abandonnèrent au plaisir incommensurable de célébrer à leur tour leur victoire.

Cela commença ainsi, comme un besoin nécessaire et compulsif de fêter la vie et d'avoir échappé à la mort.

Il s'agissait simplement de reconnaître qu'ils étaient toujours vivants, qu'ils respiraient encore, qu'ils désiraient encore.

Ils se débarrassèrent de leurs vêtements, leurs peaux se frôlèrent. Les flammes s'embrasèrent et les dévorèrent. Ils se laissèrent tomber, brûlants, sur le grand lit, et la célébration prit alors un autre tour. Plus fort et sauvage, plus joyeux et passionné, comme la manifestation enthousiaste de leur victoire.

Ce triomphe se nourrissait de la joie de s'être trouvés, d'avoir découvert, expérimenté et appris. D'avoir accepté les défis que le destin leur avait envoyés, de les avoir relevés et de s'en être tirés bien mieux encore qu'ils n'auraient osé l'imaginer dans leurs rêves les plus fous.

Ils avaient réussi à construire une relation, faite de compréhension et de sincérité, un partenariat solide qui leur avait servi au cours des dernières heures et les avait ramenés sains et saufs à la maison.

Leur maison.

C'était la joie toute simple d'avoir retrouvé cet endroit béni où leur couple allait s'épanouir sans contraintes ni limites.

Ils s'abandonnèrent cœurs ouverts à la passion, au désir, et surtout à l'amour dont leurs âmes débordaient. Reconnu, accepté et donné sans rien attendre en retour, l'amour les liait et les portait toujours plus haut.

« Je vous aime. »

Ces mots leur jaillirent de la bouche encore et encore, en de doux murmures, en soupirs, puis en cris passionnés et frénétiques.

Le plaisir s'abattit sur eux tel un ouragan et les balaya. Ils s'envolèrent, oubliant tout, sauf cette extase sans pareille qu'ils éprouvaient.

Peu à peu, le calme revint, et ne resta plus que le doux plaisir d'aimer et d'être aimé. Alors, dans les bras l'un de l'autre et ainsi protégés du reste du monde, ils s'endormirent tout doucement.

Epilogue

Les fiançailles du futur Lord James Glossup et de Miss Henrietta Cynster avaient quelque peu mis à mal le flegme quasi proverbial de l'aristocratie londonienne. Personne n'avait vu venir la chose et aucune de ces grandes dames ne pouvait prétendre l'avoir prédite.

Par conséquent, bien qu'annoncé très peu de temps avant sa date, leur bal de fiançailles, donné dans la splendide demeure des St. Ives, fut perçu comme un événement d'une importance capitale, et tous ceux qui avaient eu la chance de recevoir une invitation firent tout ce qui était en leur pouvoir pour y assister. Mais, avant le bal lui-même, un grand dîner de famille fut donné en l'honneur des fiancés. Tous les Cynster — et même Catriona, Richard, Lucilla et Marcus — se réunirent dans la grande salle à manger d'apparat pour boire, manger, et congratuler joyeusement les futurs mariés. Et, bien entendu, pour entendre le récit de leurs terrifiantes aventures et saluer leur rôle dans la capture d'un des criminels les plus effroyables de ces dernières années.

La nouvelle de l'arrestation, de l'incarcération et du futur procès de Sir Peter — dont l'issue ne faisait aucun doute d'après ce que disaient ceux qui avaient eu accès au dossier — avait été comme un coup de massue pour la haute société. Ils étaient tant à avoir accueilli Sir Peter chez eux, à lui avoir serré la main, à lui avoir accordé leur confiance et leur soutien politique... A cause de cette ignoble perfidie, tout le beau monde se sentait choqué et, pour tout dire, trahi.

De gloire montante de la politique et ministre potentiel, il était devenu un paria en l'espace de quelques heures.

Mais chez les St. Ives, en ce joyeux soir, la conversation ne s'attarda jamais sur des sujets trop sombres. En effet, peut-être en réaction à la noirceur extrême qu'incarnait Sir Peter, tous les convives consacrèrent toutes leurs pensées et leurs cœurs à célébrer l'espoir et le bonheur conjugal que représentait le jeune couple.

A bien des égards, James et Henrietta, ainsi que la promesse de leur union prochaine, étaient l'antidote parfait et tout trouvé pour rendre tout leur allant aux esprits ébranlés de l'aristocratie.

Le dîner se termina par la traditionnelle série de toasts portés en l'honneur des fiancés, avant que Honoria rappelât à tous qu'ils se retrouveraient bientôt en ce même lieu pour le petit déjeuner du mariage. La date des noces fut confirmée par Lord Arthur, à côté duquel Lady Louise rayonnait. Puis l'assemblée, d'humeur fort joyeuse et impatiente, se dirigea vers la salle de bal à l'étage. Toutes les femmes avaient suffisamment d'informations et de nouvelles à leur disposition pour ne jamais être à court de sujets de conversation durant plusieurs semaines. Quant aux hommes, tout en grimpant l'escalier, ils échangeaient leurs points de vue sur les bénéfices de fiançailles si rapides, surtout quand le mariage suivait tout de suite derrière.

Se souvenant d'une dernière chose qu'elle avait à faire avant de prendre place à l'entrée de la salle de bal pour accueillir les invités, Henrietta lâcha le bras de James et, le laissant en train de discuter avec Gabriel et son père, se tourna vers Mary qui se trouvait à quelques pas seulement derrière elle et la regardait fixement.

Henrietta se mit à rire.

— Oui, je l'ai.

Elle saisit la main de Mary et, pleine de joie, attira à part sa sœur cadette — la seule des Cynster de cette génération à ne pas être encore mariée.

— Voilà, ici. C'est l'endroit exact où Angelica me l'a donné, alors...

Henrietta fouilla dans son réticule argenté, dont elle sortit le collier en or et améthyste au long pendentif de quartz rose.

Elle le laissa se balancer au bout de ses doigts. Mary et elle l'observèrent pendant un moment, puis celle-ci tendit la main pour l'attraper. Mais Henrietta ne la laissa pas faire.

— Non, dit-elle en regardant sa sœur dans les yeux. C'est à moi de te le passer au cou.

Mary sourit et présenta son dos. Henrietta était de loin la plus grande. Mary était quant à elle plus petite qu'Angelica, donc mettre le collier en place ne fut qu'une simple formalité.

Tout en manœuvrant l'attache, Henrietta déclara d'une voix douce :

— Je n'y croyais pas. Et, si tu ne m'y avais pas forcée, jamais je ne l'aurai porté. Et, honnêtement, je ne sais pas si sans lui j'aurais fait la connaissance de James et si nous aurions trouvé ce bonheur qui est le nôtre désormais. Sans l'aide de la Lady.

D'une main, Mary toucha le délicat collier et le positionna correctement. Elle était heureuse de le sentir contre sa peau. Sur elle, le pendentif s'insinuait franchement dans le décolleté.

— Mais tu crois aux pouvoirs de ce collier, désormais.

— Oh oui, répondit Henrietta qui n'avait toujours pas terminé d'attacher le bijou. Je dirais même que j'y crois plus que toi. J'ai vu ce qu'il peut faire, j'ai fait l'expérience de ce qu'il peut apporter. Ah, voilà...

Quand Henrietta la lâcha, Mary se tourna pour admirer le collier, impatiente. Comment rendait-il sur sa peau laiteuse ? La couleur bleuet de sa robe de bal en satin, qu'elle avait choisie pour mettre en valeur ses yeux d'un ton à peine plus soutenu, répondait aux nuances violettes des perles d'améthyste. Elle leva la tête et regarda Henrietta.

— Je te remercie.

— Non, répondit celle-ci en lui rendant son regard. C'est moi qui te remercie. Je sais que tu attends cela, que tu attends de pouvoir porter le collier et trouver ton héros, depuis des années. Toi d'ordinaire si impétueuse, tu as attendu patiemment, et puis tu as insisté juste au bon moment. Je crois réellement que tu as été influencée par la Lady, que c'est Elle qui, d'une façon ou d'une autre, t'a poussée à agir, car tu as joué un rôle majeur dans ma rencontre avec James.

Henrietta s'interrompit pour prendre une grande inspiration, puis adressa à sa sœur un sourire débordant d'allégresse.

— Pour cela, pour tout cela, je te souhaite toute la chance et tout le succès dont tu auras besoin pour trouver ton héros.

Mary sentit le chaleureux élan d'affection de sa sœur quand cette dernière la prit dans ses bras. Elle l'étreignit à son tour avec la même joie. Elle était sincèrement heureuse de voir Henrietta former un si beau couple avec James. Le conte de fées de sa sœur arrivait à sa conclusion. Désormais, c'était au tour du sien de commencer.

— Henrietta !

Elles se lâchèrent et se redressèrent toutes les deux en même temps. En se tournant, elles virent leur mère faire les gros yeux.

— Viens donc ici. Tu devrais être à ta place pour accueillir les invités. Et viens aussi, Mary. Tu devrais déjà être là-haut. Vraiment, je ne sais pas ce qui vous est passé par la tête, dit-elle une fois qu'elles furent arrivées à l'entrée de la salle de bal.

Elle remarqua le collier autour du cou de Mary, marqua un temps d'hésitation, puis ajouta :

— Mais vas-y maintenant, et amuse-toi. Tout en restant sage, bien entendu...

— Oui, maman !

Enchantée — par cette soirée, et par la vie en général —, Mary ne se fit pas prier pour obéir. Sa première tâche était de passer les lieux en revue, de voir qui était déjà là, et de noter les arrivées dans sa tête au fur et à mesure que les convives pénétraient dans la magnifique salle de bal blanc, vert pâle et doré.

Très vite, ce grand espace fut rempli. Mais les invités continuèrent à arriver et, là, ce fut la foule.

Mary passa de groupe en groupe, s'arrêtant pour discuter si l'envie lui en prenait. Ce type de soirées ne lui faisait pas peur. En bonne Cynster, elle avait été élevée pour pouvoir adapter son comportement à chaque situation et à chaque événement, et pour, à chaque fois, y donner le meilleur d'elle-même. Même les grandes dames, après l'avoir observée au cours des quatre années passées, avaient fini par reconnaître qu'elle était parfaitement à l'aise dans ce domaine et qu'elle ne commettait jamais le moindre faux pas, même en n'en faisant qu'à sa tête.

Elle n'attendait toutefois rien de particulier de cette soirée. Le nom du jeune homme qu'elle avait en vue ne figurait pas sur la liste des invités. Par conséquent, elle n'avait pas d'autre but que d'obéir à sa mère en s'amusant.

Puis les violons se mirent à jouer la première valse, et Henrietta et James accaparèrent la piste de danse. Ils se dévoraient des yeux. James paraissait si fier, et Henrietta si rayonnante, que toute l'assemblée fut éblouie et fascinée. Quand les fiancés eurent fini leur premier tour de piste et que les autres couples commencèrent à les rejoindre, Charlie Hastings, avec qui Mary était déjà en train de discuter, l'invita à danser, ce qu'elle se fit une joie d'accepter.

Valser avec Charlie était agréable. Mary le voyait un peu comme un grand frère. Il ne quittait pas des yeux Miss Worthington, une jeune femme que Mary connaissait bien, et elle l'encouragea à persister dans cette voie en lui apprenant tout ce qu'elle savait à son propos.

Mais, alors que la soirée se poursuivait, elle se rapprocha de plus en plus du mur. Quand elle pouvait discuter et converser avec qui elle voulait, et quand elle avait un but précis en tête, elle trouvait l'exercice stimulant. En ce moment, alors qu'elle savait que cela ne servait à rien et qu'elle ne tirerait rien d'utile d'aucune conversation, son intérêt ne cessait de décroître.

En revanche, elle ne pouvait pas prendre le risque de s'éclipser. Même si l'affaire remontait à plusieurs années, sa cousine Eliza avait été enlevée dans cette même maison lors des fiançailles de sa sœur Heather. Si Mary disparaissait pendant le bal de Henrietta… Mais non, cela n'arriverait pas : c'était le type d'erreurs qu'elle ne commettrait jamais.

Mais il y avait deux alcôves, à chaque bout de la longue salle, abritant chacune de grandes statues et de hauts palmiers. Elle jeta son dévolu sur celle qui se trouvait entre les deux doubles portes, car ce recoin était moins susceptible d'avoir été accaparé par quelqu'un d'autre.

Elle était presque arrivée au fond de la salle et ne se trouvait plus qu'à quelques mètres de son but quand, tout à coup, elle se heurta le nez aux plis d'une cravate nouée de façon exquise. Et de part et d'autre de la cravate se déployait un large torse d'homme.

— Bonsoir, Mary.

Elle reconnut tout de suite la voix profonde, caressante et séductrice. Elle leva les yeux vers le visage ridiculement beau de Ryder Cavanaugh. Elle avait décrété plusieurs années auparavant qu'une telle perfection chez un homme était « proprement ridicule », sans doute à cause de l'effet produit sur la moitié féminine de la haute société. Ou, plutôt, sur la moitié féminine de *l'humanité*, car elle n'avait jamais croisé aucune femme, tous milieux confondus, qui restât insensible à sa beauté.

Ce qui était proprement ridicule.

Elle s'était fait un point d'honneur de ne jamais montrer de quelque façon que ce fût qu'elle avait conscience de son extraordinaire charisme, de ce charme qu'il semblait irradier par tous les pores de sa peau.

En héritant de son père, il était devenu marquis de Raventhorne. Il était aussi considérablement plus âgé que Mary — il devait avoir entre trente et trente-deux ans —, mais elle le connaissait depuis toujours. Néanmoins, elle avait été surprise d'apercevoir ses larges épaules dans le salon avant le dîner, et ensuite de le voir assis presque en face d'elle à table. Mais quelqu'un lui avait appris qu'il était lié aux Glossup, et qu'il avait assisté au dîner car il occupait le plus haut rang de sa lignée.

Ignorant la distraction de sa chevelure fauve parsemée de fils d'or, qui lui auréolait la figure — et que de trop nombreuses femmes avaient comparée à une crinière, sans doute parce qu'elle exerçait la même fascination tactile et qu'elle était une invitation à toucher, à caresser, à se perdre dans les boucles douces et épaisses qui la composaient —, elle le regarda droit dans les yeux, ces yeux aux tons changeants de vert et de doré cerclés d'épais cils marron. Elle lui demanda assez sèchement :

— Qu'y a-t-il, Ryder ?

Sous ses paupières mi-closes, il la fixait. Un sourcil se leva lentement. Ryder laissa le moment durer, mais elle était trop avisée pour se laisser impressionner par cette tactique. Elle garda la pose, et teinta ses traits d'un vague ennui.

— En fait, finit-il par murmurer, je me demandais où vous alliez d'un pas aussi décidé.

Elle n'avait jamais réussi à comprendre par quel mystère sa voix évoquait immanquablement l'image d'un lit.

Elle se rendit compte qu'avec sa grande taille — Ryder devait disputer avec Dominic, le mari d'Angelica, le titre d'homme le plus grand de l'assemblée — il n'avait eu aucun mal à la voir fendre la foule, même de loin.

Mais pourquoi donc la regardait-il ainsi ?

Sans doute parce qu'il s'ennuyait, et que la voir traverser la salle avec détermination avait dû capter son attention périphérique. Elle avait entendu quelques femmes répéter en soupirant que Ryder se morfondait très rapidement. Elle avait aussi entendu dire de lui qu'il était « grand, blond — et peu fréquentable » sauf si l'on voulait passer *du bon temps* avec lui, ce qui, à vrai dire, ne l'avait guère surprise.

Cependant, elle avait toujours vu la détermination sous le masque alangui du félin, et savait qu'il pouvait se montrer aussi entêté qu'elle s'il voulait quelque chose, par exemple échapper à l'ennui d'une soirée en s'amusant en sa compagnie.

L'idée avait de quoi séduire, dut-elle reconnaître. Il avait l'esprit acerbe, la langue assassine, et rien ne pouvait le choquer. Cependant il y avait chez lui une sorte de… — elle n'avait jamais bien su le décrire — de force et de puissance qui, en plus de sa beauté ridicule, l'avaient toujours intimidée.

Elle avait toujours pensé que si, pour une raison ou une autre, il décidait un jour d'en faire sa proie, elle ne pourrait rien faire pour lui échapper.

Et elle ne se faisait aucune illusion au sujet de Ryder. Elle avait beau être l'une des femmes les plus fortes de l'aristocratie londonienne, et même du clan Cynster, elle ne pourrait jamais espérer changer Ryder Cavanaugh.

Ryder Cavanaugh était irrécupérable.

En outre, le fait que ce dernier s'intéressât à elle — même si l'intérêt plutôt innocent qu'il semblait éprouver à son égard demeurait somme toute assez relatif — était totalement inutile, et pourrait même se montrer contre-productif et avoir des conséquences aussi fâcheuses qu'imprévues.

Pour elle, pas pour lui.

Etant donné qu'elle avait enfin mis la main sur le collier et pouvait désormais avancer à grands pas vers son destin, elle avait encore moins envie de servir d'amusement à Ryder pour la soirée.

Elle ne lui avait toujours pas répondu. Comme il attendait, sans avoir bougé d'un millimètre, son regard noisette toujours fixé sur elle, elle comprit que chaque seconde passée risquait d'accroître l'attention toute prédatrice qu'il lui portait et qu'elle sentait déjà peser sur elle comme une menace. Alors elle leva le menton et dit :

— Je n'ai pas envie de jouer, Ryder. En tout cas, pas avec vous.

Il comprendrait sans doute un refus net et sec, tandis qu'une réponse plus floue n'aurait fait que piquer sa curiosité davantage. Et donc, en soutenant son regard, elle se contenta de déclarer :

— Vous ne ferez que compliquer les choses. Alors, s'il vous plaît, allez vous trouver une autre proie ailleurs.

Elle lui tapota effrontément le bras — un bras dur comme l'acier — puis passa devant lui et se fondit dans la foule.

Laissant Ryder Cavanaugh, marquis de Raventhorne, totalement sidéré.

Mais que lui arrivait-il ? Pourquoi cela avait-il raté ?

Il se posa la question tout haut, certain que, dans le brouhaha ambiant, personne ne pourrait l'entendre.

Il tourna la tête et vit Mary fendre la foule, et passer de groupe en groupe, s'arrêtant de temps en temps pour discuter, mais sans jamais s'attarder.

Qu'était-ce donc que cela ? Et où diable allait-elle donc ?

Et surtout : pourquoi ?

Il soupira.

— De toute évidence, je suis un peu rouillé.

C'était soit cela, soit... Mais il savait que les avantages avec lesquels il était né n'altéraient pas encore totalement ses autres facultés. Il n'était ni idiot ni vaniteux au point de croire que toutes les femmes du pays devaient succomber à son sourire charmeur, même si, dans la pratique, c'était presque toujours ce qui se passait.

Mary, elle, n'avait pas succombé. Elle s'était enfuie. Non, pire, elle avait calmement tourné les talons et s'était éloignée.

Il ne savait pas exactement ce qu'il devait penser de cela, mais il reconnaissait qu'elle avait choisi ses mots et sa façon de le congédier en connaissance de cause. En cela, elle avait su voir clair en lui. En temps normal, si les choses s'étaient passées de façon habituelle pour lui, il aurait souri, en son for intérieur il aurait salué son franc-parler, et serait passé à une proie plus facile.

Et Dieu savait que ce n'était pas ce qui manquait par ici.

Sauf qu'il avait décidé qu'il en avait eu plus que son compte.

Ce qui signifiait que…

Tandis qu'il regardait toujours Mary, il aperçut une autre femme qui venait à la rencontre de celle-ci pour l'intercepter. Elle était d'une taille similaire, mais avec des boucles cuivrées qui lui tombaient en cascade sur les épaules. Angelica, devenue depuis peu la comtesse de Glencrae… Elle prit Mary par le bras, lui sourit et l'attira dans un coin de la salle.

Juste à côté de l'alcôve et de son écran de palmiers.

Sans réfléchir, Ryder se dirigea vers le renfoncement en question. Il maîtrisait depuis longtemps l'art de fendre la foule. Grâce à sa taille, il lui suffisait d'avancer tout droit d'un pas décidé et les gens s'écartaient instinctivement de son chemin, presque sans en avoir conscience. Sa progression ne créa comme prévu aucun remous parmi la masse de gens et, du moment qu'il ne regardait ni Angelica ni Mary, celles-ci ne remarqueraient sans doute pas qu'il approchait.

Et, en effet, il se glissa dans l'ombre des palmiers sans se faire repérer.

Elles se tenaient juste à l'extérieur du renfoncement. Ryder s'enfonça plus profondément dans l'ombre, jusqu'à appuyer son dos contre le mur à côté de la statue et, lui qui avait l'ouïe si fine, il écouta la conversation.

Mary soupira en son for intérieur alors que sa cousine Angelica lui demandait :

— Que manigances-tu ?

Angelica avait ses yeux noisette posés sur elle. Elle était plus âgée que Henrietta de quelques mois et, avant cette dernière, avait eu l'honneur de porter le collier.

— Pourquoi voudrais-tu que je manigance quelque chose ?

— Parce que, ma chère Mary, je te connais.

Angelica ricana, et se retourna pour balayer la foule du regard.

— Tu ferais mieux de l'admettre. Nous sommes les mêmes, toutes les deux. Et Henrietta m'a raconté comment tu l'avais forcée à porter le collier, ce qui, d'ailleurs, était une excellente idée. J'aurais fait exactement la même chose. Mais, de toute évidence, tu l'as fait avant tout car tu as des projets personnels. Tu n'as pas incité Henrietta à porter le collier plus tôt parce que tu n'en avais pas besoin, parce que, jusqu'à récemment, tu n'avais personne en vue.

Mary ouvrit la bouche, mais Angelica leva une main autoritaire pour la faire taire.

— Non, ne te fatigue pas à me dire que tu as décidé qu'à vingt-deux ans il était grand temps que tu partes à la recherche de ton héros. Cela ne prendra pas avec moi. Avoue plutôt : tu as un gentleman en vue, n'est-ce pas ?

Mary plissa les yeux, pinça les lèvres mais, ne connaissant que trop bien Angelica, elle capitula.

— Oui. Mais cela ne concerne personne d'autre que moi. C'est mon choix, mon héros.

Angelica la scruta pendant plusieurs secondes, puis son expression se fit pensive, et même intriguée.

— Hum...

Mary attendit, puis, irritée, mais incapable de résister — c'était entièrement vrai qu'Angelica et elle se ressemblaient beaucoup et donc étaient capables de se mettre l'une à la place de l'autre —, elle demanda :

— Quoi, « hum » ?

Sans cesser de la regarder, Angelica haussa les sourcils.

— C'est juste que, d'après ce que je sais, le collier n'a jamais fonctionné de cette façon. Si j'ai bien compris, tu as déjà pris ta décision, et tu veux te servir du collier pour valider ton choix, c'est bien cela ?

— Oui. Mais je ne vois pas pourquoi cela ne fonctionnerait pas comme cela.

Mary contempla le collier, et en particulier le pendentif qui s'insinuait sous son corsage et descendait entre ses deux seins. Le cristal, se rendit-elle compte, était tiède et la sensation était très agréable. C'était sans doute parce qu'il avait absorbé la chaleur de son propre corps.

— Je suis parfaitement certaine d'avoir trouvé le bon gentleman pour moi. Je veux juste... avoir confirmation.

Quand elle leva la tête, Angelica chercha son regard, puis, avec davantage de douceur, celle-ci reprit :

— Tu n'es pas sûre de toi. Et si tu n'es pas sûre...

Mary leva le menton.

— Ce n'est pas cela. Je *suis* sûre de moi. Si tu savais qui j'ai en tête, tu reconnaîtrais toi aussi qu'il est fait pour moi. J'ai juste besoin d'avoir l'aval de la Lady, sa bénédiction en quelque sorte. J'attends vraiment qu'elle confirme et valide mon ressenti.

Angelica continua de fixer Mary dans les yeux, puis elle sourit et posa la main sur son bras.

— Très bien. J'espère vraiment que tout se passera selon tes souhaits. Mais, si... maintenant que tu portes le collier, tu ne ressens pas quelque chose de particulier et de fort — si fort que tu auras l'impression de ne plus t'appartenir — pour le mystérieux gentleman de tes pensées, alors promets-moi d'écouter les conseils de la Lady. Fais-moi confiance, ils sont toujours sensés. Jamais elle ne t'abusera.

Depuis sa cachette, Ryder voyait assez bien le visage de Mary pour deviner son expression. Sa mâchoire était contractée et ses lèvres serrées. Son entêtement était légendaire.

Mais, à sa grande surprise, au bout d'un moment, elle pencha la tête.

— Très bien, déclara-t-elle, avant de marquer une courte pause. Je te remercie. Je sais que ce que tu as dit est la vérité.

Mary regarda le curieux collier attaché autour de son cou gracile.

— Si je veux trouver mon héros, reprit-elle, alors je dois accepter le verdict de la Lady, quel qu'il soit.

Angelica sourit.

— Très bien. Tu vois, ce n'était pas si difficile que cela.

En riant, elle passa son bras sous celui de Mary et, ensemble, elles se tournèrent vers la foule.

— Crois-moi, je sais qu'accepter aveuglément les décisions de la Lady peut parfois être perturbant, mais cela a fonctionné pour nous toutes. Donc, fais-moi confiance, cela fonctionnera pour toi aussi. Maintenant, viens donc parler un peu avec Dominic. Il disait tout à l'heure qu'il n'avait pas encore eu l'occasion de bavarder avec toi.

Bras dessus bras dessous, les deux jeunes femmes se fondirent dans la foule.

Laissant Ryder méditer sur ce qu'il avait entendu.

Il semblait que le destin, qui lui avait toujours été si propice, lui souriait de nouveau.

Mary Cynster cherchait son héros, et lui cherchait sa future femme. Il avait voulu parler un peu avec elle pour voir si elle pouvait convenir pour ce rôle — il ne savait pas très bien pourquoi, mais elle lui avait toujours plu —, mais elle l'avait congédié sans ménagement, alors...

Apparemment, lui, Ryder Cavanaugh, marquis de Raventhorne, ne remplissait pas les critères du héros potentiel tels qu'établis par Mary Cynster, quels qu'ils fussent...

Sortant de sa cachette, il afficha son plus beau sourire léonin et se jeta dans la mêlée.

Comme le savaient tous ceux qui le connaissaient bien, il n'était pas homme à reculer devant les défis.

RESTEZ CONNECTÉ AVEC HARLEQUIN

Harlequin vous offre un large choix de littérature sentimentale !

Sélectionnez votre style parmi toutes les idées de lecture proposées !

www.harlequin.fr

- **Découvrez** toutes nos actualités, exclusivités, promotions, parutions à venir…
- **Partagez** vos avis sur vos dernières lectures…
- **Lisez** gratuitement en ligne
- **Retrouvez** vos abonnements, vos romans dédicacés, vos livres et vos ebooks en précommande…

L'application Harlequin

- Des **ebooks gratuits** inclus dans l'application
- **+ de 50 nouveautés tous les mois !**
- Des **petits prix** toute l'année
- Une **facilité de lecture** en un clic hors connexion
- Et plein d'autres avantages…

Téléchargez notre application gratuitement

Télécharger dans l'App Store

DISPONIBLE SUR Google Play

SUIVEZ-NOUS !

facebook.com/HarlequinFrance
twitter.com/harlequinfrance